천
룡
팔
부

7

天龍八部
Demi-Gods and Semi-Devils by Jin Yong

천룡팔부 7 — 진룡기국의 비밀

1판 1쇄 인쇄 2020. 5. 13.
1판 1쇄 발행 2020. 5. 25.

지은이 김용
옮긴이 이정원
발행인 고세규
편집 봉정하 디자인 지은혜 마케팅 김용환 홍보 반재서
발행처 김영사
등록 1979년 5월 17일 (제406-2003-036호)
주소 경기도 파주시 문발로 197(문발동) 우편번호 10881
전화 마케팅부 031)955-3100, 편집부 031)955-3200 | 팩스 031)955-3111

값은 뒤표지에 있습니다.
ISBN 978-89-349-9121-2 04820
      978-89-349-9114-4 (세트)

홈페이지 www.gimmyoung.com 블로그 blog.naver.com/gybook
페이스북 facebook.com/gybooks 이메일 bestbook@gimmyoung.com

좋은 독자가 좋은 책을 만듭니다.
김영사는 독자 여러분의 의견에 항상 귀 기울이고 있습니다.

이 도서의 국립중앙도서관 출판시도서목록(CIP)은 서지정보유통지원시스템 홈페이지
(http://seoji.nl.go.kr)와 국가자료공동목록시스템(http://www.nl.go.kr/kolisnet)에서
이용하실 수 있습니다.(CIP제어번호 : CIP2020018340)

일러두기
본문의 미주는 옮긴이의 주이다. 작품의 이해를 돕기 위한 김용 선생님의 작가 주는 • 로 표기하고 미주 뒤에 수록한다.
단, 전체 내용에 대한 주일 경우 • 없이 장만 표기한다. 원서 편집자 주도 장별로 작가 주 뒤에 수록한다.

천룡팔부

김용 대하역사무협 ― 이정원 옮김

天　　龍　　八　　部

진룡기국의 비밀

7

31 승부는 사람에 의해 결정되지 않는다 · *17*

32 유유자적을 누가 탓하랴 · *85*

33 혼란 속에 펼쳐낸 두전성이 · *153*

34 표묘봉에 불어닥친 변란 · *211*

35 홍안의 외모는 찰나의 순간이거늘 · *279*

미주 · *362*

【1권】 북명신공

1 · 험산준로에 오른 단예 | 2 · 달빛 아래 빛나는 옥벽 | 3 · 필사의 탈출, 그리고 목완청 | 4 · 벼랑 끝에서 임을 기다리다 | 5 · 파문이 이는 능파미보

【2권】 육맥신검

6 · 뉘 집 자제이며 뉘 집이던가? | 7 · 다정도 병이런가? | 8 · 호랑이가 포효하고 용이 울부짖다 | 9 · 뒤바뀐 운명 | 10 · 푸른 연무 휘날리는 검기

【3권】 첫눈에 반하다

11 · 바보 같은 연정 | 12 · 연정에 취하다 | 13 · 손가락 하나로 영웅호걸들을 희롱하다 | 14 · 술로 맺은 사나이들의 우정 | 15 · 행자림에서 의리를 논하다

【4권】 필사의 일전

16 · 과거지사로 인하여 | 17 · 오늘의 의미가 되다 | 18 · 오랑캐와의 은원, 그리고 영웅의 눈물 | 19 · 수천, 수만이라도 상대하리라 | 20 · 안문관 절벽의 흔적은 지워지고

【5권】 복수의 칼

21 · 꿈결 같은 천 리 길 | 22 · 별처럼 빛나는 눈동자 | 23 · 수포로 돌아간 아주와의 언약 | 24 · 마 부인의 저주 | 25 · 광활한 설원을 가다

【6권】 천하제일의 독공

26 · 맨손으로 곰과 호랑이를 때려잡다 | 27 · 반란을 진압하다 | 28 · 철가면을 뒤집어쓴 초개 같은 인생 | 29 · 빙잠으로 연마한 장풍 | 30 · 위기에 빠진 영웅호걸들

【7권】 진룡기국의 비밀

31 · 승부는 사람에 의해 결정되지 않는다 | 32 · 유유자적을 누가 탓하랴 | 33 · 혼란 속에 펼쳐낸 두전성이 | 34 · 표묘봉에 불어닥친 변란 | 35 · 홍안의 외모는 찰나의 순간이거늘

【8권】 인생무상

36 · 꿈인지 환상인지 모를 현실 | 37 · 똑같은 웃음, 그러나 공허함뿐인 세상 | 38 · 동상이몽 속에 엉망으로 취하다 | 39 · 풀리지 않는 분노의 원한 | 40 · 어리석은 사랑, 그 끝은 어디인가

【9권】 영웅대전

41 · 소봉과 연운십팔기 | 42 · 성수노선과 철두인의 최후 | 43 · 수포로 돌아간 나라 재건의 야심 | 44 · 나의 인연은 어디 있는 것일까? | 45 · 마른 우물 아래 진흙탕 속에서

【10권】 결자해지

46 · 서하 공주의 세 가지 질문 | 47 · 누구를 위해 산다화는 만발하였나? | 48 · 실의에 빠져버린 왕손 | 49 · 부질없는 영화, 뜬구름 같은 목숨 | 50 · 전쟁과 맞바꾼 영웅의 최후

天龍八部

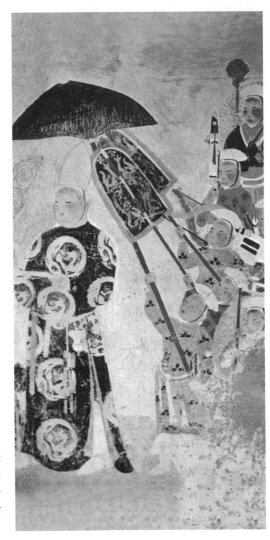

돈황석굴 敦煌石窟
서하 西夏 **시대 벽화**

그림 속의 왕과 수종들 차림새는
서하 시대 당시의 생활을 사실대
로 묘사한 것이다. 서하 시대 문
화는 비교적 저급해 화풍에 조악
한 면이 있다.

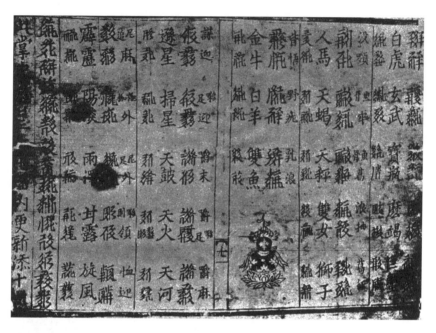

서하문자西夏文字〈**번한합시장중주**番汉合時掌中珠〉

서하문과 한자 대역사전의 한 쪽. 1907년부터 1908년 사이 러시아인이 흑수성黑水城에서 출토한 것
으로 이쪽에 기재된 것은 주로 별자리와 기상의 명칭들이다. 중간에 있는 큰 글자의 오른쪽 글자는
서하문자, 왼쪽에 있는 것은 이에 대응되는 한자다. 양옆에 있는 작은 글자에서 서하문자 옆에 있는
것은 한자 주음 부호고, 한자 옆에 있는 것은 서하문자의 주음 부호다.

장택단張擇端의 〈**청명상하도**清明上河圖〉일부

장택단은 북송 시대 화가다. 그가 그린 〈청명상하도〉는 사실주의 화법으로 북송 시대 경성이었던 개봉부의 각종 주민 생활을 장권에 묘사한 것이다. 이는 중국 회화 역사상 희대의 진품珍品으로 안타깝게도 원작은 훼손됐다(알려진 바에 따르면 궁중의 태감이 훔쳐가 개울가에 숨겨놓았으나 때마침 내린 큰비에 훼손됐다고 한다). 현재 전해지는 것들은 모두 원명 시대 화가들의 임모본臨摹本으로 모두 10종이다.

〈청명상하도〉 일부

그림 정중앙에 있는 곳은 활 가게로 궁장弓匠이 활을 시험해보는 모습이며 왼쪽 모서리에 있는 것은 3층 높이의 대형 주루酒樓다.

〈청명상하도〉 일부

개봉성開封城 성문. 낙타를 끄는 무리가 성을 나서고 있다.

소육붕蘇六朋의 〈동산보첩도東山報捷圖〉

소육붕은 청나라 말기 광동廣東 순덕順德 사람으로 그림에 재능이 있었다. 그림 속에서 바둑을 두는 사람은 동진東晉 시대 사안謝安이란 사람이다. 이 그림에 의거해 본서의 소성하가 소나무 밑 돌판 위에서 누군가와 진롱기국을 푸는 정경을 상상해볼 수 있다.

송나라인의 〈운봉원조도雲峰遠眺圖〉

하규夏珪의 작품으로 알려져 있다. 하규는 항주杭州 사람으로 북송 시대 화가다. 《천룡팔부》의 소요자, 총변선생 일파 사람들의 생활이 그림 속 사람들과 유사하다.

31

승부는 사람에 의해 결정되지 않는다

서로 몇 수를 주고받다 보니 국면에 커다란 변화가 발생하기 시작했다. 진룡의 오묘한 비밀은 바로 백이 먼저 대규모 공활을 스스로 죽이기만 하면 이후에는 계속해서 묘수가 나온다는 것이었다.

수레는 덜커덩거리며 밤낮을 가리지 않고 거침없이 내달렸다. 당대 무림의 영웅호걸들인 현난과 등백천, 강광릉 등은 이제 무공을 모두 잃은 채 남에게 끌려다니는 죄수 신세가 되어 자신들이 동남쪽을 향해 가고 있다는 사실만 어렴풋이 짐작할 뿐이었다.

그렇게 여드레를 내달리다 아흐레째 되는 날, 아침 일찍부터 산길을 오르게 되었다. 정오 무렵이 되고 지세가 갈수록 높아지자 마침내 수레도 더 이상 오를 수 없는 지경에 이르렀다. 성수파 제자들이 현난 등을 수레에서 끌어내려 반 시진가량을 더 걸어가다 어딘가에 도착했다. 그곳은 대나무 숲이 울창해 경관이 매우 수려했다. 개울가에는 거대한 대나무를 엮어 만든 정자가 정교하고 우아하게 지어져 있었는데 건축 방식이 교묘하기 이를 데 없어 대나무가 곧 정자이고 정자가 곧 대나무라 한눈에 봐서는 이게 대나무 숲인지 정자인지 분간할 수 없을 정도였다. 풍아삼이 찬탄을 금치 못하며 이리저리 살펴보다 놀라면서도 의아해했다.

일행이 모두 정자에 앉자마자 산길에서 사람 네 명이 빠른 걸음으로 달려왔다. 앞의 두 사람은 수레를 멈추기 전 정찰을 위해 산 위로 먼저 올라갔던 정춘추의 제자들이었고, 뒤에 따라오는 두 사람은 농부 옷을 입고 있는 청년들이었다. 그들은 정춘추 앞에 오자 허리를 굽혀 예를 올리며 서찰 한 통을 바쳤다.

정춘추가 서찰을 뜯어 읽어보고는 냉소를 머금으며 말했다.

"아주 좋구나, 아주 좋아! 네놈이 아직 단념을 하지 못했구나. 또다시 생사의 결투를 벌이고 싶다고? 내가 원대로 해주마."

이 말을 하고 손짓을 했다.

그 청년이 품에서 폭죽 하나를 꺼내 불을 붙이자 펑 하는 소리와 함께 공중으로 치솟아올라갔다. 보통 폭죽 같으면 펑 소리를 내고 공중으로 올라가 퍽 소리와 함께 산산조각 나며 터지기 마련이지만 이 폭죽은 공중으로 날아올라가 퍽퍽퍽 하고 연이어 세 번의 소리를 냈다. 풍아삼이 강광릉을 향해 나지막이 말했다.

"대사형, 저건 본문에서 만든 겁니다."

곧이어 산길에서 30여 명 정도 되는 사람들 무리가 내려오는데 하나같이 시골 농부 차림으로 손에 기다란 무기를 들고 있었다. 그들이 근방에 이르러 자세히 살펴보니 기다란 물건은 무기가 아니라 대나무 들것으로 대나무 막대기 두 개 사이에 그물을 설치해 사람이 탈 수 있게 만든 도구였다.

정춘추가 냉랭하게 웃었다.

"객들의 편의를 위한 주인의 배려이니 다들 어려워 말고 앉아서 올라오시오."

그러고는 현난 등을 들것에 앉혔다. 청년들은 두 명이 한 조를 이뤄 마치 하늘을 나는 듯 산 위로 내달려 올라갔다.

정춘추는 소맷자락을 휘날리며 앞장서서 걸어갔다. 그는 그리 급히 걸어가는 것처럼 보이지 않았지만 험준한 산길을 마치 바람을 타고 둥둥 떠가는 듯 땅에 발도 대지 않은 채 순식간에 전방의 대나무 숲 안으로 사라져버렸다.

그의 화공대법으로 극독에 중독된 등백천 등은 줄곧 분해서 속을 끓이고 있었다. 그의 요사스러운 무공에 잘못 걸렸을 뿐이지 자신의 무공 실력이 부족한 것이 아니라는 생각이 들어서였다. 그러나 그의 경공이 심오하기 이를 데 없는 데다 그게 교묘한 술수가 아닌 진정한 실력인 것처럼 보이자 속으로 탄복하지 않을 수 없어 모두들 이렇게 생각했다.

'저자는 요사스러운 무공을 펼치는 게 아니다. 난 절대 놈의 적수가 되지 못해.'

심지어 풍파악은 그에 대한 칭송을 해댔다.

"저 늙은 요물이 경공마저 매우 뛰어나구나. 존경스럽다. 존경스러워!"

그가 칭송의 말을 내뱉자 성수파 제자들 역시 앞다투어 칭송하기 시작했다. 정춘추의 무공은 당대에 비할 자가 없어 과거 무학대사로 알려진 달마노조 같은 사람들조차 그에 미치지 못할 것이라며 듣도 보도 못한 말들로 아첨에 열을 올렸다.

포부동이 성수파 제자들을 향해 말했다.

"노형들, 성수파 무공은 확실히 어떤 문파도 당해내지 못할 것 같소. 그야말로 전무후무하다 할 수 있소."

성수파 제자들이 모두들 기뻐하며 어쩔 줄 몰라 했다. 그중 한 제자가 말했다.

"형씨가 보기엔 우리 문파 무공 중 가장 뛰어난 게 무엇인 것 같소?"

포부동이 말했다.

"어디 하나뿐이겠소? 적어도 세 가지는 될 것이오."

제자들이 더욱 신이 나서 일제히 물었다.

"세 가지라니 뭘 말하는 거요?"

포부동이 말했다.

"첫 번째는 마비공馬屁功[1]이오. 이 무공을 제대로 연마하지 않는다면 귀 파 내에서는 하루 반나절도 살 수 없소. 두 번째는 법라공法螺功[2]이오. 만일 귀 파 무공의 덕행에 허풍을 더하지 않는다면 사부로부터 눈 밖에 날 뿐만 아니라 동문 간에도 배척당해 설 자리를 잃고 말 것이오. 세 번째 무공은 바로 후안공厚顔功[3]이오. 만일 양심을 버리지 않거나 후안무치하지 않는다면 어찌 마비공과 법라공이라는 양대 기공을 연마할 수 있겠소?"

그는 이 말을 하면 성수파 제자들이 하나같이 대로해서 그를 향해 앞다투어 주먹질과 발길질을 해댈 것이라 짐작했다. 그러나 그들 역시 마치 생선 가시가 목에 걸려 할 말을 못하고 답답해하고 있었다는 듯 이 말을 듣고 하나같이 고개를 끄덕이며 수긍할 줄 누가 알았겠는가? 성수파 제자 하나가 말했다.

"노형은 정말 머리가 좋은 것 같소. 본 파의 기공에 대해 제대로 알고 있으니 말이오. 허나 마비, 법라, 후안 3대 신공은 연마하기가 보통 어려운 게 아니오. 보통 사람들은 세속에 너무 깊이 전염돼 있어 뭐가 좋고 뭐가 나쁜지 느낄 수 있을 것이오. 마음속에 그런 시시한 선악의 개념과 시비의 구분을 지니고 있다면 후안공을 연마할 때 힘은 두 배로 들고 성과는 반으로 줄어들어 결정적인 순간에 성공을 앞두고 실패하는 경우도 왕왕 있으니 말이오. 그 때문에 세 가지 신공의 기초는 바로 사실을 왜곡하고 시비를 구분하지 않는 것이 요결이라 할 수 있소."

포부동은 이들을 비아냥대기 위해 내뱉었던 말이었지만 그들이 이토록 태연자약하게 나올 줄은 생각지도 못했다. 그는 너무도 이상한 생각이 들어 웃음이 절로 나왔다.

"사실을 왜곡하고 시비를 구분하지 않는 귀 파의 요결은 정말 오묘하기 이를 데 없소이다. 소인은 그저 존경스러울 뿐이니 대선께서 부디 좋은 길로 인도해주기 바라오."

그 제자는 포부동이 자신을 '대선'이라 칭하자 곧 득의양양해하며 말했다.

"당신은 본 파 사람이 아니기 때문에 신공들의 오묘함을 전수해줄 수는 없소. 허나 얄팍한 도리들에 관해서는 얘기해줘도 무방할 것 같소. 가장 중요한 비결은 당연히 사부님을 신처럼 모시면서 어르신이 방귀를 한번 뀌면…."

포부동이 그의 말을 가로채며 말했다.

"당연히 향기가 날 것이오. 허니 더욱 크게 호흡을 해야 충심으로 칭송한다 할 수…."

그 제자 역시 말을 끊었다.

"당신 말이 거의 맞지만 틀린 부분이 있소. '크게 호흡'을 하는 게 아니라 '크게 들이마시고 조금 내쉬어야' 하는 것이오."

포부동이 말했다.

"그렇군, 맞소! 대선의 지적이 옳소. 크게 내쉰다면 사부님의 방귀가 역겨워서 향기롭게 느끼지 못한다고 생각할까 그러는 것 아니오?"

그 제자가 고개를 끄덕였다.

"그렇소. 노형은 정말 천부적인 자질을 지녔소. 본 파에 들어온다면 상당한 성과를 얻을 수 있을 것이오. 다만 길을 잘못 들어 이단 문파에 들어간 것이 안타까울 따름이오. 본 파의 무공이 비록 변화무쌍하긴 하지만 기본 요결은 그리 복잡하지 않소. 그저 '양심을 버려라'라는 기본 관념만 숙지한다면 거의 다 배운 것이나 마찬가지요. '사실 왜곡이나 시비 불분' 같은 요결은 외부인들이 행하기 쉽지 않지만 일단 본 파에 들어오고 나면 자연스럽게 불변의 진리가 되기 때문에 전혀 어려울 것이 없소."

포부동이 연신 고개를 끄덕였다.

"대선의 일장 연설을 들으니 마치 10년 동안 글공부를 한 것 같소. 재하는 늘 귀 파를 동경해오고 있었지만 귀 파에 들어가지 못한 것이 한이오. 대선께서 날 천거해주실 수 있는지 모르겠소?"

그 제자가 살짝 미소를 지었다.

"본 파에 들어오는 건 말처럼 그리 쉽지는 않소. 필히 여러 가지 간고의 시험을 거쳐야 하는데 내가 보기엔 노형이 받아들일 수 있을지 모르겠소."

또 다른 제자가 거들었다.

"여기는 보는 눈이 많으니 이제 그쯤 해두게. 보시오, 포 형! 형씨가 정말 본 파에 의탁할 마음이 있다면 내가 사부님 기분이 괜찮을 때 사부님께 말씀을 올려보도록 하겠소. 안 그래도 본 파에서는 제자들을 널리 거두고 있소. 내가 볼 때 형씨는 골격도 괜찮은 것 같으니 사부님께서 형씨를 제자로 거두시는 자비를 베푸신다면 훗날 성공할 가능성이 있을 것 같소."

포부동이 정중하게 말했다.

"고맙소이다! 고맙소이다! 대선의 은덕에 이 포 모가 백골난망이로 소이다."

등백천과 공야건 등은 포부동이 성수파 제자들을 놀려먹는 걸 보고 화가 나면서도 웃음을 감출 수 없었다.

'세상에 어찌 저리도 비열하고 후안무치한 자들이 있을까? 허풍과 아첨을 일삼는 행동을 영광스럽게 생각하고 있다니 정말 듣도 보도 못한 자들이로다.'

이런 얘기를 하는 동안 일행은 이미 한 산골짜기 안으로 진입했다. 골짜기 안에는 소나무로 가득해 산바람이 불자 마치 파도가 치는 듯 한 소나무 소리가 들려왔다. 소나무 숲 사이를 1마장가량 걸어가다 통나무집 세 채 앞에 이르렀다. 집 앞의 한 커다란 나무 밑에 두 사람이 서로 마주보고 앉아 있고 왼쪽에 앉은 사람 뒤에는 세 사람이 서 있었다. 정춘추는 그들과 멀리 떨어진 곳에서 하늘을 바라보고 서 있었는데 모습이 무척이나 오만해 보였다.

일행은 점점 가까이 다가갔다.

"흠!"

별안간 대나무 들것에 실려 뒤따라오던 이괴뢰의 목에서 나오는 헛기침 소리가 들렸다. 무슨 말을 하려다 이내 참는 것으로 보였다. 포부동이 고개를 돌려보니 그의 얼굴이 창백하게 변해 몹시 당황스럽고 두려운 듯한 표정이었다. 포부동이 말했다.

"이번엔 누구로 분한 거요? 귀신 본 사람으로 분하기라도 한 거요? 왜 그렇게 겁을 먹고 있소?"

이괴뢰는 그의 말을 전혀 듣지 못했다는 듯 아무런 대답도 하지 않았다.

가까이 다가가보니 나무 밑에 앉아 있는 두 사람 사이에 커다란 돌이 하나 있고 그 위에는 바둑판이 새겨져 있었다. 두 사람이 바둑을 두고 있는 것으로 보였다. 오른쪽 사람은 키가 작고 비쩍 마른 노인이었고 왼쪽은 청년 공자였다. 포부동은 공자가 단예라는 것을 알고 씁쓸한 마음에 곰곰이 생각했다.

'저 녀석한테 늘 무례하게 대해왔는데 오늘 이런 운수 사나운 꼴을 보여준다면 저 녀석이 비아냥거릴 게 분명하다.'

커다란 청석 위에 새겨진 바둑판 위에 놓인 흑돌들과 백돌들은 하나같이 반짝반짝 빛을 발하고 있었다. 두 사람은 이미 100여 수를 둔 상태였다. 정춘추가 천천히 다가가 대국을 지켜봤다. 키 작은 노인이 흑돌을 한 점 두고는 마치 대국 중에 기묘하고 긴박한 변화를 읽었다는 듯 갑자기 두 눈썹을 추켜세웠다. 단예가 손에 백돌 하나를 쥐고 한참을 궁리하며 내려놓지를 못하자 옆에서 포부동이 부르짖었다.

"이봐, 단가 꼬마야! 넌 졌어. 넌 이 포가나 다를 바가 없는 것 같으니 어서 패배를 인정해라!"

단예 뒤에 서 있던 세 사람이 고개를 돌려 노한 듯 째려봤다. 바로 주단신을 비롯한 세 명의 호위였다.

돌연 강광릉과 범백령 등 함곡팔우가 하나하나 들것에서 내려와 청석 바둑판에서 1장가량 되는 지점으로 다가가 일제히 무릎을 꿇었다.

포부동이 깜짝 놀라 말했다.

"무슨 수작들이야?"

그는 이 말을 내뱉자마자 곧 깨달았다. 깡마른 늙은이는 바로 강광릉 등 여덟 명의 사부인 농아노인 '총변선생'이었다. 그러나 그와 철천지원수 사이인 성수노괴 정춘추가 코앞에 왔는데 어찌 저토록 여유롭게 바둑만 두고 있단 말인가? 더구나 상대는 그리 대단한 인물이 아니고 무공도 모르는 하찮은 책벌레에 불과하지 않던가?

강광릉이 말했다.

"예전보다 더 건강해지신 어르신 모습을 뵈니 저희 여덟 명은 기쁘기 그지없습니다."

함곡팔우는 총변선생 소성하에게 사문에서 축출당한 이후 감히 사제 간의 호칭을 쓸 수가 없었다. 범백령이 말했다.

"소림파 현난대사께서 어르신을 뵈러 오셨습니다."

소성하가 몸을 일으켜 사람들을 향해 깊이 읍을 하고는 말했다.

"현난대사께서 왕림하셨는데 이 늙은이 소성하가 영접을 하지 못했으니 실로 송구스럽기 짝이 없습니다."

이 말을 하고 사람들을 힐끗 쳐다보고는 다시 고개를 돌려 바둑판을 살폈다.

사람들은 설모화로부터 자신의 사부가 농아 행세를 한 연유에 대해 들었던 터였다. 지금 이 순간 뜻밖에도 입을 열었다는 것은 정춘추와 필사의 일전을 벌이겠다고 결심한 것이 아니고 무엇이겠는가? 강광릉과 설모화 등은 정춘추를 힐끗 쳐다보고 흥분과 두려움을 감추지 못했다.

현난이 답했다.

"별말씀을 다 하십니다."

그는 소성하가 대국에 그토록 집중하는 것을 보고 생각했다.

'이 사람은 잡무가 과하게 많구나. 금기서화에 관해 관심을 갖지 않는 것이 없으니 말이야. 무공이 사제에 미치지 못하는 이유가 있었군.'

쥐 죽은 듯 고요한 정적을 깨며 단예가 느닷없이 외쳤다.

"좋아, 이렇게 두겠습니다!"

이 말을 하면서 백돌 하나를 바둑판 위에 올려놓았다. 소성하는 희색이 만면한 얼굴로 칭찬을 하는 듯 고개를 끄덕이다 흑돌 하나를 두었다. 단예가 10여 로路에 이르는 바둑돌에 대한 파악이 끝났는지 틈을 두지 않고 곧바로 백돌을 두자 소성하 역시 흑돌을 하나씩 이어서 두었다. 이렇게 두 사람이 10여 수를 두고 나자 단예가 긴 한숨을 내쉬며 고개를 가로저었다.

"노선생께서 펼쳐놓은 진롱은 실로 오묘하기 이를 데 없어 소생이 풀어낼 방법이 없군요."

보기에는 소성하가 이긴 것 같았지만 그의 얼굴은 참담한 표정으로 가득했다.

"공자의 바둑 실력은 무척이나 정묘해서 공자가 둔 열몇 수는 이미 최고의 경지요. 다만 한 번 더 깊이 생각하지 않은 것이 애석할 따름이오. 정말 애석하오. 에이! 애석하구나, 애석해!"

연이어 네 번의 애석하다는 표현을 한 걸 보면 그가 아주 진지하게 안타까워하는 것 같았다. 단예는 자신이 둔 10여 수의 백돌을 바둑판에서 집어들어 나무상자에 넣었다. 소성하 역시 10여 개의 흑돌을 집어들었다. 바둑판 위에는 여전히 기존의 진세가 펼쳐져 있었다.

단예가 한쪽으로 물러나 바둑판을 넋이 나간 듯 바라봤다.

'저 진롱은 과거 무량산 석동에서 본 적이 있다. 저 총변선생은 필시 동굴 속의 신선 누님과 연원이 있을 것이다. 나중에 기회가 되면 슬그머니 물어봐야겠다. 남들이 절대 듣게 만들어서는 안 된다. 그러지 않으면 다들 신선 누님을 보겠다고 몰려갈 테니 어찌 그분에 대한 모독이 아니겠는가?'

바둑광인 함곡팔우 중 둘째 제자 범백령은 멀찌감치 서서 대국을 지켜보고 사부와 청년 공자의 대국은 실전이 아니라 소성하가 펼쳐놓은 진롱을 청년 공자가 풀어보려 했지만 끝내 풀지를 못한 것이란 사정을 잘 알고 있었다. 그는 바닥에 무릎을 꿇고 있어 바둑판이 잘 보이지 않자 무릎을 들고 목을 쭉 내밀었다. 자세히 살펴보고 싶었던 것이다.

소성하가 말했다.

"모두들 일어나라! 백령, 이 진롱은 중대한 문제와 연루되어 있으니 어서 와서 자세히 살펴봐라. 네가 이걸 풀 수만 있다면 큰일을 해내는 것이다."

범백령이 크게 기뻐하며 답했다.

"네!"

그는 몸을 일으켜 바둑판 옆으로 걸어가 정신을 집중해 살펴봤다.

등백천이 나지막이 물었다.

"둘째 아우, 진롱이라는 게 뭔가?"

공야건 역시 나지막한 소리로 말했다.

"진롱은 바둑을 둘 때 가장 어려운 문제를 일컫는 말이오. 저건 바둑의 고수가 일부러 사람을 어렵게 만들려고 배치해놓은 것이며 두 사람이 대국을 두다 나올 수 있는 진세는 아니지요. 이 때문에 살거나 죽거나 겁劫[4]일 때 극히 추산이 어려울 때가 있소."

일반적인 진룡은 적으면 10여 수 정도이고 많아도 40~50수에 불과하지만 이건 200여 수나 되다 보니 바둑 한 판을 거의 다 두는 셈이나 마찬가지였다. 공야건은 그런 도리에 대해 아는 바가 적어 한번 보고 이해가 되지 않자 더 이상 볼 생각도 하지 않았다.

범백령은 바둑을 수십 년 동안 면밀히 연구해왔던 터라 이미 고수의 반열에 올라 있다고 할 수 있었다. 그가 보기에 이 대국에는 겁 안에 겁이 있었다. 이미 양쪽 다 살았거나 아니면 장생長生[5] 상태거나, 혹은 반격을 하고 기세를 거두어들였거나 꽃놀이패[6]인 것들까지 모든 경우가 다 들어 있어 정말 복잡하기 이를 데 없었던 것이다. 그는 곧 정신을 가다듬고 다시 한번 자세히 들여다봤다. 순간 머리가 혼미한 상태로 우하귀 부분에 있는 백돌의 사활을 계산하다 가슴속의 피가 용솟음치는 느낌이 들었다. 다시 정신을 집중해 한 번 더 셈을 해보니 원래 이 백돌이 죽었다고 여겼었지만 실제로는 살 수 있는 길이 있다는 사실을 발견하기에 이르렀다. 그러나 옆에 있는 흑돌을 반드시 죽여야만 가능해 그에 연루된 수들은 이루 말할 수 없을 정도로 많았다. 다시 몇 번을 헤아려보던 중 돌연 눈앞이 캄캄해지고 후두에서 달달한 맛이 느껴지면서 선혈이 한 모금 뿜어져 나왔다.

소성하는 그를 냉랭한 눈으로 바라봤다.

"이 대국은 난도가 지극히 높은 데다 네 천부적인 자질에 한계가 있기 때문에 기력이 약한 건 아니지만 막상 풀어내기는 힘들 것이다. 하물며 정춘추 저 악적이 옆에서 사술을 펼쳐 혼백을 홀리고 있으니 보통 힘든 것이 아니야. 계속 두겠느냐? 말겠느냐?"

범백령이 답했다.

"생사는 운명에 달렸습니다. 이 제자, 최선을 다해보겠습니다."

소성하가 고개를 끄덕였다.

"그럼 천천히 생각해보거라."

범백령이 바둑판을 응시하며 몸을 흔들거리다 다시 선혈 한 모금을 뿜어냈다.

정춘추가 냉소를 머금고 말했다.

"공연히 목숨만 허비하려 드는군. 그럴 필요까지 있더냐? 영감탱이가 펼쳐놓은 저 장치는 원래 사람을 고통스럽게 만들어 살상을 하는 데 쓰는 것이다. 범백령! 네가 스스로 화를 자초한 것이다."

소성하가 정춘추를 한번 흘겨보고는 말했다.

"지금 네가 사부님을 뭐라고 호칭했더냐?"

"영감탱이이니 영감탱이라고 한 것 아니오?"

"나 농아노인은 오늘 농아 행세를 안 할 것이다. 이유가 뭔지는 네가 잘 알 것이다."

"아주 훌륭하구려. 스스로 한 맹세를 깨버리고 죽음을 자초하다니 말이오. 내 원망은 하지 마시오."

소성하가 큰 나무 쪽으로 걸어가 옆에 있는 커다란 바위를 들어올려 현난 옆에 내려놓았다.

"대사, 앉으십시오."

현난은 무려 200근에 가까운 바위를 80근도 채 되지 않는 깡마르고 왜소한 체격의 소성하가 힘 하나 안 들이고 가볍게 드는 것을 보고 그가 엄청난 공력을 지녔다고 느꼈다. 자신이 무공을 소실하지 않았다면 그 정도 무게의 바위를 드는 건 실로 어려운 일이 아니긴 했지만 소성하처럼 그렇게 아무 일 없다는 듯 간단히 할 수 있는 일까지는 아니었다. 그는 곧 합장을 하며 말했다.

"고맙소이다!"

이 말을 하며 바위 위에 앉았다.

소성하가 말했다.

"이 진롱은 선사께서 만드신 것이오. 선사께서는 과거 3년 동안 심혈을 기울여 이걸 만드시고 당대에 바둑의 도를 이해하는 인물이 깨주기를 기대하셨소. 재하가 30년 동안 각고의 노력으로 연구를 했지만 아직까지 풀어내지 못했소."

그는 여기까지 말하다 눈빛으로 현난과 단예, 범백령 등을 차례대로 훑어봤다.

"현난대사께서는 선리禪理에 정통하시니 선종의 요지가 돈오頓悟[7]에 있다는 것을 잘 알고 계실 것이오. 기도棋道 역시 마찬가지라 재기가 넘치는 여덟아홉 살 어린아이가 대국에서 일류고수들을 꺾는 경우가 왕왕 있지요. 재하가 비록 깊은 뜻을 이해하지는 못하지만 천하에 재기가 넘치는 인물들이 많으니 이를 못 풀지는 않으리라 생각하고 있소. 선사께서 과거에 남겨두고 가신 이 심원心願을 누군가 풀 수 있다면 이는 선사의 심원을 푸는 일이 될 것이니 선사께서 이승에 계시진 않지만 구천에서라도 이를 아시고 크게 기뻐하실 것이오."

현난은 속으로 생각했다.

'이 총변선생의 사부도 제자와 성격이 비슷하구나. 둘 다 평생 총명한 재기와 지혜를 이런 쓸데없는 곳에 투여하는 바람에 정춘추가 아무 거리낌 없이 횡포를 저질러도 이를 저지할 사람이 없었던 것이다. 정말 개탄스럽도다.'

소성하가 말을 이었다.

"우리 저 사제는⋯."

이 말을 하면서 손가락으로 정춘추를 가리켰다.

"과거 사문을 배반해 선사께서 한을 품은 채 유명을 달리하도록 만들었으며 내가 반격조차 할 수 없도록 손을 썼소. 재하는 선사를 위해 목숨을 바치려 했지만 선사께서 풀지 못한 심원을 남겨두셨다는 걸 알고 있었던 터라 언젠가 재기가 있는 인물이 이를 풀지 못한다면 죽어서도 사부님 얼굴을 뵙지 못할 것 같아 숱한 모욕을 참아오며 지금까지 구차한 목숨을 이어오게 된 것이오. 그 시간 동안 재하는 사제와의 맹약을 지키기 위해 말을 하지 않고 스스로 농아노인 행세를 했을 뿐만 아니라 문하에 새로 거둔 제자들마저 모두 벙어리와 귀머거리로 만들었던 것이오. 에이! 허나 30년 동안 아무 성과도 거두지 못했고 이 진롱도 풀어낸 사람이 없소. 여기 이 단 공자가 물론 준수하고 멋지긴 하지만⋯."

포부동이 끼어들었다.

"아니로소이다, 아니로소이다! 단 공자는 준수하게 생기지도 않았을뿐더러 멋진 건 더더욱 아니오. 하물며 인품이 준수하고 멋있는 것이 바둑을 두는 것과 무슨 관계가 있다는 것이오? 이치에 맞지 않소!"

"아주 큰 관계가 있지, 아주 큰 관계가 있소."

"노선생의 인품도, 허허, 그리 준수하고 멋있어 보이지는 않소만."

소성하가 그를 잠시 응시하다 싱긋 웃자 포부동이 다시 말했다.

"나 포부동이 노선생보다 훨씬 추하게 생겼다고 말하고 싶은 게로군."

소성하는 그의 말에 아랑곳하지 않고 말을 이었다.

"단 공자는 준수하고 멋있거니와 친근하고 온화한 성격까지 지니고 있소. 더구나 10여 수 정도를 두어보니 그 수도 정묘하기 이를 데 없었소. 재하가 기대를 많이 했지만 단 한 수를 잘못 둬서 실패할 줄 누가 알았겠소? 일단 두고 난 뒤에는 어쩔 수가 없는 것이오."

단예가 부끄러운 표정을 지었다.

"소생이 자질 부족으로 어르신의 기대에 부응하지 못했으니 부끄러울 따름입니다."

이 말이 채 끝나기도 전에 갑자기 범백령이 큰 소리로 부르짖으며 입에서 선혈을 미친 듯이 뿜어대다 뒤로 벌렁 나자빠졌다. 소성하가 왼손을 살짝 들어 팅팅팅 하고 바둑돌 세 알을 튕겨 보내자 그의 가슴팍에 있는 혈도에 적중했다. 순간 범백령은 뿜어내던 피를 멈추었다.

사람들이 깜짝 놀라는 순간, 느닷없이 픽 하는 소리와 함께 공중에서 허연 물체가 한 알 날아와 바둑판 위에 놓였다.

소성하가 보니 그건 방금 나무에서 파낸 것으로 보이는 소나무 속살이었는데 공교롭게도 속살은 거위 19로에 놓였다. 진롱을 풀 수 있는 매우 중요한 위치였다. 고개를 들어 바라보니 왼쪽 5장 밖에 있는 한 소나무 뒤에 담황색 장포 자락이 살짝 보이는데 누군가 숨어 있는 것 같았다.

소성하는 놀랍고도 기쁜 마음에 말했다.

"또 한 분의 고인께서 오셨군요. 이 늙은이가 기쁘기 이를 데 없소."

이 말을 하면서 흑돌로 상대하려는 순간, 귓전에서 가벼운 소리가 들리며 검은색의 작은 물체가 등 뒤에서 날아와 거위 88로에 놓였다. 바로 소성하가 놓으려고 했던 곳이었다.

사람들이 모두 놀라며 고개를 돌렸지만 사람의 그림자라고는 보이지 않았다. 오른쪽 소나무는 비교적 크지 않아 나무 위에 누군가 숨어 있다면 한눈에 볼 수 있었다. 하지만 그 사람은 어디 숨어 있는지 도대체 알 수가 없었다. 소성하는 검은색 물체가 아주 작은 소나무 껍데기인 데다 떨어진 위치가 매우 정확한 것을 보고 깜짝 놀라지 않을 수 없었다. 검은색 물체가 놓이자마자 왼쪽 소나무 뒤에서 다시 흰색 나무 속살이 날아와 거위 56로에 놓였다.

그때 휙 소리와 함께 검은색 물체가 공중에서 빙글빙글 돌다 그대로 낙하하며 한 치의 오차도 없이 거위 45로에 놓였다. 검은 돌은 나선형으로 상승했기 때문에 어디서 날아왔는지 찾기가 어려웠다. 낙하 위치가 그토록 정확하다는 것은 암기를 사용하는 공력이 무척이나 뛰어나다는 뜻이었기에 사람들은 속으로 감탄만 하다 일제히 박수갈채를 보냈다.

갈채 소리가 채 끝나기도 전에 소나무 가지 사이에서 아주 맑고 카랑카랑한 목소리가 전해져왔다.

"모용 공자, 가서 진롱을 풀어보시오. 소승이 대신 두 수로 응대했으니 주제넘은 짓이라 탓하지는 말고 말이오."

나뭇잎이 살짝 흔들리며 맑은 바람이 불어오자 바둑판 옆에 승려 한 명이 나타났다. 잿빛 승포를 입은 화상은 신광을 번뜩이며 부처님을 연상케 하는 장엄한 형상과 함께 얼굴에 살짝 미소를 머금고 있었다.

단예가 깜짝 놀라 생각했다.

'구마지 저 마두가 또 왔구나!'

그리고 이런 생각을 했다.

'조금 전 백돌은 모용 공자가 날렸나? 모용 공자를 오늘 드디어 보게 되는 건가?'

구마지가 두 손을 들어 합장하며 소성하와 정춘추, 현난을 향해 각각 예를 올리고 말했다.

"소승이 길을 지나던 중 총변선생께서 기회棋會에 초청한다는 청첩을 보고 주제넘게 천하 고인들을 뵈러 왔소이다."

그리고 큰 소리로 외쳤다.

"모용 공자, 이제 모습을 드러내시오!"

청량한 웃음소리가 들리며 한 소나무 뒤에서 두 사람이 돌아나왔다. 단예는 곧 눈앞이 캄캄해지고 입안이 씁쓸해지면서 온몸에 열이 오르기 시작했다. 그중 아주 빼어나게 아름다운 자태를 지닌 한 사람이 천천히 걸어나오는데 그건 바로 그가 밤낮으로 그리워하며 한시도 잊은 적이 없는 그녀, 왕어언이었다.

그녀는 사랑스러운 정이 가득한 얼굴로 옆에 있는 한 청년 공자를 넋을 잃은 채 바라보고 있었다. 단예가 그녀의 눈빛을 따라가보니 스물여덟아홉 정도 나이의 간편한 담황색 복장을 하고 허리에 장검을 찬 공자 하나가 천천히 걸어나왔다. 그의 얼굴은 맑고 준수했으며 품위가 넘쳐 보였다.

단예는 그를 보자마자 몸이 오싹해지고 눈이 빨갛게 충혈이 돼서

31. 승부는 사람에 의해 결정되지 않는다

하마터면 눈물이 나올 뻔했다.

'사람들이 모용 공자는 인중용봉이라더니 과연 명불허전이로다. 왕 낭자가 저 사람을 그토록 앙모하는 것도 무리가 아니었어. 에이, 내 평생 운명은 고난을 받아들여야 하는 것으로 정해져 있나 보구나.'

그는 스스로를 원망하면서 한탄스러운 마음에 왕어언의 표정조차 보고 싶지 않았다. 그러나 결국에는 참지 못하고 그녀를 슬쩍 훔쳐봤 다. 이미 두 사람이 가까이 다가왔지만 왕어언은 단예를 보고도 못 본 체하며 그에게 인사조차 하지 않았다. 단예가 다시 생각했다.

'그녀의 마음속에 나란 놈은 없는 거야. 전에 나와 함께 있을 때도 그녀의 마음속에는 오로지 사촌 오라버니만 있던 거였어.'

등백천과 공야건, 포부동, 풍파악 네 사람은 재빨리 달려가 그를 맞 이했다. 공야건이 모용복을 향해 소성하와 정춘추, 현난 등 세 사람 무 리의 내력에 관해 나지막이 고했다. 포부동이 말했다.

"단가 저 책벌레는 무공도 모르는 녀석이 조금 전 바둑을 뒀습니다. 결국에는 진롱을 풀지도 못했지만 말입니다."

모용복은 여러 사람들에게 일일이 예를 올려 인사를 나누었다. 그 는 겸허한 말투에 친화적으로 사람들을 대했다. 천하에 명성을 떨치고 있는 고소모용이 이렇게 준수하고 고귀한 모습의 공자일 것이라고는 생각지도 못했던 터라 모두들 존경 어린 덕담을 나누었다. 심지어 정 춘추마저 예의를 갖춰 말할 정도였다.

모용복은 맨 마지막이 되어서야 단예와 인사를 나누었다.

"단 형, 안녕하시오."

단예는 참담한 표정으로 고개를 가로저었다.

"그쪽은 안녕하시겠지만 난… 난 전혀 안녕하지 않소."

왕어언이 깜짝 놀라 물었다.

"단 공자, 공자도 오셨네요?"

단예가 말했다.

"그렇소. 나… 나도….”

왕어언이 말했다.

"단 공자, 아벽은 찾으셨나요? 사촌 오라버니께서 사람을 시켜 소주로 돌려보냈는데 집에 돌봐줄 사람이 없어서 안심이 되질 않네요."

단예는 고개만 끄떡일 따름이었다.

모용복은 그를 몇 번 쳐다보다가 더 이상 거들떠보지도 않았다. 그는 곧장 바둑판 옆으로 걸어가 백돌을 쥐어 들고 바둑을 두기 시작했다. 구마지가 미소를 지으며 말했다.

"모용 공자, 공자가 아무리 고강한 무공 실력을 지녔어도 이 진롱은 그리 쉽게 풀어내지는 못할 것이오."

이 말을 하며 흑돌 한 점을 두자 모용복이 말했다.

"당신한테 지진 않을 것이오."

이 말을 하면서 백돌 한 점을 두었다. 구마지가 이에 응하며 착수를 했다.

이미 바둑판을 한참이나 응시하고 있던 모용복은 이미 해법을 생각해놓았다고 자신하고 있었다. 그러나 구마지가 의외의 한 수를 두자 자신이 구상한 전반적인 책략이 모두 수포로 돌아가버린 터라 처음부터 다시 생각해야 했다. 한참 후에 비로소 다시 한 점을 두었다.

구마지가 재빨리 머리를 굴려 이어서 한 점을 두었다. 한 명은 빨리

한 명은 천천히 20여 수를 두다 구마지가 돌연 껄껄대고 웃었다.

"모용 공자, 우리 각자 하기로 합시다!"

모용복이 버럭 화를 냈다.

"어찌 그리 훼방을 놓는 거요! 그럼 당신이 풀어보시오!"

구마지가 웃으며 말했다.

"세인들 중에는 이 기국棋局을 풀 수 있는 사람이 없소. 그저 사람을 희롱하기 위해 펼쳐놓은 것일 뿐이오. 소승은 스스로 분수를 알기에 이런 무익한 일에 심혈을 쏟아붓고 싶지 않소. 모용 공자, 구석에서 훼방을 놓는 내 수조차 풀지 못하면서 어찌 중원에 나가 대결을 벌일 수 있겠소?"

모용복은 눈앞이 점점 흐릿하게 변해만 갔다. 바둑판 위의 백돌과 흑돌이 마치 장수들과 병사들로 보이며 동쪽에 한 무리의 인마가 있고 서쪽에는 진영이 있어 서로가 서로를 에워싼 채 어지럽게 뒤엉켜 서로 마구 죽이는 모습처럼 보였다. 그는 눈을 똑바로 뜨고 다시 쳐다봤다. 백기에 백색 갑옷을 입은 아군 군마가 흑기를 들고 흑색 갑옷을 입은 적에게 포위돼 있었다. 백색 군마가 좌충우돌하며 시종 포위망을 뚫고 나갈 수가 없는 상황이 되자 갈수록 초조해지기 시작했다.

'나 모용씨가 천수를 다한 것인가? 그동안 도모했던 수천 가지 책략이 모두 헛된 것이 되어버리고 쓸데없는 애만 쓴 것이란 말인가? 우리 모용씨 일가에서 수백 년 동안 전심전력을 다해 준비한 것이 결국 일장춘몽이었다는 것인가? 모든 것이 운명이라면 무슨 말을 더 할 수 있단 말인가?'

그는 별안간 큰 소리로 울부짖다 검을 뽑아 들어 자신의 목에 가져다 댔다.

모용복이 넋이 나간 채 아무 말도 하지 않고 불안한 표정으로 서 있자 왕어언과 단예, 등백천, 공야건 등은 그를 뚫어지게 응시하고 있었다. 그런데 모용복이 뜻밖에도 검을 뽑아 들어 자결을 하려 들 것이라고는 아무도 예상치 못했다. 등백천 등이 일제히 달려가 그를 구하려 했지만 부족한 공력 때문에 모두 한발 늦은 상황이었다.

그때 단예가 식지를 찍어내며 소리쳤다.

"그건 아니 되오!"

"피육!"

난데없이 엄청난 굉음과 함께 모용복 수중에 있던 장검이 흔들리며 챙 하고 땅바닥에 떨어졌다.

구마지가 환하게 웃으며 소리쳤다.

"단 공자, 아주 훌륭한 육맥신검 초식이오!"

장검이 손에서 떨어지는 소리에 모용복은 깜짝 놀라 그제야 환각 속에서 깨어났다. 왕어언이 그의 손을 끌고 연신 흔들어대며 소리쳤다.

"사촌 오라버니, 저런 기국을 풀지 못한 게 뭐 대단하다고? 어찌 자결할 생각까지 하시는 거예요?"

이 말을 하면서 두 줄기 눈물방울이 그녀의 뺨을 타고 흘러내렸다.

모용복이 어쩔 줄 몰라 하며 말했다.

"어찌 된 거지?"

왕어언이 말했다.

"다행히 단 공자가 오라버니 손에 있던 장검을 쳐서 떨어뜨렸어요. 안 그랬다면, 안 그랬다면⋯."

공야건이 말했다.

"공자, 저건 사람의 혼백을 뺏는 기국입니다. 사술을 펼쳐놓은 것 같습니다. 공자, 더 이상 상관하지 마십시오."

모용복이 고개를 돌려 단예를 향해 물었다.

"귀하가 조금 전에 펼친 일초가 정말 육맥신검 검초였소? 애석하게도 내가 제대로 보지 못했소. 귀하께서 다시 한번만 펼쳐준다면 재하의 시야가 넓어질 수 있을 것 같소."

단예는 구마지를 한번 힐끗 쳐다봤다. 자신이 육맥신검 일초를 펼치는 걸 그가 본다면 자신을 또 납치해갈까 두려웠다. 이 검법은 때로는 신통하지만 때로는 신통하지가 않기에 만일 저 못된 화상이 출수를 한다면 막아내기 힘들 것이다. 그는 두려운 마음에 왼쪽으로 세 걸음 나아가 구마지와 멀리 떨어져 중간에 주단신 등 세 사람을 두고 난후에야 대답했다.

"급한 마음에 운 좋게 나온 것일 뿐 다시 펼쳐내는 건 어렵소. 조금 전에는 정말 보지 못하셨소?"

모용복이 멋쩍은 기색으로 말했다.

"재하가 일순간 심신이 혼미해졌던 것 같소. 마치 귀신에 홀린 듯 말이오."

포부동이 큰 소리로 외쳤다.

"맞습니다. 필시 성수노괴가 옆에서 사술을 펼쳤을 것이오. 공자, 조심하십시오!"

모용복은 정춘추를 한번 흘겨보다 다시 단예를 향해 말했다.

"사술에 빠진 재하를 구해주셨으니 진심으로 감사드리겠소. 단 형께서 육맥신검 절기를 지니고 계신 걸 보니 대리단씨인가 보구려?"

그때 저 멀리에서 누군가의 목소리가 홀연히 전해져왔다.

"대리단가 사람이 거기 있다니 누구냐? 단정순이더냐?"

그건 바로 악관만영 단연경이었다.

주단신 등의 얼굴색이 변했다. 그때 금속성의 날카로운 목소리가 소리쳤다.

"우리 큰형님이야말로 제대로 된 대리단씨다. 나머지는 모두 가짜야!"

단예가 싱긋 웃으며 생각했다.

'우리 제자도 왔구나.'

남해악신의 외침 소리가 끝나자마자 산 밑에서 한 사람이 빠른 걸음으로 올라오는데 신법이 기가 막히게 빨랐다. 바로 운중학이었다. 그가 외쳤다.

"천하 사대악인이 총변선생을 찾아뵙고 기회에 참석하러 왔소."

소성하가 말했다.

"환영하는 바요."

말이 채 끝나기도 전에 운중학은 이미 사람들 앞에 모습을 드러냈다.

잠시 후 단연경과 섭이랑, 남해악신 세 사람이 어깨를 나란히 한 채 당도했다. 남해악신이 큰 소리로 말했다.

"우리 큰형님께서 청첩을 보시고 너무 기쁜 나머지 다른 일을 다 제쳐놓고 바둑을 두러 오셨다. 큰형님 무공은 천하무적이자 나 악노이보다 뛰어나신 분이야. 누구든 이에 불복한다면 당장 나와서 큰형님과 바둑 세 수만 둬봐라. 혼자 덤빌 테냐? 아니면 다 같이 덤빌 테냐? 한

데 어찌 무기가 보이질 않는 거지?"

섭이랑이 말했다.

"셋째, 허튼소리 좀 작작해! 바둑 두는 게 손을 써서 싸우는 것도 아 닌데 무슨 무기가 필요하다 그러는 거야? 게다가 다 같이 덤비긴 뭘 다 같이 덤벼?"

남해악신이 대꾸했다.

"누이나 허튼소리 하지 마! 싸우지 않을 거라면 큰형님이 뭐 하러 이리 급히 왔겠어?"

단연경이 바둑판을 뚫어지게 쳐다보며 한참을 사색했다. 그렇게 한 참을 있다가 왼손 철장을 바둑돌 상자에 넣어 찍자 철장 끝에 흡착력 이 있는 듯 백돌 하나가 달라붙었다. 그는 달라붙은 백돌을 가져가 바 둑판 위에 놓았다.

현난이 그의 솜씨를 보고 찬탄을 하며 말했다.

"대리단씨의 무공이 천남天南에서 독보적이라 하더니 과연 명불허 전이로군."

단예는 단연경이 얼마 전 황미승과 바둑 대결을 펼치는 정경을 본 적이 있어 그가 내력이 심후할 뿐만 아니라 기력棋力 또한 매우 뛰어나 다는 사실을 잘 알고 있었기에 그가 진롱을 풀 수 있을지도 모르겠다 는 생각이 들었다. 주단신이 그의 귓전에 대고 조용히 말했다.

"공자, 우리는 가시지요. 지금이 좋은 기회입니다."

그러나 단예는 단연경이 저 난국을 어찌 푸는지 보고 싶었다. 또한 어렵사리 왕어언을 만났기에 그에게 좋은 기회란 바로 거기 있었다. 그는 하늘이 무너져도 그녀를 떠나고 싶지 않아 흥미롭다는 듯 몇 번

헛기침을 하며 오히려 바둑판을 향해 몇 걸음 다가갔다.

소성하는 이 기국의 수많은 변화를 매 한 수마다 일목요연하게 가슴에 묻어두고 있었던 터라 곧바로 흑돌로 한 수를 대응했다. 단연경이 한번 생각하다 다시 한 점을 두었다. 소성하가 말했다.

"귀하의 한 수는 고명하기 이를 데 없소. 난관을 극복하고 활로를 찾을 수 있는지 한번 보겠소."

그러고는 흑돌 한 점을 두어 활로를 봉쇄했다. 단연경이 다시 한 점을 두었다.

소림승 허죽이 대뜸 끼어들었다.

"그 수는 두면 안 됩니다!"

그는 조금 전에 모용복이 그 수를 두고 난 다음 그 뒤로 연이어 두다 결국 검을 뽑아 자결하려 하는 걸 봤던 터였다. 그는 단연경이 그의 전철을 밟을까 두려워 이를 참지 못하고 상황을 일깨워주려 했다.

남해악신이 대로하며 소리쳤다.

"어린 화상 놈 주제에 감히 어디서 우리 큰형님께 두라 마라 하는 것이냐?"

이 말을 하며 그의 등짝을 움켜쥔 채 번쩍 들고 가자 단예가 소리쳤다.

"제자야, 소사부는 해치지 말거라!"

남해악신은 이곳에 당도했을 때 단예를 발견하고 속으로 난감해하고 있던 참이었다. 부디 자신에게 아무 말도 하지 않기만 바라고 있었는데 뜻밖에도 그가 나서서 소리칠 줄 누가 알았겠는가? 그는 벌컥 화를 내며 말했다.

"해치지만 않으면 그뿐이지 웬 상관이야!"

그러고는 허죽을 바닥에 살며시 내려놨다.

사람들은 흉악무도하기로 이름난 남해악신이 놀랍게도 단예 말에 고분고분한 데다 그가 '제자야' 하고 부르는데도 아무런 대꾸도 하지 못하는 것을 보고 의아하게 생각했다. 주단신 등 호위들만이 연유를 알고 속으로 몰래 웃을 뿐이었다.

허죽은 땅바닥에 앉아 곰곰이 생각했다.

'우리 사부님께서 늘 그러셨지. 부처님께서 전수하신 수증법문修證法門[8]에는 계戒, 정定, 혜慧 삼학三學이 있으며《능엄경楞嚴經》에 이런 말씀이 있다고 말이야. "마음을 다잡는 것을 계로 삼고, 그 계로 인해 선정이 생기며, 선정으로 인해 혜가 발현한다." 우리같이 근본이 무딘 사람들이 마음을 다잡고 계로 삼는 것은 어렵다. 그 때문에 달마조사께서 간편한 법문을 전수해주시고 우리에게 무예를 배워 마음을 다잡으라 하셨으니 바둑을 통해서도 마음을 다잡을 수 있는 것이다. 무예는 승부를 중시하고 바둑 역시 승부를 중시하니 이는 선정의 도리와 상반되는 것이다. 그 때문에 무예를 배우거나 바둑을 둘 때 승부욕을 가져서는 아니 되는 것이다. 만일 비무와 대국에 있어 승부욕이 없다면 그건 도道에 가까운 것이다.《법구경法句經》에 또 이런 말씀이 있다. "승리하면 원한을 쌓고 패배하면 자괴감에 빠진다. 승부욕을 버리고 쟁론이 없으면 스스로 편안할 것이다." 난 무공이 뛰어난 것도 아니고 바둑 솜씨도 저급하니 사형제들과 무술 대결을 하고 바둑을 둘 때 늘 승리보다는 패배가 많았다. 사부님께서도 내가 화를 내지도 않고 원망하지도 않으며 승부욕을 가벼이 여기는 데 대해 오히려 칭찬해주시지 않았던가? 한데 어찌 오늘 난 단 시주가 한 수 잘못 두는 것을 보고 잘 못을 염려해 지적하려 한 것인가? 더구나 내 바둑 실력으로 어찌 남을 가르칠 수 있단 말인가? 그가 비록 모용 공자와 똑같은 곳에 두긴 했 지만 그 후에는 전혀 다른 국면으로 전개될지도 모르는 일이다. 나 스 스로도 풀어내지 못하면서 오히려 "그 수는 두면 안 됩니다"라고 소리 쳤으니 이 어찌 자만심을 드러낸 행동이 아니던가?'

단연경이 한 점을 두고 잠시 생각하다 한 점 더 두면 둘수록 점점 생각이 길어져 20여 점을 둘 때 태양은 이미 서편에 기울었다. 현난이 대뜸 입을 열었다.

"단 시주, 처음 열 수는 정석으로 두었지만 열한 번째 수를 둘 때부 터 정석에서 벗어나 갈수록 편향적으로 변해버렸으니 다시는 구제할 방법이 없는 것 같소."

단연경이 강시처럼 굳은 얼굴로 아무 표정도 없이 배 속에서 나오 는 목소리로 현난을 향해 말했다.

"당신네 소림파는 명문 정종正宗으로 알고 있소. 정도正道에 따르면 어떤 해법이 있을 수 있겠소?"

현난이 탄식을 했다.

"이 기국은 정도도 아니고 사도邪道도 아니기에 정도로는 풀 수가 없 소이다. 다만 편향적으로 일관하는 것은 더더욱 아니 될 것이오!"

단연경은 왼손 철장을 허공에 멈춰놓고 살짝 떨면서 시종 착수를 하지 못하다 한참 후에 말했다.

"전방에는 나아갈 길이 없고 후방에는 추격병이 있는 데다 정도도 아니고 사도도 아니니 난감하기 짝이 없구나!"

그의 가전 무공은 본래 대리단씨의 정통성을 잇고 있었지만 후에 사도에 빠졌기 때문에 현난의 이 몇 마디 말은 그의 심경을 뒤흔들기에 충분했다. 뜻밖에도 그 역시 모용 공자처럼 마도에 빠져들고 말았다.

그 진롱은 워낙 변화무쌍하다 보니 사람마다 대하는 방법도 달라서 재물을 좋아하는 사람은 탐욕 때문에 오판을 하게 되고, 화를 잘 내는 사람은 분노로 인해 일을 그르치고 만다. 단예의 패배는 사랑이 과하다 보니 돌을 포기하지 못하는 데 있었고, 모용복의 실패는 권세에 집착한 나머지 과감하게 돌을 포기해도 오히려 세勢를 잃지 않으려 한 데 있었다. 단연경의 경우 평생 한스럽게 생각하던 일이 바로 불구가 된 이후 부득불 본문의 정종 무공을 포기하고 이단 문파의 사술을 습득하게 된 것이라 일단 정신을 집중했을 때 외마의 침입을 받자 뜻밖에도 심신이 일렁거려 자제하기 어려웠던 것이다.

정춘추는 실눈을 뜨고 말했다.

"그래. 정파에서 사파로 들어서기는 쉬워도 사파에서 정파로 돌아가는 건 어렵지. 당신 일생은 망친 걸로 정해진 거야. 망쳤어! 에이. 애석하군. 한번 발을 잘못 들여 천고의 한이 되다니 말이야. 아무리 후회해도 소용이 없어!"

그의 말 속에는 아쉬움이 가득 차 있었지만 현난 등 고수들은 성수노괴가 결코 좋은 의도로 그런 말을 내뱉은 것이 아니라는 걸 잘 알고 있었다. 이 틈에 단연경을 주화입마에 빠지게 만들어 두려운 적수를 제거하려 한 것이다.

아니나 다를까! 단연경은 넋을 잃고 꼼짝도 하지 않다가 처연하게 말했다.

"존귀한 대리국 황자의 몸인 내가 오늘 강호에서 곤경에 처해 이 지경까지 이르게 됐으니 실로 조종 선친들께 부끄럽기 짝이 없구나."

정춘추가 말했다.

"구천에 가더라도 단씨 선조들을 볼 낯이 없을 것이오. 스스로 부끄럽게 여긴다면 자결을 하는 게 낫겠지. 그럼 영웅호한의 행적이라 치부될 수 있을 것이오. 에이! 차라리 자결을 하고 말지! 차라리 자결을 해!"

이 말은 매우 부드럽고 그럴듯한 말이라 옆에서 공력이 부족한 사람이 듣는다면 정신이 혼미해지고 원기를 잃고 말았을 것이다.

단연경이 곧이어 혼잣말을 했다.

"에이, 차라리 자결을 하는 게 낫겠다!"

그러고는 철장을 들어 천천히 자신의 가슴팍을 향해 찍어갔다. 그러나 어쨌든 깊이 수양을 한 몸인 그는 암암리에 그게 잘못된 것임을 알아차렸다. 마음 깊은 곳에서 마치 이런 목소리가 들리는 듯했다.

'아니야! 잘못됐어! 이대로 찍어가다가 난 끝장이 나고 말 것이다!'

그러나 왼손 철장은 여전히 1촌 또 1촌 자신의 가슴을 향해 찍어가고 있었다. 그는 과거 나라를 잃고 유랑을 하다 몸에 중상을 입었을 때도 자결을 결심한 적이 있었다. 그때는 오직 특이한 기회와 인연으로 인해 정신을 차릴 수 있었지만 지금은 사도에 빠진 데 대한 깊은 후회의 자책감이다 보니 자제력이 약해져 가슴 깊은 곳에 숨어 있던 자결 충동이 일어났던 것이다.

주변의 여러 고수들 중 자비심을 품은 현난이 그에게 경각심을 일깨워주는 말을 하려 했지만, 그런 엄숙한 경고는 공력이 단연경에 버금가야만 자각시키는 효과를 나타낼 수 있었다. 그렇지 않으면 이득도 없을뿐더러 오히려 큰 화를 입힐 수 있었다. 더구나 그는 중상을 입은 몸이라 실로 속수무책이었다. 소성하는 과거 사부가 세운 규칙을 엄격하게 지키기 위해서라도 도울 수가 없었고, 모용복은 사파의 고수인 단연경이 주화입마로 죽는다면 천하의 해악을 제거하는 셈이기에 그저 보고만 있을 수밖에 없었다. 구마지는 타인의 불행을 즐기는 성미인지라 싱글거리며 수수방관만 하고 있었고, 단예와 유탄지는 공력이 심후하기 이를 데 없었지만 단연경의 행동이 무슨 의미인지 전혀 알지 못했으며, 왕어언은 각 문파의 무공에 대해 아는 바가 적지 않았지만 심력으로 유혹하는 정춘추의 사파 무공은 무학이라 할 수 없어 전혀 알 수가 없었다. 또한 섭이랑은 단연경에 대해 쌓인 울분이 있어도 어쨌든 결의를 한 동료인지라 돕고 싶은 마음이 있었지만 방법을 알지 못했고, 등백천과 강광릉 등은 공력을 모두 잃은 데다 성수노괴와 제일 악인의 대결에 끼어들고 싶지 않았다.

남해악신은 속으로 초조해하다 단연경의 철장이 그의 가슴에서 불과 수 촌에 이르러 더 지체하다가는 그의 사혈死穴을 찍을 것으로 보이자 당장 허죽을 움켜잡고 소리쳤다.

"큰형님, 이 화상을 받으시오!"

이 말을 하며 단연경을 향해 내던졌다.

정춘추가 일장을 후려치며 호통쳤다.

"꺼져라! 훼방 놓지 말고!"

허죽을 내던지는 남해악신의 힘이 어찌나 웅후했던지 허죽은 강풍을 동반하며 앞으로 쏜살같이 날아갔지만 정춘추가 후려친 부드러운 일장에 허죽의 몸은 다시 하늘로 날아 돌아와 남해악신과 충돌해버리고 말았다.

남해악신은 두 손으로 허죽을 들어 다시 단연경을 향해 던지려 했다. 그러나 정춘추의 장력에 세 줄기 후경後勁[9]이 축적되어 있는 줄은 까맣게 모르고 있었다. 남해악신이 두 눈을 동그랗게 뜬 상태로 턱턱턱 뒤로 세 걸음 물러서서 제자리에 멈추려는 순간, 두 번째 후경이 다시 닥쳐왔다. 그의 두 무릎은 힘없이 무너지며 그대로 땅바닥에 주저앉아버렸다. 그리고 더 이상 별일 없으리라 여기고 멍하니 있는 순간 또다시 세 번째 후경이 습격해올 줄 어찌 알았겠는가? 그는 두 손으로 여전히 허죽을 움켜잡은 채 바닥에서 한 바퀴 구른 다음 그를 찍어 누르고 몸을 뒤집었다. 정 노괴의 그 일장에 네 번째 후경이 있을 것이라 예측하고 황급히 허죽의 몸을 앞으로 밀어내며 막았던 것이다.

그러나 네 번째 후경이 다가올 기미는 보이지 않았다. 남해악신이 눈을 동그랗게 뜨고 욕을 퍼부었다.

"이런 젠장맞을!"

그는 욕을 내뱉으며 허죽을 바닥에 내려놨다.

정춘추가 그 일장을 펼쳐내느라 심력이 느슨해진 사이 단연경의 철장은 허공에 멈춰 더 이상 움직이지 않았다. 정춘추가 말했다.

"너무 늦었다. 너무 늦었어! 단연경, 좋은 말 할 때 자결하는 게 좋아! 자결하는 게 나을 거야!"

단연경이 탄식을 하며 말했다.

"맞아! 세상에 살아남는 게 무슨 의미가 있겠는가? 차라리 자결하는 게 낫지!"

이 말을 하면서 철장 끝을 가슴팍의 옷에서 다시 2촌 가까이 가져
다 댔다.

허죽은 자비심이 발동했다. 그는 단연경의 마장魔障을 풀어내려면
기국에 손을 들여놔야 하지만 바둑 실력이 형편없었던 터라 이 복잡
하기 이를 데 없는 기국 속의 난제를 푼다는 건 감히 상상도 할 수 없
었다. 그는 단연경의 두 눈이 기국을 멍하니 응시하는 것을 보자 짧은
위기의 순간에 불현듯 영감이 떠올랐다.

'저 기국을 풀지는 못해도 훼방을 놓는 건 간단하지 않은가? 저자의
심신을 혼란스럽게 만들 수 있다면 그를 구할 수 있다. 기국이 없다면
승부도 없을 것 아닌가?'

이런 생각을 마치자 대뜸 말했다.

"제가 기국을 풀어보겠습니다."

그는 빠른 걸음으로 앞으로 나가 바둑알 상자 안에서 백돌 하나를
꺼내 눈을 감은 채 손이 가는 대로 바둑판에 두었다.

감았던 눈을 채 뜨기도 전에 노한 목소리로 질책하는 소성하의 목
소리가 들렸다.

"무모하구나. 무모해! 스스로 집을 막아버리면 함께 살 수 있는 세
력도 살지 못하고 백돌 하나를 스스로 죽여버리는 것인데 어찌 그런
바둑을 둔단 말인가?"

허죽이 눈을 뜨고 바라보고는 얼굴이 시뻘겋게 변하지 않을 수 없
었다.

자신이 눈을 감고 둔 한 수가 뜻밖에도 이미 흑돌에 둘러싸여 완전

히 포위된 백돌 한가운데였던 것이다. 이곳은 흑돌과 백돌이 서로 에 워싸고 있어 쌍방 모두의 영역이 아닌 빈집 두 개만 남은 곳으로 흑이 거두어들이고자 하면 빈집 하나를 막고 백돌 한 점을 흑이 잡아먹을 수 있고, 백이 거두어들이려 하면 빈집 하나를 막고 흑돌 한 점을 백돌이 먹어버릴 수 있는 상태였다. 바둑에서는 이를 공활共活 또는 쌍활雙活이라고 일컬으며 이른바 '상대가 감히 먼저 먹지도 못하고 내가 감히 먼저 먹지도 못한다' 해서 쌍방이 모두 손을 델 수가 없는 곳이었다. 허죽이 빈집에 한 점을 놓아 스스로 집을 없앴다는 건 살아 있는 자신의 세력을 상대한테 모두 먹히는 것이라 상대가 백돌을 먹지 않으면 오히려 백에게 먹히기 때문에 흑은 이를 먹지 않을 수 없었다. 기도에 이런 자살 행위는 있을 수가 없었다. 이런 백의 죽음은 백 입장에서 보면 전군이 몰살당하는 경우나 마찬가지였다.

구마지와 모용복, 단예 등이 보고 모두 껄껄대며 웃지 않을 수 없었다. 현난 역시 고개를 가로저으며 씩 웃었다. 범백령은 피로가 극에 달했지만 도저히 참을 수가 없어 말했다.

"지금 장난치는 게요?"

소성하가 말했다.

"선사의 유명遺命으로 이 대국은 그 누구를 막론하고 둘 수 있소. 소사부의 저 한 수는 비록 황당하기 이를 데 없기는 하지만 그래도 대국에 참여하는 수라고 볼 수 있소."

그는 달리 방법이 없어 흑돌 한 수를 두고 허죽이 자멸한 백돌들을 바둑판에서 집어냈다.

단연경이 큰 호통 소리와 함께 환각에서 깨어나 정춘추를 바라보며 생각했다.

'성수노괴, 네놈이 남의 위기를 틈타 암암리에 독수를 펼치다니 절대 가만두지 않겠다.'

정춘추는 허죽을 한번 힐끗 쳐다보며 눈 안 가득 원망스러운 독기를 품은 채 욕을 했다.

"이 어린 중놈이!"

단연경은 변화한 기국을 보고 조금 전 자신이 사지에서 빠져나올 수 있었던 것이 허죽의 도움 덕이란 것을 알게 되자 그에게 고마운 마음이 들었다. 그는 정춘추가 이에 원한을 품고 당장 허죽에게 보복을 하기 위해 손을 쓸 것이라 생각했다.

'소림 고승인 현난이 여기 있으니 성수노괴도 그의 제자를 힘들게 하지는 못할 것이다. 하지만 현난 저 늙은이가 아둔해서 저 소화상을 제대로 보호하지 못한다면 내가 나서는 한이 있어도 그냥 죽게 놔둘 수는 없다.'

소성하가 허죽을 향해 말했다.

"소사부, 자기 돌들을 죽여 흑에게 더욱 압박을 받게 됐으니 이제 어찌 대응할 것이오?"

허죽이 눈웃음을 치며 말했다.

"소승이 기예棋藝가 부족한 건 확실합니다. 다만 조금 전에 소승이 함부로 둔 것은 사람을 구하기 위해서였습니다. 이젠 더 이상 둘 수 없으니 선배님께서 양해해주십시오."

소성하는 안색이 굳어 엄한 목소리로 말했다.

"선사께서 이 기국을 펼쳐놓으신 건 천하 고수들을 청해 풀기를 바라는 마음에서였소. 이를 풀지 못하는 건 무방하지만 후환이 생기게 된다면 그 역시 자업자득인 것이오. 다만 누군가 와서 이 기국에 장난을 친다면 그건 선사께서 평생 심혈을 기울인 노고를 모독하는 처사나 마찬가지이니 사람이 많고 세력이 크다 해도 허허, 노부가 농아이긴 하지만 목숨 걸고 싸울 것이오."

그가 '농아노인'으로 불리긴 했지만 실제로는 귀머거리도 벙어리도 아니며 멀쩡하게 귀도 잘 들리고 말도 잘하고 있지 않은가? 하지만 그는 스스로를 여전히 '농아'라고 칭하고 있었다. 다만 말을 할 때 수염과 구레나룻이 곤두선 채 흉악한 표정을 하고 있어 그 누구도 감히 농을 던질 수 없었다.

허죽이 합장을 하며 깊이 예를 올렸다.

"노선배님…."

소성하가 대갈일성했다.

"그냥 계속해서 두면 그뿐이지 무슨 말이 더 필요한 것이오? 선사께서 소사부한테 심심풀이로 내준 기국인 줄 아시오?"

이 말을 하며 오른손으로 장력을 내보냈다.

"펑!"

엄청난 소리와 함께 흙먼지가 날아오르자 허죽의 눈앞에 순간 거대한 구덩이가 나타났다. 그가 뻗어낸 장력의 힘은 흉맹하기 이를 데 없어서 만약 그가 1척 정도만 더 앞에다 펼쳐냈다면 허죽은 온몸이 산산조각 나 비명에 목숨을 잃고 말았을 것이다.

허죽은 놀라서 심장이 벌렁벌렁 뛰어 고개를 들고 현난만 간절하게 바라봤다. 사백조가 앞에 나서서 곤경에 빠진 자신을 구출해주기만 바랐던 것이다.

현난은 바둑에 대해 조예가 깊지 않았고 무공 역시 모두 소실된 상태였다. 그러니 달리 무슨 방법이 있을 수 있겠는가? 상황이 이러하자 그는 염치 불고하고 소성하를 향해 용서를 구하려 했다. 순간 허죽이 대뜸 바둑돌 상자에 손을 뻗어 백돌 하나를 집어들더니 바둑판 위에 올려놨다. 그가 놓은 곳은 뜻밖에도 백돌을 제거한 뒤에 남은 빈자리였다.

그가 놓은 이 한 수는 놀랍게도 일리가 있었다. 지난 30년 동안 소성하는 이 기국의 수많은 변화에 대해 파헤쳐봤던 터라 갖가지 수에 매우 익숙해 있었다. 상대가 어떤 수를 두더라도 자신이 파헤친 범위에서 벗어날 수 없다고 생각했다. 허죽이 조금 전 눈을 감고 아무렇게나 둔 한 점이 대마가 있는 공활인 백돌들을 스스로 죽이는 결과를 가져왔지만 바둑의 이치를 조금이라도 아는 사람이라면 절대 그 자리에 착수를 하지 않았을 것이다. 그건 검을 들어 스스로 베어 자결하는 것과 같았기 때문이다. 그런데 그가 대량의 백돌을 상대에게 모두 내주고 난 뒤에 국면이 오히려 낙관적으로 변하게 될 줄 누가 알았으랴? 흑이 비록 크게 우세를 점하고 있었지만 백이 오히려 융통의 여지가 있어 더 이상 조금 전처럼 속수무책으로 다른 쪽을 돌보지 못하는 상황은 벗어날 수 있게 된 것이다. 소성하는 이런 새로운 국면을 꿈에도 생각하지 못했던 터라 순간 멍해지면서 한동안 사색을 하고 나서야 흑돌 하나를 착수해 맞받아칠 수 있었다.

사실 조금 전 허죽이 어쩔 줄을 몰라 갈팡질팡할 때 어디선가 홀연히 가느다란 목소리가 그의 귓속을 파고들어왔다.

'하단 평위平位 삼구로三九路에 두어라.'

허죽은 그게 누구의 가르침인지 전혀 신경 쓰지 않았고 그 한 수가 맞는지 틀린지에 대해서도 생각하고 싶지 않아 백돌 하나를 들어 그 말에 따라 평위 삼구로에 두었다. 소성하가 흑돌로 응수를 하자 그 목소리가 다시 허죽의 귓속으로 파고들어왔다.

'평위 이팔로二八路!'

허죽은 다시 백돌 하나를 평위 이팔로 위에 올려놨다.

그 수를 두자 구마지와 모용복, 단예 등의 입에서 헉 하는 탄성이 터져 나왔다. 허죽이 고개를 들어보자 수많은 사람이 감탄과 함께 의아해하는 듯한 표정을 짓고 있는 것이 아닌가? 아무래도 자신이 둔 한 수가 매우 절묘했던 모양이었다. 다시 소성하의 얼굴을 바라보자 기쁨에 넘쳐 찬탄을 금치 못하면서도 한편으로는 매우 초조해하는 모습으로 기다란 눈썹 두 개를 끊임없이 움직여대고 있었다.

허죽은 의아한 생각이 들었다.

'왜 저렇게 좋아하는 거지? 내가 잘못 둔 건가?'

그는 곧바로 생각을 바꿨다.

'맞게 두건 틀리게 두건 상관없어. 내가 열 수 이상만 응수를 하면 어느 정도 바둑을 둘 수 있다는 걸 보여주는 셈이잖아? 그럼 대국에 훼방을 놔서 저분의 선사를 모욕하는 행위라 할 순 없으니 날 나무라지는 않을 거야.'

소성하가 흑돌로 응수할 때를 기다렸다 다시 암암리에 자신을 돕는 사람의 지시에 따라 백돌 한 수를 두었다. 그는 착수를 하면서 한편으로 사백조가 암암리에 지시를 하고 있는지 유심히 관찰해봤지만 초조해하는 그의 표정으로 봐서는 현난은 전혀 아닌 것 같았다. 더구나 그는 시종 입을 열지 않고 있었다.

그의 귓속을 파고드는 목소리는 전음입밀傳音入密[10]이라는 상승내공으로 보였다. 말하는 사람이 심후한 내력으로 남의 귀에 음성을 보내는 것으로 바로 옆에 있는 사람조차 들을 수 없는 신기의 무공이었다. 그러나 목소리가 아무리 작아도 말은 해야 하지 않는가? 허죽은 사람들 입술을 몰래 살펴봤지만 움직이고 있는 사람은 아무도 없었다. 그런데 '하단 거위 오륙로五六路에 두어 흑돌 세 개를 따내라!'라는 목소리가 그의 귀에 또렷이 들리는 것이 아닌가? 허죽은 그 말에 따라 그대로 한 다음 곰곰이 생각했다.

'나한테 이걸 가르쳐줄 사람이 사백조 외에는 없지 않나? 나머지는 나와 아무 연고도 없는 사람들인데 누가 날 가르쳐주겠는가? 저 고수들 중에는 사백조만 대국에 참여하지 않았을 뿐 나머지는 모두 참여를 했다가 실패하지 않았나? 사백조께서는 정말 비범한 신공을 지니고 계시구나. 입술을 움직이지 않고도 전음입밀을 구사하실 수 있다니 말이야. 난 언제나 저런 경지에 이르도록 연마할 수 있을까 모르겠다.'

그러나 그에게 바둑을 지시하는 사람이 뜻밖에도 천하제일 대악인 단연경인 줄 어찌 알았겠는가? 조금 전 단연경은 기국에 깊이 빠져 있다 정춘추가 펼쳐낸 사술에 하마터면 주화입마에 들어 자결을 할 뻔했지만 다행히 허죽의 훼방 덕에 목숨을 부지할 수 있었다. 그는 소성하가 허죽에게 엄한 질책을 하며 위협을 가하자 곧바로 암암리에 목소리를 전해 그에게 훈수를 두었던 것이다. 허죽이 몇 수만 더 버티도록 만들어 곤경에서 벗어날 수 있게 해주기 위함이었다. 그는 복화술에 능해 입술을 움직이지 않고 말을 할 수 있었고 거기에 심후한 내공으로 전음입밀을 구사했기 때문에 최고의 고수들이 옆에 있었지만 그 누구도 이를 알아차리지 못했다.

서로 몇 수를 주고받다 보니 국면에 커다란 변화가 발생하기 시작했다. 단연경이 비로소 이 진롱의 오묘한 비밀을 알아낸 것이다. 백이 먼저 대규모 공활을 스스로 죽이기만 하면 이후에는 계속해서 묘수가 나올 수 있었던 것이다. 바둑에는 후절수後切手라는 수법이 있어 일부러 죽음을 자초해 상대에게 자기 돌을 내준 다음 승세를 취하기도 한다. 하지만 상대에게 내주는 돌은 여덟아홉 알 정도에 그쳐야지 한번에 수십 알을 내주는 건 이치에 맞지 않는 것이다. 이렇게 공활을 마다하고 스스로를 죽이는 착법着法은 바둑에서 실로 천고에 다시 없는 기이한 수법이어서 그 어떤 입신의 경지에 이른 고수라 할지라도 그런 수법은 상상조차 할 수 없었다. 그 누구라도 곤경에서 탈출해 살아남기 위해 일부러 죽음의 길로 들어설 생각을 하는 사람은 없을 테니 말이다. 허죽이 눈을 감고 손이 가는 대로 이런 멍청하기 짝이 없는 바둑을 두지 않았다면 아마 천년이 더 지나도 이 진롱을 풀 수 있는 사람이 나오지 않았을 것이다.

단연경의 기력은 본래 극히 고명했다. 과거 대리에서 황미승과 벌인 대국에서도 황미승이 도저히 당해낼 수 없을 정도로 압박을 가했으니 말이다. 이번 기국에서는 대량의 백돌을 잡아먹히게 만든 후에 다시 둔 것이라 마치 천지가 광활해진 것처럼 느껴져 그 대량의 백돌이 죽고 사는 걸 고려할 필요가 전혀 없었다. 더구나 백돌이 곳곳에서

31. 승부는 사람에 의해 결정되지 않는다

견제당하는 일은 더더욱 없고 오히려 태연자약하게 위치를 옮길 수 있어 이전처럼 진퇴유곡에 이를 일이 없었던 것이다.

구마지와 모용복 등은 단연경이 암암리에 지시하고 있다는 사실을 모른 채 그저 허죽이 잇달아 절묘한 수를 두며 비교적 작은 세력의 흑돌 두 부분을 먹어치우자 갈채를 보내지 않을 수 없었다.

현난이 혼자 중얼거렸다.

"이 대국은 본래 득실과 승패가 뒤얽혀 있어 풀어낼 방법이 전혀 없었다. 하지만 허죽의 그 한 수는 생사를 돌보지 않았고 승패에도 의미를 두지 않았다. 오히려 생사를 꿰뚫어본 듯 해탈에 이른 것이었어."

그는 평생 무학에 심취해 있다 보니 선정에 있어선 크나큰 흠결이 있음을 잘 알고 있었다. 불현듯 이런 생각이 들었다.

'농아선생과 함곡팔우는 잡학에 전념하느라 무공 실력에 있어 정춘추에 이르지 못하게 된 것이다. 이런 이들의 빗나간 행보를 속으로 비웃었건만 난 오히려 평생토록 무공 연마에 전념한다는 명분하에 참선마저 게을리하며 생사에만 급급했으니 이는 더욱더 빗나간 행보가 아니고 무엇이란 말인가?'

이런 생각을 하자 삽시간에 온몸이 땀으로 흠뻑 젖고 말았다.

기국만 주시하고 있던 단예는 왕어언에게 시선을 돌려 한참을 응시했지만 보면 볼수록 주눅이 들고 말았다. 왕어언의 눈빛은 시종 모용복에게서 잠시도 떠날 줄 몰랐기 때문이다. 단예는 속으로 되뇌었다.

'난 가야겠다! 가야겠어! 더 빠져들었다가는 고초만 더 깊어질 뿐이다. 이러다 피를 토할지도 모르겠구나.'

왕어언을 떠나야겠다는 생각을 하긴 했지만 그게 어찌 가능한 일이겠는가? 그는 곰곰이 생각했다.

'왕 낭자가 나한테 고개를 돌리면 말해야겠다. "왕 낭자, 사촌 오라버니와의 재회를 감축드리겠소. 오늘 그대를 한 번 더 볼 수 있게 된 것도 인연이오. 난 이만 가보겠소!" 이 말을 해서 왕 낭자가 "그래요, 가보세요!" 하고 나오면 난 그냥 갈 수밖에 없겠지만 만일 그녀가 "기다리세요, 공자한테 할 말이 있어요" 하고 말한다면 기다렸다가 무슨 말을 하는지 들어봐야 할 것이다.'

사실 단예는 왕어언이 자신에게 고개를 돌려 바라보지 않을 것이며 '기다리세요, 공자한테 할 말이 있어요'라는 말을 할 리도 없다는 것을 잘 알고 있었다. 그런데 갑자기 왕어언의 뒷머리에 있는 부드러운 머리카락이 미미하게 움직이자 단예는 가슴이 쿵쾅쿵쾅 뛰었다.

'고개를 돌리려 하는구나!'

그녀가 가볍게 탄식하며 나지막이 외치는 소리가 들렸다.

"사촌 오라버니!"

모용복은 기국을 응시하다 백이 상승세를 타는 것을 보고 앞으로 걸어가며 생각했다.

'저 몇 수는 나도 생각할 수 있었다. 만사는 시작이 어렵다 하지 않았던가? 맨 처음에 둔 그 괴상한 착수는 어찌 됐건 나도 생각하지 못한 수였다.'

그는 이런 생각에 빠져 있어 왕어언이 그를 향해 나지막이 외친 소리조차 듣지 못했다.

왕어언은 다시 가볍게 한숨을 내쉬고 천천히 고개를 돌렸다.

단예의 가슴은 점점 빠르게 뛰기 시작했다.

'그녀가 고개를 돌렸다!'

과연 왕어언이 아리따운 얼굴을 드러내며 고개를 돌렸다. 단예는 그녀가 왠지 모르게 우울한 얼굴에 원망 어린 표정을 짓고 있는 것을 보고 생각했다.

'모용 공자와 어깨를 나란히 할 때부터 시종 기쁜 표정으로 가득했던 그녀가 어찌 갑자기 기분이 나빠진 거지? 혹시 마음속에 나에 대한 염려가 있기라도 한 건가?'

그녀의 눈빛이 오른쪽을 향해 조금 더 돌아가다 단예의 눈과 마주쳤다. 단예는 앞으로 한 걸음 나가 말하고 싶었다.

'왕 낭자, 무슨 할 말이 있으시오?'

하지만 왕어언의 눈빛은 천천히 자신의 눈을 스쳐 지나가 먼 곳을 잠시 바라보다 다시 모용복을 향했다.

단예는 더욱더 침울해져 말할 수 없을 정도로 씁쓸한 심정이었다.

'날 쳐다보지 않은 건 아니지만 쳐다보지 않은 것보다 백배 더 씁쓸하구나. 그녀의 눈빛은 나를 향했지만 날 보지는 않았다. 그녀의 눈에 내가 들어왔지만 내 모습은 그녀 마음에 들어가지 않은 거야. 사촌 오라버니 생각하기도 바쁜데 나 단예까지 마음속에 담아둘 일이 있겠는가? 에이. 가는 게 낫겠다. 가는 게 낫겠어!'

한쪽에서는 허죽이 단연경의 지시에 따라 계속해서 바둑을 두고 있었는데 흑이 어찌 대응을 해도 백에게 하나하나 잡아먹혔다. 흑이 한 가닥 활로를 열어놓기라도 하면 백은 겹겹이 쌓인 포위를 뚫고 나왔고 그때는 또 다른 세상이 펼쳐져 더 이상 어찌할 도리가 없었다.

소성하가 한참을 궁리하다 미소를 머금으며 돌을 내려놓자 단연경이 목소리를 전했다.

'하단 상위上位 칠팔로七八路!'

허죽이 그의 말에 따라 두었다. 그는 기도에 대해 아는 바는 적었지만 그 수를 두면 백이 대승을 거둬 이 진롱 기국을 풀게 된다는 사실을 알아차리고 손뼉을 치며 큰 소리로 웃었다.

"이제 된 거 같은데요?"

소성하가 만면에 웃음을 띠고 공수를 하며 말했다.

"소신승小神僧께서는 천부적인 바둑 영재시오. 감축드리겠소!"

허죽이 황급히 답례를 했다.

"별말씀을 다 하십니다. 이건 제가 아니…."

그가 사백조의 지시를 받아 해낸 것이라고 말하려는 순간 전음입밀 목소리가 말했다.

'이 비밀은 지켜야만 한다. 아직 위기에서 벗어난 것이 아니니 더더욱 조심해라.'

허죽은 여전히 현난의 지시로만 알고 고개를 숙이며 말했다.

"네, 네!"

소성하가 몸을 일으키며 말했다.

"선사께서 이 기국을 펼쳐놓으신 이후 수십 년 동안 이를 푸는 사람이 없었건만 소신승이 이 진롱을 풀었으니 재하가 감개무량하오."

허죽은 그 안에 얽힌 연유를 몰라 겸허하게 말할 수밖에 없었다.

"전 그냥 무심코 둔 것뿐입니다. 모든 게 선배님의 아량 덕분이니 과

찬은 마십시오. 부끄러울 따름입니다."

소성하는 통나무집 세 채가 있는 곳으로 걸어가 안으로 들라는 손짓을 했다.

"소신승, 들어가시지요!"

허죽은 이 집들이 기괴하게 지어져 있어 문이라고는 없는 것을 보고 어찌 들어가야 할지를 몰랐다. 더구나 들어가서 뭘 할지도 몰라 순간 자리에 멍하니 아무 생각 없이 서 있었다. 또다시 그 목소리가 들려왔다.

'기국에서는 활로를 뚫고 나가 고군분투한 덕에 풀 수 있었던 것이다. 집에 문이 없다면 소림파 무공을 써서 가르고 들어가면 된다.'

허죽이 말했다.

"그럼 실례하겠습니다!"

그는 기마 자세를 한 채 오른손을 들어 장력을 뻗으며 판자문을 베어갔다.

그의 무공은 한계가 있었다. 그날 정춘추가 소맷자락을 떨칠 때도 그 자리에 쓰러져 성수파 제자들에게 생포되지 않았던가? 이번엔 다행히도 내력을 완전히 상실하지 않은 상태였긴 했지만 그 안에 있던 수많은 고수 눈에는 그의 장력이 전혀 쓸모없어 보였다. 그나마 그 판자문이 견고하지 않아 빠직하는 소리와 함께 문짝에 약간의 틈이 생기는 정도였을 뿐이다. 허죽이 다시 양장을 가르자 그제야 판자문이 베어졌다. 하지만 손에 은근히 통증이 오기 시작했다.

남해악신이 낄낄대고 웃으며 소리쳤다.

"소림파 외공은 정말 형편없구나!"

허죽이 고개를 돌려 답했다.

"소승은 소림파에서 가장 쓸모없는 제자입니다. 제 공력이 미미할 뿐이지 소림파 무공 자체에 문제가 있는 것은 아닙니다."

그 목소리가 다시 들려왔다.

'어서 들어가라, 다시 돌아보지 마라! 남은 신경 쓰지 말고!'

허죽이 말했다.

"네!"

그는 발을 옮겨 안으로 들어갔다.

정춘추의 부르짖는 목소리가 들렸다.

"거긴 본 파의 관문이다. 너 같은 소화상이 어찌 함부로 들어간다는 말이냐?"

'펑! 펑!'

말이 끝나기가 무섭게 엄청난 굉음이 들려왔다. 허죽은 한 줄기 강풍이 자신을 휘어감아 밖으로 끌어내려 한다는 느낌을 받았다. 이어서 두 줄기 거대한 힘이 그의 등짝과 엉덩이에 강력하게 부딪치며 자기도 모르게 안으로 곤두박질치며 굴러들어갔다.

그때까지만 해도 그는 사지를 탈출해 나왔다는 사실을 알지 못했다. 조금 전 정춘추가 그의 목숨을 노리고 장력을 뻗어 기습을 가한 데다 구마지 또한 공학공控鶴功을 펼쳐 그를 끄집어내려 했다. 그러나 암암리에 단연경이 철장에 힘을 가해 정춘추의 일장을 제거했고 소성하는 그와 구마지 사이에서 왼손으로 공학공을 일소시키고 오른손으로 연이어 두 번 후려치며 허죽을 안으로 집어넣었던 것이다.

이 양장의 힘이 어찌나 강맹했던지 허죽은 두터운 판자벽을 뚫고 들어간 뒤 쾅 하고 다시 두터운 판자벽에 이마를 부딪히며 눈앞이 캄캄해져 자칫 정신을 잃을 뻔했다. 그는 한참 후에야 자리에서 일어설 수 있었고 이마를 만져보니 이미 커다랗게 혹이 나 있었다. 자신이 서 있는 곳은 텅텅 비어 있는 아무것도 없는 방 안이었다. 문을 찾으려 했지만 방 안에 방문은 물론 창문조차 없고 자신이 들어온 판자벽에 뚫린 구멍이 전부였다. 그는 멍하니 서 있다가 그 구멍으로 다시 기어가야겠다고 생각했다.

그때 나무판자 벽 사이로 낮게 깔린 노인의 목소리가 들려왔다.

"이미 들어와놓고 어찌 다시 나가려 하느냐?"

허죽이 돌아서서 답했다.

"노선배님께서 방법을 알려주십시오."

그 목소리가 말했다.

"방법은 너 스스로 찾아내야지 그 누구도 널 가르칠 수 없다. 내가 그 기국을 펼쳐놓은 이후 수십 년 동안 풀어낸 사람이 없었건만 오늘 드디어 너에게 풀렸거늘 어서 이리 오지 않고 뭐 하는 것이냐?"

허죽은 '내가 그 기국을 펼쳐놓은'이란 말을 듣고 자기도 모르게 모골이 송연해져 떨리는 목소리로 말했다.

"다, 당신…."

그는 소성하가 말끝마다 그 기국이 자신의 '선사'가 만든 것이라고 했던 말이 생각났다. 그렇다면 이 목소리는 사람이란 말인가? 귀신이란 말인가? 그 목소리가 다시 들려왔다.

"시간이 그리 많지 않다. 난 30년을 기다렸느니라. 더 이상 기다릴 시간이 없으니 어서 이리 오거라!"

허죽은 그 목소리가 무척이나 온화하게 들려 악의라고는 전혀 없는 것으로 보였다. 왼쪽 어깨로 그 판자벽을 부딪치자 빠직 소리가 들렸다. 오래돼서 이미 부패가 돼 있던 판자벽은 곧바로 구멍이 뚫렸다.

허죽은 구멍 안을 들여다보고 깜짝 놀라지 않을 수 없었다. 텅 빈 방 안에서 공중에 떠 있는 누군가를 본 것이다. 처음에는 귀신이라고 생각해 놀라서 몸을 돌려 도망치려 했지만 그 사람이 소리쳤다.

"이런! 이제 보니 소화상이었구나! 어휴! 그것도 아주 추하게 생긴 소화상이야. 어렵겠구먼, 어렵겠어! 어렵겠어! 아휴! 어렵겠구먼, 어렵겠어! 어렵겠어!"

허죽은 그가 긴 한숨을 세 번 내쉬며 연이어 '어렵겠다'는 말을 여섯 번이나 내뱉는 소리를 듣고 그를 자세히 살펴봤다. 그제야 그는 상황을 알 수 있었다. 알고 보니 그의 몸에는 한 가닥 검은색 밧줄이 묶여 있었는데 그 밧줄의 반대편 끝이 대들보 위에 묶여 있어 공중에 대롱대롱 매달려 있었던 것이다. 그의 뒤에 있는 판자벽 색깔이 검은색이고 밧줄 역시 검은색이라 두 검은색이 겹쳐 밧줄이 안 보였고 첫눈에 볼 때는 마치 허공에 앉아 있는 것처럼 보인 것이다.

허죽은 매우 추한 용모를 지니고 있었다. 짙은 눈썹과 큰 눈은 그렇다 치고 들창코에 입술도 두꺼운 데다 판자벽을 뚫고 들어오면서 얼굴에 상처를 입어 더욱 보기 흉했다. 그는 어릴 때 부모님을 여의었지만 소림사 화상들이 자비를 베풀어 그를 절에서 맡아 키워주었다. 사찰 내 승려들은 경건하고 성실하게 수양을 하면서 전심전력으로 무학 연마에만 몰두했기 때문에 그 누구도 그의 용모에 대해 신경 쓰는 사람이 없었다. 불가에서는 사람의 몸을 취피낭臭皮囊[11]이라 취급해 쓸모 없는 것으로 여겼다. 취피낭에 대해 잘생겼는지 못생겼는지 지나친 관심을 가지면 도를 닦는 데 방해가 된다고 여긴 것이다. 이 때문에 그 사람이 허죽을 향해 '아주 추하게 생긴 소화상'이라고 한 말도 허죽은 평생 처음 듣는 말이었다.

그는 천천히 고개를 들어 그 사람을 쳐다봤다. 검은 수염이 3척에 이르렀지만 흰색은 단 한 가닥도 없었다. 매우 잘생긴 얼굴에 주름이라고는 없었고 나이가 적지 않은 듯했지만 무척이나 생기가 넘치고 고아한 기품을 지니고 있었다. 허죽은 부끄러운 마음이 들어 생각했다.

'용모만 놓고 보면 저분은 나하고 비교조차 되지 않는구나.'

이때는 이미 두려운 마음이 사라진 뒤라 곧바로 허리를 굽혀 예를 올렸다.

"소승 허죽이 선배 고인을 뵈옵니다."

그는 고개를 끄덕이며 말했다.

"성이 뭐라고?"

허죽이 깜짝 놀라 말했다.

"출가인은 속가의 성씨가 없습니다."

그 사람이 말했다.

"출가하기 전 성은 무엇이더냐?"

허죽이 말했다.

"소승은 어린 시절 출가했기 때문에 줄곧 성씨가 없었습니다."

그는 한참을 뚫어지게 쳐다보다 탄식을 했다.

"네가 내 기국을 풀었다는 건 총명하고 재기가 넘친다는 뜻이니 이는 예삿일이라 할 수 없다. 허나 용모가 그리하니 어찌 됐건 달리 방법이 없구나. 아휴! 어렵겠다! 내가 공연한 애를 써서 오히려 네 목숨만 헛되이 잃게 만들었구나. 소사부, 내가 선물을 하나 줄 테니 가져가거라!"

허죽은 그 노인의 말투로 짐작하길 매우 중대하고도 어려운 일이 있지만 도울 사람이 없어 심히 걱정하는 것으로 보였다. 대승불법의 첫 번째 법칙에도 도중생일체고액度衆生一切苦厄이라고 하여 중생의 모든 고통과 재앙을 제도하라는 말이 있지 않은가? 그는 말했다.

"소승은 기예 분야에서는 실로 천박하기 짝이 없습니다. 노선배님의 그 기국 역시 소승 스스로 풀어낸 것이 아닙니다. 노선배님께 처리하기 힘든 일이 있다면 소승이 부족한 실력이나마 최선을 다해 처리하도록 할 것입니다. 그게 크나큰 위험을 감수해야 하는 일이라 해도 사양하지 않을 테지만 선물에 대해서는 감히 받을 수가 없습니다."

그 노인이 말했다.

"의협심은 나무랄 데가 없구나. 기예가 뛰어나지 않고 무공 실력이 부족하다 해도 상관없다. 네가 여기 들어올 수 있었다는 것 자체가 인연이니라. 다만 네 용모가 너무 추한 게 문제로다."

이 말을 하며 끊임없이 고개를 가로저었다.

허죽이 빙긋 웃으며 말했다.

"겉모습이 아름답고 추한 것은 아주 머나먼 과거로부터 이어진 업보가 쌓인 것이라, 이는 스스로 어쩔 도리가 없을뿐더러 부모조차도 달리 방법이 없는 것입니다. 소승의 용모가 추해 선배님을 불쾌하게 만들었다면 전 이만 가보겠습니다."

이 말을 하고 두 걸음 뒤로 물러섰다.

허죽이 몸을 돌리려는 찰나 그 노인이 소리쳤다.

"잠깐!"

그는 펄럭거리는 옷소매를 허죽의 오른쪽 어깨 위에 올렸다. 허죽은 자신의 몸이 약간 밑으로 가라앉는가 싶더니 그 옷자락이 마치 팔처럼 그의 몸을 잡는 느낌이 들었다. 그 노인이 물었다.

"오늘 기국을 풀기 위해 온 사람이 어떤 사람들이더냐?"

허죽이 일일이 말해주자 그 노인이 한참을 숙고하다가 말했다.

"천하의 고수 중 10분의 7, 8이 모두 와 있구나. 대리 천룡사의 고영 대사께서는 안 오셨더냐?"

"폐사의 승려들 외에 출가인은 구마지 대사 하나뿐입니다."

"최근 무림에 교봉이라는 자의 무공 실력이 뛰어나다고 들었는데 그는 오지 않았더냐?"

"안 왔습니다."

노인은 한숨을 내쉬고 자문자답을 하며 말했다.

"난 이미 수많은 시간을 기다려왔다. 이대로 더 기다려봐야 내적, 외적 미모를 구비한 완벽한 인재는 만날 수 없을 것 같구나. 천하지사는 마음대로 되는 게 없는 법이지. 허니 이리하는 수밖에 없겠구나."

그는 잠시 중얼거리다 마음의 결정을 내린 듯 말했다.

"조금 전에 그 기국을 네가 풀어낸 것이 아니라 말했는데 그럼 성하가 어찌 널 들여보냈던 것이냐?"

허죽이 말했다.

"첫 번째 수는 소승이 잘 모르는 상태에서 눈을 감고 둔 것이며 이

후의 각 수는 존함이 현 자 난 자이신 소승의 사백조께서 전음입밀 무공을 펼쳐 암암리에 알려주셨습니다."

그러고는 기국을 풀어낸 과정에 대한 정황을 자세히 설명해주었다.

노인이 탄식을 했다.

"하늘의 뜻이로다! 하늘의 뜻이야!"

그는 돌언 미산을 넓히며 활짝 웃었다.

"하늘의 뜻이로다! 네가 눈을 감고 무심코 두었는데 그 기국을 풀었다니 네 복福과 연緣이 심후한 것으로 보이는구나. 혹시라도 네가 내 대사를 처리할 수 있을지도 모르겠다. 좋아, 아주 좋아! 착한 아이야! 무릎을 꿇고 절을 하거라!"

허죽은 어려서부터 소림사에서 자랐기 때문에 매일같이 마주치는 사람이 사부님과 사숙백 아니면 사백조와 사숙조 같은 선배 대사들뿐이었다. 더구나 나이가 그보다 많고 무공 실력 역시 그보다 강한 사형들도 부지기수였기에 늘 남의 말을 듣는 데 익숙해 있었다. 불문 제자는 원래 겸손을 중시했기 때문에 그 노인이 절을 하라는 말을 듣고 그 도리에 대해서는 이해하지 못했지만 그가 무림의 선배임을 감안해 그를 향해 절을 몇 번 하는 것은 당연하다 여겼다. 곧바로 정중하게 무릎을 꿇고 쿵쿵쿵쿵 머리를 찍어가며 네 번 절하고 몸을 일으키려 할 때 노인이 웃으며 말했다.

"다시 다섯 번만 더 해라. 그건 본문의 규칙이다."

허죽은 곧바로 대답했다.

"네!"

그리고 다시 절을 다섯 번 더 했다.

31. 승부는 사람에 의해 결정되지 않는다

노인이 말했다.

"착하구나. 착한 아이야! 이리 오너라!"

허죽은 몸을 일으켜 노인 앞으로 걸어갔다.

노인은 그의 손목을 움켜잡고 그를 아래위로 자세히 훑어봤다. 그러자 갑자기 맥문에 열이 오르면서 한 줄기 내력이 손목을 통해 상승하기 시작해 허죽의 가슴을 향해 신속무비하게 쏟아져 들어갔다. 그는 자기도 모르게 소림심법으로 저항을 했다. 노인의 내력은 그의 저항에 부딪히자 곧바로 물러갔고 이내 아무 일도 없이 평안해졌다. 허죽은 그가 자신의 내력의 깊이가 어느 정도인지 시험한 것으로만 알고 얼굴이 귀밑까지 빨개져 쑥쓰럽게 웃었다.

"소승은 평소 불경을 읽는 데 전념하고 시간이 남으면 주로 놀기에 바빠 사부님께서 전수해주신 내공 수련에는 부족함이 있으니 선배님께서 우습게 볼 수가 있습니다."

그러나 노인은 오히려 매우 기뻐하며 웃음을 지었다.

"아주 좋아, 아주 좋아! 네가 소림파 내공을 아주 얕게 습득한 것이 내 수고를 덜어주었구나."

노인이 이런 말을 하는 동안 허죽은 전신의 내력이 자기도 모르게 급속도로 쏟아져 나가는 것이 느껴져 깜짝 놀라 힘을 주어 응축시켰다. 그러나 어찌 된 일인지 몰라도 이를 저지할 수가 없었다. 잠시 후 전신이 따뜻해져 마치 뜨거운 물 항아리 속에 들어가 있는 듯 온몸의 모공 속에서 열기가 뿜어져 나오는 느낌이 들어 말할 수 없이 상쾌했다.

노인은 그의 손목을 놓고 웃으며 말했다.

"됐다. 내가 이미 본문의 북명신공을 이용해 네 소림파 내력을 모두 없애버렸다."

허죽이 깜짝 놀라 소리쳤다.

"뭐, 뭐라고요?"

이 말과 함께 몸을 펄쩍 뛰며 두 발을 땅에 딛는 순간 무릎에 힘이 쭉 빠져 바닥에 엉덩방아를 찧으며 주저앉고 말았다. 사지 백해에 맥이 빠지고 머릿속이 어지러워 하늘이 빙글빙글 돌고 있는 느낌이었다. 그는 노인의 말이 거짓이 아니란 걸 알고 순간 슬픔이 몰려와 눈물을 뚝뚝 흘리며 울기 시작했다.

"저… 저는 당신과 아무 원한도 없고 죄를 지은 것도 없건만 어찌하여 저를 해치시는 겁니까?"

노인이 미소를 지으며 말했다.

"어찌 그런 무례한 말을 내뱉는 것이냐? '사부'라고 칭해야지 '당신'이라니? 정말 돼먹지 않은 놈이로다!"

허죽이 깜짝 놀라 말했다.

"네? 당신이 어째서 제 사부란 말입니까?"

"조금 전에 나한테 아홉 번의 절을 하지 않았더냐? 그게 바로 사부로 모신다는 예법이니라!"

"아니, 아닙니다! 전 소림 제자인데 어찌 또 당신을 사부로 모실 수가 있습니까? 사람을 해치는 그런 사술은 절대 배우지 않겠습니다."

그는 이 말을 하며 벌떡 몸을 일으켰다.

노인이 웃으며 말했다.

"정말 배우지 않겠느냐?"

그는 두 손을 떨치며 양쪽 옷소매를 날려 허죽의 어깨 위에 올려놓았다. 허죽은 어깨에 느껴지는 무시무시한 중압감에 더 이상 서 있을 재간이 없어 두 무릎을 꿇고 바닥에 주저앉고 말았다. 그는 끊임없이 소리쳤다.

"때려죽인다 해도 배우지 않을 겁니다."

노인은 껄껄대고 웃다가 갑자기 신형을 일으켜 허공에서 공중제비를 한 바퀴 돌더니 다시 평온하게 바닥에 착지했다. 그리고 곧바로 두 손을 뻗어 허죽의 좌우 양손 팔목의 혈도를 거머쥐었다.

허죽이 깜짝 놀라 말했다.

"뭐, 뭐 하는 겁니까?"

두 줄기 뜨거운 열기가 느껴지더니 마치 펄펄 끓는 물처럼 그 열기는 두 손목을 통해 회종혈 안으로 세차게 밀려들어오기 시작했다. 그는 큰 소리로 부르짖었다.

"아이고!"

그는 온 힘을 다해 저항했지만 두 줄기 열기가 마치 장강長江 물이 굽이쳐 흐르듯 들어와 도저히 막아낼 방법이 없었다. 그 열기는 팔을 거쳐 가슴까지 이르러 단중혈로 쏟아져 들어왔다.

허죽은 놀라고도 당황스러운 마음에 두 손을 황급히 뿌리치며 자신의 두 손목을 거머쥐고 있는 노인의 열 손가락을 떨쳐내려 애썼다. 그러나 단 한 번 뿌리쳤는데도 팔이 흐늘거리고 힘이라고는 없이 느껴지자 속으로 다급해지기 시작했다.

'이자의 사술에 걸리면 무공이 모두 사라지고 마는 것은 물론 옷을 입고 밥 먹을 힘조차 없어지겠구나. 그럼 전신이 마비된 폐인이 되고 말 텐데 어쩌면 좋지?'

놀랍고도 두려운 마음에 소리 높여 고함을 치는 순간 돌연 단중혈 안에 축적된 열기가 수없이 많은 가느다란 열기 가닥으로 갈라져 전신 곳곳에 있는 혈도로 흩어져 들어갔다. 그의 입에서는 더 이상 아무 소리도 나오지 않았다.

'큰일 났다. 난 이제 끝장이로구나!'

사지 백해가 점점 더 뜨거워지면서 삽시간에 머리가 띵하고 어지러워지더니 가슴과 아랫배 그리고 머리통이 당장이라도 폭발할 것처럼 느껴졌다. 그리고 얼마 후, 그는 더 이상 견디지 못하고 그 자리에서 기절해버리고 말았다.

어느 순간 온몸이 가뿐해지더니 구름을 타고 하늘로 날아올라 하늘나라를 유람하는 듯한 느낌이 들었다. 그러다 다시 몸이 차가워지면서 깊은 바닷속을 잠수해 물고기 떼와 함께 노니는 기분이 들었다. 순간 절 안에서 경전을 읽고 있는 듯했다가, 또 순간 힘들게 무공을 연마했는데 아무리 연마해도 시종 연성할 수가 없는 듯한 느낌이 들었다. 이런 초조한 기분이 느껴지는 동안 갑자기 하늘에서 소나기가 내리며 빗방울이 몸에 떨어지는데 그 빗방울은 무척이나 뜨겁게 느껴졌다.

이때 머리가 점점 맑아지기 시작하면서 허죽은 눈을 떴다. 자신이 바닥에 옆으로 누워 있고 그 노인은 이미 자신의 두 손을 놓고 자기 옆에 비스듬히 앉아 있었다. 그의 온몸과 얼굴은 땀으로 범벅이 되어 땀을 끊임없이 뚝뚝 흘려대며 그의 뺨과 목, 머리카락 속 곳곳에서 여전히 땀이 몽글몽글 솟아나오고 있었다.

허죽은 벌떡 일어나 앉았다.

"당신…."

당신이란 말을 채 마치기도 전에 그는 깜짝 놀랐다. 노인이 전혀 다른 사람으로 변해 있었던 것이다. 순백의 준수하고 멋져 보였던 얼굴은 종횡으로 교차한 깊은 주름으로 가득했고 머리에 수북해 있던 머리카락은 반 이상이 빠져 회백색으로 변해 있었고, 시커멓게 빛을 발하던 덥수룩하고 긴 수염도 모두 흰색으로 변해 있었다. 허죽은 처음에 이런 생각을 했다.

'내가 몇 년이나 기절해 있었던 건가? 30년쯤 된 건가? 50년? 이 사람이 어쩌다 갑자기 수십 년이나 늙어버린 거지?'

눈앞에 있는 노인은 심하게 노쇠해서 120세까지는 아니더라도 최소한 100세 정도로는 보였다.

노인은 실눈을 뜬 채 전혀 기력 없이 웃으며 말했다.

"대성공이다! 착한 아이야! 네가 복이 많구나. 기대 이상이다. 저 판자벽을 향해 허공에 일장을 날려보거라."

허죽은 영문도 모르는 채 그의 말에 따라 허공에 일장을 날렸다. 우지끈 소리와 함께 멀쩡하던 판자벽이 반쪽으로 갈라졌다. 그가 전력을 다해 부딪쳐 내려올 때보다 더 심하게 부서져버린 것이다. 허죽은 깜짝 놀라 멍하니 서 있다 말했다.

"이… 이게 어찌 된 연고죠?"

노인은 만면에 웃음을 짓고 크게 기뻐했다.

"어찌 된 연고냐고?"

허죽이 말했다.

"저… 저한테 어찌 이런 강한 힘이 생긴 거죠?"

노인이 미소를 지으며 말했다.

"넌 아직 본문의 장법을 배우지 않아 지금 펼쳐낼 수 있는 내력은 일성도 채 되지 않는다. 네 사부가 70여 년 동안을 성실하고도 힘들게 연마한 것인데 어찌 평범할 수 있겠느냐?"

허죽이 몸을 꼿꼿이 세우고 속으로 뭔가 범상치 않은 큰일이 있어 났음을 알아차렸다.

"지… 지금 70여 년 동안 연마했다고 하셨나요?"

노인이 빙긋 웃었다.

"아직까지도 이해를 못한단 말이냐? 정말 이해가 안 되느냐?"

허죽은 속으로 암암리에 노인의 행동에 대한 진의를 느꼈지만 너무 갑작스럽게 벌어진 데다 불가사의한 일이라 실로 믿기가 어려웠다. 그는 우물쭈물하며 말했다.

"노선배님께서 그 신공을 저한테 전수해주신 건가요?"

노인이 허허하며 웃었다.

"아직까지도 날 사부라 칭하길 원치 않는 것이냐?"

허죽이 고개를 숙이며 말했다.

"소승은 소림파 제자입니다. 조종을 배신하고 다른 문파에 새로 들어갈 수는 없습니다."

노인이 말했다.

"네 몸에는 이제 소림파 무공이 조금도 남아 있지 않은데 무슨 소림 제자라 말할 수 있느냐? 또한 네 체내에는 소요파逍遙派의 70여 년 된 신공이 축적되어 있는데 어찌 본 파의 제자가 아니라 할 수 있단 말이냐?"

허죽은 '소요파'란 이름을 들어본 적이 없어 안절부절못했다.

"소요파?"

노인이 미소 띤 얼굴로 말했다.

"우주 만물의 규율을 준수하고 천지간의 육기六氣 즉, 음陰, 양陽, 풍風, 우雨, 회晦, 명明의 변화를 예측해 무궁무진한 영역을 유랑하는 것을 소요逍遙라 하느니라. 위쪽으로 한번 뛰어봐라!"

허죽은 호기심이 발동해 두 무릎을 살짝 굽혀 발에 힘을 주어 위를 향해 가볍게 뛰었다. 별안간 꽝! 하는 소리와 함께 머리에 극심한 통증이 느껴지며 눈앞이 밝아지고 몸의 반가량이 지붕을 뚫고 나갔다. 그 뒤로도 계속해서 상승하자 그는 황급히 손을 뻗어 지붕을 움켜잡고 밑으로 내려올 수 있었다. 하지만 바닥에 내려오고 나서도 연이어 몇 번을 더 뛰고 나서야 제자리에 설 수 있었다. 이는 실로 상상도 할 수 없는 수준의 경공이었기 때문에 순간 기쁘기보다 오히려 두려움이 느껴졌다.

"어떠하냐?"

"제, 제가 마도에 빠진 건가요?"

"편안히 앉아보거라. 내가 원인을 설명해주겠다. 시간이 많지 않으니 요점만 말해줄 수밖에 없겠구나. 네가 날 사부로 칭하기를 원치 않고 문파도 바꾸지 않겠다고 하니 나도 강요는 하지 않겠다. 소사부. 너한테 부탁을 하나 하겠다. 날 위해 이 일을 하겠다고 약속할 수 있겠느냐?"

허죽은 평소 남을 돕는 걸 즐거워했다. 불가에서 육도六度[12]를 수행하면서 가장 중요한 것이 '보시'다 보니 세속인에게 어려움이 있다면 응당 최선을 다해 돕는 것이 도리였다.

"선배님께서 명을 내리신다면 응당 최선을 다해 돕겠습니다."

이 말을 내뱉고 나자 돌연 그의 무공이 이단의 사술일지도 모른다는 생각이 들었다.

"다만 선배님께서 소승에게 악한 짓을 하고 선량한 사람을 해치라고 명한다면 그 명은 따를 수 없습니다."

노인은 얼굴에 쓴웃음을 지으며 물었다.

"악한 짓을 한다는 게 무엇이냐?"

허죽이 어리둥절해하다 말했다.

"소승은 불문 제자라 사람을 해치는 일만은 절대 할 수 없습니다."

"세상에 사람을 해치는 일을 전문으로 하고 흉악하고 악랄한 방법으로 무고한 살인을 하는 누군가가 있다고 했을 때 내가 그자를 제거하라고 한다면 응낙할 수 있겠느냐?"

"소승이 거듭 충고해 개과천선할 수 있도록 만들겠습니다."

"그가 잘못을 깨닫지 못한다면?"

허죽이 몸을 꼿꼿이 세우고 당당하게 말했다.

"숨어 있는 악마를 제거하는 것이 원래 저 같은 사람이 해야 할 일입니다. 허나 소승은 능력이 부족해 그런 중임을 맡기는 힘들 것입니다."

"그럼 응낙하겠다는 것이냐?"

허죽이 고개를 끄덕였다.

"응낙하겠습니다."

그 노인이 희열에 찬 표정을 지었다.

"아주 좋구나, 아주 좋아! 악인 한 명을 제거하도록 해라! 다름 아닌 내 제자 정춘추다. 오늘날 무림에서 성수노괴로 불리는 자야! 정춘추가 세간의 화근 덩어리가 된 건 내가 그에게 무공을 전수했기 때문이다. 그놈을 제거하지 않는다면 내 죄업은 사라지지 않을 것이다."

허죽은 홀가분해진 듯 휴 하고 한숨을 내쉬었다. 그는 성수노괴가 말 한마디로 마부 열 명을 죽이는 모습을 직접 봤던 터라 그가 얼마나 극악무도한지 잘 알고 있었다. 사백조인 현난대사마저 그가 펼쳐낸 사술에 전신의 내력을 잃지 않았던가?

"성수노괴를 제거하는 건 크나큰 공덕을 쌓는 것이 맞긴 하지만 소승의 이런 미천한 무공으로 어찌 그를….."

여기까지 얘기하다 그 노인과 두 눈이 마주쳤다. 그는 그의 눈빛 속에 조롱 어린 기색이 보이자 '이런 미천한 무공'이란 말이 이제 옳지 않다는 생각이 들어 당장 입을 닫았다.

"지금 네 몸의 미천한 무공은 이미 성수노괴보다 위에 있으면 있지 절대 못하지 않다. 다만 가르쳐주는 사람이 없다면 제대로 운용할 수가 없어 놈을 제거하기에 부족함이 있는 건 사실이다. 그러나 염려할 것 없다. 노부가 이미 조치를 해놓았으니 말이다."

"소승이 설모화 시주가 성수해 정 시주의 악행에 대해 말하는 걸 들은 적이 있습니다. 노선배님께서는 이미 그자에게 살해당했다고 알고 있었는데 아직 살아 계시다니 정말 잘됐군요. 정말 잘됐습니다."

노인은 한숨을 몰아쉬었다.

"과거 그 역도가 내 사매와 결탁해 느닷없이 난을 일으키면서 날 깊은 골짜기 속으로 밀어넣었다. 노부가 사전에 대비를 했기에 망정이지 하마터면 놈에게 목숨을 잃을 뻔했지. 다행히 사매가 양심의 가책을 느끼고 또다시 독수를 쓰려 하던 그놈을 제지했다. 또한 내 대제자인 소성하가 농아 행세를 하며 본 파의 제반 비전공법秘傳功法으로 유인한 덕에 노부가 구차한 목숨을 부지할 수 있게 됐고, 그 후로 30년을 더 살 수 있었다. 성하도 자질이 매우 괜찮기는 했지만 안타깝게도 나로 인해 기로에 서게 됐고 마음이 흐트러진 채 금기서화 같은 신선놀음에 빠지는 바람에 내 상승무공을 도저히 배울 수가 없었다. 그 30년 동안 난 하나에 열중할 수 있는 총명한 제자를 찾아내 평생 무학을 모두 전수해주고 정춘추를 없애도록 만들려 했지만 연이 닿지 않았던 것이다. 총명하지만 본성이 좋지 않으면 호랑이 새끼를 키우는 전철을 다시 밟게 될 가능성이 있고, 성격만 좋은 사람은 깨달음이 부족하지. 수명이 거의 다한 난 더 이상 기다릴 수 없었기에 과거 펼쳐놓았던 그 진룡을 세상에 공포해 뛰어난 인재를 찾아낼 생각이었다. 내 수명이 다해가면서 무공을 전수할 시간도 촉박해지다 보니 관문을 통과하는 제자는 필시 총명하고 준수한 소년이어야만 했던 것이다.”

허죽은 그가 또 ‘총명하고 준수한’이란 말을 하자 속으로 자신이 결코 총명하지도 않고 준수한 건 더더욱 아니라는 생각에 고개를 숙였다.

“세간에 준수하고 고아한 인물은 실로 적지 않습니다. 밖에도 두 사람 있습니다. 하나는 모용 공자이고 다른 하나는 단 공자입니다. 소승이 그 두 사람을 선배님께 데려오면 어떻겠습니까?”

노인은 떨떠름한 미소를 지었다.

“내가 북명신공을 역으로 펼친 건 70여 년을 연마해서 얻은 것이다. 모든 내력을 네 체내에 주입했는데 다른 사람한테 어찌 또 전수할 수 있단 말이냐? 북명신공을 역으로 펼치는 건 큰물이 바다로부터 역류해 들어와 큰 강을 통해 수원으로 되돌아가는 이치와 마찬가지인 것이다."

허죽이 깜짝 놀라 말했다.

"선배님께서 정말 평생 수련하신 모든 걸 소승한테 전수하셨다는 겁니까? 그럼 소승은…."

노인이 말했다.

"그게 너에게 화인지 복인지 지금으로서는 말하기가 힘들다. 무공이 고강하다고 반드시 복인 것은 아니다. 세간에서는 무공을 전혀 못하는 사람이 근심이 없어 오히려 경쟁할 일도 적고 번뇌도 더 적을 테니 말이다. 과거 내가 금기서화만 배우고 무공 비결을 들여다보지 않았다면 평생을 즐겁게 살았을 것이다."

그는 이 말을 하면서 긴 한숨을 내쉬다 고개를 들고 허죽이 부숴버린 천장 구멍 밖을 바라봤다. 마치 수많은 과거가 생각난 듯 한참을 그대로 있다가 다시 입을 열었다.

"착한 아이야! 정춘추는 내가 이미 자기 손에 목숨을 잃은 줄 알고 있어 일을 행함에 있어 방자하기 짝이 없는 데다 거리낌도 전혀 없다. 여기 있는 이 한 폭의 그림은 내가 과거에 큰 복을 누리며 한가롭게 살던 곳을 그린 것이다. 이곳은 바로 대리국 무량산 안에 있으니 내가 무학 전적을 숨겨둔 곳을 찾아 그 방법대로 연마를 하도록 해라. 그럼 무공이 정춘추를 능가할 정도로 강해질 것이다. 다만 네 자질이 그리 뛰어나지 않은 듯하니 본문의 무공을 연마하는 데 막히는 부분이 많고 적지 않은 흉험한 위기에 처하게 될 수도 있다. 그때는 무량산 석동 안의 이 여자에게 가르침을 청하도록 해라. 그녀는 네 용모가 준수하지 않은 것을 보고 널 가르치려 하지 않을 테지만 내 체면을 봐서라도 가르쳐달라고 부탁… 콜록! 콜록!"

그는 여기까지 말하다 연신 기침을 했다. 이미 숨이 턱까지 차오른 것처럼 보였다. 그는 품 안에서 작은 두루마리 하나를 꺼내 허죽의 손에 쥐여주었다.

허죽은 무척이나 부담이 되는 듯 말했다.

"소승은 아직 무예를 연성하지 못했습니다. 이번에도 서찰을 전하라는 사부님의 명을 받고 잠시 하산할 수 있었던 것입니다. 그 때문에 당장이라도 다시 돌아가 결과를 고해야 하며 앞으로의 모든 행동 역시 사부님의 명에 따라 행해야 합니다. 만일 본사 방장과 은사님의 윤허가 없다면 선배님께서 하신 분부는 처리할 방법이 없습니다."

노인이 씁쓸하게 웃었다.

"하늘의 뜻이 그러하다면 악인의 횡포는 상상할 수 없을 정도로 흉악해질 것이다. 넌… 넌…."

노인은 '넌'이란 말을 두 번 하고 갑자기 전신을 바르르 떨며 천천히 몸을 늘어뜨리다 두 손으로 바닥을 지탱했다. 금방이라도 탈진해 죽을 것 같은 모습이었다.

허죽은 깜짝 놀라 황급히 손을 뻗어 부축했다.

"노… 노선배님! 어찌 그러십니까?"

노인이 말했다.

"내가 70여 년 동안 수련한 모든 것을 너에게 전수했기에 오늘 내 천수는 다한 것이다. 얘야, 어찌 됐건 나한테 '사부'라고 한 번만 말해 주지 않겠느냐?"

이 몇 마디 말을 할 때 그는 이미 숨이 턱 끝까지 차버렸다.

31. 승부는 사람에 의해 결정되지 않는다

허죽은 애절하게 간청하는 그의 눈빛을 보자 마음이 약해졌다.

"사부님…."

그는 자기도 모르게 이 말이 입에서 흘러나왔다.

노인은 크게 기뻐하며 왼손에서 보석반지 하나를 힘껏 빼서 허죽의 손가락에 끼워주려 했지만 기력이 부족한 탓에 허죽의 손목조차 움켜 잡지 못했다. 허죽이 다시 소리쳤다.

"사부님!"

이 말을 하며 반지를 자신의 손가락에 끼우자 노인이 말했다.

"착한 녀석! 넌 내 세 번째 제자다. 소성하를 마주하면 그를 대사형이라 불러라. 네 성이 무엇이냐?"

"정말 모릅니다."

"안타깝게도 네 용모가 준수하지 않은 이유로 도중에 어려운 점이 생길 것이다. 하지만 넌 소요파 장문인이니 이치대로 하면 그 여자가 네 명령을 거역해서는 안 된다. 만일 네가 젊고 준수한 미소년이었다면 9할은 가르침을 받는 데 성공할 수 있을 것…."

말소리가 점점 작아지다 '가르침'이란 말을 할 때는 이미 모깃소리처럼 가늘어져 거의 들리지 않았다. 돌연 껄껄껄 하고 소리 내어 몇 번 크게 웃고는 앞을 향해 달려가다 쿵 하는 소리와 함께 바닥에 이마를 부딪혔다. 그러고는 더 이상 꼼짝도 하지 않았다.

허죽이 황급히 부축해 그의 코 밑에 손을 가져다 대봤지만 이미 숨이 끊어진 상태였다. 그는 재빨리 합장을 하고 염불을 외었다.

"우리 석가모니께서 중생을 교도하면서 응당 머무는 바 없이 그 마음을 내라고 하셨습니다. 자비로운 부처님께서 소원을 들어주실 수 있으시다면 이 노선생을 극락왕생하시도록 이끌어주십시오."

그는 노인과 만난 지 한 시진이 채 되지 않았기에 사실 어떤 정이 있다고 말할 수는 없었다. 그러나 그가 70여 년간 연마한 공력을 자신의 체내로 전수했다고 하니 왠지 모르게 그 누구보다 더욱 친근감이 느껴졌다. 노인의 일부분이 자신으로 변했다고 말할 수도 있지 않은가? 그는 참을 수 없는 슬픔에 대성통곡을 했다.

한참을 울다가 바닥에 무릎을 꿇어 노인의 유체를 향해 몇 번 절을 한 다음 묵묵히 기도를 했다.

'노선배님, 선배님을 사부님이라 불렀던 건 어쩔 수 없어 그랬던 것이니 진실로 받아들여서는 안 됩니다. 영혼이 남아 계시다면 절 탓하지 마십시오.'

기도를 마치자 그는 몸을 돌려 판자벽의 부서진 구멍으로 들어간 다음 가볍게 훌쩍 뛰어 판자벽 두 개를 뚫고 집 밖으로 나왔다.

32

유유자적을 누가 탓하랴

소성하가 깜짝 놀라 몸을 벌떡 일으켜 대성통곡을 하다 허주 앞에 엎드리고는 마치 마늘을 찧듯 연신 절을 했다.

허주 역시 무릎을 꿇고 그와 맞절을 했다.

통나무집에서 나온 허죽은 어리둥절해하지 않을 수 없었다. 넓은 공터에 커다란 불기둥이 타오르고 있고 도처에는 쓰러진 소나무들이 어수선하게 널려 있었기 때문이다. 그가 통나무집에 들어간 시간이 그리 오래된 것 같지 않았지만 밖에서는 이미 천지가 개벽하는 큰 소란이 있었던 모양이다. 소나무들은 자신이 기절한 이후 누군가에 의해 쓰러진 것으로 보였다. 그 때문에 집 안에 있던 허죽은 아무 소리도 들을 수 없었다.

통나무집 밖에 있던 사람들은 불기둥을 두고 양쪽으로 나뉘어 서 있었다. 농아선생 소성하를 비롯해 그 뒤로 현난 등 소림승들과 강광릉, 설모화 등 무리가 오른쪽에 서 있었고, 성수노괴를 필두로 그 뒤에 철두인 유탄지와 성수파 제자들은 왼쪽에 서서 쌍방이 대치 상태에 있었던 것이다. 모용복과 왕어언, 등백천 등 가신들과 단예, 주단신 등 대리 호위들, 구마지, 단연경, 섭이랑, 남해악신 등은 먼 곳에 드문드문 서서 양쪽 다 돕지 않고 관망만 할 뿐이었다.

소성하와 정춘추 두 사람은 운기를 돋우어 장력을 펼쳐내며 불기둥으로 상대방을 태우려고 서로 밀어내고 있었다. 불기둥이 오른쪽으로 약간 기울어진 것으로 보아 정춘추가 우세를 점한 것 같았다.

사람들은 불기둥에서 시선을 떼지 않고 집중하고 있었던 터라 허죽이 집 안에서 나오는 데 대해서는 누구도 주의를 기울이지 않았다. 왕어언의 관심은 오직 사촌 오라버니인 모용복뿐이었고 단예는 오로지 왕어언에게만 관심을 두고 있었다. 두 사람 모두 불기둥을 주시하지는 않았지만 그렇다고 허죽에게 눈길을 주지도 않았다.

허죽은 멀찌감치 사람들 등 뒤를 돌아 오른쪽으로 가서 사숙인 혜경 옆에 섰다. 불기둥이 갈수록 자기편 쪽으로 쏠리자 소성하가 긴장된 표정으로 쌍장을 내뻗어 끊임없이 밀어내고 있었다. 그의 옷자락 안은 공기로 가득 차 마치 바람을 가득 먹은 범선의 돛대처럼 보였다.

정춘추가 태연자약하게 실실 웃다 무심한 듯 옷소매를 가볍게 휘두르자 제자들의 칭송 소리가 여기저기서 들려왔다.

"성수노선께서는 그 어떤 큰일도 가볍게 처리하는 절세 신공을 지니셨다. 오늘 너희는 신세계를 맛보게 될 것이야."

"사부님께서는 훈계에 목적이 있기 때문에 신공을 천천히 운용하고 계신 것이다. 그렇지 않았다면 벌써 저 소가 늙은이를 일거에 주멸했을 것이야."

"누구든 순순히 승복하지 않으면 잠시 후 성수노선의 신공이 어떤 맛인지 맛보게 될 것이다."

"두렵게 느껴진다면 손을 잡고 한꺼번에 덤벼도 무방하다!"

"고금을 통틀어 성수노선에 대항할 자는 없다. 누구든 분수를 모르고 무모하게 덤빈다면 자멸하고 말 것이다."

구마지와 모용복, 단연경 등이 생각했다.

'우리가 손을 잡고 함께 덤벼들어 정춘추를 포위한다면 성수노괴가 아무리 대단하다 해도 합심을 한 우리 고수들을 당해내진 못할 것이다.'

그러나 첫째, 이들은 각자 개인의 체면 때문에 한 명에게 협공을 펼치길 원치 않았고 둘째, 농아노인과 성수노괴는 동문 간의 대결이라 제3자가 끼어들 필요가 없는 상황이며 셋째, 상호 간에 꺼리는 바가 있어 남이 허점을 틈타 자신에게 손을 쓸까 두려웠다. 그 때문에 성수파 제자들이 사부를 하늘처럼 떠받든다 해도 구마지 등은 가벼운 미소만 지을 뿐 거들떠보지도 않았다.

갑자기 불기둥이 앞으로 세차게 뻗어나와 소성하의 몸을 휘어감았다. 순간 타는 냄새가 진동하며 그의 긴 수염이 모조리 타버리고 말았다. 소성하가 온 힘을 쏟아부어 강력하게 저항한 후에야 불기둥이 다시 밀려나기 시작했다. 그러나 불기둥은 그의 몸에서 2척 앞에 멈추어서서 마치 구렁이가 입을 벌리고 혀를 날름거리듯 그를 깨물려고 끊임없이 흔들어대고 있었다. 허죽은 속으로 깜짝 놀랐다.

'저러다 소 시주가 정 시주 공격에 타 죽을까 두렵구나. 그럼 어찌해야 하지?'

그때 땡땡 하는 두 번의 징소리와 둥둥 하는 두 번의 북소리가 들려왔다. 성수파 제자들이 품속에 징과 동발銅鈸, 쇄납嗩吶, 나팔 등을 지니고 있다가 일제히 꺼내서 입으로 불고 손으로 부딪쳐가며 사부의 위세를 북돋는 것이었다. 거기에 청색 깃발과 황색 깃발, 홍색 깃발, 자색 깃발을 흔들어대며 큰 소리로 함성을 질렀다. 무림에서 두 사람이 내공을 겨룰 때 누군가 옆에서 징과 북으로 위세를 북돋는 모습은 무척이나 드문 일이었다. 구마지가 껄껄대고 큰 소리로 웃었다.

"성수노괴의 저 두꺼운 낯짝은 고금을 통틀어 당해낼 자가 없구나!"

징과 북 소리 속에서 한 성수파 제자가 종이 한 장을 꺼내 목청 높여 읽기 시작했다. 그건 변문駢文[13]이었는데 '중원에서 위세를 떨치는 성수노선 찬양가'라는 제목의 글이었다. 어떤 엉터리 서생을 시켜 그런 찬양의 글을 쓰게 했는지는 모르지만 그 내용은 청송과 아첨으로 가득했다. 그자의 허풍 섞인 외침이 징소리, 북소리와 함께 울려 퍼졌다.

"고령의 나이에도 젊음을 유지한 채 늙지 않으시는 노선. 천년이 흘러가도 옥안을 유지한 채 풍류가 넘치시는 소년. 처음 보는 사람들은 얼굴만 쳐다보고 입문한 후배로 착각. 노선의 절세 신공을 보기만 했는데도 우물 안 개구리를 자인. 그 누가 알았으랴 신선 같은 자태의 영원한 청춘. '노선'은 이제 그만 다 함께 불러보세 '소협少俠'."

이런 뻔뻔스럽기 짝이 없는 청송의 노래를 우습게만 볼 수는 없었다. 뜻밖에도 성수노괴의 내력이 끓는 기름에 물을 붓듯 어마어마한 공력으로 증강된 것이다. 북소리, 징소리와 청송의 노래가 울려퍼지는 동안 불기둥은 더욱 왕성해져서 다시 앞으로 반 척이나 밀고 나갔다.

돌연 발소리와 함께 20여 명의 사내들이 집 뒤쪽에서 뛰어나와 소성하 앞을 막아섰다. 그들은 조금 전 현난 등을 들고 산을 올라왔던 농아 사내들로 모두가 소성하의 제자들이었다. 정춘추는 장력을 돋우어 불기둥으로 이 20여 명의 몸을 향해 태워갔다. 곧 지직 하는 소리를 내며 농아 제자들의 살갗과 살이 타들어가는 소리가 들렸다. 소성하가 손을 휘둘러 제자들을 밀어내려 했지만 거리가 멀어 장력이 미치지 못했다. 그 20여 명의 제자들은 온몸에 불이 붙었음에도 꼿꼿이 선 채로 꼼짝도 하지 않았다. 말을 할 수 없는 그들의 모습에서 더욱 비장한 각오가 묻어나와 보였다.

이를 지켜보던 사람들 얼굴에는 하나같이 감동의 빛이 돌았다. 왕어언과 단예조차도 시선을 돌려 쳐다볼 정도였다.

단예가 소리쳤다.

"그런 잔인한 짓은 그만두시오!"

그는 오른손을 뻗어 육맥신검으로 정춘추를 향해 찔러가려 했지만 검법 운용법을 모르는지라 전신에 가득한 내력이 체내에서 이리저리 움직이기만 할 뿐 손가락을 통해 쏟아져 나가질 않았다. 그는 땀을 뻘뻘 흘리며 소리쳤다.

"모용 공자, 어서 출수를 해서 저지하시오!"

모용복이 말했다.

"단 형 같은 대가가 있는데 소제가 어찌 감히 공자 앞에서 문자를 쓰겠소? 단 형이 육맥신검을 다시 한번 펼쳐보시오!"

단연경은 뒤늦게 와서 단예가 육맥신검을 펼치는 장면을 보지 못했던 터라 모용복의 말을 듣고 놀라움을 감추지 못했다. 그는 단예를 힐끗 쳐다보며 그가 정말 그 신공을 펼칠 수 있는지 보고자 했다. 그러나 그가 오른 손가락을 찍고 긋는 출수는 그럴듯했지만 내력이 전혀 뻗어나오지 않자 속으로 생각했다.

'육맥신검은 무슨, 깜짝 놀랐잖아? 이제 보니 저 녀석이 허풍을 떨며 속임수를 쓰는 거였구나. 예로부터 우리 단가에 육맥신검이란 기이한 무공이 전해내려온다는 말은 있었지만 그걸 연성한 사람이 어디 있다고?'

모용복은 단예가 출수를 하지 않자 그럴 마음이 없다고 보고 한쪽에 서서 조용히 추이를 살폈다.

다시 한참을 지나 20여 명의 농아 사내들이 불기둥에 타서 반 이상 죽고, 얼마 안 남은 사내들마저 중상을 입은 채 앞다투어 쓰러지며 시꺼먼 재로 변해버렸다. 징과 북 소리 속에서 정춘추의 소맷자락이 휘날리자 불기둥은 다시 소성하를 향해 덮쳐갔다.

설모화가 소리쳤다.

"우리 사부님을 해칠 생각 마라!"

그러고는 몸을 훌쩍 날려 불기둥 앞을 막아섰다. 소성하가 손을 휘둘러 그를 밀어내며 말했다.

"헛된 죽음은 아무 의미 없다!"

그는 남아 있는 내력을 왼손에 응집시켜 불기둥을 향해 후려쳐갔다. 이때 내력이 거의 바닥난 상태에서 펼쳐낸 그의 일장은 불기둥을 잠시 저지시킬 뿐 온몸이 뜨겁게 달아오른다는 느낌과 함께 눈앞에 보이는 모든 건 온통 붉은색 화염뿐이었다. 그는 머지않아 체내의 진기가 고갈되면 정춘추가 자신을 죽이고 필시 통나무집 안으로 난입을 할 것이며 30년간 죽은 척해온 사부도 끝내 그가 펼치는 독수를 피하지 못할 것이라 짐작했다. 그는 몸에 불기둥이 압박해 들어오자 속으로 더욱 힘들어했다.

허죽은 소성하가 위험천만한 지경에 이른 것을 지켜보면서도 줄곧 그 자리에 서서 반걸음도 뒤로 물러서지 않다가 갑자기 앞으로 뛰어들며 그를 한쪽으로 밀어낼 생각에 그의 등을 받치며 소리쳤다.

"헛된 죽음은 의미가 없습니다. 어서 피하세요!"

바로 그때 소성하는 손을 휘둘러 밖으로 밀어내려 했다. 이 일장의 힘은 미력하기 짝이 없어 효과를 바란다기보다 그저 속수무책으로 당하고 싶지 않은 마음에 최후의 일전을 벌이기 위한 행동이었다. 그런데 그의 등 뒤에서 갑자기 전해져온 심후하기 이를 데 없는 내력이 자신의 문파 기교와 같은 것이 아닌가? 그렇게 내뻗은 일장의 힘은 몇 배가 더 강해졌는지 모를 정도였다. 휘릭 하는 소리와 함께 불기둥이 반대로 되감겨 뻗어가 정춘추의 몸을 태우는 동시에 여세가 이어지며 옆에 있던 성수파 제자들마저 휘감아버렸다.

삽시간에 징과 북 소리가 딩 둥둥 하고 한차례 소란스럽게 울려퍼지며 동발들과 나팔들이 어지럽게 나뒹굴었다. 또한 '성수파의 위세가 중원에 떨치네. 우리 은사님은 당대의 무적이라네' 하는 칭송의 노래 속에서 '아이쿠, 엄마야!' '안 되겠다. 당장 도망가는 게 상책이다!' '성수파는 상황 변화에 능하다. 다음에 다시 중원에 와서 위세를 떨치자!' 같은 비명 소리가 섞여 들렸다.

정춘추는 깜짝 놀랐다. 사실 소성하의 장풍에 허죽의 내력이 더해진다 해도 그를 이길 수는 없었다. 다만 그는 이미 승기를 잡고 좋은 기분으로 의기양양해하며 아무런 방비도 하지 않고 있다 급작스레 반격을 당한 것이니 어쩔 줄을 모르고 허둥지둥할 수밖에 없었다. 더구나 상대가 내뻗은 일장 안에 실린 내력이 무척이나 노련하고 능숙해서 사형인 소성하보다 한참 더 고강하게 느껴진 데다 그게 본 파의 무공으로 보였던 터라 죽은 사부가 자신에게 신통력을 발휘한 것이 아닌가 하는 착각에 빠질 정도였다. 사부의 원귀가 자신을 찾아와 원수를 갚으려는 것인가? 그는 여기까지 생각하다 심신이 산란해져 내력을 응집할 수가 없었다. 그러다 보니 불기둥이 자신을 휘감아도 밀어내지 못하고 옷과 수염, 머리카락이 모두 불에 붙고 말았다.

성수파 제자들이 '성수노선의 기세가 심상치 않다!'는 비명을 지르자 정춘추가 황급히 소리쳤다.

"철두 제자! 네가 나와서 상대해라!"

유탄지는 곧바로 손을 휘둘러 불기둥을 밀어냈다. 피육 피육 소리와 함께 불기둥이 그의 장풍에 있는 기이한 한기를 만나 삽시간에 꺼져버리고 푸른 연기도 감쪽같이 사라져버려 바닥에는 숯으로 변한 소나무 몇 토막만 남았다.

정춘추는 수염과 눈썹이 모조리 타버리고 옷마저 너덜너덜하게 타버려 낭패를 면치 못했다. 그는 사부의 망령이 모습을 드러낼까 두려워 더 이상 이곳에서 행패를 부릴 수 없다 여기고 소리쳤다.

"가자!"

신형이 한번 흔들 하자 그의 몸은 이미 7, 8장 밖에 떠나 있었다.

성수파 제자들은 기를 쓰고 그 뒤를 따라 도망치느라 징과 북, 나팔 등을 바닥에 모두 내팽개쳤다. '중원에서 위세를 떨치는 성수노선 찬양가'가 적힌 종이는 미처 다 읽지도 못한 채 불에 모두 타버려 까맣게 남은 재만 바람에 휘날리고 있었다.

"으악!"

저 멀리서 처절한 비명 소리가 들리며 성수파 제자 하나가 공중에 붕 떴다 바닥에 곤두박질쳐 꼼짝도 하지 않았다. 사람들이 의아해하며 서로를 쳐다봤다. 알고 보니 성수노괴가 싸움에 패한 수치심 때문에 화가 치밀어올라 누구인지는 몰라도 그를 위로하며 아첨하는 제자에게 일장을 날려 죽여버렸던 것이다.

현난과 단연경, 구마지 등은 소성하가 고육계苦肉計를 펼쳐 적을 유인한 것이라 여겼다. 정춘추로 하여금 그의 농아 제자들을 태워 죽이는 데 공력을 소모토록 한 다음 정춘추가 도저히 막을 수 없는 기상천외한 일격을 펼쳐 실의에 빠뜨린 것으로 본 것이다. 농아노인의 지모와 무공은 강호에서도 유명했던 터라 조금 전 그가 성수노괴와 펼친 악전고투에서 직경이 1척에 이르는 커다란 소나무들을 한 그루씩 넘어뜨리는 모습을 보고 놀라움을 금치 못했기에 그가 마지막에 펼친 신공으로 성수노괴를 물리쳤다는 데 대해서는 그 누구도 의아하게 생각지 않았다.

현난이 말했다.

"성수노괴가 소 선생의 심후한 신공에 패해 혼비백산하고 도주했으니 이제 더 이상 중원에 난입하지는 않을 것이오. 선생께서 무림에 적지 않은 복을 가져온 셈이오."

소성하는 허죽을 힐끔 쳐다봤다. 그는 그의 손가락에 사부의 보석 반지가 끼워져 있는 것을 보고 그제야 어찌 된 영문인지 알 수 있었다. 그는 비통해하면서도 기쁨이 복받쳤다. 자신의 제자들 중 십중팔구가 목숨을 잃은 데다 그 나머지도 치명적인 부상을 당한 것을 보고 애통하기 이를 데 없었다. 그는 사부님의 안위가 염려돼 현난과 모용복 등에게 대충 몇 마디 던지고 곧바로 허죽의 손을 끌어당기며 말했다.

"소사부, 나와 함께 들어갑시다!"

허죽은 현난을 쳐다보고 그의 지시를 기다렸다. 현난이 말했다.

"소 선배는 무림의 고인이시다. 어떤 분부가 있든지 그에 따르면 될 것이다."

허죽이 답했다.

"네!"

곧이어 소성하는 부서진 구멍을 통해 통나무집 안으로 들어간 다음 손이 가는 대로 나무판자 하나를 들어 부서진 구멍을 막았다.

그곳에 모인 많은 사람은 강호에서 수많은 견문을 쌓아왔던 터라 그의 이런 행동이 남들이 들어와 엿보지 못하게 하려는 것임을 알고 있었기에 누구도 간섭하려 들지 않았다. '견문을 많이 쌓지 못한 사람'은 오직 단예 한명뿐이었다. 하지만 그의 모든 신경은 오로지 왕어언 한 사람에게 가 있었기에 소성하와 허죽이 집 안에 들어간 사실조차 모르고 있었다. 이 상황에 어찌 다른 일에 신경 쓸 겨를이 있겠는가?

소성하는 허죽의 손을 잡아끌고 집 안으로 들어갔다. 판자벽 두 곳을 뚫고 들어가자 노인이 바닥에 엎드려 있는 모습이 보였다. 소성하가 손을 뻗어 살펴보니 이미 숨을 거둔 상태였다. 그는 이런 결과를 8, 9할 정도 짐작하고 있었지만 그래도 슬픔을 감출 수 없었던지 무릎을 꿇고 절을 하며 하염없이 흐느꼈다.

"사부님, 사부님! 결국에는 이 제자를 버리고 가셨군요!"

허죽이 속으로 생각했다.

'이 노인은 역시 소 노선배의 사부님이었구나.'

소성하는 눈물을 거두고 일어서서 사부의 시신을 부축해 판자벽에 반듯하게 기대어 앉혔다. 그러고는 허죽을 잡아끌어 그 역시 벽에 기대도록 하고 노인의 시신과 나란히 앉혔다.

허죽은 머뭇거리며 생각했다.

'날 노선생의 시신과 나란히 앉혀서 뭘 하려는 거지? 설마… 나더

러 사부님과 함께 죽으라는 건 아니겠지?'

이런 생각을 하며 온몸에 소름이 끼쳐 몸을 일으키려 했지만 그럴 수는 없었다.

소성하가 불에 타서 엉망이 된 옷을 매무시하고는 돌연 허죽을 향해 무릎 꿇고 절을 했다.

"소요파 불초 제자인 소성하가 본 파의 신임 장문인께 인사 올립니다."

허죽은 순간 깜짝 놀라 어찌할 바를 몰라 마음속으로 소리쳤다.

'이 사람이 정말 미쳤구나! 정말 미쳤어!'

그는 황급히 무릎 꿇고 절을 하며 답례했다.

"노선배님께서 이런 예를 행하다니 정말 황송하기 이를 데 없습니다."

소성하가 정색을 했다.

"사제, 자네는 우리 사부님의 마지막 제자이자 본 파의 장문인이네. 그 때문에 내가 사형이긴 하지만 자네한테 절을 해야만 하는 것이야!"

허죽이 말했다.

"그, 그게…."

그는 그제야 비로소 소성하가 미친 것이 아니라는 걸 알게 되었다. 그러나 그가 미친 것이 아니란 것 때문에 자신의 처지가 더더욱 난감해져 내심 말할 수 없는 고통이 밀려왔다.

소성하가 말했다.

"사제, 내 목숨은 자네가 구한 것이네. 사부님의 숙원을 자네가 완성했으니 내 절을 몇 번 받는 건 당연한 것이야. 사부님께서 자네한테 당신을 사부로 모시고 절을 아홉 번 하라고 했을 텐데 절은 했던가?"

"절은 했습니다. 허나 그때 전 그게 사부로 모신다는 절차인지 몰랐습니다. 전 소림파 제자라 다른 문파에 들어갈 수가 없습니다."

"사부님께서 당연히 그 점은 생각하셨을 것이네. 어르신께서는 필시 자네가 가지고 있던 무공을 제거하고 본 파의 무공을 전수했을 것이야. 사부님의 평생 공력을 모두 주입했겠지. 그랬나?"

허죽이 하는 수 없이 고개를 끄덕였다.

"네."

"본 파의 장문인을 나타내는 그 보석반지를 사부님께서 본인 손으로 빼서 자네 손에 끼워주셨을 테지. 그런가?"

"네! 하지만 전 정말 그게 장문인의 표시 같은 건 줄은 몰랐습니다."

소성하는 무릎을 꿇고 말했다.

"사제, 자넨 크나큰 복을 얻게 된 것이네. 나와 정춘추는 그 보석반지를 수십 년 동안이나 끼어보고 싶어 했지만 끝끝내 손에 넣을 수가 없었다네. 자네는 단 한 시진 만에 사부님의 은총을 받은 셈이야."

허죽이 재빨리 반지를 뺐다.

"선배님께서 가져가십시오. 이 반지는 소승한테 전혀 필요 없습니다."

소성하가 이를 받지 않고 안색을 바꾸며 말했다.

"사제, 사부님이 임종하시면서 맡긴 중책이 있는데 어찌 책임을 회피하려 하는 건가? 사부님께서 반지를 자네한테 주면서 정춘추 그 작자를 제거해달라 하셨겠지. 안 그런가?"

"맞습니다. 하지만 소승의 이 천박한 무공 실력으로 어찌 그런 중임을 맡을 수 있겠습니까?"

소성하가 한숨을 내쉬며 보석반지를 허죽의 손가락에 다시 끼워주었다.

"사제, 그 안에 얽힌 상세한 경위에 대해 모르는 바가 있을 듯하니 내가 간략하게 설명해주도록 하겠네. 본 파는 소요파라고 하는데 예로부터 전해온 규칙에 따르면 장문인은 반드시 대제자가 맡는 것이 아니라 문하의 제자 중 누구든 무공 실력이 최강인 자가 장문인을 맡도록 되어 있네."

허죽이 말했다.

"네, 네! 허나 소승의 무공 실력은 그야말로 형편없습니다."

소성하는 그가 자신의 말을 끊어도 전혀 아랑곳하지 않고 말했다.

"우리 사부님 동문은 모두 세 명이셨네. 사부님 서열이 그중 두 번째였지만 무공 실력에 있어서는 사부님의 사형인 우리 사백을 능가했던 터라 사백을 제치고 장문인 자리에 오르시게 됐네. 후에 사부님께서는 나와 정춘추 두 제자를 거두고 규율을 정하시면서 장문인이 되려는 자는 필히 각 분야의 실력을 모두 겨루도록 만들어놓으셨지. 당신께서 워낙 다방면에 능통하시다 보니 무공 대결은 물론이고 금기서화까지 대결해야 한다는 것이었네. 정춘추는 각종 잡학에 문외한이었던 데다 사부님께 씻지 못할 죄를 짓자 암수를 써서 사부님을 깊은 골짜기로 밀어버렸던 것이네. 그것도 모자라 나한테까지 공격을 가해 중상을 입혔지."

허죽은 설가장의 지하 땅굴에서 설모화로부터 그에 얽힌 사연을 들은 적이 있었다. 그런데 그 일이 뜻밖에도 자신에게까지 연루가 되자 은근히 고역스러웠다.

"정 시주가 그때 노선배님을 죽이지는 않았군요."

소성하가 말했다.

"놈이 인의를 생각해 내 목숨을 살려줬다는 생각은 하지 말게. 우선 놈은 내가 펼쳐놓은 오행팔괘五行八卦와 기문둔갑의 진세를 깨뜨리지 못했고, 또한 내가 놈에게 이런 말을 했네. '정춘추, 네가 사부님을 음해하고 무공 실력 또한 날 능가한다지만 소요파에서 가장 오묘한 무공에는 근처도 가보지 못했을 것이다. 북명신공 경전을 보고 싶지 않으냐? 또 능파미보 경공을 배우고 싶지 않더냐? 천산육양장天山六陽掌은? 천산절매수天山折梅手는? 천장지구불로장춘공은? 그건 본 파의 최상승무공들이네. 사실 우리 사부님도 잡학에 심취해 있던 터라 다 배우지 못한 무공들이 많이 있지. 정춘추가 내 말을 듣고 좋아서 어쩔 줄 몰라 온몸을 부르르 떨며 말하더군. '그 무공 비급들을 나한테 넘긴다면 네 목숨을 부지하게 해줄 것이다.' 난 이렇게 말했네. '그 비급들이 어찌 나한테 있겠느냐? 다만 사부님께서 비급을 보관해두신 장소를 내가 알고 있다. 날 죽이려면 얼마든지 손을 써라!' 정춘추가 말했지. '비급은 당연히 성수해 근방에 있겠지. 내가 어찌 모르겠느냐?' 내가 말했네. '그렇다. 성수해 근방에 있는 게 확실하다. 자신 있으면 얼마든지 찾아봐라.' 놈이 한참을 머뭇거리더군. 성수해 주변은 수백 리가 넘는데 정확한 위치도 모르고 어찌 꽁꽁 숨겨둔 비급을 찾아낼 수 있겠는가? 놈은 도저히 안 될 것 같다고 여겼는지 이렇게 말했네. '좋다. 죽이지는 않겠다. 허나 지금 이 순간부터 듣지도 못하고 말도 못하는 농아 행세를 해라! 본 파의 비급을 누설해서는 절대 안 될 것이다.' 놈이 왜 날 죽이지 않았겠나? 놈은 날 살려뒀다가 고문을 가할 생각이었네. 만일 날 죽였다가는 그 비급들이 있는 장소를 아는 사람이 한 명도 남지 않을 테니 말이네. 그 무공 비급들은 사실 성수해에 있는 것이 아니라 사백과 사부님, 사숙 세 사람 손에 분산되어 있었지. 정춘추는 성수해 기슭에 기거하면서 돌멩이 하나까지 뒤집어가며 주변을 샅샅이 뒤졌지만 당연히 비급은 찾을 수가 없었네. 그 후로 몇 번이나 날 찾아와 힘들게 했지만 난 토목 장치와 기문둔갑 등의 수법을 펼쳐 피해다녔다네. 이번에도 놈이 다시 또 물어보기 위해 왔지만 가능성이 없어 보였던 데다 내가 약속을 어기자 날 죽여서 분풀이를 하려 했던 것이지."

"다행히 선배님께서….."

"자넨 본 파의 장문인인데 어찌 날 선배라고 부르는가? 응당 사형이라 불러야 맞네."

허죽이 생각했다.

'정말 골치 아프기 이를 데 없구나. 언제쯤 확실히 말해야 좋을지 모르겠어.'

이런 생각을 하고 말했다.

"선배님께서 제 사형인지 아닌지는 잠시 접어두십시오. 정말 사형이라 해도 선배님인 것은 틀림없지 않습니까?"

소성하가 고개를 끄덕였다.

"일리 있는 말이네. 다행히 내가 어쨌다는 건가?"

"다행히 선배님께서는 고통을 참고 견뎌내며 정기를 기르고 예기를 축적해 마지막 순간까지 기습을 펼쳐낸 덕분에 성수노괴를 크게 물리치셨습니다."

소성하가 연신 손을 가로저었다.

"사제, 그런 말 말게. 자네가 사부님께서 전수한 신공을 써서 날 도운 덕분에 내 목숨을 구한 것인데 어찌 그리 겸손하게 말하는 건가?

우리는 동문 사형제이고 장문인 자리는 정해졌네. 더구나 내 목숨도 자네가 구한 것이니 난 어찌 됐건 자네의 장문인 자리를 얻고자 하지 않을 것이네. 허니 자네도 앞으로 그렇게 남처럼 대해서는 아니 되네."

허죽이 의아해하며 말했다.

"제가 언제 선배님을 도왔습니까? 더구나 목숨을 구했다는 말은 더더욱 이해할 수 없습니다."

소성하가 잠시 생각을 하다 말했다.

"자네가 무심결에 펼쳐낸 것이라 모를 수도 있네. 어찌 됐건 간에 자네가 손을 내 등 뒤에 대고 본문의 신공을 전해준 덕에 비로소 놈을 물리칠 수 있었던 것이네."

"음, 그랬었군요. 그렇다면 선배님의 사부님께서 목숨을 구한 것이지 제가 구한 것이 아닙니다."

"그럼 선사께서 자네 손을 빌려 날 구했다고 하면 인정하겠나?"

허죽은 더 이상 부인할 수 없자 하는 수 없이 고개를 끄덕였다.

"저도 모르게 그리된 것뿐인데 선배님께서 인정하지 않으면 안 된다 하시니 그럼 인정하도록 하겠습니다."

"조금 전에는 자네가 의외의 신공을 펼쳐 정춘추의 허를 찌른 덕분에 놈을 쫓아버릴 수 있었네. 정상적으로 겨뤘다면 우리 두 사람이 합심을 해도 놈의 적수가 되지 못했을 것이야. 정춘추를 사지에 이르게 하려면 첫째, 내력이 놈보다 강해야 하고 둘째, 본문의 고명한 무공을 능숙하게 펼칠 수 있어야 하네. 예를 들면 천산육양장이나 천산절매수 같은 것들 말이네. 무공은 내력과 결합을 시켜야만 극강의 위력을 발휘할 수 있지. 난 평소 잡학에 몰두하느라 무공을 연마하는 데 전력을 다하지 못했고 그로 인해 무공 실력이 정춘추에 이르지 못하게 된 것이네. 그렇지 않았다면 사부님께서도 내력을 내 몸에 주입해 그 반역자를 처리하도록 했을 테지. 나한테는 사고師姑[14]가 한 분 계셨는데 내력에 있어서는 전혀 부족함이 없는 분이셨네. 어찌 된 일인지는 모르겠지만 그분께서 정춘추의 유혹에 넘어가 놈과 손을 잡고 우리 사부님께 대항을 했지. 사고께서는 준수하고 멋진 미소년을 좋아하셨는데 젊은 시절 준수한 용모를 지녔던 정춘추가 사고의 환심을 얻게 된 것이네. 정춘추가 펼쳐내는 소무상공小無相功 같은 무공들은 바로 그 사고한테 배운 것들이지. 우리가 정춘추를 정면으로 맞부딪쳤다면 사고가 또다시 전력을 다해 놈을 도왔을 테니 놈을 제거하는 게 더욱 어려웠을 것이야. 지난 30년 동안 사부님과 난 방법을 찾으려 했지만 사부님 무공을 전수할 사람을 도저히 찾을 수 없었네. 더구나 사부님께서 이미 나이가 들어 전수할 사람을 찾기는 더욱 힘들게 됐지. 기이하고도 고강한 무공에 대한 깨달음이 있어야 하는 데다 준수하고 멋진 미소년이어야 했으니⋯."

"소승은 용모가 추해 결코 존사의 후계자가 될 자격이 없습니다. 노선배님, 가서 준수하고 멋진 미소년을 찾아보십시오. 제가 존사의 신공을 전수해주면 그뿐입니다."

소성하가 어리둥절해했다.

"본 파의 신공은 심맥, 기혈과 연결되어 있어 공력이 있음에 사람이 존재하고 공력이 소멸되면 사람도 죽어버리고 말지. 사부님께서 자네한테 신공을 전해주고 난 뒤 돌아가시는 모습을 보지 못한 건가?"

허죽이 연이어 발을 동동 구르며 말했다.

천룡팔부

"그럼 어쩌면 좋습니까? 존사와 선배님의 대사를 그르치고 말 겁니다."

"사제, 그건 자네가 부담해야 할 짐이야. 사부님께서 그 기국을 펼쳐 두신 건 여기 온 사람의 깨달음을 시험하는 데 그 의미가 있었네. 그 진롱은 너무 어려운 나머지 내가 수십 년 동안 고민해도 시종 풀지를 못했지만 사제가 풀었으니 사제는 '기이하고도 고강한 무공을 깨달아야 한다'는 요구 조건에 가장 적합한 사람이네."

허죽이 씁쓸한 웃음을 지었다.

"그래서 적합하지가 않습니다. 그 진롱은 제가 푼 것이 아닙니다."

그는 사백조 현난이 어떻게 전음입밀을 펼쳐 암암리에 지시했는지 상황을 자세히 설명해주었다.

소성하는 반신반의하며 말했다.

"현난대사의 표정을 봐서는 이미 정춘추의 독수에 당해 신공이 모두 일소된 상태라 전음입밀 무공을 펼쳐낼 수 있을 것 같지 않았네."

그는 잠시 멈추었다 다시 말했다.

"소림파는 천하 무학의 정종이니 현난대사가 일부러 연막을 친 것일지도 모르지. 나 같은 우물 안 개구리한테 그걸 알아차릴 능력은 없네. 사제, 내가 제자들을 시켜 도처에 서찰을 전하고 천하의 바둑 고수들을 청해 진롱을 풀도록 한 것은 바둑을 좋아하는 사람이 이런 기회가 있다는 걸 안다면 무슨 일이 있어도 참석하려 한다는 걸 잘 알기 때문이었네. 다만 나이가 너무 많거나 용모가 그리 준수하지 않고 또 무림 사람이 아닌 경우에는 청할 필요 없다고 분부를 했었지. 고소모용 공자는 얼굴이 관옥冠玉처럼 수려하고 천하 무공에 관한 해박한 지

103

식을 가지고 있어 최고의 인선이라 할 수 있었지만 그런 그도 풀지를 못했다네."

"맞습니다. 모용 공자가 저보다 백배는 낫지요. 더구나 대리단가의 단 공자 역시 품격이 넘치는 수려한 공자입니다."

"에이. 그 문제는 더 이상 거론하지 말게. 대리국 진남왕 단정순이 일양지라는 절기에 능통하다는 소문은 들었네. 더구나 단정순처럼 풍류를 알고 호방한 성격을 가진 사람은 드물지. 강호의 수많은 처녀는 물론 우아한 중년의 부인들조차 그를 한번 보면 정신을 잃고 정을 주지 않을 수 없다 하니 최고 중의 최고라 할 수 있네. 내가 수많은 제자를 대리에 보내 청했지만 현재 대리에 없고 어디 있는지조차 알 수 없어 결국 어수룩하기 짝이 없는 그의 아들을 청해오게 된 것이야."

허죽이 빙긋 웃었다.

"단 공자가 눈 한번 깜빡거리지 않고 왕 낭자만 넋을 잃고 바라보고 있긴 하더군요."

소성하가 고개를 가로저었다.

"한탄스럽네. 한탄스러워! 단정순은 수많은 여자를 농락하고 다녀 무림 제일의 방탕아로 불리고 있건만 그가 낳은 아들은 그와 달리 불초하기 짝이 없게 아버지 체면만 구기고 다니니 말이야. 그 친구는 왕 낭자에게 환심을 사고 싶어 안달이지만 왕 낭자는 전혀 거들떠보지도 않으니 분통이 터질 게야."

"한 사람한테 깊은 애정을 쏟는 사람이 방탕아보다 나은 것 아닌가요? 한데 어찌 한탄스럽다 말씀하시는 겁니까?"

"겉보기에는 총명해도 소갈딱지가 없어 여자를 다룰 줄 모르니 우리에겐 쓸모가 없는 것이네."

"네!"

이 말을 하면서 속으로 기뻐했다.

'미소년을 찾아 여자 비위를 맞추게 하려는 것이구나. 잘됐다. 어찌 됐건 나 같은 추팔괴 화상한테 그 일을 맡기지는 않겠지.'

소성하가 물었다.

"사부님께서 누군가를 찾아가라고 지시하지 않으셨나? 아니면 무슨 지도 같은 걸 주셨던가?"

허죽은 순간 멍한 상태로 뭔가 일이 잘못된 것 같다 느끼고 발뺌할 생각이었지만 그는 어려서부터 소림사에서 여러 고승들의 가르침을 받았던 터라 거짓말이라고는 할 줄 몰랐다. 더구나 일찍이 비구계比丘戒[15]를 받았고 그중 가장 중대한 계율이 바로 망어妄語[16]가 아니던가? 그는 더듬거리며 말했다.

"그게….'

"자네는 장문인이니 나한테 뭔가를 물어본다면 난 대답하지 않을 수 없네. 내가 대답을 하지 않는다면 자네가 날 당장 죽음에 처할 수도 있어. 하지만 내가 뭔가를 물었을 때는 대답하고 싶으면 하고 원치 않으면 나한테 함부로 입을 놀리지 말라고 명할 수 있네."

소성하의 이 말에 허죽은 더욱 숨길 수 없어 연신 손을 내저었다.

"제가 어찌 그런 주제넘는 행동을 할 수 있겠습니까? 선배님, 선배님 사부님께서 저한테 이걸 주셨습니다."

이 말을 하며 품 안에서 그 두루마리를 꺼냈다. 그는 소성하가 몸을 뒤로 움츠리며 공손한 표정으로 감히 손을 뻗어 받아들지 못하는 것을 보고 자신이 직접 펼쳐 보였다.

　두루마리를 펼치자 두 사람은 동시에 어리둥절해하며 약속이나 한 듯이 소리를 질렀다. 알고 보니 두루마리 속에 그려져 있는 것은 그 어떤 지도도 아니고 산수풍경도 아닌 궁장宮裝을 한 미모의 소녀였다.

　허죽이 말했다.

　"이제 보니 밖에 있는 왕 낭자로군요."

　그러나 그 두루마리는 비단 질감이 누렇게 바래 적어도 30~40년은 된 것으로 보였다. 그림 속의 단청과 묵색 역시 많이 벗겨져 여러 해 묵은 고화古畵로 보였기에 어쨌든 왕어언의 나이보다는 훨씬 많은 것 같았다. 누군가 수십 년 혹은 수백 년 전에 그녀의 모습을 그린다는 건 실로 상상도 할 수 없는 일이 아닌가? 그러나 그림의 필치는 매우 깔끔하면서도 생동감 넘쳤다. 그림 속의 사람이 마치 살아 있는 듯 생생해서 꽃처럼 신선하고 향기가 나는 것처럼 느껴져 마치 왕어언을 축소시키고 납작하게 눌러 그림 속에 집어넣은 것처럼 보였으니 말이다.

　허죽은 우와! 하고 탄성을 내지르며 그 기묘함에 찬탄을 금치 못했다. 소성하는 오른손 손가락을 뻗어 그림 속 필법을 한 획 한 획 따라 그어보며 한참 동안 찬사를 보내다 돌연 꿈에서 깨어난 듯 말했다.

　"사제, 이상하게 보지 말게. 이 소형小兄의 이상한 성미가 발작해서 그런 것이네. 사부님의 뛰어난 그림을 보자 따라 배우고 싶었을 뿐이야. 에이. 괜한 욕심이지. 뭐든 배우고 싶어 이러다니. 결국에는 하나도 완성하지 못하고 정춘추의 손에 그토록 처참하게 무너지면서 말이야."

　이 말을 하면서 황급히 두루마리를 잘 말아 허죽에게 돌려줬다. 조금 더 들여다보다가는 그림 속의 필법에 빠져들까 두려워하는 눈치였다. 그는 눈을 감고 정신을 집중하더니 힘껏 머리를 가로저었다. 마치 조금 전에 본 뛰어난 그림을 그의 뇌리 속에서 지워버리려는 것 같았다. 잠시 후 눈을 뜨며 물었다.

"사부님께서 이 두루마리를 하사하실 때 무슨 말씀을 하셨나?"

"지금의 제 내력이 정춘추보다 고강하지 않고 무공 실력도 충분하지 않아 그자를 징벌하기에 부족하니 이 두루마리를 가지고 대리국 무량산으로 가서 그분께서 과거에 숨겨둔 대량의 무학 전적을 찾아 무공을 배우라 말씀하셨습니다. 다만 그중 대부분이 저 혼자 배울 수 없는 것이라 한 여자분한테 가르침을 받아야 한다면서 두루마리에 그려진 것은 그분께서 과거에 한가롭고 편안한 생활을 누렸던 곳이라 하셨지요. 그 말씀에 따르면 이 안에는 명산대천이나 풍경이 아름다운 곳이 그려져 있어야 맞는데 어쩌다 왕 낭자 초상으로 바뀌었는지 모르겠습니다. 혹시 그분께서 두루마리를 잘못 주신 건 아닐까요?"

"사부님의 행동은 추측이 어렵다네. 시간이 되면 자연히 알게 될 것이야. 에이, 설마 지금까지도 이런 젊은 미모를 지녔겠는가? 세상에 불로장춘공이 정말 있단 말인가? 어쨌든 자네는 사부님의 명에 따라 무공을 잘 배우고 정춘추를 제거할 방법을 마련하도록 하게."

허죽이 우물쭈물하며 말했다.

"그게… 소승은 소림 제자라 곧 절로 돌아가 복명復命해야 합니다. 절에 돌아가고 나면 그때부터 청정 수행과 참선, 예불을 드리고 독경도 해야 하기 때문에 다시 나올 수가 없습니다."

소성하가 깜짝 놀라 몸을 벌떡 일으켜 대성통곡을 하다 퍽 소리를 내며 허죽 앞에 엎드렸다. 그러고는 마치 마늘을 찧듯 연신 절을 했다.

"장문인, 사부님의 유훈을 따르지 않는다면 어르신의 죽음이 헛된 것이 되지 않겠소?"

허죽 역시 무릎을 꿇고 그와 맞절을 하며 말했다.

"소승은 불문에 귀의한 몸이라 진계嗔戒[17]와 살계를 지켜야 합니다. 아까 존사께서 정춘추를 제거하라는 분부에 대답을 하긴 했지만 지금 생각하니 아무래도 적절치 못한 것 같습니다. 소림파는 문규가 매우 엄하기 때문에 소승이 다른 문파 일에 개입해 도리에 어긋나는 짓을 할 수 없습니다."

소성하가 대성통곡을 하며 애원을 했다. 갖가지 예를 들어 계도를 하고 심지어 협박을 하면서 강요했지만 허죽은 끝끝내 그에 응하려 하지 않았다.

소성하는 달리 방법이 없자 크게 상심한 나머지 사부님의 시신을 향해 말했다.

"사부님, 장문인이 사부님의 유명을 받들려 하지 않는 건 무능한 이 제자 탓이니 이 제자도 사부님 뒤를 따라가도록 하겠습니다."

그는 이 말을 끝내기 무섭게 위로 홀쩍 솟구쳐 올랐다가 머리를 밑으로 하고 다리를 위로 한 채 공중에서 밑바닥을 향해 급강하했다. 정수리를 석판이 깔린 지면에 부딪치려 한 것이다.

허죽이 깜짝 놀라 부르짖었다.

"안 됩니다!"

이 말을 하면서 그를 와락 껴안았다. 이때 그는 내력이 웅후했을 뿐만 아니라 수족 또한 매우 기민해서 과거의 허죽이 아니었다. 그가 내력을 발휘해 껴안자 소성하는 꼼짝도 하지 못했다.

소성하가 말했다.

"왜 자결도 못하게 하는가?"

"출가인은 자비를 근본으로 삼습니다. 허니 선배님이 스스로 목숨을 끊는 모습을 보고만 있을 수는 없지요."

"어서 놓게. 난 살고 싶지 않네."

"못 놓습니다!"

"설마 평생 날 붙잡고 놔주지 않을 셈은 아니겠지?"

허죽은 그 말이 틀리지 않은 것 같아 그의 몸을 제대로 돌려 머리를 위로 하고 다리를 밑으로 해서 바닥에 내려놓았다.

"좋습니다. 놓아드릴 테니 자결은 허락 못합니다!"

소성하가 문득 영감이 떠오른 듯 말했다.

"자결은 허락 못한다고 했나? 그럼! 마땅히 장문인의 호령에 따라야지. 훌륭하네. 장문인! 마침내 본 파의 장문인이 되기로 승낙한 게로군!"

허죽이 고개를 가로저었다.

"승낙 안 했습니다. 제가 언제 승낙했습니까?"

소성하가 껄껄대고 웃었다.

"장문인, 아무리 후회해도 소용없네. 이미 나한테 명을 내리고 내가 장문인의 명을 받들어 다시는 자결할 생각을 못하게 되지 않았나? 나 총변선생 소성하가 어떤 사람인가? 본 파 장문인 말고 누가 감히 나한테 명을 내릴 수 있겠나? 소림파 현난대사께 가서 물어봐도 좋네. 아니, 소림사 현자 방장이라 해도 감히 나한테 이래라저래라 명하지 못할 것이네."

농아노인이 강호에서 그 명성이 자자하다는 사실은 허죽도 오는 도중 이미 사백조인 현난대사로부터 들은 바가 있었다. 소성하가 자신에게 감히 명을 내릴 사람이 없다고 말한 건 결코 허언은 아니었다. 허죽이 말했다.

"제가 감히 선배님께 이래라저래라 하는 것이 아니라 목숨을 소중히 여기라 권한 것일 뿐입니다. 그냥 호의에서 말입니다."

"내가 어찌 감히 장문인의 말이 호의였는지 악의였는지를 물어보겠는가? 나더러 죽으라고 하면 지금 당장 죽을 것이고 나더러 살라고 하면 감히 죽지 못할 것이네. 이 생사의 명은 곧 천하제일의 대권이네. 자네가 만약 우리 장문인이 아니라면 어찌 함부로 나더러 죽으라 마라 말할 수 있겠는가?"

허죽은 변명을 할 수가 없었다.

"그렇다면 조금 전에 한 말은 제 잘못인 셈 치십시오. 취소하면 그뿐이니까!"

"자네가 '자결은 허락 못한다'고 한 명령을 취소한다면 나더러 자결을 하라는 말이 아닌가? 명을 받들겠네! 당장 자결하면 그뿐이니까!"

그의 자결 방법은 매우 특이했다. 그는 다시 훌쩍 솟구쳐 올라 머리를 아래로, 발을 위로 한 채 석판을 향해 급강하하며 내려왔다.

허죽이 다시 다급하게 그를 단단히 껴안았다.

"안 됩니다! 절대 자결하게 둘 수 없습니다!"

"음. 또 자결을 못하게 하는군. 장문인의 명에 따르겠네."

허죽이 그의 몸을 내려놓고 중머리를 긁적이며 아무 말도 하지 않았다.

소성하가 총변선생이라는 별호로 불리는 이유는 괜한 것이 아니었다. 그는 본래 언변이 좋아 비록 30년 동안 아무 말도 하지 않고 살아왔지만 다시 입을 놀리기 시작하자 여전히 청산유수였다. 허죽은 나이가 젊고 소탈한 성격이었던 터라 소림사 내에서도 사형제들과 쟁론을 벌인 적이 없었다. 그러니 어찌 소성하의 적수가 될 수 있겠는가? 허죽은 속으로 이런저런 생각이 들었다.

'자결은 허락 못한다'고 명한 말을 취소하는 건 결코 '그에게 자결하라'는 것과는 다르다. 또 '절대 자결을 못하게 한다'는 것 역시 '자결을 허락 못한다'는 건 아니지 않은가?'

다만 말주변이 좋은 소성하가 구구절절 그의 말을 가로채서 내뱉으니 불문의 변론술인 인명因明[18]조차 배운 적 없는 허죽은 도저히 변명할 방법이 없었다. 그는 한참을 멍하니 있다가 탄식을 했다.

"선배님, 선배님께는 변명할 방법이 없습니다. 다만 저더러 문파를 바꿔 귀 파로 들어오라는 말씀은 어쨌든 받아들이기 어렵습니다."

"우리가 들어올 때 현난대사께서 자네한테 무슨 분부를 했던가? 현난대사의 말을 반드시 받들어야만 하지 않나?"

허죽이 어리둥절해하다 말했다.

"사백조께서는 저한테… 저한테 선배님 말을 들으라고 하셨지요."

소성하는 매우 득의양양한 표정으로 말했다.

"그래. 현난대사께서는 자네한테 내 말을 들으라고 말씀하셨지. 내 말은 바로 우리 사부님의 유명을 받들어 본 파의 장문인이 되어야 한다는 것이네. 단, 자네는 이미 소요파 장문인이 됐기 때문에 소림파 고승의 말에 대해서는 신경 쓸 일이 없네. 그 때문에 자네가 현난대사 말씀을 받들겠다면 그건 바로 소요파 장문인이 되는 것이고 현난대사의 말씀을 받들지 않겠다고 해도 소요파 장문인이 되는 것이지. 자네가 소요파 장문인이 돼야지만 비로소 현난대사 말씀을 까맣게 잊을 수 있네. 그렇지 않다면 사백조 분부를 어찌 거역할 수 있겠는가?"

그의 이런 논증은 허죽이 들어도 구구절절 일리가 있는지라 순간 아무 말도 하지 못했다.

소성하가 다시 말했다.

"사제, 현난대사와 소림파의 다른 화상 몇몇은 모두 정춘추의 독수에 당해 당장 치료하지 않는다면 조만간 목숨을 보전하지 못할 것이네. 당금의 세상에서는 오직 자네만이 그들을 구할 수가 있어. 구하고 못 구하고는 모두 자네 의지에 달려 있는 것이네."

"우리 사백조께서 정춘추의 독수에 당하신 게 확실하고 다른 몇몇 사숙백 역시 부상을 입은 게 맞습니다. 하지만 제 실력이 미천한데 어찌 그분들을 구할 수 있겠습니까?"

소성하가 빙긋 웃었다.

"사제, 본문은 무학에만 특출 난 것이 결코 아니네. 의복성상과 금기서화 등 각종 학문을 총망라하고 있지. 자네 사질인 설모화가 의술에 관해 얄팍한 지식을 가지고 있음에도 강호에서는 놀랍게도 설신의로 불리며 염왕적이라는 별호까지 있으니 어찌 입이 삐뚤어지도록 웃지 않을 수 있는 일인가? 현난대사는 정춘추의 화공대법에 당한 것이고 그 얼굴이 각진 스님은 철두인의 '빙잠장'에 부상을 당한 것이며, 키 크고 마른 스님은 정춘추의 발길질에 왼쪽 옆구리 3촌 밑을 맞아 경맥에 손상을 입은 것이네."

소성하는 쉴 새 없이 말을 이어가며 사람들의 상세와 원인에 대해

털어놨다. 허죽이 놀라고도 탄복해했다.

"선배님, 선배님께서는 기국에만 몰두하시느라 그들을 제대로 쳐다본 것도 아니고 부상당한 사람들을 진료한 것도 아닌데 어찌 그렇게 정확히 알고 계실 수 있습니까?"

"무림에서 서로 대결을 벌이다 부상을 입으면 한눈에 훤히 보이기 때문에 그보다 더 쉬울 수는 없네. 다만 선천적으로 허약하고 풍사風邪[19]가 있거나 상한傷寒[20]과 습열濕熱[21]이 있는 경우에만 진단이 어려울 뿐이지. 사제, 자네는 사부님께서 70여 년 동안 쌓아온 소요파 신공을 몸에 지니고 있기 때문에 의술을 펼치는 데 있어 신통한 능력을 발휘할 수 있을 것이네. 현난대사는 경맥이 중독돼서 사라져버린 공력을 회복시키는 것이 쉽지 않겠지만 부상을 치료하고 목숨을 보전하는 건 아주 간단히 처리할 수가 있네."

그러고는 곧바로 혈도를 어찌 짚어 운기를 시키고 한독을 어찌 제거하는지 그 방법을 알려주기 시작했다. 또한 현난대사는 어떤 방법을 사용해 치료해야 하는지, 풍파악은 또 어떤 방법을 사용해 치료하는지 상세하게 가르쳐주었다. 사람마다 부상을 당한 독이 달라 각자 치료를 해야 했기 때문이다.

허죽은 소성하에게 전수받은 수법을 머릿속에 기억해두었지만 방법만 알았지 왜 그런지에 대해서는 전혀 알지 못했다.

소성하는 그가 착오 없이 시연하는 것을 보고 얼굴에 미소를 띠며 칭찬했다.

"장문인은 기억력이 정말 좋군. 단번에 모두 해내다니 말이야."

허죽은 그의 웃는 모습이 종잡을 수가 없고 그 미소가 호의로 느껴지지 않아 의아한 마음을 금할 길 없었다.

"왜 웃으시는 겁니까?"

소성하가 숙연한 표정으로 공손하게 허리를 굽혔다.

"소형이 감히 어찌 웃을 수 있겠나? 예의에 어긋난다면 장문인께서 용서를 해주시게."

허죽은 사람들을 치료해야 한다는 마음이 급해 더 이상 추궁하지 않았다.

"밖으로 나가보시지요!"

소성하가 말했다.

"그러지!"

그는 허죽의 뒤를 따라 집 밖으로 걸어나갔다.

부상 입은 사람들 모두가 바닥에 무릎을 꿇고 눈을 감은 채 정신을 가다듬는 모습이 보였다. 모용복은 조용히 내력을 운용해 포부동과 풍파악의 통증을 해소해주고 있었고, 왕어언은 공야건의 상처를 싸매주고 있었다. 설모화는 얼굴이 땀으로 범벅이 된 채 동분서주하며 위급한 사람을 보면 재빨리 달려가 치료해줬지만 한 사람이 좀 평정을 찾는다 싶으면 또 다른 사람이 비명을 질러댔다. 그는 소성하가 나오는 것을 보고 속으로 안심이 된 듯 재빨리 달려가 말했다.

"사부님, 어서 방법을 강구해주십시오."

허죽은 현난 앞으로 걸어가 그가 눈을 감고 운공하는 모습을 보고 손을 늘어뜨려 시립한 채 감히 입을 열지 못했다. 현난이 천천히 눈을 뜨며 가볍게 탄식을 했다.

"네 사백조가 무능한 나머지 정춘추의 독수에 처참하게 당해 본 파의 명성을 땅에 떨어뜨렸으니 부끄럽기 짝이 없구나. 돌아가서 방장께 고해 나… 나와 네 현통 사숙조 모두 본사에 돌아갈 면목이 없다고 하거라."

허죽은 과거 사백조를 볼 때면 언제나 장엄한 모습에 노하지 않아도 위엄이 넘쳐 감히 똑바로 쳐다볼 수조차 없었지만 지금은 의기소침한 표정으로 궁지에 빠진 영웅처럼 처량하게 보이는 데다 그 말을 하며 자결을 하겠다는 의지를 보이는 것 같아 재빨리 만류했다.

"사백조, 힘들어하실 필요 없습니다. 우리 무예를 배우는 사람들은 진노심嗔怒心, 경쟁심競爭心, 승부심勝負心, 득실심得失心 등이 없어야만 합…."

말을 하다 보니 뜻밖에도 사부님이 평소 그에게 훈계를 할 때 하던 말을 반대로 사백조를 향해 하는 것이 뭔가 잘못된 것 같아 재빨리 입을 막았지만 이미 몇 마디가 나오고 말았다.

현난이 빙긋 웃으며 탄식했다.

"그 말이 맞다. 허나 네 사백조가 내력을 모두 잃어 선정할 힘조차 없구나."

"네, 네! 이 손제자가 경중을 모르고 헛소리를 했습니다."

그가 출수해서 상처를 치료하려 하자 별안간 기괴하게 웃는 소성하의 얼굴이 생각나 속으로 깜짝 놀랐다.

'내가 손을 뻗어 사백조의 두개골에 있는 요혈을 내리치도록 가르친 것이 사람을 해치려고 일부러 그런 건지도 모르잖아? 내가 일장을 후려쳤다가 공력이 상실된 사백조를 죽이기라도 하면 어쩌지?'

현난이 말했다.

"방장께 가서 고하거라. 본사에 조만간 큰 재난이 닥칠 것이니 각별히 경계해야 한다고 말이다. 가는 길에 필히 조심해라. 넌 천성이 온후하니 지계持戒[22]와 선정 두 가지 도리에 대해서는 염려할 것이 없다. 앞으로 '혜慧'라는 글자를 염두에 두고 노력해《능가경楞伽經》네 권을 전심전력으로 읽도록 해라. 에이, 네 사백조가 더 이상 제대로 가르칠 수 없는 것이 애석할 뿐이로다."

허죽이 말했다.

"네, 네!"

그는 현난이 자신에게 깊은 관심을 보이는 것을 보고 감격한 나머지 다시 말했다.

"사백조, 본사에 이미 큰 재난이 닥쳤으니 어르신께서 더욱더 건강을 되찾으셔야 합니다. 그래야 절에 돌아가 방장을 도와 적에 대처할 것 아니겠습니까?"

현난이 씁쓸한 미소를 지었다.

"나… 난 정춘추의 화공대법에 당해 이미 폐인이 된 몸인데 어찌 방장을 도와 적에 대처할 수 있겠느냐?"

"사백조, 총변선생께서 제자에게 부상 치료법을 가르쳐주셨습니다. 이 손제자가 역량은 부족하지만 혜방 사백께 한번 시험해보고자 하니 사백조께서 허락해주시기 바랍니다."

현난은 살짝 의아한 생각이 들었다. 농아노인은 설신의의 사부이니 그가 전수한 치료법이라면 확실히 신빙성이 있다 할 수 있지만 어찌 그가 직접 출수하지 않는 것이며 또 설모화를 시켜 치료토록 하지 않는지 알 수가 없었던 것이다.

"총변선생께서 가르침을 내렸다면 매우 고명할 것이다."

그는 소성하를 한번 바라본 다음 허죽에게 말했다.

"그럼 시험해보도록 해라."

허죽은 혜방 앞으로 걸어가 몸을 굽히고 말했다.

"사백, 제자가 사백조의 법유法諭를 받들어 사백의 상처를 치료해드리고자 하니 나무라지 마십시오."

혜방이 미소를 지으며 고개를 끄덕였다. 허죽은 소성하가 가르쳐준 방법에 따라 혜방의 왼쪽 옆구리 아래쪽 부위를 조심스럽게 살펴본 뒤 오른손을 들어 그의 옆구리를 후려쳤다.

"윽!"

신음 소리와 함께 혜방의 몸이 흔들렸다. 혜방은 마치 옆구리에 구멍이라도 뚫린 듯 온몸의 선혈과 정기가 그 구멍을 통해 끊임없이 빠져나가는 느낌이 들었다. 삽시간에 온몸이 텅 비어 기댈 곳조차 없이 느껴진 것이다. 그러나 유탄지의 한빙 독장으로 인해 생겼던 저리고 가려우며 쑤시는 통증은 순식간에 사라져버렸다. 허죽의 이 치료법은 내력으로 한독을 물리치는 것이 아니라 70여 년간의 수양으로 축적된 북명진기로 그의 옆구리를 타격해 한독이 빠져나갈 구멍을 만들어주는 것이었다. 독사에게 물렸을 때 상처 부위를 갈라 독액을 짜내는 원리와 같은 이치였다. 다만 이 기도할체氣刀割體 치료법은 정확한 부위를 타격해야만 하고 진기 내력이 부족해 일격의 힘이 경맥을 침투하지 못하면 독기가 빠져나오지 못할 뿐만 아니라 오히려 오장육부까지 독이 전이돼 즉시 목숨을 잃고 만다.

허죽은 일장을 후려치고 난 뒤 속으로 놀라움과 의아함을 감추지 못했다. 혜방의 몸이 흔들 하더니 이내 안정을 되찾았고 눈을 감은 채 미간을 찌푸리며 고통스러워하던 표정이 점차 편안한 모습으로 바뀌었기 때문이다. 순식간에 벌어진 일이었지만 그에게는 마치 몇 시진이 지난 것처럼 느껴졌다.

잠시 후 혜방은 가슴을 쓸어내리며 미소를 지었다.

"훌륭하네, 사질! 자네 일장은 힘이 굉장했네."

허죽이 크게 기뻐하며 말했다.

"과찬이십니다."

그는 고개를 돌려 현난을 향해 말했다.

"사백조, 나머지 사숙백들께도 이 손제자가 치료를 해도 되겠습니까?"

현난 역시 만면에 희색을 띠고 있었지만 돌연 고개를 가로저었다.

"아니다! 우선 다른 문파 선배들부터 치료하고 본 파 사람들을 치료하도록 해라."

허죽은 속으로 어리둥절해하며 황급히 답했다.

"네!"

그는 속으로 곰곰이 생각했다.

'자기보다 남을 먼저 생각하는 도리인 선인후기先人後己야말로 부처님께서 대자대비로 중생을 구도하는 본의가 아니던가?'

그는 포부동이 격렬하게 몸을 떨며 이를 따다닥 하는 소리가 날 정도로 부딪치고 있는 모습을 보고 재빨리 그 앞으로 달려가 말했다.

"포삼 선생, 총변선생께서 소승에게 한독을 치료할 수 있는 요결을 가르쳐주셨습니다. 소승이 오늘 처음 배운 터라 정교하지는 않지만 그래도 포삼 선생을 치료해드리고자 합니다. 실례가 되는 부분이 있더라도 양해해주시기 바랍니다."

이 말을 하며 포부동의 가슴을 더듬었다.

포부동이 빙그레 웃었다.

"뭐 하는 것이오?"

허죽은 오른손을 들어 픽 소리를 내며 그의 가슴팍을 후려쳤다. 포부동이 대로해서 욕을 해댔다.

"이 더러운 화…."

'상'이란 말이 입에서 채 나오기도 전에 며칠 동안 사라지지 않고 자신을 괴롭혔던 한독이 놀랍게도 지금 맞은 가슴팍을 통해 신속무비하게 쏟아져 나가는 느낌이 들었다. '상'이란 말은 목구멍 속으로 기어들어가 더 이상 욕이 튀어나오지 않았다.

허죽은 사람들마다 유탄지의 빙잠 한독을 제거해준 다음 다시 정춘추의 독수에 맞은 사람들을 치료하기 시작했다. 화공대법에 당해 경맥에 독질이 침투된 사람들은 두개골의 백회혈이나 가슴의 영대혈에 일장을 가해 근본을 견고히 하고 원기를 북돋아 경맥 속에 감염된 독질을 스스로 해독할 수 있도록 만들었다. 또 내력에 손상을 입은 사람들은 허죽의 손가락에 혈도를 찍히자 성수파 내력이 모두 사라져버렸다. 그는 기억력이 매우 좋은 편이라 소성하에게 전수받은 서로 다른 제반 치료 요결들을 정확히 기억하고 있어 사람에 따라 다른 치료법을 한 치의 오차도 없이 펼쳐낼 수 있었다. 한 식경쯤 지나자 모든 이가 느끼던 고통은 모두 해소되기에 이르렀다. 치료를 받은 사람들은 속으로 하나같이 감격해했고 이를 지켜보던 사람들 역시 농아노인의 신비로운 의술에 탄복해 마지않았다. 그러나 그가 설신의 사부임을 알고 있어 그리 이상하게 여기지는 않았다.

마지막으로 허죽은 현난 앞으로 걸어가 허리를 굽히며 말했다.

"사백조, 외람된 말씀이지만 이 손제자가 사백조의 백회혈에 일장을 내려쳐야겠습니다."

현난이 미소를 지었다.

"네가 총변선생의 총애를 받아 그런 기묘한 치료 실력을 배우게 됐으니 그 복과 연이 적지 않구나. 백회혈쯤이야 얼마든지 내려쳐도 좋다."

허죽이 허리를 굽히며 말했다.

"그럼 불손하지만 그리하겠습니다."

그가 소림사에 있으면서 현난을 대할 때는 늘 멀리서만 바라봐야 했다. 가끔 현난이 승려들을 모아놓고 소림파 무공 심법에 관해 강의를 한 적이 있지만 허죽은 여러 승려들 사이에 시립해 있었을 뿐 그와 말을 주고받은 적조차 없었다. 그 때문에 그가 일장을 펼쳐 현난의 두개골을 후려쳐야 하는 상황이 되자 비록 치료를 위한 것이었다 하지만 크나큰 두려움을 느끼지 않을 수 없었다. 더구나 그가 짓고 있는 기이한 미소가 어떤 의미인지 몰라 정신을 가다듬고 재차 말했다.

"이 손제자의 불손한 행동을 사백조께서 용서해주시기 바랍니다!"

그는 다시 한번 깊이 허리를 숙이고 이번에는 한 걸음 앞으로 나아가 손을 올려 현난의 백회혈을 겨냥했다. 그리고 약하지도 강하지도 않게 느리지도 빠르지도 않은 속도로 일장을 후려쳐 나갔다.

허죽의 일장이 현난의 정수리에 닿는 순간 그의 얼굴에서 돌연 기괴한 미소가 보였다. 곧이어 긴 비명 소리와 함께 돌연 몸이 흐느적거리며 몇 번 뒤틀리다 바닥에 엎어져 꼼짝도 하지 않았다.

지켜보던 모든 사람이 일제히 비명을 질렀고 허죽은 더더욱 놀라 가슴이 쿵쾅쿵쾅 뛰었다. 그는 재빨리 현난을 부축했다. 혜방 등 여러 승려들 역시 일제히 달려왔다. 현난을 바라보자 그는 얼굴에 웃음을 띤 채 숨이 멎어 있었다. 이미 숨을 거두고 만 것이다.

허죽이 깜짝 놀라 비명을 질렀다.

"사백조, 사백조! 어찌 이러십니까?"

돌연 소성하의 외침이 들렸다.

"누구냐? 서라!"

그는 동남쪽에서 황급히 뛰어나오며 말했다.

"누군가 뒤에서 암수를 썼네. 하지만 신법이 어쩌나 빠른지 누군지 보지 못했어."

그는 현난의 맥을 짚고 눈살을 찌푸리며 말했다.

"현난대사는 공력을 모두 상실한 상태였던 터라 누군가 암수를 써도 저항할 힘이 전혀 없었네. 안타깝지만 이미 원적에 드셨어."

허죽은 순간 머리가 혼란해지며 큰 소리로 울부짖을 뿐이었다.

"사백조, 사백조! 어… 어찌 이런…."

그는 소성하가 통나무집 안에서 알 수 없는 미소를 짓던 생각이 나자 분노에 싸여 말했다.

"총변선생, 사실대로 말씀하십시오. 도대체 우리 사백조께서 어쩌다 돌아가신 겁니까? 선생께서 고의로 해친 것 아닙니까?"

소성하가 두 무릎을 꿇고 말했다.

"장문인께 고하겠네. 이 소성하는 감히 장문인을 불의에 빠뜨릴 수 없네. 현난대사가 원적에 든 것은 누군가 암수를 가한 것이 확실하네."

"그럼 선생이 통나무집 안에서 이상야릇한 미소를 지은 것은 무슨 연고입니까?"

소성하가 깜짝 놀라 말했다.

"내가 미소를 지었단 말인가? 내가 미소를 지었다고? 장문인, 절대 조심해야 하네. 누군가⋯."

이 말이 채 끝나기도 전에 돌연 입을 다문 채 얼굴에 다시 그 이상 야릇한 미소를 지었다. 설모화가 큰 소리로 부르짖었다.

"사부님!"

그는 재빨리 품 안에서 해독 약병 하나를 꺼냈다. 그러고는 병뚜껑을 열고 알약 세 알을 손에다 쏟아 소성하의 입안에 넣어주었다. 그러나 이미 숨이 끊어진 소성하는 해독약을 입안에 문 채 더 이상 넘기지를 못했다. 설모화가 대성통곡을 하며 말했다.

"사부님께서 정춘추의 독수에 죽임을 당하셨다. 정춘추 이 못된 악적⋯."

여기까지 말하다 눈물을 흘리느라 말을 잇지 못했다.

강광릉이 달려와 소성하의 시신을 끌어안으려 하자 설모화가 그의 목덜미를 잡고 힘껏 잡아당기며 울부짖었다.

"사부님 몸에 독이 있소."

범백령과 구독, 오영군, 풍아삼, 이괴뢰, 석청풍 등 여덟 명의 제자가 일제히 소성하 시신을 에워싼 채 하나같이 슬픔과 분노에 휩싸였다.

강광릉은 소성하를 가장 오랫동안 따랐던 사람이라 본문의 규칙을 잘 알고 있었다. 그는 사부가 허죽을 향해 무릎 꿇고 장문인이라 칭하는 것을 보고 어느 정도 짐작을 하고 있었다. 다시 예의주시하며 그의 손가락을 살펴보니 그가 보석반지를 끼고 있는 것이 아닌가?

"사제들! 나를 따라 본 파의 신임 장문 사숙께 인사들 올리게."

이 말을 하며 허죽을 향해 무릎을 꿇고 절을 하기 시작했다. 범백령 등이 어리둥절해하다 이내 깨닫고는 그를 따라 절을 하기 시작했다.

허죽이 심란한 마음으로 말했다.

"정… 정춘추 그 간적 시주가 우리 사백조와 여러분 사부님을 죽였습니다."

강광릉이 말했다.

"간적을 주멸해 원수를 갚는 문제는 장문 사숙의 주재하에 계획을 세워야 합니다."

허죽은 세상 물정이라고는 전혀 모르는 스님일 뿐인 데다 무공에 대한 식견과 명성에 있어서도 눈앞에 있는 사람들보다 낫다고 할 수 없었기에 속으로 이런 생각만 했다.

'사백조의 복수는 물론이고 총변선생과 집 안에 있던 그 노인에 대한 복수를 안 하고 넘어갈 수는 없지!'

그러고는 큰 소리로 외쳤다.

"정춘추를… 정춘추 그 악인을… 그 악적 시주를 죽이지 않을 수 없소."

강광릉이 다시 절을 했다.

"장문 사숙께서 간적을 주멸해 우리 사부님의 원수를 갚아주겠다고 허락하신다면 여기 있는 모든 사질이 장문 사숙의 대은대덕에 감격할 것입니다."

범백령과 설모화 등도 함께 절을 하자 허죽은 재빨리 무릎을 꿇고 답례를 올렸다.

"천만의 말씀입니다. 황송합니다. 모두 일어나십시오."

강광릉이 말했다.

"사숙, 소질이 고할 것이 있습니다. 이곳에는 사람들이 많으니 집 안으로 들어가 직접 말씀드리겠습니다."

"좋습니다!"

그가 몸을 일으키자 강광릉 등도 모두 몸을 일으켰다.

허죽이 강광릉을 따라 통나무집 안으로 들어가려 할 때 범백령이 말했다.

"잠깐! 사부님이 저 집 안에서 정 노적의 독수에 당했으니 장문 사숙과 대사형도 들어가지 않는 게 좋겠습니다. 정 노적은 워낙 간계가 많아 대비할 방법이 없습니다."

강광릉이 고개를 끄덕였다.

"맞는 말이네! 장문 사숙께서는 귀하신 몸인데 그런 위험을 다시 또 감수하게 만들 순 없네!"

설모화가 말했다.

"두 분께서는 여기 서서 말씀을 나누시는 게 좋겠습니다. 저희는 사주를 살펴 노적의 도발에 대비하겠습니다."

이 말을 하고 먼저 걸어가자 나머지 풍아삼과 오영군 등도 그를 따라 10여 장 밖으로 걸어갔다.

모용복과 등백천 등은 그들이 자기 문파 제자들조차 멀리 피하는 걸 보고 모두 한쪽으로 물러났다. 구마지와 단연경 등은 상황이 기이해 보였지만 자신들과는 상관이 없다 여기고 각자 자기 갈 길을 가버렸다.

강광릉이 말했다.

"사숙….."

허죽이 말했다.

"전 당신 사숙이 아닙니다. 그쪽 장문인 같은 것도 아니고 말입니다. 전 소림사 화상일 뿐 그쪽 소요파와는 아무 관계 없습니다."

강광릉이 말했다.

"사숙, 어찌 인정을 안 하십니까? 소요파라는 이름은 본문 사람이 아닌 외부인들은 들을 수 없습니다. 누군가 의도적이든 아니든 간에 그 이름을 들었다면 본문의 규칙상 당장 죽여야만 합니다."

허죽이 몸서리를 치며 생각했다.

'규칙이 너무 무시무시하구나. 그렇다면 내가 이들 문파에 들어가지 않겠다고 하면 날 죽이려 들 것이 아닌가?'

강광릉이 다시 말했다.

"사숙께서 조금 전에 사람들 상처를 치료해준 수법은 바로 본 파의 적전嫡傳 내공입니다. 사숙께서 어찌 본 파에 들어오게 됐고 언제 태사부의 심전心傳[23]을 얻게 되셨는지에 관해선 소질이 감히 묻지 않겠습니다. 혹여 사숙이 태사부의 진롱 기국을 풀어 저희 사부님께서 태사부의 유명에 따라 사부 대신 제자를 거두어 장문인의 직위를 전수했는지는 모르겠습니다. 하지만 어찌 됐건 본 파의 소요신선환逍遙神仙環은 사숙 손가락에 끼어져 있고 가사께서 임종 전에 사숙께 절하며 장문인이라 칭한 이상 사숙께서 더 이상 고사하실 수 없습니다. 이리저리 사양하고 거절한다 해도 소용이 없는 것입니다."

허죽은 좌우를 두리번거리며 살펴봤다. 혜방 등 소림파 사람들은 현난의 시신을 들고 한쪽으로 걸어가고 있었고, 소성하의 시신은 여전히 바닥에 무릎을 꿇고 꼿꼿이 선 채 이상야릇한 웃음을 짓고 있었다. 그는 비통한 마음에 말했다.

"그 문제들을 일시에 다 밝힐 수는 없습니다. 지금 당장은 사백조께서 원적에 드시어 어찌할 바를 모르겠습니다. 노선배님이…."

강광릉이 황망하게 무릎을 꿇었다.

"사숙, 절대 그런 칭호는 쓰지 마십시오. 저를 황송하게 만드시는 처사입니다!"

허죽이 눈살을 찌푸렸다.

"좋습니다, 어서 일어나십시오."

강광릉은 그제야 몸을 일으켰다. 허죽이 다시 말했다.

"노선배님…."

그가 그 한 마디를 다시 내뱉자 강광릉이 다시 풀썩하며 무릎을 꿇었다.

허죽이 말했다.

"깜빡했습니다. 그리 부르면 안 되는데 어서 일어나십시오."

그는 노인이 그에게 준 두루마리를 꺼내 펼쳐 보이며 말했다.

"당신 사부님이 나더러 이 두루마리에 근거해 무공을 배우고 정 시주를 주멸하는 데 쓰라 하셨습니다."

강광릉이 그림 속의 궁장 미녀를 보고 고개를 가로저었다.

"소질은 그 안에 얽힌 이치를 잘 모르겠습니다. 사숙께서 잘 보관하시되 남들에게는 보여주지 마십시오. 사부님께서 생전에 그런 말씀을 하셨다면 사숙께서 사부님 얼굴을 봐서라도 그 말에 따라 행해주십시오. 소질이 사숙께 고하고자 했던 것은 가사께서 중독된 독이 삼소소요산三笑逍遙散이었다는 것입니다. 그 독은 무의식중에 중독되고 중독 초기에 얼굴에 기괴한 미소가 나타나는데 중독자 자신은 전혀 알 수 없으며 세 번째 미소를 짓는 순간 숨이 끊어져 죽어버립니다."

허죽이 고개를 숙이며 말했다.

"말하기 부끄럽지만 존사께서 중독 초기 얼굴에 기괴한 미소를 띠었을 때 전 소인배처럼 존사께서 선의를 품고 있지 않다고 함부로 추측했습니다. 만일 그때 솔직하게 물어봤다면 존사를 그 즉시 치료하고 이 지경에 이르게 만들지는 않았을 것입니다."

강광릉이 고개를 가로저었다.

"삼소소요산에 일단 중독되면 목숨을 살리기가 쉽지 않습니다. 정노적이 거리낌 없이 날뛰는 이유 중 하나가 바로 그에게 삼소소요산이 있기 때문입니다. 화공대법의 명성이 널리 퍼져 있는 이유는 화공대법에 당하면 공력이 상실될 뿐 목숨은 부지할 수 있어 살아남은 사람이 그 위력을 전파하기 때문입니다. 경맥이 해독되고 나면 내력도 다시 운용할 수 있으니까요. 하지만 이 삼소소요산에 중독되면 아무 이유도 모른 채 목숨을 잃고 맙니다."

허죽이 고개를 끄덕였다.

"정말 극악무도한 독이군요! 그때 제가 존사 옆에 서 있었지만 정춘추가 독을 어찌 썼는지 전혀 알아차리지 못했습니다. 제 무공 실력이 극히 평범하고 견식이 얕았기 때문입니다. 그건 그렇다 쳐도 정춘추가 제 목숨은 어찌 살려됐는지 모르겠군요."

강광릉이 말했다.

"아마 사숙 실력이 보잘것없어 독을 쓸 가치가 없다고 여겼을 겁니다. 제가 봐도 장문 사숙께서는 젊어 보이는데 무슨 대단한 능력이 있겠습니까? 상처 치료법이 뛰어난 것도 사부님께서 가르쳐주신 것이니 대단한 능력이라 할 게 없지요. 그러니 정 노괴가 사숙을 안중에도 두지 않은 건 당연한 이치입니다."

그는 여기까지 얘기하다 자신의 말이 너무 무례한 것 같다는 생각이 들어 재빨리 말했다.

"장문 사숙, 사실을 말한 것뿐인데 혹시라도 언짢으셨지 않나 모르겠군요. 언짢으셨다 해도 사숙의 무공이 그리 고명하진 않을 것이란 제 생각에는 변함이 없습니다."

"지당하신 말씀입니다. 제 무공 실력이 보잘것없다 보니 그 정 노적은… 죄과로다, 죄과로다! 소승이 악언을 하면 악구계惡口戒를 범하는 것이라 불문 제자로서 할 말이 아닙니다. 그 정춘추 정 시주는 절 죽일 가치가 없다고 여긴 것이 확실합니다."

허죽은 성실하고 순박한 사람이고 강광릉도 세상사에 해박하지 못한 사람이다 보니 두 사람 모두 정춘추가 통나무집에 잠입해 들어갔으리라고는 생각지도 못했다. 소성하가 상처와 독 치료 요결을 전수하는 모습을 보고 어찌 허죽에게 암수를 쓰지 않았겠는가? 또한 그의 무공이 보잘것없다고 어찌 죽일 가치가 없다 여겼겠는가? 삼소소요산은 내공으로 독을 내보내 상대의 몸에 쏘는 것이었다. 사실 정춘추는 통나무집 안에서 내공으로 삼소소요산을 소성하와 허죽에게 각각 쏘아낸 다음 현난에게도 같은 방법을 썼다. 소성하는 힘든 싸움을 거친 나머지 기진맥진한 상태였고 현난 역시 내력이 모두 상실된 상태였던 터라 두 사람 모두 중독이 되지 않을 수 없었다. 그러나 허죽은 그때 마침 70여 년간 축적된 신공을 전수받았기에 정춘추의 내력이 그의 몸에 이르지 못하고 오히려 팅겨나간 극독이 소성하 몸에 가해졌을 뿐 허죽에게는 전혀 영향이 없었다. 정춘추가 누군가와 정면 대결을 펼칠 때 삼소소요산을 함부로 사용하지 않는 이유는 상대의 내력이 뛰어날 경우 극독이 팅겨나와 자신에게 해를 미칠까 두려워서였다.

강광릉이 말했다.

"사숙, 그건 사숙 잘못입니다. 소요파는 도가의 최고봉으로 속박에 얽매일 필요가 없으니 얼마나 자유로이 살아갈 수 있습니까? 사숙께선 본 파의 장문인이니 천하의 그 누구도 간섭할 수 없습니다. 그러니 속히 가사를 벗어던지고 머리카락을 기른 다음 아리따운 낭자 열일고여덟 명쯤 아내로 맞으십시오. 불문이고 뭐고 무슨 상관입니까? 악구계고 선구계고 무슨 의미가 있습니까?"

그의 이 말에 허죽은 아미타불을 외치다 그의 말이 끝나자 말했다.

"제 앞에서 다시는 부처님을 모독하는 말씀은 삼가십시오. 저한테 할 말이 있다고 했는데 도대체 무슨 말씀이십니까?"

"아이고, 이런 멍청한 데가 있나? 반나절을 얘기하면서 아직까지 본론도 말씀드리지 못했으니! 장문 사숙, 훗날 나이가 들면 제 이런 단점은 절대 배우지 마십시오. 큰일이군, 큰일이야! 또 주제를 벗어나 본론을 말씀드리지 못하는구나! 죽어도 싸지. 장문 사숙, 사숙께 부탁드릴

일이 있으니 부디 윤허해주시기 바랍니다."

"무슨 일이기에 윤허란 말씀까지 하십니까? 과분한 말씀이십니다."

"아유, 본문의 대사인데 장문인께 윤허를 받지 않으면 누구한테 받겠습니까? 사실 우리 사형제 여덟 명은 과거 사부님에 의해 사문에서 축출을 당했습니다. 어떤 과실을 범해서가 아니라 사부님께서는 우리가 정 노적에게 피해를 입을까 두려웠고, 또한 우리 여덟 사람의 귀를 못 듣게 만들고 혀를 잘라버릴 수 없었기 때문에 그런 대책을 마련하셨던 겁니다. 사부님께서는 오늘 그 명을 거두시고 우리가 다시 사문에 들어올 수 있도록 하셨습니다. 다만 장문인께 경위를 설명하지 못했고 아직 대례를 치르지 못해 본 파의 정식 제자라 할 수 없으니 장문인께서 윤허를 해주셔야 합니다. 그러지 않으면 우리 여덟 명은 죽어서도 돌아갈 문파가 없는 떠돌이 고혼야귀孤魂野鬼가 되어 무림에서 고개를 들고 다닐 수 없게 될 것이니 괴롭기 짝이 없을 것입니다!"

허죽이 생각했다.

'소요파 장문인은 절대 해서는 안 되겠다. 하지만 이에 답하지 않는다면 이 늙은이가 언제 또 와서 성가시게 굴지 모른다. 일단 윤허한 다음 다시 얘기하자.'

이런 생각을 마치고 말했다.

"존사께서 이미 여러분의 사문 복귀를 윤허하셨으니 이미 사문에 돌아온 셈입니다. 한데 무슨 염려를 하십니까?"

강광릉이 크게 기뻐하며 고개를 돌려 소리쳤다.

"사제들, 사매! 장문 사숙께서 우리의 사문 복귀를 윤허하셨네!"

함곡팔우 중 나머지 일곱 사람이 그 말을 듣고 모두 기뻐하며 둘째인 바둑광 범백령과 셋째 책벌레 구독, 넷째 단청 명수 오영군, 다섯째 염왕적 설모화, 여섯째 목공 장인 풍아삼, 일곱째 시화詩花 부인 석청풍, 여덟째 창극 배우 이괴뢰 등이 일제히 달려와 장문 사숙에게 감사의 큰절을 올렸다. 이들은 자신들의 사문 복귀를 사부가 친히 볼 수 없다는 생각이 들자 다시 대성통곡을 하기 시작했다.

허죽은 겸연쩍기 짝이 없었다. 하는 일마다 자신을 장문 사숙이란 명성과 지위에 발을 들여놓게 만들어 깊은 늪에 빠진 듯 점점 벗어나기가 어려워졌으니 말이다. 자신은 명문 정종의 소림 제자인데 이단사파의 장문인이 되라고 하니 이 얼마나 황당무계한 일이란 말인가? 범백령 등 함곡팔우가 모두 기쁨에 겨운 눈물을 흘리는 것을 보고 자신이 만일 장문인 자리에 이의를 제기한다면 분위기를 깨버리고 말 것인지라 어쩔 수 없이 고개를 가로저으며 쓸쓸한 웃음만 지을 따름이었다. 고개를 돌리자 모용복과 단예, 왕어언, 혜자 돌림의 여섯 화상 그리고 현난의 유체가 모두 보이지 않았다. 그는 언덕 위의 소나무 숲 안에 오로지 소요파 아홉 명밖에 없는 것을 보고 깜짝 놀랐다.

"어? 다들 어디 간 겁니까?"

오영군이 말했다.

"모용 공자와 소림파 고승들은 우리 얘기가 길어지는 걸 보고 각자 길을 떠났습니다."

허죽이 소리쳤다.

"아이고!"

그는 발걸음을 옮겨 그들 뒤를 쫓아가기 시작했다. 혜방 등 화상들을 따라잡아 함께 소림으로 돌아가 방장과 수업 사부에게 모든 사정을 고해야겠다고 생각한 것이다. 또한 이참에 줄행랑을 쳐서 소요파 제자들의 그늘에서 벗어나려는 의지도 내심 있었다.

그는 반 시진가량을 내달려갔다. 하지만 아무리 속도를 붙여도 혜자 돌림 여섯 화상은 시종 보이지 않았다. 소요파 노인의 70여 년 신공을 전수받아 달리는 속도가 준마처럼 빨랐던 그는 고개를 막 내려가자마자 이미 혜 자 돌림 여섯 화상을 지나쳐버렸던 것이다. 혜 자 돌림 여섯 화상이 여전히 앞에 있는 줄 알고 죽어라 달려가다 너무 서두른 나머지 산모퉁이를 돌아가던 여섯 화상을 발견하지 못하고 아래위로 몇 번 오르락내리락한 끝에 그들을 멀찌감치 뒤에다 두게 됐다.

해 질 무렵까지 뒤쫓아갔지만 여섯 사숙백이 종적도 보이지 않자 이상한 생각이 든 허죽은 길이 갈렸을 것이라 짐작해 다시 뒤로 20리를 달려갔다. 그는 화상 여섯 명을 보지 못했느냐고 행인들을 대상으로 탐문까지 해가며 한참을 되돌아갔지만 피로감은 전혀 느끼지 못했다. 날이 어두워지고 허기가 진 허죽은 마을 외곽에 있는 한 객점에 이르러 자리를 잡고 채소 국수 두 그릇을 시켰다.

채소 국수가 나오기를 기다리는 동안 객점 밖의 큰길을 끊임없이 두리번거리고 있는데 느닷없이 옆에서 누군가의 낭랑한 목소리가 들려왔다.

"화상, 누굴 기다리시오?"

허죽이 고개를 돌려보니 서쪽 창가 자리에 말끔한 눈썹과 별 같은 눈, 백옥같이 맑은 살색의 뛰어난 용모를 지닌 나이가 열일고여덟 살 정도 되는 청삼을 입은 젊은이가 환한 미소를 지으며 자신을 바라보고 있었다.

허죽이 말했다.

"맞다! 소상공께 좀 묻겠소. 혹시 함께 다니는 화상 여섯 명 보지 못했습니까?"

그 젊은이가 말했다.

"화상 여섯 명은 모르겠고 화상 한 명은 봤소."

"음. 한 명이라… 그럼 상공, 어디서 보셨습니까?"

"이 객점 안에서 봤지요."

허죽이 생각했다.

'화상 혼자라면 혜방 사백 일행은 아니야. 승려가 있다면 그분들 소식을 전해들을 수 있을지도 모르겠구나.'

그러고는 물었다.

"저, 상공, 그 화상이 어떻게 생겼지요? 나이가 얼마나 됐던가요? 어느 쪽으로 갔습니까?"

그 젊은이가 미소를 지었다.

"넓은 이마에 큰 귀, 쭉 찢어진 입과 두꺼운 입술, 코가 하늘을 향해 나 있는 나이가 스물서넛 정도 되는 것으로 보이는 화상이었소. 지금 이 객점에서 채소 국수 두 그릇을 먹으려고 기다리는 중이라 아직 안 가고 있지요."

허죽이 껄껄대고 웃었다.

"소상공께서 말하는 사람은 바로 저였군요."

"상공이면 상공이지 어찌 앞에다 '소' 자를 붙이는 게요? 난 화상이라고 했지 소화상이라고 부르진 않았는데."

그 젊은이는 목소리가 무척 가냘프고 낭랑해서 듣기에 아주 좋았다. 허죽이 말했다.

"맞습니다. 상공이라 칭해야 마땅하지요."

점소이가 채소 국수 두 그릇을 내오자 허죽이 말했다.

"상공, 소승은 국수를 좀 먹겠습니다."

"푸른 채소와 버섯뿐이고 기름기라고는 없는데 무슨 맛으로 먹는단 말이오? 자자, 이리 오시오. 내가 돼지고기랑 닭고기 요리를 사주겠소."

"죄과로다. 죄과로다! 소승은 평생 고기붙이라곤 손도 대지 않았습니다. 상공이나 드십시오."

이 말을 하고 몸을 옆으로 돌려 국수를 먹으며 그 젊은이가 고기를 먹는 모습은 보려고도 하지 않았다.

그는 무척이나 허기가 졌던 터라 순식간에 국수 한 그릇을 거의 다 비웠다. 갑자기 그 젊은이가 소리쳤다.

"어? 이게 뭐지?"

허죽이 고개를 돌려보니 그 젊은이가 오른손에 숟가락을 들고 국물을 떠서 입에 집어넣으려다가 갑자기 뭔가 이상한 걸 발견한 듯 숟가락을 입에서 반 척가량 되는 곳에 멈추고는 왼손으로 식탁 위에서 뭔가를 집어들었다. 그 젊은이는 몸을 일으켜 오른손으로 그 물건을 집어들고 허죽 옆으로 걸어와 말했다.

"화상, 이것 좀 보시오. 이 벌레가 좀 이상하지 않소?"

허죽이 보니 그가 집어든 것은 검은색 딱정벌레였는데 그런 벌레는 어디서나 흔히 볼 수 있는 것이라 그리 이상하다 할 수 없었다.

"뭐가 이상하다는 겁니까?"

"보시오. 껍데기가 딱딱하고 반들반들하게 윤기가 나서 무슨 기름을 발라놓은 것처럼 보이지 않소?"

"흠. 그런 딱정벌레들은 모두 그렇지요."

"그래요?"

그는 딱정벌레를 땅바닥에 던져 발로 밟아 죽여버리고 자기 자리로 돌아갔다. 허죽이 탄식을 했다.

"죄과로다, 죄과로다!"

이 말을 하며 다시 고개를 숙여 국수를 먹었다.

그는 온종일 아무것도 먹지 못했던 터라 국수가 너무 맛있게 느껴져 국물 한 방울 남기지 않고 모조리 비워버렸다. 두 번째 국수 그릇을 가져와 젓가락을 들고 먹으려 할 때 그 젊은이가 갑자기 깔깔대고 웃었다.

"화상, 난 당신이 불가의 규율을 엄수하는 훌륭한 화상인 줄 알았소. 한데 겉과 속이 다른 위선자일 줄은 생각지도 못했소."

"내가 어찌 겉과 속이 다르다 하는 겁니까?"

"평생 고기붙이는 손도 대지 않았다고 해놓고 닭곰탕 국수를 어찌 그리 맛나게 먹는 것이오?"

"상공께선 농담도 잘하십니다. 이건 푸른 채소와 버섯으로만 만든 국수인데 어찌 닭곰탕이라 하시오? 내가 점소이한테 부탁해서 기름기가 있는 것은 절대 넣지 말라고 했습니다."

그 젊은이가 생글생글 웃었다.

"입으로는 고기붙이를 안 먹는다고 했지만 닭곰탕을 냠냠 쩝쩝하며 얼마나 맛나게 마셨는지 모르오. 화상, 내가 국수 그릇 안에 닭곰탕 국물 한 숟가락을 더 넣어드리겠소!"

이 말을 하며 숟가락을 뻗어 앞에 있는 닭곰탕 그릇 안에 넣어 국물 한 숟가락을 퍼서는 벌떡 일어났다.

허죽이 깜짝 놀라 말했다.

"아니, 상공이 조금 전에 벌써…."

그 젊은이가 빙그레 웃었다.

"그렇소. 조금 전에 내가 그 국수 그릇 안에 닭곰탕 국물 한 숟가락을 넣었소. 그걸 못 봤단 말이오? 아이고, 화상! 어서 눈을 감고 모른 척하시오. 내가 당신 국수에 닭곰탕 국물 한 숟가락을 넣으면 훨씬 맛있게 먹을 수 있을 것이오. 어차피 당신 스스로 넣은 것도 아니니 부처님께서도 나무라지는 않을 것이오."

허죽은 놀라고도 분한 마음을 금할 길 없었다. 그가 딱정벌레를 잡아 자기에게 보여주며 성동격서 한 것은 자신의 시선을 분산시켜 그 틈에 닭곰탕 국물을 국수 안에 집어넣기 위한 것임을 그제야 알았던 것이다. 실은 국수 국물을 마셨을 때 특별나게 맛있다는 생각이 들기는 했다. 평생 닭곰탕이라고는 마셔본 적이 없었던 그였기에 그게 닭곰탕 맛인지 몰랐던 것이다. 당장 닭곰탕이 배 속으로 들어갔으니 어찌하면 좋단 말인가? 당장 토해내야 하는 것인가? 그는 일순간 대책이 없어 갈팡질팡했다.

그 젊은이가 대뜸 말했다.

"화상, 당신이 찾는 그 화상 여섯 명, 저기 오는 사람들 아니오?"

이 말을 하며 손가락으로 문밖을 가리켰다.

허죽이 크게 기뻐하며 문 쪽을 향해 달려갔지만 화상이라고는 보이지 않았다. 그는 그 젊은이한테 또 속았다는 걸 알고 속으로 매우 불쾌했다. 출가인은 진노할 수가 없지 않은가? 그는 억지로 참고 아무 소리 하지 않은 채 자리로 돌아와 다시 국수를 먹기 시작했다.

허죽이 생각했다.

'나이도 어린 소상공이 어찌 나한테 이런 짓궂은 장난을 치는 거지?'

그는 곧 젓가락을 들어 국수 한 그릇을 게 눈 감추듯 비우기 시작했다. 그때 이빨 사이에 미끈미끈한 이물질이 씹히자 깜짝 놀라서 다급하게 그릇 안을 살펴봤다. 국수 가닥 사이로 커다란 비곗살이 섞여 있는데 반쪽이 잘려나가 있는 것으로 보아 나머지 반쪽은 벌써 자신이 먹은 게 틀림없었다. 허죽은 젓가락을 탁자 위에 탁 하고 올려놓으며 부르짖었다.

"으악~ 야단났구나! 야단났어!"

그 젊은이가 깔깔대고 웃었다.

"화상, 그 비곗살은 맛이 없으셨소? 어찌 야단났다 하시는 거요?"

허죽이 벌컥 화를 냈다.

"문 앞에 누가 왔다고 거짓말을 쳐서 내 그릇 안에다 고기를 넣다니. 난… 난 지난 23년 동안 고기붙이라고는 입에 댄 적도 없는데 당신 손에 다 망쳐버리고 말았소!"

그 젊은이가 싱긋 웃었다.

"그 비곗살이 채소나 두부보다 열 배는 더 맛있지 않소? 그걸 여태껏 먹지 않았다면 정말 멍청하기 짝이 없는 노릇 아니오?"

허죽은 우거지상으로 몸을 일으켜 오른손으로 자기 목을 움켜쥐고 배 속에 들어간 비곗살 반쪽을 토해내려 했지만 방법이 없자 순간 마음이 심란해졌다. 그때 갑자기 문밖에서 시끌벅적한 소리가 들리며 적지 않은 수의 사람이 객점을 향해 다가오고 있었다.

힐끗 쳐다보니 그들은 뜻밖에도 성수파 제자 무리였다. 그는 속으로 비명을 질렀다.

'아이고! 큰일 났구나. 성수노괴한테 잡히면 내 목숨은 남아나지 않을 것이다!'

그는 객점에서 벗어날 생각에 재빨리 뒤쪽을 향해 달려갔다. 그런데 문을 밀치고 발을 내딛는 순간 그곳이 뒷문이 아니라 침실일 줄 누가 알았겠는가! 허죽이 다시 나오려는 순간 뒤에서 누군가 부르짖는 소리가 들려왔다.

"주인장! 주인장! 빨리 고기하고 술 좀 내오시오!"

성수파 제자들이 벌써 객당 안으로 들어온 것이다.

허죽은 감히 뒤로 가지 못하고 슬그머니 문을 닫을 수밖에 없었다. 돌연 누군가의 목소리가 들려왔다.

"저 배불뚝이 화상을 재울 곳 좀 찾아봐라!"

그건 바로 정춘추 목소리였다. 성수파 제자 하나가 답했다.

"네!"

육중한 발걸음 소리가 침실을 향해 다가왔다. 허죽은 깜짝 놀라 어찌할 바를 모르고 몸을 숙여 침상 밑으로 기어들어갔다. 머리를 침상 밑으로 집어넣는 순간 뭔가에 부딪히며 나직한 목소리로 놀라는 소리가 들려왔다.

"헉!"

알고 보니 침상 밑에 누군가 먼저 와서 숨어 있던 것이었다. 허죽은 더욱 놀라 뒤로 돌아나가려 했지만 그사이 성수파 제자가 혜정을 안고 침실로 들어와 그를 침상 위에 내려놓고 곧바로 나갔다.

옆에 있던 그 사람이 귓전에 대고 나지막이 말했다.

"화상, 비곗살은 맛있었소? 한데 뭘 겁내는 거요?"

알고 보니 그 젊은 상공이었다. 허죽은 생각했다.

'아주 민첩한 솜씨로군. 나보다 먼저 침상 밑에 숨어들다니.'

그는 젊은이를 향해 조용히 말했다.

"밖에 온 사람들은 대악인들입니다. 절대 소리 내지 마시오."

"저자들이 대악인이란 걸 어찌 아시오?"

"아는 사람들입니다. 눈도 깜빡하지 않고 사람을 죽이는 자들이지요. 농으로 하는 말이 아닙니다."

젊은이가 조용히 하라고 말하려는 순간 갑자기 침상 위에 누워 있던 혜정이 큰 소리로 부르짖었다.

"침상 밑에 누가 있다! 침상 밑에 누가 있어!"

허죽과 젊은이는 깜짝 놀라 동시에 침상 밑에서 튀어나왔다. 정춘추가 문 앞에 서서 차갑게 싱긋 웃고 있는 모습이 보였다. 그의 얼굴은 득의양양하면서도 악랄한 표정으로 가득했다.

젊은이는 놀라서 핏기가 싹 가신 얼굴을 한 채 곧바로 무릎을 꿇고 떨리는 목소리로 소리쳤다.

"사부님!"

정춘추가 씩 웃음을 지었다.

"아주 좋구나! 아주 좋아! 가져와라!"

"제자한테 없습니다!"

"어디 있느냐?"

"요나라 남경성에 있습니다."

정춘추는 눈에 흉악한 빛을 띠며 침착하게 말했다.

"끝까지 날 속일 작정이냐? 네 목숨은 내 손에 있다는 걸 명심해라!"

"제자가 어찌 감히 사부님을 속이겠습니까?"

정춘추는 허죽에게 눈을 돌려 훑어보다가 다시 젊은이에게 물었다.

"네가 어찌 저놈과 함께 있더냐?"

"방금 이 객점에서 만났습니다."

정춘추가 콧방귀를 뀌었다.

"거짓말!"

그는 두 눈을 부라리며 두 사람을 매섭게 쳐다보고 뒤돌아나갔다. 성수파 제자 네 명이 방 안으로 뛰어들어와 두 사람을 에워쌌다.

허죽이 놀랍고도 노한 마음에 말했다.

"이제 보니 당신도 성수파 제자였군!"

젊은이는 발을 동동 구르며 화를 냈다.

"이게 다 거지 같은 화상, 너 때문이야! 내가 뭐?"

성수파 제자 하나가 말했다.

"대사저, 그간 별고 없으셨나요?"

그 말투는 아주 경박하기 이를 데 없어서 남의 재앙을 즐거워하는 모습처럼 보였다.

허죽이 의아한 듯 말했다.

"뭐? 다… 당신은….'

젊은이는 쳇 하고 거들먹거리며 말했다.

"이 머저리 화상, 거지 같은 화상아! 나야 당연히 여자지. 설마 여태까지 못 알아봤단 말이야?"

허죽이 생각했다.

'이제 보니 이 소상공은 여자에다 성수파 제자였어. 성수파 제자 중에서도 대사저라니. 아이고, 이런! 나한테 닭곰탕을 마시게 하고 비곗살을 먹이면서 독을 넣었을지도 모르겠구나.'

그 젊은이는 다름 아닌 남장을 하고 있던 아자였다. 그녀는 요나라 남경에서 마음껏 부귀영화를 누렸지만 워낙 활동적인 성격이었던 터라 시간이 흐르면서 점차 싫증을 느끼게 되었다. 소봉 역시 공무에 바쁜 나머지 매일같이 그녀를 데리고 사냥이나 하며 놀아줄 여력이 없었다. 그러던 어느 날 아자는 무료함을 달래기 위해 혼자 밖에 놀러나오게 되었다. 원래 그날 밤에 곧바로 돌아갈 작정이었지만 우연히 한 사내를 만나게 됐다. 그 사내는 아자를 보고 수려한 외모에도 불구하고 곁을 지켜줄 남자가 없으니 고독한 신세를 면치 못할 거라는 말을 하며 집적대는 것이었다. 아자는 연정을 품고 다가가도 아무 반응도 보이지 않는 소봉을 떠올리며 속으로 화가 치밀어오른 나머지 그 사내를 죽여버려 분풀이를 해야겠다고 마음먹었다. 그러나 그 사내가 빠른 속도로 도망치는 바람에 아자도 점점 멀리까지 쫓아올 수밖에 없었다. 마침내 그 사내를 잡아 독수를 써서 죽여버리긴 했지만 이미 남경에서 너무 멀리까지 오게 됐고 이참에 아예 중원으로 향하게 되었던 것이다. 그녀는 도처를 유랑하다 우연치 않게 이날 허죽과 정춘추를 동시에 만나게 되었다. 허죽에게 육식을 하게 만들어 파계시킨 건

141

순간 장난기가 발동해서 그런 것일 뿐 결코 다른 뜻은 없었다.

아자는 정춘추가 성수해 기슭에서 유유자적하며 살고 있었기에 중원에는 절대 나오지 않을 것이라 믿었다. 하지만 그가 자신과 신목왕정을 찾기 위해 중원까지 나올 줄 어찌 알았겠는가? 원수는 외나무다리에서 만난다더니 뜻밖에도 이 작은 객점에서 만날 줄은 상상도 하지 못했다. 그녀가 큰 소리로 허죽을 질책했지만 그건 놀라서 넋을 잃은 상황이라 허장성세로 그런 것일 뿐 그의 목소리는 가느다랗게 떨렸다. 그녀는 억지로 침착하고자 했지만 뜻대로 되지 않자 속으로 이 위기를 어찌 빠져나갈 것인지 곰곰이 생각했다.

'지금의 이 위기를 벗어나려면 사부님을 속여 남경으로 가게 만드는 수밖에 없다. 그곳에 가서 형부 손을 빌려 사부님을 죽이는 게 상책이야. 형부 외에는 우리 사부님을 이길 사람이 없으니 말이야. 다행히 신목왕정이 남경에 있으니 사부님이 그 보배를 찾으러 가지 않을 리가 없을 것이다.'

여기까지 생각하자 마음이 어느 정도 진정되었다. 그러나 다시 생각을 바꿨다.

'사부님이 날 불구로 만들어버리고 내 무공을 모두 없애버린 다음 남경으로 끌고 간다면 그 고통은 죽는 것보다 견디기 힘들 거야.'

순식간에 그녀의 얼굴에서 핏기가 사라져버렸다.

바로 그때, 성수파 제자 하나가 입구로 걸어들어와 실실 웃으며 말했다.

"대사저, 사부님께서 찾으십니다."

아자는 사부가 부른다는 말을 듣고 마치 고양이 앞의 쥐처럼 놀라 사족을 쓰지 못했다. 그녀는 절대 도망칠 수 없다는 걸 잘 알기에 하는 수 없이 성수파 제자를 따라 대청으로 나갔다.

대청에 나가보니 정춘추는 술과 음식이 놓인 탁자 하나를 차지하고 앉아 있었다. 성수파 제자들은 멀찌감치 떨어져 손을 늘어뜨리고 공손하게 시립한 채 크게 숨조차 쉬지 못하고 있었다. 아주가 앞으로 걸어가 외쳤다.

"사부님!"

이 말과 동시에 정춘추 앞에 무릎을 꿇었다.

"도대체 어디 있느냐?"

"이 제자가 어찌 감히 사부님을 속이겠습니까? 정말 요나라 남경성에 있습니다."

"남경성 어디에?"

"요나라의 남원대왕인 소 대왕 왕부 안에 있습니다."

정춘추가 눈살을 찌푸렸다.

"그게 어쩌다 거란 오랑캐의 개 손에 들어간 거지?"

"그의 손에 들어간 게 아닙니다. 제자가 북쪽 변경에 갔다가 혹시라도 사부님의 보배를 잃어버리거나 실수로 훼손시킬까 두려워 소 대왕 후원에 몰래 들어가 땅을 파서 묻어둔 겁니다. 워낙 외진 곳이고 소 대왕의 화원 면적이 6천여 묘亩에 달해 제자 외에는 그 누구도 찾지 못하니 안심하셔도 됩니다."

정춘추가 냉소를 머금었다.

"너만 찾을 수 있다는 게로군. 흥! 조그만 녀석이 영악하기 이를 데 없구나. 내가 투서기기投鼠忌器를 염려해 감히 널 죽이지 못할 것이라 여기는 것이야. 널 죽이고 나면 왕정을 찾지 못한다고 말하고 싶은 것이 아니더냐?"

아자는 온몸을 부들부들 떨다 전전긍긍하며 말했다.

"사부님께서 이 제자의 터무니없는 장난을 용서하지 않아 제 공력을 제거하고, 제 근맥을 꺼내 끊어버린 다음 제 손과 발을 모두 절단해 버리신다면 이 제자는 당장 죽는 한이 있어도 절대 그 왕정… 그 왕정이 있는 곳을 털어놓지 않을 것입니다."

이 말을 하고 난 후 그녀는 극한의 두려움에 더 이상 말을 잇지 못했다.

정춘추가 미소를 지었다.

"조그만 녀석이 대담하게도 감히 나와 흥정을 하려 드는구나. 우리 성수파 문하에 너같이 무서운 제자가 있음에도 내가 사전에 대비를 못했으니 이 성수노선이 사람을 잘못 본 탓이로다."

그때 제자 하나가 대뜸 큰 소리로 외쳤다.

"성수노선께서는 과거와 미래에 대한 통찰력을 지니고 계시기에 신목왕정이 그런 재앙을 입게 될 것임을 예지해 아자 손을 빌려 그 보배가 험난한 역경을 거치도록 만든 것입니다. 이는 곧 절차탁마라 할 수 있으니 신목왕정에 법력을 증강시키는 셈이나 마찬가지입니다."

또 다른 제자가 말했다.

"만천하의 사물 중에 노선의 신묘한 예측 안에서 움직이지 않는 것이 뭐가 있겠습니까? 노선께서 하시는 겸양의 말씀을 모든 제자는 절대 사실로 여기지 않습니다."

또 다른 제자가 말했다.

"성수노선께서는 오늘 아주 간단한 계책만으로 소림파 고수인 현난을 없애버리고 농아노인의 사도 수십 명을 주멸하셨습니다. 고금을 통틀어도 노선같이 대라금선大羅金仙을 능가하는 사람은 아마 없을 것입니다. 아자, 네가 아무리 교활한 잔꾀를 부린다 해도 성수노선의 손바닥 안을 벗어날 수 없을 것이다. 아무리 애걸복걸해가며 고집을 피운다 해도 아무 소용 없어."

정춘추가 미소를 지은 채 고개를 끄덕거리고 수염을 쓰다듬으며 귀를 기울였다.

허죽은 침실 안에 서서 이런 말들을 듣다 생각했다.

'사백조와 총변선생은 과연 저 정 시주가 죽인 게로구나. 에이. 한데 원한을 설욕하기는커녕 이 하찮은 목숨마저 보전하기 힘든 상황이 되고 말았으니….'

성수파 제자들은 너도나도 한 마디씩 던져가며 아자가 빨리 승복하고 이실직고하도록 설득했다. 엄포를 놓는 언사 속에는 성수노선의 덕망과 위엄을 선양하는 말들이 대부분을 차지해 아자에게 한 마디씩 할 때마다 정춘추의 공덕을 칭송하는 말을 세 마디씩이나 덧붙이곤 했다.

정춘추는 남들로부터 아첨의 말을 듣는 것이 평생 최고의 취미였던 터라 남들이 오글거리는 말을 하면 할수록 기분 좋게 들렸다. 그는 이들 제자로부터 수십 년 동안 칭송의 말을 들어왔기에 이제는 공덕을 찬양하는 제자들의 말 하나하나를 모두 진실처럼 믿고 있었고 누구든 그를 치켜세우는 정도가 부족하기라도 하면 그 제자가 충성심이 모자란다 생각했다. 그의 이런 성질을 잘 아는 제자들은 기회만 왔다 하면 최선을 다해 갖은 아첨을 다 하며 치켜세우기 바빴고 찬양을 조금이라도 부족하게 하면 사부의 환심을 얻지 못하는 것은 물론 시시때때로 목숨을 부지하지 못할까 염려해야 한다는 걸 알고 있었다. 성수파 제자들도 태어날 때부터 후안무치한 것은 절대 아니었다. 정춘추로부터 행동에 제약을 받고 있었기에 그렇게 하지 않으면 연명을 하기 힘들었고, 그런 행동을 지속하다 보니 자연스럽게 습관이 된 나머지 아첨하는 말이 저절로 나오는 것이라 그 누구도 수치스럽게 여기지 않았다.

정춘추는 수염을 쓰다듬으며 미소를 지은 채 두 눈을 감는 듯 마는 듯한 표정으로 제자들의 칭송을 음미했다. 표연한 모습을 하고 있는 것으로 보아 제자들의 칭송에 도취된 것 같았다. 그의 긴 수염은 사형인 소성하와 싸울 때 대부분 타버렸지만 그래도 띄엄띄엄 일부분이 남아 있었다. 후에 극독인 삼소소요산으로 소성하를 암암리에 죽여버리는 데 성공했으니 그 대결에서는 어쨌거나 승리한 셈이었다. 그는 수염이 줄어들자 오히려 열몇 살 정도는 더 젊어 보이게 되었다.

그는 다시 속으로 따져 봤다.

'아자 네년은 오늘 이 노선의 손아귀를 벗어나기 힘들 것이다. 내일이라도 당장 네년을 시녀로 거두고 말 것이야. 흠, 그보다 뒷방에 있는 그 소화상부터 처리해야 한다. 내 삼소소요산 독에도 죽지를 않았으니 화공대법을 써서 저 하찮은 목숨을 없애버려야지. 그럼 본 파 장문인의 소요신선환도 내 손에 들어오게 될 테니 이보다 더 좋을 수는 없지 않은가? 정말 기쁘기 한량없도다!'

한 식경이 지나고 난 뒤에야 제자들의 칭송 소리도 점차 줄어들기 시작했다. 그러나 구구절절 장황하게 말을 계속하는 제자들이 제법 있었다. 정춘추가 왼손을 들어올리자 칭송 소리가 멈추고 제자들이 일제히 소리쳤다.

"성수노선의 공덕은 하늘에 닿고 땅을 뒤덮고도 남을 정도지만 이 제자들이 아둔하여 만분의 일도 다 표현할 수가 없습니다."

정춘추가 미소를 지으며 고개를 끄덕이다 아자를 향해 말했다.

"아자, 또 무슨 할 말이 있더냐?"

아자는 문득 이런 생각이 들었다.

'과거 사부님이 날 편애했던 이유는 내가 아첨을 할 때마다 기발한 생각으로 남들과 다른 말을 했기 때문이다. 난 저 머저리들 무리처럼 백 년이 지나도 판에 박힌 듯 똑같은 말을 반복해 하지 않았지.'

이런 생각을 하고 정춘추를 향해 말했다.

"사부님, 제자가 사부님의 신목왕정을 장난삼아 몰래 가져간 건 다 이유가 있습니다."

정춘추가 두 눈을 부릅뜨고 물었다.

"무슨 이유더냐?"

"사부님께서 과거에 나이가 좀 드셨을 때는 그보다 젊은 현재처럼 공력이 절정에 달해 있지 않았기 때문에 왕정의 힘을 빌려 무공 연마를 하셔야만 했습니다. 하지만 최근 몇 년 사이에 사부님께서는 눈이 있는 사람이라면 누구라도 똑똑히 보고 알 만큼 고강하기 이를 데 없는 신통력을 지니고 계십니다. 그 왕정은 독물을 취합하는 도구에 불과합니다. 그런 하찮은 물건을 사부님의 조예에 비하는 것은 반딧불을 해와 달에 비교하는 것처럼 한데 섞어 논할 수가 없습니다. 사부님께서 왕정을 함부로 버리길 원치 않는다고 하신다면 그건 옛정을 못 잊어 그럴 뿐입니다. 모든 사제가 하찮은 일에 저리 호들갑을 떨고 왕정을 본문의 보배니 뭐니 하면서 그걸 잃으면 큰일이라도 나는 것처럼 말하지만 그건 정말 아둔하기 짝이 없는 말이며 사부님의 신통력을 과소평가하는 일일 뿐입니다."

정춘추가 고개를 끄덕였다.

"음! 흠! 일리가 있구나! 일리가 있어!"

"제자는 이런 생각도 했습니다. 우리 성수파 무공의 고강한 정도는 천하의 그 어떤 문파도 감히 이르지 못합니다. 다만 사부님께서 워낙 넓은 도량을 지니고 계시어 중원 사람들과 똑같은 취급을 받고 싶지 않다 보니 친히 귀한 걸음을 마다치 않고 중원까지 내려와 그 '우물 안 개구리'들을 훈계할 만한 가치가 없다 여기신 겁니다. 중원 무림의 수많은 이는 주제넘게 잘난 체를 하며 사부님이 그들과 겨루려 하지 않는다는 걸 뻔히 알면서도 무슨 당대의 고인이니 또 무학의 명가니 하는 허풍을 떨며 서로를 치켜세우기에 바빴습니다. 입으로는 천지가 진동하듯 잘났다고 떠들어대면서 그 누구도 감히 성수해로 와서 사부님께 가르침을 받으려 하지 않았던 것입니다. 다들 사부님이 나이와 용모에 있어 저와 비슷한 것을 보고 성수파에 새로 입문한 어린 제자로만 알지 천하무쌍의 신공을 지닌 당대 최고의 무공 실력을 자랑하는 대종사라는 걸 어찌 알겠습니까? 천하의 무학 지사들은 다들 사부님 무공이 그 깊이를 헤아릴 수 없다는 건 알지만 '깊이를 헤아릴 수 없다'고 설왕설래할 뿐 도대체 심법이 어느 정도인지는 그 누구도 제대로 말하지 못할 것입니다."

그녀의 목소리는 낭랑하면서도 감칠맛이 있어 구구절절 정춘추의 마음을 파고들었다. 실로 여러 제자가 무턱대고 큰 소리로 칭송하는 것에 비하면 훨씬 더 듣기 좋았기에 정춘추의 웃음은 갈수록 쾌활해졌고 눈이 실눈으로 변해 고개를 끊임없이 끄덕이며 득의양양해했다.

아자가 말을 이었다.

"이건 어린애 같은 생각이긴 하지만 이 제자는 사부님처럼 뛰어난 신통력을 지니신 분이 중원에 와서 그 실력을 보이지 않는다면 그 무지한 무리들의 식견이 제자리걸음을 할 것이며 그들에게 뛰는 놈 위에 나는 놈 있다는 진리를 깨우치게 만들지 못할 것이라 여겼습니다. 그래서 생각했죠. 사부님을 중원에 모셔와 그자들한테 옳고 그름을 알려주겠다고 말입니다. 하지만 너무 평범하게 사부님을 중원에 모셔오는 것은 사부 어르신같이 고금을 통틀어 최고의 고인에 대한 실례라 여겼습니다. 그래서 이 제자는 왕정을 빌려 사부님의 중원 왕림을 이끌고자 한 겁니다. 중원 무인들한테 여기 계신 이 '성수파 미소년'을 직접 보여주기 위해 말입니다. 전 제 동생처럼 보이는 사부님의 젊고 아름다운 현재의 외모를 보고 사제들이 말끝마다 성수노선이라 칭하는 것은 도리에 맞지 않는다고 생각합니다. 도대체 눈을 어디 두고 다니기에 성수파가 낳은 사부님 같은 미소년에게 그런 호칭을 하는지 모르겠습니다."

아자는 무척이나 영리해서 '젊고 아름다우며 청춘을 유지'하는 걸 중시하는 여자들의 천성까지도 정춘추를 칭송하는 말에 보탰다. 정춘추가 최근 효력을 잃은 불로장춘공 때문에 골치 아파한다는 걸 간파하고 있었던 것이다. 그가 젊음을 유지하고 늙지 않는 데 대한 염려를 하면 할수록 그의 회춘에 대한 찬미도 해야 했다. 그 때문에 그를 '성수파 미소년'이라고 칭하자 '성수노선'이라고 칭하는 것보다 훨씬 더 후련하고 유쾌하게 만들 수 있었다. 그 '늙을 노老' 자를 사용하는 것은 금기를 어기는 셈이나 마찬가지였기 때문이다. 그녀의 이 말에 사부의 안색이 온화하게 도취된 것으로 보아 그 말의 요지가 제대로 맞아떨어진 것 같았다.

정춘추가 껄껄대고 큰 소리로 웃었다.

"그렇다면 네가 그 왕정을 가져간 것이 오히려 나에 대한 존경심의 표현이라는 게로구나."

"그야 당연하죠. 하지만 제자는 존경심 외에 사실 사심도 있었습니다."

정춘추가 눈살을 찌푸렸다.

"사심이라니?"

아자가 빙긋 웃으며 말했다.

"사부님, 너무 나무라지 마십시오. 본문의 위세를 천하에 떨치고 있는 지금 같은 시기에 성수파 제자인 제가 강호를 떠돌면 사람들로부터 존경을 받게 될 것이 당연한데 이 어찌 영광스럽고 당당한 일이 아니겠습니까? 그게 바로 제자의 소소한 사심이었습니다."

정춘추가 껄껄대며 웃었다.

"옳은 말이로다. 말 한번 잘했어. 내 문하에 수많은 제자가 있지만 너처럼 영리한 사람은 없는 것 같구나. 네가 신목왕정을 훔쳐간 것은 내 위엄을 떨치게 하려는 것이었구나. 하하, 너처럼 언변이 좋은 제자를 죽이자니 애석하기 짝이 없다. 이 사부 곁에는 말로 근심을 덜어줄 사람이 거의 없으니 말이다. 다만 이대로 덮어두고 끝내기에는…."

아자가 재빨리 말을 끊었다.

"너무 쉽사리 제자를 용서하긴 힘드시겠지요. 하지만 사부님께서 넓은 아량을 베푸신다면 본문의 모든 제자 중 그 누가 감격하지 않겠습니까? 아마 지금 이 순간 이후로 더욱 사부님께 최선을 다해 분골쇄신하려 할 것입니다."

"네가 그런 말로 남을 속일 수 있을지는 모르겠다만 그런 말을 나한테 한다는 것은 날 노망든 늙은이로 봤다는 게 아니더냐? 심보가 아주 고약하구나!"

아자가 다급하게 말했다.

"제자의 마음속에 사부님은 오로지 젊은 개구쟁이일 뿐 노망난 늙은이란 말은 여러 사형제들이 뒤에서 사부님을 비방할 때 하는 말…."

여기까지 말하던 중 느닷없이 어디선가 낭랑한 목소리가 들렸다.

"주인장, 주문 받으시오."

정춘추가 힐끗 쳐다보니 황의를 입은 한 청년 공자 하나가 허리에 장검을 차고 탁자를 차지하고 앉아 있는데 언제 객점 안으로 들어왔는지 알 수 없었다. 그는 바로 낮에 기회에서 만났던 모용복이었다. 정춘추는 조금 전 아자 말을 경청한 뒤 기쁜 마음에 구름 위로 두둥실 떠올라 극락에 이른 듯한 기분을 느끼고 있었다. 더구나 줄곧 뒷방에 있는 허죽이 창문을 뛰어넘어 도망갈까 싶어 그의 동정을 살피느라 객점 안에 누군가 들어오는 건 신경 쓸 겨를이 없었다. 만일 모용복이 들어오자마자 기습을 가했다면 아마 크게 당했을지도 모르는 일이었다. 그는 깜짝 놀라 자기도 모르게 얼굴색이 살짝 변했다가 곧바로 냉정을 되찾았다.

33

혼란 속에 펼쳐낸 두 전성이

아자는 개울가에 무릎을 꿇고 두 손으로 개울물을 떠 눈을 씻었다. 청량한 개울물이 눈동자에 닿자 통증이 조금 줄어들긴 했지만, 여전히 눈앞에 빛은 전혀 보이지 않았다.

아자는 대성통곡을 하며 부르짖었다.

"내 눈이 못쓰게 돼버렸어!"

철두인이 부드러운 목소리로 위안을 했다.

모용복이 정춘추를 향해 슬쩍 손을 들어 인사했다.

"안녕하시오? 만나면 헤어지고 헤어지면 다시 만나는 게 인지상정이라더니 조금 전 우연히 만나 잠시 헤어졌다 또다시 만났군요."

정춘추가 껄껄 웃었다.

"공자와 연이 있어 그런가 보네."

말을 이렇게 하고 속으로 생각했다.

'저 녀석은 내 인척이자 후배지만 내가 저 녀석 수하들을 해쳤으니 날 가만둘 리 없을 것이다. 고소모용씨는 내가 무량산에서 가져온 무량 비급을 득한 데다 조상 대대로 전해진 가전 비기까지 더해져 무공에 대해선 박식하기 이를 데 없지 않은가? '상대가 쓴 방법을 상대에게 펼친다'는 명성은 무림에서도 널리 알려져 있다. 바둑알을 던지는 놈의 암기 실력은 과연 보통이 아니었어. 기국에 집중해 주화입마에 빠졌을 때 제거했어야 했는데 뜻밖에도 남의 도움을 받고 빠져나왔지. 녀석이 고강한 무공을 지녔다 해도 아마 다른 법술은 모를 것이다.'

그는 고개를 돌려 아자를 향해 말했다.

"네 무공을 제거해버리고 근맥을 뽑아 끊어버리거나 손발을 절단한다 해도 넌 죽으면 죽었지 그 물건이 있는 곳은 밝히지 않겠다고 했다. 그러하냐?"

아자는 극한의 두려움에 떨리는 목소리로 말했다.

"사부님께서 아량을 베풀어주십시오. 굳이 그렇게 제자의 헛소리를 마음에 담아두지 않으셔도 됩니다."

모용복이 껄껄대고 웃었다.

"정 선생, 나이깨나 드신 분이 어찌 그런 어린애와 같이 놀려 하시오? 자자, 나와 한잔하면서 문무나 논합시다. 아무래도 그게 더 나을 듯싶소. 외부인이 보는 앞에서 문파 내 사안을 정리하는 건 너무 살풍경한 행동이 아니오?"

친인척 간의 항렬을 안다면 정춘추가 외숙모의 아버지이니 태인백^{太姻伯}이라 칭해야 했지만 그는 이런 호칭을 절대 입에 담지 않으려 했다.

정춘추가 미처 대답도 하기 전에 성수파 제자 하나가 노한 목소리로 호통을 쳤다.

"네 녀석이 아래위가 없구나. 무림 지존이신 우리 사부님께서 어찌 너 같은 어린 녀석과 문무를 논할 수 있단 말이냐? 네가 무슨 자격으로 우리 사부님과 담론을 한단 말이야?"

또 다른 제자가 소리쳤다.

"공손하게 절을 하고 가르침을 청해봐라. 성수노선께서 후진 양성을 좋아하시니 한두 개쯤 가르침을 내려주실지도 모를 일이다. 한데 성수노선과 문무를 논하겠다니 하하, 그야말로 우습기 짝이 없구나! 하하."

소리 내서 딱 두 번 웃고 난 그 제자의 얼굴 표정은 정말 기괴하기 이를 데 없었다. 잠시 후 다시 하하하고 한번 더 웃으며 쉰 목소리가 나왔고, 그 웃음소리 이후에는 입이 크게 벌어진 상태로 아무 소리도 나오지 않은 채 얼굴에 종잡을 수 없는 익살맞은 미소만 짓고 있었다.

성수파 제자들은 그게 사부가 펼쳐내는 삼소소요산에 중독됐을 때 나타나는 현상임을 알고 깜짝 놀라지 않을 수 없었다. 그들은 세 번 웃다 기절한 동문을 한번 바라본 후 감히 숨조차 크게 쉬지 못하고 고개를 숙인 채 감히 사부와 눈빛조차 마주치지 못했다. 모두 다 똑같은 생각을 했다.

'조금 전 저 친구가 한 말 중에 사부님 심기를 건드린 게 뭔지 모르지만 저런 무시무시한 수법으로 죽일 줄은 몰랐다. 저 친구가 한 말을 세심하게 곱씹어 살펴 전철을 밟지 않아야 한다.'

정춘추는 속으로 화가 치밀어오르면서도 한편으로는 두려웠다. 조금 전 아자에게 말을 할 때 그는 소맷자락을 살짝 떨치며 암암리에 운용한 내력으로 삼소소요산 독 가루를 모용복에게 뿌렸었다. 그 독 가루는 무색무취의 미세하기 이를 데 없는 극약인 데다 이미 해가 져 객당 안은 어두컴컴한 상태였던 터라 아무리 고강한 무공을 지닌 모용복도 절대 알아채지 못하리라 여겼다.

그런데 그가 어떤 수법을 펼쳤는지 모르지만 삼소소요산이 뜻밖에도 자신의 제자에게 전이됐을 줄 어찌 알았겠는가! 제자 하나쯤 죽는 거야 대수롭지 않았다. 하지만 모용복이 실실 웃어가며 얘기를 하면서도 손발을 들거나 움직이는 것을 전혀 보지 못했건만 어느 틈에 자신이 뿌린 독 가루를 다른 사람한테 전이시켜놓았지 않은가? 이는 결코 내력으로 튕겨낸 것이 아니었기에 견문이 넓은 정춘추조차도 순간 그게 어떤 수법인지 알 도리가 없었다. 그는 속으로 이 말만 되뇌일 뿐이었다.

'상대가 쓴 방법을 상대에게 펼친다!'

모용복이 펼친 수법은 바로 '암기를 받아 암기로 펼친다'는 의미와 같은 것이라 표창을 받으면 표창을 던지고 화살을 받으면 화살을 돌려보낸다는 것이다. 그 때문에 그는 독 가루를 받아 독 가루를 뿌렸던 것이다. 다만 그토록 미세한 독 가루를 어찌 몸에 묻히지도 않고 곧바로 튕겨낼 수 있었던 것인가?

생각을 바꿔 다시 생각해봤다.

'상대가 쓴 방법을 상대에게 펼친다는 말에 따르면 삼소소요산이 나한테 왔어야 맞지 않는가? 흥! 필시 저 녀석은 이 노선이 두려웠던 것이다. 감히 호랑이 수염을 쓰다듬을 수가 없었던 거지!'

호랑이 수염을 쓰다듬는다는 생각을 하자 그의 손은 자연스럽게 자신의 긴 수염을 쓰다듬게 되었다. 그러나 얼마 전 불에 모두 타버리고 손에는 일고여덟 가닥뿐인 짧은 수염만 잡혔다. 그래도 화를 내기는커녕 오히려 기뻐하며 생각했다.

'나중에 시간이 나면 조금 남은 수염도 모조리 깎아버려야겠어. 그럼 더욱 젊어 보일 거야. 소성하와 현난 노화상 같은 견식과 공력이 있는 자들도 결국 이 노선의 손에 목숨을 잃었는데 모용복 같은 저런 젖비린내 나는 녀석쯤이야 말할 나위가 있겠는가?'

이런 생각을 하다 말했다.

"모용 공자, 우린 정말 인연이 있나 보군."

이 말을 하며 몸을 표연히 앞으로 날려 손을 휘둘러 베었다.

모용복은 그의 화공대법에 관한 악명을 익히 들었기에 몸을 비틀어 슬쩍 피했다. 정춘추가 연이어 삼장을 베자 모용복은 교묘한 신법으로 피하기만 할 뿐 맞받아치지 않았다.

두 사람의 대결은 점점 빨라졌다. 탁자와 의자로 가득한 작은 객점 안이 매우 비좁아 움직일 수 있는 공간도 적었지만 두 사람은 탁자와 의자 사이를 이리저리 빠져나가면서 아무 소리도 내지 않았다. 주먹과 손이 직접 교차하지 않은 것은 물론 탁자와 의자조차 전혀 건드리지 않았던 것이다.

성수파 제자들은 하나같이 벽에 기대어 서서 감히 문밖으로 한 걸음도 나가지 못했다. 사부가 강적과 격투를 벌이고 있는데 누구든 이를 피해 달아나기라도 한다면 사문에 불충하는 대죄를 범하는 것이기 때문이었다. 다만 이런 심각한 상황에서 옆에 있다 스쳐 지나가는 장풍에 살짝 빗맞기라도 했다가는 목숨이 위태로울 수 있다는 걸 알고 있었기 때문에 몸을 최대한 얇은 종잇조각처럼 구겨 목숨 걸고 벽에 바싹 붙어 있을 수밖에 없었다. 다만 모용복이 공격보다 수비에 치중하다 보니 정묘한 장법을 펼쳐내긴 했지만 감히 정면으로 정춘추에 장력 대결을 벌이지는 않았다. 그러자 손발을 묶어놓은 셈이 돼버려 모용복이 열세에 놓일 수밖에 없었고 이를 보던 제자들은 속으로 쾌재를 불렀다.

정춘추는 수 초를 펼치고 나서야 모용복이 자신과 장력 대결을 원치 않는다는 것을 알게 되었다. 자신의 화공대법이 두려워 그러는 것으로 보였다. 상대가 그 수법을 두려워한다면 당연히 그 수법으로 제압을 해야 하지만 모용복은 신형이 매우 빨랐고 언제 장력을 내뻗을지도 짐작하기 어려웠던 터라 자신과 장력 대결을 펼치도록 압박을 가하는 것 역시 쉽지 않았다. 다시 수 장을 펼치던 정춘추는 좋은 생각이 떠올랐다. 오른손으로는 종횡으로 춤추듯 휘두르며 압박을 가하고 왼손은 그다지 기민하지 않은 척하며 일부러 극한의 힘을 숨겨 모용복이 알아채지 못하게 한 것이다.

모용복의 무공은 심오하기 이를 데 없었다. 상대방의 약점이 드러났는데 어찌 알아차리지 못할 수 있겠는가? 그는 몸을 비틀어 반쯤 돌면서 별안간 양장을 후려쳤다. 축적해놓은 힘을 모아 정춘추의 왼쪽 옆구리를 겨냥해 매섭게 찔러간 것이다. 정춘추는 나지막이 비웃으며 한 걸음 물러서기만 할 뿐 감히 왼손을 뻗어 맞받아치지 않았다. 모용복은 속으로 생각했다.

'이 노괴는 왼쪽 가슴과 왼쪽 옆구리 사이에 뭔가 내상을 입은 모양이다.'

이런 이치를 안 이상 어찌 사정을 봐줄 수 있겠는가? 그는 공세를 취하면서 적의 우측 부위를 위주로 공격하면서도 내력을 운용하는 초식은 그의 좌측에 집중시켰다.

다시 20여 초를 펼치다 정춘추는 왼손을 움츠려 소맷자락 안에 집어넣고 오른손을 엎어 갈고리 모양으로 만든 다음 모용복의 얼굴을 할퀴어갔다. 모용복이 몸을 비틀어 돌며 일권을 쑥 내밀어 그의 왼쪽 옆구리를 향해 가격해갔다. 정춘추는 그의 일권이 오기만 기다리고 있다가 상대가 가격해오자 속으로 기쁘기 이를 데 없었다. 그는 곧바로 왼쪽 소맷자락을 내저으며 상대의 오른팔을 휘감았다.

모용복이 생각했다.

'네놈의 소맷자락 바람이 아무리 매섭다 한들 어찌 날 해칠 수 있겠

느냐?'

하지만 뜻밖에도 주먹을 거둘 수가 없었다. 그는 팔에 기운을 돋우어 소맷자락에 휘감긴 주먹으로 강력하게 맞받아쳤다. 그러자 찌익 하는 소리와 함께 모용복의 오른쪽 소맷자락 일부가 찢어져나갔다. 모용복은 깜짝 놀랐다. 별안간 주먹 주위가 꽉 죄어드는 느낌이 드는데 이미 정춘추 손에 주먹을 잡혀버리고 만 것이다.

그의 이 일초는 모용복이 생각지도 못한 것이어서 순간 깜짝 놀라 뭔가를 느꼈다.

'이 노괴가 몸의 왼쪽 편에 부상을 입은 척 술수를 쓴 것이로구나! 이제 보니 유인책이었어. 내가 놈의 계책에 말려든 거야!'

그는 일말의 회한이 밀려들어왔다.

'내가 분수도 모르고 괜한 잘난 체를 했구나. 천하에 명성을 떨친 성수노괴를 너무 만만히 봤어.'

그때는 이미 더 이상 물러설 방법이 없었다. 그는 온몸의 내력을 돋우어 주먹을 통해 쏟아내기 시작했다.

그런데 정춘추가 대뜸 화공대법을 펼쳐 그의 경맥으로 독을 주입하는 것이 아닌가? 그의 오른손 주먹의 내경은 더 이상 뻗어나가지를 못했다. 자신의 내력이 상대에게 제거돼버리는 듯한 느낌을 받은 것이다. 모용복은 속으로 비명을 질렀다.

'아이쿠!'

그는 정춘추를 적으로 맞서 싸우면서 여태껏 정신을 집중시키며 절대 상대가 자신에게 화공대법을 펼치지 못하도록 해왔다.

그런데 예상치 못한 중요한 상황에 이르러 이를 피할 수 없게 된 것이다. 그야말로 진퇴양난이었다. 만일 내경을 지속해서 내뻗어 대항하면 아무리 강한 내력이라도 그의 화공대법에 사라져 얼마 지나지 않아 모든 공력을 상실해버릴 것이다. 그렇다고 포원수일抱元守一 하여 경력을 안으로 거둬들인다면 정춘추가 갖가지 기이하고 무시무시한 독약을 그가 진기를 거둬들이는 길을 따라 경맥과 오장육부로 침투시킬 것이었다.

아무 대책 없이 갈팡질팡하는 순간 돌연 뒤에서 누군가 외쳤다.

"사부님의 교묘한 책략으로 저 자식이 궁지에 몰리게 됐다."

모용복이 재빨리 뒤로 두 걸음 물러나 왼손을 뻗자 이미 그 말을 한 성수 제자의 가슴을 움켜쥐고 있었다.

고소모용가에서 자랑하는 최상의 절기는 바로 두전성이斗轉星移라 불리는 차력타력 기술이었다. 남들은 속사정도 모르고 모용씨가 그저 '상대가 쓴 방법을 상대에게 펼친다'는 신묘한 무공으로 사람들의 목숨을 앗아가는 것이며 상대방이 명성을 떨친 절기를 그 사람에게 가한 것이라고만 생각하고 있었다. 마치 고소모용씨가 천하 각 문파의 절기를 모두 구사할 수 있을 뿐만 아니라 그것도 아주 정묘하게 구사할 것이라 여긴 것이다.

사실 무림 내 절기들은 수천, 수만 가지에 이르기 때문에 아무리 총명하고 박학다식한 사람이라 할지라도 모든 절기를 모두 배울 수가 없다. 하물며 절기라고 불리는 것들이 아침저녁으로 공을 들여 연마한다고 연성할 수 있는 것도 아니지 않은가? 모용씨만의 이 교묘하기 이를 데 없는 두전성이 수법은 상대가 어떤 무공을 펼친다 해도 상대의 힘을 전이시켜 상대의 몸에 반격할 수 있었다.

봉후검封侯劍에 능한 사람이 검을 뻗어 모용복의 인후부를 찌르려 할 때 두전성이로 전이를 시키면 그 일검은 곧 자신의 인후부를 찌르게 되며, 병기나 경력, 요결을 사용할 때도 모두 상대 문파의 비전 요결에서 나오게 되는 것이라 단문도斷門刀에 능한 사람이 칼을 휘둘러 베어가면 오히려 자신의 팔을 베게 되어 있었다. 병기는 그 병기에, 초식 역시 그 초식에 당하고 마는 것이다.

모용씨가 두전성이 수법을 펼치는 장면을 두 눈으로 직접 보지 않고서는 그 누구도 그들이 목숨을 잃은 이유가 '자살'로 인한 것이었음을 알아차릴 수 없었다. 모용복은 이 초식을 부친으로부터 친히 전수받아 참합장 지하실에서 부자 두 사람이 비밀리에 힘들게 연마했기 때문에 외부인들은 이런 초식에 대해 전혀 들은 바가 없었다. 고소모용씨가 강호에 이름을 떨치긴 했지만 진정한 기술이 어디 있는지는 그 누구도 아는 사람이 없었던 것이다.

상대 병기와 권각의 방향을 전환시켜 상대가 자승자박에 빠지게 만드는 이치는 모두 '반탄反彈'이라는 원리 안에 있었다. 누군가 주먹을 내밀어 돌담을 때린다고 가정했을 때 출수하는 힘이 중하면 중할수록 주먹에 가해지는 힘 역시 커지기 마련이다. 다만 유형의 병기나 권각의 전환은 비교적 쉬운 편에 속했지만 무형무질의 내력과 기공은 전환하기가 극히 어려웠다.

모용복은 이 무공을 다년간 수련했어도 연륜에 한계가 있어 최고의 경지에 이르렀다고 할 수 없었기에 정춘추처럼 일류고수를 만났을 때는 두전성이 수법으로 상대에게 상해를 입힐 수가 없었다. 이때 우연히 기회를 틈타 두전성이를 펼치면서 때마침 타격을 받게 된 재수 없는 사람은 바로 성수파 제자였다. 모용복이 두전성이를 펼쳐 상대의 초식을 전이시키기는 했지만 정춘추가 아닌 다른 사람에게 전이됐던 것이다.

화공대법에 걸려 상대의 절초를 전이할 방법을 찾던 모용복은 때마침 정춘추에게 아첨을 하는 데 정신이 팔려 입을 벌려 소리치고 있던 성수파 제자가 서 있는 위치를 보게 되었다. 모용복은 다급한 나머지 더 생각할 겨를도 없이 당장 그 성수파 제자 옆으로 가서 그를 끄집어 내고 기공을 전환하여 그를 자신과 바꿔놓았다. 사실 무모한 시전을 한 것이었지만 뜻밖에도 효과는 있었다. 성수노괴는 모용복의 공력을 없애려고 화공대법을 펼쳤건만 자신이 내보낸 독질이 자기 문하의 제자 공력을 없애리라고는 생각지 못했다.

한번 시험에 성공을 거두어 사지를 탈출하게 된 모용복은 이 기회를 놓치지 않고 정춘추가 또 다른 생각을 하지 않도록 만들어야만 했다. 그는 그 성수파 제자를 밀어 또 다른 제자 몸에 부딪히도록 만들었다. 그러자 두 번째 제자의 공력 역시 몸 전체에 퍼진 정춘추의 화공대법 독질로 인해 내공을 잃고 힘을 쓰지 못했다.

정춘추는 모용복이 차력타력 수법을 펼쳐 오히려 자기 제자들이 피해를 입자 울화가 치밀어올랐다.

'내가 저 쓸모없는 제자들을 지키기 위해 놈의 주먹을 놓아준다면 놈을 다시 붙잡기는 절대 쉽지 않을 것이다. 그럼 성수파가 놈에게 대패한 셈이 될 텐데 이 성수노선이 무슨 낯짝으로 중원에 위엄을 떨칠 수 있단 말인가?'

그는 다섯 손가락에 더욱 힘을 주며 무슨 일이 있어도 주먹을 놓지 않겠다고 마음먹고 독질을 그의 손바닥을 통해 끊임없이 내보냈다.

모용복이 뒤로 몇 걸음 물러서서 다시 성수파 제자 한 명의 몸에 팔을 갖다붙이자 화공대법 독질이 그의 몸으로 전이되었다. 순식간에 성수파 제자 세 명의 내력이 모두 봉쇄되고 하나같이 기력을 잃은 채 바닥에 주저앉아버렸다. 나머지 제자들은 깜짝 놀라지 않을 수 없었다. 그들은 모용복이 또다시 뒷걸음질을 치고 다가오자 하나같이 큰 소리로 비명을 지르며 앞다투어 내달리기 시작했다.

모용복이 팔을 떨치자 함께 붙어 있던 성수파 제자 세 명의 몸이 훌쩍 날아가 그중 세 번째 제자가 다시 또 다른 한 명과 부딪혔다. 그 네 번째 제자는 비명 소리가 채 울려퍼지기도 전에 맥이 풀린 채 주저앉고 말았다.

나머지 성수파 제자들은 사부가 모용복을 풀어주지 않는다면 모용복이 남의 힘을 빌려 끊임없이 자기들을 해칠 것이며 그럼 다른 모든 제자의 공력도 사부에 의해 제거되어버릴 상황임을 간파했다. 그러나 놀라움과 두려움 속에서도 감히 문을 박차고 나가는 사람은 하나도 없었다. 그저 객당 내에서 황급히 이리저리 뛰면서 독수에 걸리지 않기 위해 피해다닐 뿐이었다.

그 작은 객점이 크면 얼마나 크겠는가? 모용복이 팔을 휘두르는 동안 다시 성수파 제자 서너 명이 부딪히고 말았다.

정춘추가 훑어보니 자기 제자들은 다들 낭패에 빠져 피하기만 하고 더 이상 자신을 칭송하는 목소리를 내는 사람이 보이지 않았다. 그는 수치심과 분노가 교차해 곰곰이 생각해봤다.

'고소모용을 이기기만 하면 그건 천하를 뒤흔드는 일이 될 것이다.

제자야 또 거두면 된다. 세상에 아첨을 잘하는 녀석들이야 얼마든 있으니까.'

사방을 둘러보자 제자들 중 단 두 명이 무리를 따라 피할 생각을 하지 않는 모습이 보였다. 그중 하나는 유탄지였다. 그는 한 귀퉁이에 웅크리고 앉아 철두를 양팔 사이에 묻고 있었는데 몹시 두려운 듯 보였다. 또 다른 한 사람은 바로 아자였다. 그녀는 창백한 얼굴로 또 다른 구석에 움츠린 채 싸움을 구경하고 있었다.

정춘추가 호통을 쳤다.

"아자!"

아자는 딴 데 정신을 팔고 있다가 불시에 사부의 호통 소리가 들리자 멍청히 있다 돌연 입을 열었다.

"사부님이신 성수노선께서 신비한 위력을 널리 떨쳐…."

한마디를 채 다 하지 못한 채 겸연쩍은 듯이 웃다가 더 이상 말을 잇지 못했다. 그녀는 사부가 지금 신비한 위력을 떨치고 있는 게 맞긴 하지만 자기 제자들에게 상해를 입히고 있어 어찌 칭송해야 할지 몰라 순간 말을 만들어내기 어려웠기 때문이다.

정춘추는 모용복을 어찌 처리할지 몰라 노심초사하고 있던 와중에 아자가 자신을 성수노선이라 칭하자 그 칭호가 틀린 건 아니었지만 그녀의 웃음 속에 조소의 의미가 있다고 느껴 돌연 광분하기 시작했다. 그는 당장 왼손 소맷자락을 휘둘러 탁자 위에 있던 젓가락 한 벌을 허공에 들어올리고는 아자의 두 눈을 향해 쏘아갔다.

아자가 비명을 질렀다.

"으아악!"

그녀는 재빨리 손을 뻗어 젓가락을 쳐서 떨어뜨리려 했지만 이미 한발 늦은 뒤라 젓가락 끝이 그녀의 두 눈에 적중되어버리고 말았다. 눈에서 한차례 근질거리고 마비되는 느낌이 들어 재빨리 옷소매를 뻗어 비비고 눈을 떠봤다. 그러나 눈앞에 허연 그림자가 이리저리 흔들리다 순식간에 허연 그림자마저 사라져버리고 칠흑 같은 어둠만 남는 것이었다.

그녀는 놀라서 어찌할 바를 모르다 큰 소리로 비명을 질렀다.

"내… 내 눈! 내… 내 눈이… 안 보여!"

별안간 한기가 엄습해오면서 어디선가 팔 한쪽이 뻗쳐와 허리를 휘감더니 누군가 자신을 안고 내달리기 시작했다. 아자가 소리쳤다.

"내… 내 눈….."

뒤에서 '펑' 하는 소리가 울려퍼지는데 쌍장이 교차하는 소리 같았다. 아자는 마치 구름을 타고 하늘을 나는 듯 느껴지며 혼미한 정신 속에 어렴풋이 모용복의 외침을 들었다.

"실례하겠소. 성수노괴, 또 만납시…."

아자는 뼛속 깊이 스며드는 냉기가 느껴졌고 귓전에서는 획획 하는 바람 소리가 들려왔다. 얼음보다 차가운 사람이 그녀를 안고 미친 듯이 내달려가고 있었다. 그녀는 너무도 추워 이를 따다닥 마주치며 신음 소리를 냈다.

"추워… 내 눈… 추워, 너무 추워."

그 사람이 말했다.

"네, 네. 저 숲 안으로 도망가면 성수노선이 우리를 찾지 못할 것이오."

그는 입으로는 말을 하면서도 발로는 미친 듯이 내달리고 있었다. 잠시 후, 아자는 그가 걸음을 멈추고 자신을 천천히 내려놓고 있다는 느낌이 들었다. 밑에서 바스락거리는 소리가 들리는 것으로 봐서는 마른 나뭇잎 더미 위에 놓은 것 같았다. 그 사람이 말했다.

"낭자. 누… 눈은 좀 어떻소?"

아자는 두 눈에 극심한 통증만 느껴질 뿐 필사적으로 눈을 부릅떠 봤지만 아무것도 보이지 않고 온 천지가 칠흑 같은 어둠으로 변해 있었다. 그제야 자신의 두 눈이 정춘추의 독약에 못쓰게 되었다는 사실을 알고 대성통곡을 하며 부르짖었다.

"내… 내 눈이 못쓰게 돼버렸어!"

그 사람이 부드러운 목소리로 위안을 했다.

"치료할 수 있을 거요."

아자가 화를 내며 소리쳤다.

"정 노괴 독약이 얼마나 무서운데 무슨 치료를 할 수 있다는 거야? 거짓말쟁이! 내 눈이 멀어버렸어. 눈이 멀어버렸다고!"

이 말을 하면서 다시 또 큰 소리를 내며 울었다.

그 사람이 말했다.

"저쪽에 개울이 있으니 가서 씻어봅시다. 눈 안에 들어간 독약을 깨끗이 씻어내는 거요."

이 말을 하면서 그녀의 오른손을 잡아 가볍게 끌어당겼다.

아자는 그의 손이 놀랍도록 차갑게 느껴져 자기도 모르게 손을 움츠렸다. 그 사람도 곧 손을 놔줬다. 아자가 두 걸음을 걷다가 비틀하면서 하마터면 넘어질 뻔했다. 그 사람이 소리쳤다.

"조심하시오!"

그러고는 다시 그녀의 손을 꼭 잡았다. 이번엔 아자도 더 이상 움츠리지 않고 그가 이끄는 대로 개울가로 걸어갔다. 그 사람이 말했다.

"겁내지 마시오. 여기가 개울가요."

아자는 개울가에 무릎을 꿇고 두 손으로 물을 떠서 눈을 씻었다. 청량한 개울물이 눈동자에 닿자 통증이 조금 줄어들긴 했지만 온통 암흑천지일 뿐 눈앞에 빛이라고는 전혀 보이지 않았다. 순간 절망과 상심, 분노, 무력감을 비롯한 오만가지 생각이 다 들자 바닥에 털썩 주저앉아 대성통곡을 하며 두 발로 개울가 주변을 끊임없이 걷어찼다.

"거짓말! 거짓말쟁이! 내 눈이 멀었어! 내 눈이 멀었다고!"

그 사람이 말했다.

"낭자, 상심 마시오. 내가 그대를 떠나지 않겠소. 여… 염려 마시오."

아자가 속으로 약간의 위안이 된 듯 물었다.

"그… 근데 당신은 누구죠?"

"난….."

"미안해요! 구해줘서 고마워요. 고성대명이 어찌 되시죠?"

"난… 낭자가 모르는 사람이오."

"이름조차 말하려 하지 않으면서 내 곁을 떠나지 않겠다고 거짓말하는 거예요? 난 눈이 멀었어요. 차라리 죽는 게 낫겠어요."

이 말을 하면서 다시 울었다.

그 사람이 말했다.

"낭자는 절대 죽어선 안 되오. 난 정말 영원히 그대를 떠나지 않을 것이오. 낭자가 옆에 있도록 허락하기만 한다면 난 영원히… 당신 곁에 있을 것이오."

"못 믿어요! 거짓말하는 거예요. 내가 죽지 못하게 거짓말하는 거라고요. 차라리 죽는 게 나아요. 눈이 안 보이는데 사람 노릇을 어찌한단 말이에요?"

"결코 그대를 속이는 것이 아니오. 내가 그대를 떠난다면 난 고이 죽지 못할 것이오."

초조해하는 듯한 그의 말투에서 진정성이 느껴졌다.

아자가 말했다.

"그럼 당신은 누구예요?"

"난 취현장… 아니, 아니, 내 성은 장이고 이름은 취현이오."

아자를 구한 자는 다름 아닌 취현장의 소장주 유탄지였다.

"장 선배님이셨군요. 구해줘서 고마워요."

"당신을 정춘추의 독수에서 벗어나도록 도울 수 있어 나도 매우 기쁘니 고마워할 것 없소. 선배라는 호칭도 필요 없소. 그대보다 나이가 몇 살 많을 뿐이오."

"음, 그럼 장 오라버니라고 부를게요."

유탄지가 너무 기뻐 떨리는 목소리로 말했다.

"그건… 황송하기 짝이 없소."

"장 오라버니, 하나만 부탁드릴게요."

"부탁이라고 말하지 마시오. 낭자가 무슨 분부를 하든 내가 목숨을 걸고서라도 최대한 힘써 해결하도록 하겠소."

"잘 알지도 못하는 사이에 왜 이리 잘해주는 거죠?"

"네, 네! 잘 알지 못하는 사이요. 난 그대를 본 적이 없고 그대 역시 날 본 적이 없소. 이번에… 오늘 우린 처음 보는 사이요."

아자가 우울한 목소리로 말했다.

"보긴 뭘 봐요? 난 영원히 볼 수 없는데."

이 말을 하면서 더 이상 참지 못하고 다시 눈물을 흘렸다.

유탄지가 황급히 말했다.

"신경 쓸 것 없소. 날 보지 못하는 게 더 나을 것이오."

"왜요?"

"난 겉모습이 너무 흉해서 낭자가 보면 기분이 나빠질 것이오."

아자가 빙그레 웃었다.

"또 거짓말을 하네요. 천하에서 가장 희한하고 기괴한 사람은 내가 더 많이 봤어요. 나한테 노예가 하나 있었는데 얼굴에 철가면을 써서 영원히 벗겨내지 못해요. 그 녀석이야말로 흉하죠. 당신이 보면 사흘 밤낮 내내 웃기만 할 거예요. 보고 싶지 않아요?"

유탄지가 떨리는 목소리로 말했다.

"아니, 아니오! 보고 싶지 않소."

이 말을 하면서 자기도 모르게 두 걸음 뒤로 물러섰다.

아자가 말했다.

"아까 날 안고 내달릴 때 보니까 마치 우리 형부처럼 빠르던데요? 무공 실력이 그렇게 좋은데 이토록 겁쟁이일 줄은 몰랐네요. 철두인도 보고 싶지 않다니 말이에요. 장 오라버니. 그 철두인은 진짜 재미있어요. 내가 그 녀석한테 공중제비를 돌라고 해서 보여드릴게요. 그리고 철두를 사자, 호랑이 우리 안에 집어넣어서 맹수들이 깨무는 것도 보여드릴게요. 또 있어요. 그 녀석을 데려다 연을 날리면 하늘 높이 나는

데 진짜 재미있어요."

유탄지는 참다못해 몸서리를 치며 연이어 말했다.

"보고 싶지 않소. 정말 보고 싶지 않소."

아자가 탄식을 했다.

"좋아요. 조금 전에는 내가 무슨 부탁을 하든 목숨을 걸어서라도 거절하지 않고 처리해주겠다고 해놓고 이제 보니 다 거짓말이었네요."

"아니. 아니오! 절대 거짓말이 아니오. 내가 뭘 하면 되겠소?"

"형부 곁으로 돌아가고 싶어요. 그분은 요나라 남경에 계세요. 장 오라버니, 절 그곳에 데려가주세요."

순간 혼란스러워진 유탄지는 더 이상 말을 잇지 못했다.

"왜요? 싫어요?"

"아니오. 싫은 게 아니라… 그저, 난 그냥 요나라 남경에 가고 싶지 않소."

"내가 그 재미있는 철두인 광대를 보여주겠다는데도 싫다고 하고 날 형부 있는 곳에 데려다 달라고 해도 싫다고 하니 혼자 가는 수밖에 없겠네요."

이 말을 하면서 천천히 몸을 일으켜 두 손을 뻗어 앞을 향해 길을 더듬어가려 했다.

유탄지가 말했다.

"내가 함께 가겠소! 혼자 어찌 가겠다고… 그게 될 말이오?"

유탄지는 아자의 부드럽고 매끄러운 조막만 한 손을 잡고 함께 숲속을 나섰다. 속으로 이런 생각만 했다.

'그녀의 작은 손을 잡을 수만 있다면 이대로 천천히 걸어 18층 지옥에 떨어진다 해도 기쁘기 이를 데 없을 것이다.'

막 큰길로 걸어나왔을 때 걸개들 한 무리와 맞닥뜨리게 되었다. 앞장선 사람은 큰 키에 호리호리한 몸매와 수려한 외모를 지닌 자였는데 가만히 보니 개방 대지분타 타주인 전관청인 것으로 보였다. 유탄지는 속으로 생각했다.

'저자는 그날 우리 사부님한테 당했는데 아직까지도 죽지 않았구나.'

그는 그와 마주치고 싶지 않아 황급히 아자를 끌고 큰길에서 벗어나 황무지를 향해 걸어갔다. 아자가 땅바닥 높낮이가 고르지 않은 것을 알아차리고 물었다.

"왜 그래요?"

유탄지가 미처 대답도 하기 전에 전관청이 이미 이 두 사람을 발견하고 재빠른 걸음으로 다가와 앞을 가로막았다. 그러고는 매서운 목소리로 호통을 쳤다.

"행동이 괴이쩍은 녀석들이로구나. 뭐 하는 놈들이냐? 아니, 이 괴상한 모습은… 이게 뭐냐?"

유탄지가 다급한 마음에 생각했다.

'저자가 철두인이란 말을 내뱉으면 아자 낭자는 내가 누군지 알아차리고 더 이상 상대도 안 할 것이다. 나더러 남경까지 데려다 달라고는 해도 절대 그녀의 작은 손을 붙잡도록 놔두지는 않을 거야.'

그는 다급하게 손짓을 해가며 전관청에게 자신의 진상을 밝히지 말아달라고 부탁했다.

전관청은 그의 손짓이 어떤 의미인지 몰라 의아하게 생각해 물었다.

"무슨 짓이냐?"

유탄지는 아자를 가리켜 손을 가로젓다 다시 자기 입을 가리켜 손사래를 치며 포권으로 예를 올렸다. 전관청은 아자가 앞을 보지 못한다는 사실을 알아차리고 철두인이 자신에게 아무 말 말라고 부탁하고 있음을 어렴풋이 짐작했다. 뭔가 의아하다 생각하고 있는 와중에 개방 제자들이 모두 달려왔다.

개방 제자 하나가 유탄지 머리를 가리키면서 깔깔대며 소리쳤다.

"정말 희한하네. 저 철…."

유탄지가 앞으로 훌쩍 몸을 날려 일장을 후려쳐갔다. 그 개방 제자가 손을 들어 막으려는 순간 우두둑, 뚝! 하는 소리와 함께 팔과 늑골 뼈가 동시에 부러지면서 몸이 뒤쪽으로 1장 가까이 날아가 땅바닥에 나동그라져 죽어버렸다.

개방 제자들은 놀라움과 분노가 교차했다. 그중 다섯 명이 동시에 유탄지를 향해 공격해가자 유탄지가 쌍장을 춤추듯 휘날리며 이리저리 닥치는 대로 후려쳤다. 그의 무공 실력은 보잘것없어 개방 제자들보다 훨씬 못했지만 그의 손이 이르는 곳에서는 우두둑, 뚝, 으악, 펑펑펑, 퍽퍽 하는 소리와 함께 다섯 명의 개방 제자가 저 멀리 날아가 나동그라지며 앞다투어 죽어버렸다. 나머지 사람들은 경악을 금치 못한 채 유탄지와 아자 주변으로 모여들어 다시는 앞으로 나서서 공격을 가하지 못했다.

유탄지는 돌연 전관청을 향해 포권을 하며 예를 올렸다. 그러고는 연신 손짓으로 아자를 가리키고 다시 자신의 철두를 가리키며 끊임없이 손사래를 쳤다.

전관청은 그가 제자 여섯을 연달아 죽이는 공력의 깊이가 보기 드물 정도로 뛰어난 것을 보고 자신이 나서서 상대해도 만만치 않으리라 생각했다. 하지만 그는 오히려 자신을 향해 예를 올리고 있지 않은가? 의도가 뭔지는 모르겠지만 그가 하는 대로 손짓을 하며 아자를 가리키고 그의 철두를 가리킨 다음 자신의 입을 가리키며 손사래를 쳤다. 유탄지는 크게 기뻐하며 연신 고개를 끄덕였다. 전관청은 속으로 뭔가 짚이는 데가 있었다.

　'이 친구가 무공이 고강하긴 하지만 내가 자신의 기밀을 누설할까 두려워하는 것 같다. 그렇다면 이 문제로 저 친구를 협박하고 내가 거둬 이용을 해야겠어.'

　그러고는 수하 제자들을 향해 말했다.

　"모두 아무 말 마라. 누구도 입을 열어서는 안 된다."

　유탄지가 속으로 기뻐하며 다시 그를 향해 예를 올렸다.

　아자가 물었다.

　"장 오라버니, 누구예요? 사람들을 죽인 거예요?"

　유탄지가 말했다.

　"개방 친구들인데 뭔가 오해가 있었소. 여기 대지분타의 전 타주는 인의가 있는 아주 훌륭하신 분이오. 내가 평소에 흠모하던 분이시지. 내… 내가 실수로 이분 형제 몇 명을 해쳐서 사죄해야 할 상황이오."

　이 말을 하며 개방 제자들을 향해 읍을 했다.

　아자가 말했다.

　"개방에도 좋은 사람이 있어요? 장 오라버니, 오라버니는 무공 실력이 고강하니까 모조리 죽여버려 우리 형부 가슴에 맺힌 한을 대신 풀어주세요."

유탄지가 황급히 말했다.

"아니, 아니오! 그건 오해요. 난 전 타주와 좋은 친구요. 여기서 잠시 기다리고 계시오. 전 타주께 가서 자초지종을 설명해줘야겠소."

그러고는 전관청을 향해 손짓을 했다.

전관청은 그가 자신을 알아보자 더욱 의아했지만 악의는 없는 것 같아 그를 따라 10여 장 밖으로 걸어갔다.

유탄지는 아자가 멀찌감치 보이자 자기 말이 들리지 않을 것이라 안심했지만 혹시나 개방 제자들이 아자를 해칠까 두려워 더는 멀리 가지 못하고 걸음을 멈춘 채 전관청을 향해 공수를 하며 말했다.

"전 타주, 제 진상을 숨겨주신 데 대한 은덕은 절대 잊지 않겠습니다."

전관청이 말했다.

"무슨 사정이 있는지 모르지만 영문을 알 수가 없소. 존형은 고성대 명이 어찌 되시오?"

유탄지가 말했다.

"제 성은 장이고 이름은 취현이라 합니다. 불행한 일을 당한 몸이라 머리에 이 꼴사나운 걸 쓰고 있습니다만 저 낭자가 알면 안 되는 일이 좀 있습니다."

전관청은 그가 말을 하면서도 계속 아자를 쳐다보자 그녀에게 관심을 보이고 있으며 그것도 아주 간절하다는 것을 어느 정도 눈치챘다.

'저 청아하고 수려한 미모의 소낭자에게 이 철가면을 쓴 친구가 연정을 품게 됐지만 저 소낭자가 괴상한 철가면에 대해 알까 두려워하는 것이로군.'

이런 생각을 하고 유탄지를 향해 물었다.

"한데 장 형은 어찌 재하를 아시오?"

"귀 방의 대지분타가 회동해 방주 선임을 논의할 때 마침 제가 그 주변에 있어 누군가 전 타주라고 칭하는 소리를 들었습니다. 제가 오늘 실수로 귀 방 형제를 해친 건 정말… 잘못했습니다. 전 타주께서 용서해주십시오."

"오해는 있을 수 있으니 개의치 마시오. 장 형, 머리에 뭔가 쓰고 있다는 얘기는 절대 하지 않겠소. 나중에 수하들에게도 절대 입 밖에 내지 말라고 당부해둘 것이오."

유탄지는 그 말에 감격해 하마터면 눈물을 흘릴 뻔했다. 그는 공수를 한 채 연신 굽실거리며 말했다.

"고맙습니다. 정말 고맙습니다."

"허나 장 형이 저 낭자의 손을 잡고 길을 가다 보면 누군가를 만날 수밖에 없을 테고 그럼 필시 장 형을 보고 놀라 소리를 지를 것이오. 그럼 장 형이 그자를 죽인다 해도 이미 때는 늦고 말 것이오."

"네, 네."

그는 아자를 구했다는 생각에 정신이 반쯤 나가 있던 상태라 여태 껏 그런 생각을 전혀 하지 못했다. 전관청의 말을 듣고 나서야 그 말이 옳다고 생각했지만 달리 뾰족한 수가 없자 더듬거리며 말했다.

"저… 전… 전 그냥 낭자와 함께 사람이 없는 깊은 산속에 숨어 있을 생각입니다."

전관청이 미소를 지었다.

"저 낭자가 의심을 할 것이오. 더구나 저 낭자와 부부의 연을 맺게 된다면 곧 발각되고 말 것이오."

유탄지는 순간 가슴이 후끈 달아올랐다.

"부부… 부부의 연이라니요? 그런 생각은 해보지 않았습니다. 그…
그건 말도 안 됩니다. 나한테 어찌… 그런 자격이… 하… 하지만 그럼
정말 곤란할 수 있겠군요."

"장 형, 장 형이 싫지 않다면 내가 장 형의 좋은 친구가 돼주겠소. 좋
은 친구가 난처한 일을 당하면 응당 좋은 생각을 강구하는 게 도리요.
이럽시다. 함께 저 앞에 있는 마을로 가서 마차를 하나 빌려 장 형과
낭자가 안에 앉아 가도록 하시오. 그럼 그 누구도 두 사람을 보지 못할
것이오."

유탄지는 매우 기뻤다. 아자와 함께 같은 마차 안에 탄다고 생각하
니 신선조차 부럽지 않게 느껴졌던 것이다. 그는 재빨리 답했다.

"네, 네! 정말 고명한 생각이십니다."

"그다음 장 형의 그 철가면을 어찌 제거할지 방법을 찾아봅시다. 가
슴에 손을 얹고 장담하건대 저 낭자는 장 형한테 그런 곤혹스러운 일
이 있었다는 사실 자체를 영원히 모르게 될 것이오. 어떻소?"

털썩하고 소리를 내며 유탄지가 바닥에 무릎을 꿇고 전관청을 향해
끊임없이 절을 하자 철가면이 바닥에 부딪치며 텅텅 소리를 냈다.

전관청이 무릎을 꿇고 답례를 했다.

"장 형께선 어찌 이리 큰절을 하시는 것이오? 몸 둘 바를 모르겠소.
장 형이 싫지 않다면 우리 둘이 결의형제를 맺으면 어떠하겠소?"

유탄지가 기뻐하며 말했다.

"아주 좋은 생각입니다. 좋은 생각입니다! 저처럼 아무것도 모르는

사람을 전 타주같이 지모가 뛰어난 형님께서 올바른 길로 인도해주신다면 그보다 더 좋을 순 없을 것입니다."

전관청이 껄껄대고 웃었다.

"이 형이 장 형보다 몇 살 더 많은 듯하니 이제 예의 차리지 않고 '아우'라 칭하겠소."

정춘추와 소성하가 요란스럽게 대결을 펼치는 와중에도 단예의 눈빛은 시종 왕어언의 몸에서 떠나지 않았다. 그러나 오히려 왕어언의 눈빛은 시종 마음속 깊은 정을 담은 채 사촌 오라버니인 모용복을 바라보고 있었다. 이로 인해 단예와 왕어언 두 사람의 눈길은 서로 마주칠 일이 없었다.

정춘추가 대패를 하고 도주한 후 허죽은 소요파 제자들과 얘기를 나누고 있었고 모용복 일행도 자리를 뜨자 단예 역시 자연스럽게 왕어언 뒤를 쫓아가게 되었다.

고개를 내려오자 모용복이 단예를 향해 공수를 하며 말했다.

"단 형, 오늘 만나서 반가웠소. 여기서 작별하고 훗날 또 만납시다."

단예가 말했다.

"네, 네! 오늘 만나서 반가웠소. 여기서 작별하고 후에 또 만납시다."

이 말을 하면서도 그의 눈빛은 여전히 왕어언을 향하고 있었다. 모용복은 속으로 불쾌하기 짝이 없어 비웃음을 던지고 몸을 돌려 걸어갔다. 단예는 왕어언과 헤어지는 것이 못내 아쉬워 다시 또 쫓아갔다.

포부동이 두 손을 들어 단예 앞을 가로막았다.

"단 공자, 공자가 오늘 출수해서 우리 공자를 도와준 데 대해서는 이 포 모가 무척이나 고맙게 생각하오."

"별말씀을 다 하시오."

"그 일에 관해서는 감사의 뜻을 표했으니 서로 빛이 없는 것이오. 그렇게 뚫어지게 왕 낭자를 쳐다보는 것도 무례하기 짝이 없는 행동인데 지금 또다시 쫓아오려 하는 것은 더더욱 무례한 행동이오. 공자는 글공부깨나 한 선비이니 '예가 아니면 보지 말고 예가 아니면 행하지 말라'란 말을 들어봤을 것이오. 포 모가 지금 기운이 전혀 없긴 하지만 욕을 퍼부을 힘은 남아 있소."

단예가 한숨을 내쉬며 고개를 가로저었다.

"그렇다면 포 형께선 예가 아니면 말하지 마시오! 난 예가 아니면 따라가지 않겠소."

포부동이 껄껄대고 웃었다.

"그래야 옳지."

그는 몸을 돌려 모용복 일행을 따라갔다. 왕어언은 모용복에게 뭐라고 속닥거리며 얘기하는 데 정신이 팔려 단예가 쫓아오는지 안 오는지 신경조차 쓰지 않았다.

단예가 왕어언의 뒷모습이 숲속에 가려질 때까지 목송目送하며 여전히 넋을 잃은 채 멍하니 바라보자 주단신이 말했다.

"공자, 가시지요!"

단예가 말했다.

"네, 가야지요."

이 말을 하고 나서도 걸음을 떼지 못하다 주단신이 연이어 세 번이나 재촉을 하고 나서야 고독성이 끌고 온 말에 훌쩍 뛰어올라 앉았다. 그는 말 등에 오른 후에도 여전히 왕어언이 떠난 길에서 눈을 떼지 못했다.

원래 단예는 전관청에게 서찰을 전한 뒤 즉각 단정순에게 달려가 보고하고 기회가 열릴 때까지 기다렸다 부친의 윤허를 얻어 주단신 등과 함께 기회에 참가했던 것이다. 과연 기대했던 대로 기회에서 마음에 두고 있는 사람을 만나긴 했지만 공연히 근심과 고뇌만 쌓이는 결과를 가져오게 되자 도대체 그녀를 만난 게 잘된 일인지 아닌지 스스로도 뭐라고 말할 수 없었다.

일행이 20여 리를 내달려갈 때 큰길에서 흙먼지가 피어오르며 10여 기의 말이 달려왔다. 다름 아닌 대리국의 삼공인 화혁간, 범화, 파천석과 최백천, 과언지 등이었다. 그 일행은 단예가 있는 곳으로 달려와 말에서 내린 후 단예에게 예를 올렸다. 알고 보니 최백천과 과언지 두 사람은 복우산의 동문들로부터 대리 진남왕이 하남에 와서 복우산 근방에 머물며 요양하고 있다는 소식을 듣고 인사를 드리러 가던 중이었다. 그들은 마침 화혁간 일행이 농아선생의 기회에서 위험한 일이 일어날 것에 대비해 단예를 지원하라는 단정순의 명을 받고 가던 길에 우연히 만나 함께 오게 된 것이었다. 그들은 기회에 단연경도 참석했지만 다행히 단예에게 해를 입히지 않았다는 말을 듣자 손에 땀을 쥐었다.

주단신은 슬그머니 범화 등 세 사람에게 다가가 단예가 기회에 가서 고소모용가의 한 미모의 낭자를 보고 어떤 눈길로 지켜보고 그녀를 어찌 뚫어지게 쳐다봤으며, 또 어떻게 넋이 빠진 채 뒤를 따라가려다 상대에게 질책을 받고 돌아오게 됐는지 상세히 설명해줬다. 범화 등은 서로를 쳐다보며 웃다 똑같이 생각했다.

'풍류를 즐기는 소왕자의 습성은 집안 내력이라 할 수 있지. 이번 기회에 소왕자께서 친누이인 목 낭자에 대한 그리움을 잊을 수 있다면 그보다 더 좋을 수는 없다.'

해 질 무렵이 되자 일행은 객점에 들어가 저녁을 해결하게 되었다. 범화가 강남에 가서 있었던 일을 얘기했다.

"공자, 모용씨 일가는 종잡을 수가 없습니다. 앞으로 다시 만나게 되면 필히 조심하셔야 할 것 같습니다."

"뭘 말입니까?"

"이번에 저희 셋이 왕야의 명을 받들어 소주 연자오 모용씨 집을 조사하러 갔습니다. 소림파 현비대사가 모용씨에게 살해됐을지도 모른다는 생각에 무슨 단서라도 찾을 수 있을까 해서였죠."

최백천과 과언지가 이에 관심을 가지고 일제히 물었다.

"뭣 좀 찾으셨나요?"

범화가 말을 이었다.

"공공연하게 나서서 찾아보고자 한 것이 아니라 몰래 가서 살펴보기만 했습니다. 한데 모용가에 주인 남녀는 모두 부재중이고 비복들뿐이었습니다. 그렇게 넓은 장원에서 아벽이라 불리는 소낭자 혼자 집안일을 주재하고 있었던 겁니다. 파 형제가 그 생각을 떠올렸지요. 구마지라는 서역승이 공자를 대리에서 강남으로 끌고 가서 모용 선생 묘소에 제를 올리겠다고…."

최백천이 끼어들며 말했다.

"맞습니다, 모용부의 시녀가 그 서역승이 묘소에 제를 올리러 가지 못하도록 끝까지 막았지요. 그 덕분에 공자 나리께서도 그 서역승의 독수에서 벗어날 수 있었습니다."

단예가 고개를 끄덕였다.

"아주, 아벽 두 낭자는 아주 좋은 사람들입니다. 한데 지금 어찌 됐는지 모르겠군요. 아벽 낭자는 별고 없던가요?"

파천석이 미소를 지었다.

"저희가 사흘 내내 창밖에서 지켜봤는데 아벽 낭자는 남자 장포를 짓고 있더군요. 공자, 공자 옷을 짓고 있는 거 아닙니까?"

단예가 다급하게 손을 내저었다.

"아니, 아닙니다. 십중팔구 모용 공자 옷일 겁니다."

파천석이 말했다.

"맞습니다. 그 시녀는 모용 공자 생각에 정신이 팔려서 그랬는지 몰라도 우리 셋이 집 안으로 들어갔는데도 전혀 눈치를 채지 못하더군요. 더구나 혼자서 끊임없이 중얼거렸습니다. '소용없어. 소용없어! 나같은 건 전혀 마음에 담아두고 있지 않은데 아무리 그 사람을 생각해야 무슨 소용이겠어?'"

파천석의 이 말은 단예가 아버지 행동을 배워 도처에 정을 남기지 않도록 하기 위한 조처였다. 아벽이 그리워하는 사람은 모용 공자뿐이니 그녀에 대해 생각해봐야 쓸모없다는 말을 강조하기 위함이었던 것이다.

사실 단예는 아벽에 대해 호감이 있긴 했지만 그리운 정이 있는 건 아니었던 터라 한숨만 내쉴 따름이었다.

"맞습니다. 아벽 말이 맞아요. '소용없어. 소용없어! 나 같은 건 전혀 마음에 담아두고 있지 않은데 그녀를 아무리 생각하면 무슨 소용이겠어?'"

아벽이 그리워하는 사람이 모용 공자인지 확실치는 않았지만 단예는 오히려 아벽이 그에게 왕어언을 그리워할 것 없다고 권하는 것으로 곡해했다. 그는 다시 말했다.

"모용 공자는 준수하고 멋진데 배필이 없으니 그럴 만하지! 더구나 두 사람은 사촌 간이라 어렸을 때부터 소꿉친구였으니 말이야⋯."

범화와 파천석 등이 서로의 얼굴을 쳐다보고 생각했다.

'그 시녀와 모용 공자가 소꿉친구라는 건 있을 수 있는 일이지만 어찌 사촌 간일 수가 있지?'

이들은 단예가 왕어언을 두고 얘기한 것이라고는 생각지도 못했다.

최백천이 물었다.

"범 사마, 파 사공! 그 서역승이 모용 선생 묘소에서 제를 올리겠다고 하는 게 무슨 의도인지 모르겠습니다. 우리 사형의 죽음과 무슨 연관이 있는 건 아닐까요?"

범화가 말했다.

"내가 그 문제를 거론한 것은 바로 여러분들과 함께 상의하기 위함이었소. 화 대형이 그 묘소라는 말을 듣고 손이 근질근질했던지 그러시더군요. '그 늙은이 무덤 안에 기이한 게 있을지 모르니 우리가 가서 파보세.' 나와 파 형제는 찬성하지 않았소. 고소모용씨는 천하에 명성을 떨친 인물인데 우리 단가에서 그의 무덤을 파헤친다는 건 경우에 옳지 않다 여겼기 때문이오. 그러자 화 대형이 말씀하셨소. '우리가 몰래 지하도를 파서 들어가면 쥐도 새도 모를 텐데 누가 알겠는가?' 우리 두 사람은 형님 말에 따르지 않을 수 없어 그 말대로 하기로 했소.

그 무덤은 장원 뒤편에 있었는데 매우 후미지고 은밀한 곳이라 찾기가 힘들었지만 우리 세 사람은 무덤을 파고들어가 관 뚜껑을 여는 데 성공했소. 최 형, 우리가 뭘 발견했는지 아시오?"

최백천과 과언지가 동시에 몸을 일으키며 물었다.

"뭡니까?"

범화가 말했다.

"관 속이 비어 있고 시신이라고는 없었소."

최백천과 과언지 두 사람은 입을 딱 벌린 채 한동안 다물지를 못했다. 한참 후에 최백천이 무릎을 탁 치며 말했다.

"모용박이 죽지 않았군요. 그는 아들을 시켜 중원에 얼굴을 내밀도록 하고 자신은 수천 리 밖에서 사람을 죽이며 일부러 현묘玄妙한 척했던 겁니다. 우리 사형… 우리 사형은 모용박 그 악적이 죽인 게 분명합니다!"

범화가 고개를 가로저었다.

"최 형도 모용박의 무공이 깊이를 헤아릴 수 없는 정도라고 말한 적이 있소. 그가 사람을 죽이려면 얼마든지 다른 수단을 쓸 수 있을 텐데 어찌 '상대가 쓴 방법을 상대에게 펼친다'는 수법을 남겨 남들이 고소모용씨가 자행한 짓이라 짐작하게 만들겠소? 또한 무림에 그의 무서운 실력을 알리려 했다면 어찌 죽은 척을 했겠소? 화 대형의 능력이 아니었다면 이런 비밀을 어찌 알아낼 수 있었겠소?"

최백천이 그 말에 낙담을 하고 주저앉았다. 뭔가 빛을 본 것으로 여겼다가 삽시간에 짙은 안개가 낀 것처럼 눈앞이 캄캄해지고 만 것이다.

단예가 말했다.

"천하 각 문파의 절기는 수천, 수만 가지나 됩니다. 그 안에 얽힌 맥락을 일일이 이해한다는 것은 하늘의 별 따기처럼 어려운 일이지요. 하지만 유독 그녀에겐 그런 총명한 지혜가 있어 그 어떤 무공도 마치 손바닥 뒤집듯⋯."

최백천이 말을 끊으며 말했다.

"맞습니다. 우리 사형의 천령천렬 초식은 복우파의 부전지비인데 그가 어찌 알고 그 절기를 이용해 우리 사형의 목숨을 해쳤을까요?"

단예가 고개를 가로저었다.

"그녀는 당연히 알지요. 허나 닭 잡을 힘조차 없는 사람이라 각 문파 무공을 알고 있다 해도 자신은 일초도 펼쳐내지 못합니다. 워낙 선량해서 사람 목숨을 해치는 일은 더더욱 못 하고 말입니다."

사람들 모두 서로의 얼굴을 쳐다보다 잠시 후 일제히 고개를 절레절레 흔들었다.

아자가 정춘추의 독에 두 눈이 멀자 몸을 사리지 않고 아자를 낚아채 도망가는 유탄지를 본 정춘추는 심신이 분산되면서 손가락 내공마저 흐트러져버렸다.

모용복은 이 틈을 타서 또다시 두전성이 절기를 펼쳐냈다. 퍽 하는 소리와 함께 정춘추의 다섯 손가락이 그의 제자 팔을 움켜쥐었다. 모용복은 그 틈에 그의 손아귀에서 주먹을 빼내 몸을 훌쩍 날려 껄껄대고 웃으며 소리쳤다.

"이만 실례하겠소! 성수노괴, 다음에 또 만납시다."

그는 경공을 펼쳐 고개도 돌리지 않고 가버렸다.

단시간 안에 성수파 제자 10여 명을 물리치는 성과를 거둔 그는 마침내 등백천을 비롯한 사대 가신들이 성수파 제자의 독장에 부상당한 분풀이를 할 수 있게 되었다. 다만 마지막에 빠져나올 수 있었던 건 실로 요행이라 할 수 있었기에 경맥에 약간의 손상을 입는 부상을 피할 수는 없었다. 왕어언과 등백천 일행과 다시 재회한 후에는 객점 안에 틀어박혀 외출을 삼가고 등백천 등과 같이 부상 치료에만 전념했다.

며칠이 지나자 포부동과 풍파악 두 사람의 체력이 거의 회복됐고, 이어서 모용복과 등백천, 공야건의 부상도 거의 다 나았다. 여섯 사람은 아주의 행방에 대해 얘기를 나누다 그녀가 걱정된 나머지 상의 끝에 근방에 있는 낙양에 가서 탐문해보기로 했다. 얼마 전, 길을 가다 포부동이 아주, 소봉과 잠깐 만난 적은 있었지만 그 후 소봉의 실수로 아주가 부상을 당했던 정황에 대해서는 모용복 일행도 전혀 알 수가 없었다.

낙양에서 아무 소식도 얻지 못하자 모용복은 시녀 한 명을 위해 너무 많은 시간을 소비할 수 없다 생각해 서쪽으로 가면서 강호의 근황을 살펴보기로 했다. 이 기회에 자신과 뜻을 함께하는 무리들과 접촉해 훗날 연국 재건을 위한 세력을 규합해야겠다는 생각을 한 것이다. 어느 날 여섯 사람은 서둘러 길을 가느라 묵을 곳을 지나쳤고 날이 어두울 때까지 걸었지만 여전히 산길을 벗어날 수 없는 상황에 처하게 되었다. 길은 험하고 걸으면 걸을수록 도로변의 잡초들이 길어지자 풍파악이 말했다.

"길을 잘못 들었나 봅니다. 저 앞 모퉁이를 돌아가면 안 될 것 같습니다."

등백천이 말했다.

"차라리 동굴이나 폐사廢寺를 찾아 하룻밤 노숙을 하시지요."

풍파악이 쉴 만한 곳을 찾아 앞장서 달려갔지만 눈에 보이는 건 험준한 산길과 겹겹이 쌓인 바위들뿐이었다. 풍파악 본인이야 어디든 누워서 쿨쿨 자면 그뿐이었지만 왕어언이 밤을 지낼 수 있는 곳을 마련해줘야 하다 보니 실로 쉽지 않았다. 단숨에 몇 마장을 달려가 산모퉁이 하나를 돌자 오른쪽 골짜기 안에 등불 빛이 보였다. 풍파악은 너무기뻐 고개를 돌려 소리쳤다.

"저기 인가가 있습니다."

모용복 등이 그 소리를 듣고 빠른 걸음으로 달려갔다. 공야건이 기뻐하며 외쳤다.

"보아하니 사냥꾼이나 농부의 집인가 봅니다. 왕 낭자 한 사람 정도 편히 쉴 곳은 있을 것 같군요."

여섯 사람은 등불이 있는 곳을 향해 빠른 걸음으로 걸어갔다. 그 등불이 있는 곳은 거리가 꽤 있어서 한참을 걸어갔지만 여전히 불빛만 반짝일 뿐 집이라고는 없었다. 풍파악이 중얼거리며 욕을 해댔다.

"이런 제기랄! 저 등불은 뭔가 요사스러운 구석이 있어."

돌연 등백천이 나지막이 소리쳤다.

"잠깐! 공자, 보십시오, 푸른 불입니다."

모용복이 예의주시해 살펴보자 과연 푸른 광채를 발산하고 있는 그 등불은 일반 등불처럼 검붉은 색이나 어슴푸레한 누런색과 판이하게 달랐다. 여섯 사람은 걸음에 속도를 붙여 푸른 불을 향해 다시 한 마장 가량을 더 나아갔다. 그러자 더욱 똑똑하게 보였다.

포부동이 큰 소리로 외쳤다.

"사마외도邪魔外道들이 여기 모여 있구나!"

이 다섯 사람의 기지와 무공이라면 강호의 그 어떤 문파나 방회라 할지라도 두려울 것이 없었지만 각자 이런 생각을 떠올렸다.

'오늘은 왕 낭자와 함께 있으니 아무래도 문제를 일으키지 않는 게 좋겠다.'

포부동과 풍파악은 한동안 싸움을 벌이지 않았고 이제 공력도 회복되었던 터라 순간 손이 근질근질해서 당장이라도 나서고 싶었지만 자제를 할 수밖에 없었다. 풍파악이 말했다.

"오늘은 온종일 걸었더니 좀 피곤하네요. 지저분한 곳 같으니 그만 돌아갑시다!"

모용복이 빙긋 웃으며 생각했다.

'풍 사형四兄 성격이 저리 바뀌다니 뜻밖이로군.'

그러고는 말했다.

"누이, 깨끗하지 못한 곳 같으니 그냥 돌아가는 게 좋겠구나."

왕어언은 이유가 뭔지 알 수 없었지만 사촌 오라버니가 그렇게 말하자 선뜻 그 말에 따랐다.

여섯 사람이 몸을 돌려 몇 걸음 채 걸어가지 않았을 때 누군가의 목소리가 흐릿하게 들려왔다.

"사마외도들이 모여 있다는 걸 안다면 너희 역시 부족하긴 하다만 요마귀괴妖魔鬼怪가 틀림없거늘 어찌 여기 와서 함께 놀지 않는 것이냐?"

그 목소리는 높낮이가 들쭉날쭉하고 끊어질 듯 말 듯해서 듣기 불편하게 귀로 파고들었지만 한 마디 한 마디가 아주 똑똑하게 들렸다.

모용복은 흥 하고 비웃음을 내던졌다. 포부동이 '사마외도들이 여기 모여 있다'고 한 말을 이미 상대가 들었다는 걸 알아차린 것이다. 상대로부터 이 전음 몇 마디가 들린다는 건 말하는 사람이 내력 수련을 어느 정도 했다는 뜻이지만 진정한 최고의 공력을 지녔다고 볼 수는 없었다. 그는 왼손을 떨치며 말했다.

"저자한테 엮일 시간이 없소. 그냥 갑시다!"

그는 빠르지도 느리지도 않은 걸음으로 온 길을 향해 되돌아갔다.

그 목소리가 다시 들려왔다.

"야비한 놈, 그렇게 허풍을 떨면서 꽁무니를 빼고 도망칠 생각이더냐? 정 도망치려 한다면 이 조상님께 큰절을 300번 하고 가도록 해라."

풍파악이 참다못해 걸음을 멈추고 나지막이 말했다.

"공자, 저 미친놈한테 훈계 좀 하고 와야겠습니다."

모용복이 고개를 가로저었다.

"저들은 우리가 누군지 모르고 있소. 그냥 놔둡시다!"

풍파악이 답했다.

"네!"

여섯 사람이 다시 10여 걸음을 걸었을 때 그 목소리가 또 들려왔다.

"수컷들은 도망을 가겠다니 그렇다 치자. 어린 암컷은 남겨 이 어르신의 무료함을 풀어주도록 해야 하지 않겠느냐?"

다섯 사람은 상대가 왕어언에 대해 모욕의 말을 내뱉자 하나같이 안색이 변해 일제히 걸음을 멈추고 몸을 돌렸다.

그 목소리가 다시 들려왔다.

"어떠하냐? 좋은 말로 할 때 순순히 어린 암컷을 보내라. 그리하지 않는다면 이 어르⋯."

그가 '어르'라는 말까지 했을 때 등백천이 단전에 기를 불어넣어 호통을 쳤다.

"신!"

그가 한 '신'이란 말과 상대가 한 '신'이란 말이 서로 섞이면서 그 소리가 산골짜기 전체를 진동시켜 사람들 귀에 웅웅거리는 메아리로 울려퍼졌다.

"으악!"

푸른 등불이 있는 곳으로부터 처참한 비명 소리가 들려왔다. 고요한 밤에 등백천의 그 '신'이란 여음이 사라지기도 전에 처참한 비명 소리가 섞여 들리자 모골이 송연해지지 않을 수 없었다.

등백천이 고강한 내력에 의한 진동으로 호통을 치자 상대에게 상해를 입혔던 것이다. 그자의 처참한 비명 소리로 보아 상처가 가볍지 않은 것 같았다. 이미 황천길에 들어섰을지도 모르는 일이었다. 비명 소리가 그치자 갑자기 피융 하는 소리가 울려퍼지며 푸른색 화전火箭 하나가 하늘을 향해 발사되더니 펑 하는 소리와 함께 터져 반쪽 하늘을 짙푸른 색으로 훤히 비추었다.

풍파악이 말했다.

"이리된 이상 끝장을 봅시다! 저 요마귀괴 소굴부터 소탕해버리시죠."

모용복이 고개를 끄덕였다.

"우리가 양보를 한 건 분쟁을 일으키길 원치 않아서였지만 이왕 이리됐으니 끝장을 봐야겠소."

여섯 사람은 그 푸른 불빛을 향해 내달려갔다.

모용복은 왕어언이 겁먹을까 걱정돼 걸음을 늦춰 옆에서 함께 걸어갔다. 포부동과 풍파악 두 사람의 호통 소리가 들려왔다. 이미 상대와 대결을 펼치는 것으로 보였다. 곧이어 푸른빛의 희미한 등불 속에서 세 명의 검은 그림자가 날아가며 퍽퍽퍽 세 번의 소리와 함께 석벽에 부딪쳤다. 포부동과 풍파악이 상대를 깔끔하게 해치운 것 같았다.

모용복이 푸른 등불 밑으로 달려가자 등백천과 공야건이 청동으로 만든 커다란 정鼎 옆에 무거운 표정으로 서 있었다. 동정銅鼎 옆에 한 노인이 누워 있고 동정 안에서는 실처럼 가느다란 연기 한 가닥이 마치 화살처럼 곧게 뻗어 피어오르고 있었다. 왕어언이 말했다.

"천서川西 벽린동碧磷洞의 상토공桑土公 일파로군요."

등백천이 고개를 끄덕였다.

"낭자는 역시 해박하기 이를 데 없으시오."

포부동이 몸을 돌려 걸어오며 말했다.

"그걸 어찌 안단 말이오? 이 낭연狼烟²⁴을 태워 소식을 전하는 수법은 수천 년 전부터 있었소. 꼭 천서 벽린동에만 있다고 할 수는 없…"

그의 말이 채 끝나기도 전에 공야건이 동정 다리 한쪽을 가리키며 가서 살펴보라는 시늉을 했다.

포부동은 허리를 굽혀 화절자를 밝혀 살폈다. 동정 다리에는 '상桑'이란 글자와 함께 작은 뱀과 지네 몇 마리가 똬리를 틀고 있는 모습이 주조되어 있었는데 구리 녹으로 얼룩져 있는 것으로 보아 꽤 오래된 물건으로 보였다. 포부동은 왕어언이 맞는 말을 했다는 걸 뻔히 알면서도 억지를 부렸다.

"이 동정이 천서 상토공 일파 것이라 해도 저들이 훔쳐온 것인지 어찌 알겠소? 더구나 예로부터 정은 가짜가 많다는 얘기가 있어 열 개 가운데 아홉 개는 가짜라 하더이다."

모용복 등이 속으로 모두 의심쩍어했다.

'이곳은 천서와는 아주 멀리 떨어져 있는데 설마 이곳 역시 상토공 일파의 구역이란 말인가?'

천서 벽린동 상토공 일파의 대부분은 묘족苗族이나 강족羌族으로, 행동 방식이 중원 무림 인사들과는 크게 다르고 독을 쓰는 데 능해 강호 사람들도 무척이나 꺼린다는 사실을 모두가 알고 있었다. 다행히 그들은 세인들과 분쟁을 일으키지 않아 그들의 근거지인 천서 주변 요산 경계 지역에 난입하지만 않는다면 그들 역시 함부로 주변 사람들을 침범하는 일이 없었다.

모용복과 등백천 등은 상토공이건 뭐건 두려워하지 않았지만 그런 사악한 독을 쓰는 황당무계한 외지인들과 원한을 맺는 건 무의미할뿐더러 그들과 엮이면 귀찮아질 것이라 여겼다.

모용복은 잠시 주저하다 말했다.

"이렇게 분쟁이 생길 가능성이 많은 곳은 속히 떠나는 게 상책이오."

그 동정 옆에 누운 노인은 이미 숨이 끊어지기 일보 직전 상태로 여전히 눈을 크게 부라리고 분노에 찬 표정으로 사람들을 쳐다보고 있었다. 조금 전에 전음을 날려 화를 자초한 그자가 분명했다.

모용복이 포부동을 향해 고개를 끄덕이고는 그 노인 쪽을 향해 입 꼬리를 삐죽 추켜올렸다. 포부동이 그 뜻을 알아차리고 손을 뻗어 푸른 등이 걸려 있던 대나무 장대를 움켜쥐었다. 그리고 대나무 끝을 거꾸로 들어 등이 달린 채로 푹 하는 소리를 내며 노인의 가슴팍을 찌르자 그와 동시에 등불 역시 꺼져버렸다. 왕어언이 비명을 지르자 공야건이 말했다.

"도량이 적으면 군자가 아니고, 독하지 않으면 대장부가 아니라 했소! 이는 살인멸구로 후환을 없애려는 것이오."

그러고는 오른발을 날려 동정을 걷어차버렸다. 모용복은 왕어언의 손을 잡아끌며 왼쪽 편으로 비스듬히 튀어나갔다.

10여 장을 내달려갔을 때 어둠 속에서 획획 하는 날카로운 소리가 들려왔는데 금속성 병기가 바람을 가르는 소리였다. 그때 길게 자란 풀숲 속에서 칼 한 자루와 검 한 자루가 튀어나왔다. 모용복이 소맷자락을 휘둘러 차력타력 수법을 펼치자 왼쪽에 있던 사람의 일도가 오른쪽 사람의 목을 베어갔고, 오른쪽 사람의 일검은 왼쪽 사람의 심장을 찔러갔다. 찰나의 순간에 기습을 가한 자객 두 명을 처치한 그는 발걸음을 멈추지 않았다. 공야건이 찬탄을 금치 못했다.

"공자, 정말 대단한 실력입니다!"

모용복이 빙긋 웃으며 계속해서 앞으로 나아갔다. 다시 오른손을 한번 휘두르자 마주 오던 적 하나가 산비탈 밑으로 데굴데굴 굴러내려갔고, 왼손을 격출해내자 왼쪽 전방에 있던 적 하나가 윽 하고 비명을 지르며 입에서 선혈을 뿜어냈다.

어둠 속에서 돌연 비린내가 한차례 풍겨오는가 싶더니 곧이어 미미하게 날카로운 바람이 안면을 덮쳤다. 모용복은 재빨리 장풍을 응집시켜 이름을 알 수 없는 두 개의 암기를 맞받아쳐 돌려보냈다. 곧바로 윽 하는 비명 소리가 들렸다. 적이 자신이 던진 악랄한 암기에 적중된 모양이었다.

칠흑 같은 어둠 속에서 겹겹이 포위를 당했지만 적이 얼마나 되는지는 알 수 없었다. 다만 닥치는 대로 수 명을 죽이다 여섯 번째 사람을 죽일 때 모용복은 속으로 깜짝 놀라지 않을 수 없었다.

'처음 세 사람은 십중팔구 천서 상토공 일파였지만 그 후의 세 사람 무공은 또 다른 세 문파에 속하는 것으로 보인다. 원수는 많이 만들어낼수록 이롭지 못한 법인데….'

등백천의 부르짖는 소리가 들려왔다.

"모두 다 같이 청향수사 쪽으로 뚫고 나갑시다!"

청향수사는 고소 연자오에 있는 모용복 시녀 아주가 기거하는 장원으로 서쪽에 위치해 있는 곳이었다. 등백천이 청향수사 쪽으로 뚫고 나가자고 한 말은 서쪽으로 퇴각하자는 뜻으로 적이 알아듣지 못하게 하기 위함이었다.

모용복이 이를 듣자마자 그 뜻을 알아차리긴 했지만 그때 사방은 칠흑 같은 어둠에 싸여 있고 별과 달빛조차 없어 방위를 분간하기 어려웠다. 그는 정신을 집중해 등 뒤 오른쪽 방향에서 들려오는 등백천의 육중한 장풍 소리 두 번을 신호로 당장 왕어언을 잡아끌고 비스듬히 세 걸음 물러서서 등백천 옆으로 다가갔다. 퍽퍽 하는 두 번의 소리와 함께 등백천이 적과 다시 양장을 주고받았다.

쌍장이 부딪치는 소리로 보아 적은 보통 고수가 아니었다. 곧이어 등백천이 소리 높여 기운을 돋우며 헛 하고 고함을 쳤다. 모용복은 등백천이 석파천경石破天驚 일초를 펼쳐냈다는 걸 알고 필시 상대가 막아내지 못할 거라 생각했다. 과연 그자가 깜짝 놀라 소리를 지르는데 그 목소리가 매우 날카롭게 들렸다. 그 비명 소리는 갈수록 줄어들어 마치 땅 밑을 파고들어가는 것처럼 들렸다. 곧이어 돌멩이가 굴러떨어지고 나뭇가지들이 부러지는 소리가 들렸다. 모용복은 살짝 놀랐다.

'상대가 실족해서 깊은 골짜기로 떨어졌나 보구나. 등 대형이 상대를 먼저 골짜기 속으로 밀어넣어 다행이었지 아니었다면 어둠 속에서 허공을 디뎌 큰일 날 뻔했다.'

바로 그때 왼쪽 높은 언덕 위에서 누군가의 목소리가 들려왔다.

"웬놈들이 우리 만선대회萬仙大會에 와서 소란을 피우는 게냐? 우리 삼십육동三十六洞 동주洞主들과 칠십이도七十二島 도주島主들이 안중에도 없다는 것이냐?"

모용복 등은 나직이 아 하고 소리를 냈다. '삼십육동 동주니 칠십이도 도주'니 하는 이름은 그들도 들은 적이 있었다. 그러나 이른바 동주나 도주는 그 어떤 문파나 방회에 속하지 않은 방문좌도旁門左道 인사들에 불과할 뿐이었다. 이들은 무공 실력이 천차만별인 데다 인품 역시 선악의 구분이 없었으며, 독자적으로 행동하고 자기주장이 옳다고 생각해 상호 간에 소통조차 되지 않았다. 그 때문에 영향력을 행사할 만한 세력이 되지 못해 강호에서는 그리 중시하지 않는 자들이었다. 다만 일부는 동해와 황해 내의 섬에 흩어져 있고, 일부는 곤륜과 기련 등 깊은 산속에 은거해 수년 동안 종적을 감춘 채 아무 활동도 하지 않았던 터라 그 누구도 관심을 기울이지 않았는데 이곳에서 나타날 줄은 생각지도 못한 일이었다.

모용복이 큰 소리로 외쳤다.

"재하와 친구 여섯이 밤을 달려 길을 가는 중인데 여러분이 이곳에 모여 있는지 모르고 무심코 무례를 범하게 됐소. 이 점에 대해선 사죄를 드리는 바요. 어둠 속이라 오해로 인해 빚어진 일이니 서로 웃어넘기는 것으로 하고 이만 길을 터주길 바라겠소."

그의 이 몇 마디 말은 거만하지도 비굴하지도 않았다. 자신의 신분 내력을 밝히지 않고 수 명의 상대를 오살_{誤殺}한 점에 대해 깍듯하게 사죄를 한 것이다.

"하하!"

"흐흐."

"크크."

"흥흥!"

갑자기 사방에서 갖가지 웃음소리가 큰 소리로 울려퍼지는데 웃는 사람 수는 점점 더 많아졌다. 처음에는 10여 명 정도가 웃음을 터뜨렸다가 나중에는 사방팔방에서 모두 웃음 대열에 가세해 목소리만 적어도 500~600명은 되는 것 같았다. 그중에는 바로 근처에 있는 자들도 있었고 수 마장 밖에 있는 자들도 있었다.

모용복은 그 소리를 듣고 상대의 기세가 대단한 데다 그중 한 명이 무슨 만선대회인지 뭔지를 언급한 점이 생각났다.

'오늘 밤은 재수 없게도 예기치 못한 일에 휩싸이게 됐구나. 하필 저 방문좌도 인사들이 대거 모이는 곳에 뛰어들었으니 말이다. 아직 내 이름을 밝히지 않았으니 이대로 물러가는 게 좋겠다. 수습할 수 없는 지경에 이르는 상황은 피해야지. 더구나 중과부적인데 우리 여섯이 어찌 수백 명을 상대하겠는가?'

그들이 떠들썩하게 웃고 있는 와중에 높은 언덕 위에서 누군가 말했다.

"대충 얘기하고 넘어가려는 걸 보니 사태의 심각성을 모르는 것 같구나. 너희 여섯 명이 손을 써서 우리 형제들 여럿을 해쳤는데 여기 만선대회에 모인 선인들이 너희를 그대로 놓아준다면 우리 삼십육동과 칠십이도의 체면이 어찌 되겠느냐?"

모용복이 정신을 가다듬고 사방을 눈여겨봤다. 전후좌우의 언덕과 봉우리, 산간 평지, 산등성이 곳곳에 어렴풋이 보이는 것들이 모두 인영이었지만 짙은 어둠 속이라 각자의 신형과 얼굴은 알아볼 수 없었다. 원래 어디 숨어 있었는지는 모르지만 마치 땅 밑에서 별안간 솟아오른 것처럼 느껴졌다. 이때 등백천과 공야건, 포부동, 풍파악 네 사람 모두 모용복과 왕어언 주변을 호위하기 위해 모여 있었지만 수백 명에게 포위된 상황이라 망망대해 속에 떠 있는 일엽편주에 불과할 뿐이었다.

모용복과 등백천 등은 평생 무수히 많은 대규모 싸움을 겪어봤지만 이런 주변 정황을 보자 당황하지 않을 수 없었다.

'기괴하기 짝이 없는 자들이다. 열 명 정도면 문제 될 것이 없겠지만 수백 명이 모여 있으니 실로 대처하기가 쉽지 않겠다.'

모용복이 단전에 기를 돋우고는 큰 소리로 외쳤다.

"옛말에도 모르고 범한 죄는 나무라지 말아야 한다 했소. 삼십육동 동주와 칠십이도 도주의 명성은 재하도 익히 들어 알고 있는데 어찌 감히 고의로 죄를 지을 수 있겠소? 천서 벽린동의 상토공과 감숙甘肅 규룡동虬龍洞의 현황자玄黃子, 동해 현명도玄冥島 도주 장달인張達人 선생 등도 모두 여기 계실 테지만 재하 모용복이 친교를 맺고 싶은 마음은 있을지언정 무례를 범할 의도는 없었소."

"어?"

사방에서 수많은 사람이 모두 깜짝 놀라는 듯한 소리가 들려왔다. 모용복이라는 이름을 듣고 충격을 받은 것으로 보였다. 그 호탕한 목소리가 말했다.

"그 '상대가 쓴 방법을 상대에게 펼친다'는 고소모용씨 말이냐?"

모용복이 말했다.

"부끄럽소. 재하가 바로 그 보잘것없는 사람이오."

그자가 말했다.

"고소모용씨가 그리 평범한 인물은 아니지. 등불을 켜라! 다 같이 한번 보자!"

그의 이 말이 떨어지자 돌연 동남쪽에서 누런 등잔불이 하나 떠오르더니 이어서 서쪽과 서북쪽 방향에서 각각 붉은 등불이 떠올랐다. 삽시간에 사방팔방에서 모두 등불이 떠오르는데 어떤 것은 등롱, 어떤 것은 횃불, 어떤 것은 공명등孔明燈[25], 어떤 것은 관솔불[26]이었다. 각 동주와 도주가 들고 온 등불은 서로 많이 달라서 어떤 건 조잡하고 허술했으며 어떤 건 매우 정교했지만 도대체 어디에 숨겨두고 있었는지는 알 수가 없었다. 등불은 밝아졌다 어두워졌다 하면서 각자의 얼굴을 비추는데 말로 표현할 수 없이 기이하고 변화무쌍했다.

그 무리에는 남자와 여자가 섞여 있었다. 준수하게 생긴 사람은 물론 추하게 생긴 사람도 있었으며 승려나 도사도 있었다. 어떤 사람은 커다란 소맷자락을 휘날리고 있었고 어떤 사람은 몸에 딱 맞는 간편한 복장을 하고 있었으며 또한 춤추듯 휘날리는 긴 수염을 한 노인도 있고 높이 말아올린 쪽진 머리를 한 여자도 있었다. 대부분의 복장은 괴상하기 짝이 없어서 중원 사람들과는 큰 차이가 있었다. 대부분이 무기를 지니고 있었지만 무기들 역시 대개 이상야릇한 형상을 하고 있어 이렇다 할 명칭조차 붙일 수 없었다. 모용복은 사방을 빙글 돌면서 읍을 하고 큰 소리로 말했다.

"안녕들 하십니까? 재하 고소모용복이 인사드리겠소."

사방에 있는 사람들 중 일부는 답례를 하고 일부는 거들떠보지도 않았다.

서쪽에 있던 한 사람이 말했다.

"모용복, 고소모용씨가 중원에서 위세를 떨치고 싶어 하는 건 자신이 할 나름이다. 그러나 우리 만선대회까지 와서 제멋대로 날뛰며 행패를 부린다는 건 여기 있는 사람들을 우습게 보는 처사가 아니더냐? 네가 '상대가 쓴 방법을 상대에게 펼친다'라고 하던데 대답해봐라. 내가 쓰는 방법을 나한테 펼치려 한다면 무슨 방법으로 펼칠 테냐?"

모용복은 소리가 들리는 곳을 바라봤다. 서쪽 바위 위에 가부좌를 틀고 앉은 머리가 큰 노인이 하나 보였다. 머리카락은 한 가닥도 없고 얼굴색이 검붉은 핏빛이라 멀리서 보면 마치 커다란 핏덩어리 공처럼 보였다. 모용복이 포권을 하며 말했다.

"실례지만 존성대명이 어찌 되시오?"

그자는 배꼽을 잡고 웃었다.

"노부가 널 시험하는 것은 고소모용씨가 과연 진정한 재능과 학문이 있는지, 아니면 허명일 뿐인지를 보려는 것이다. 조금 전에 내가 한 질문은 '내가 쓰는 방법을 나한테 펼치려 한다면 무슨 방법으로 펼칠 테냐?'였으니 네가 대답만 올바르게 한다면 남들이 어찌하든 난 관여하지 않을 것이다. 그럼 더 이상 널 힘들게 하지 않을 테니 네가 어디로 가든 마음대로 하도록 해라!"

모용복이 상황을 보니 오늘 일은 이미 빈말로 좋게 할 수 없고 출수를 해서 몇 초 보여줘야만 될 것 같았다.

"이리됐으니 재하가 몇 초 상대해드리겠소. 선배님께서 출수를 하도록 하시오!"

그자는 또 깔깔대며 배꼽을 잡고 웃었다.

"널 시험해보겠다는 것이지 날 상대로 시험하라는 것이 아니다. 네가 대답을 하지 못한다면 '상대가 쓴 방법을 상대에게 펼친다'는 명성은 일찌감치 접어두도록 해라!"

모용복이 양미간을 찌푸리며 생각했다.

'네가 꼼짝도 하지 않고 거기 앉아 있어 네 문파는 물론 네 이름도 모르는데 네가 자랑하는 절초가 무엇인지 어찌 안단 말이냐? 네가 쓴 방법을 모르고 어찌 너한테 펼치겠느냐는 말이다.'

그가 잠시 머뭇거리는 동안 그 대두大頭 노인이 냉소를 머금었다.

"우리 삼십육동, 칠십이도 친구들은 천애해각에 흩어져 있어 중원의 쓸데없는 일들에 대해서는 신경도 쓰지 않는다. 산중에 호랑이가 없으면 원숭이가 대왕 노릇을 한다더니 너같이 젖비린내 나는 애송이가 무슨 북교봉이니 남모용이니 하는 말을 떠들고 다닌단 말이냐? 하하! 가소롭구나, 가소로워! 뻔뻔스럽기 짝이 없는 놈 같으니! 잘 들어라. 네가 오늘 여기를 벗어나는 건 그리 어렵지 않다. 네가 삼십육동 각 동주들과 칠십이도 각 도주들한테 큰절을 열 번씩, 도합 1천 80번을 하면 우리가 너희 꼬마 여섯 명을 풀어주도록 하겠다.”

포부동은 이미 오래전부터 울화가 치밀어올랐지만 줄곧 참다가 더 이상 참지 못하고 큰 소리로 호통을 쳤다.

“네가 우리 공자 나리께 ‘상대가 쓴 방법을 상대에게 펼친다’는 수법을 펼쳐달라 청하면서 너한테 절을 하라고 해? 네놈이 쓰는 절기 따위를 우리 공자 나리께서 어찌 배운다고 그런 소리를 하는 게냐? 하하, 가소롭구나, 가소로워! 뻔뻔스럽기 짝이 없는 놈 같으니!”

그는 이 말을 하면서 그 대두 노인의 말투를 그대로 따라 했다.

그 대두 노인은 기침을 한번 하더니 짙은 가래침을 포부동의 얼굴 쪽으로 냅다 뱉어버렸다. 포부동이 몸을 틀어 슬쩍 피하자 그 가래침은 그의 왼쪽 귓전을 스치고 지나가다 돌연 공중에서 한 바퀴 돌더니 다시 포부동의 이마를 향해 때렸다. 그 가래침은 경력이 적지 않아 포부동이 재빨리 피할 때가 돼서야 비로소 가래침의 방향이 자기 눈썹 위에 있는 양백혈陽白穴을 겨냥하고 있다는 사실을 알아챌 수 있었다.

모용복은 속으로 깜짝 놀랐다.

‘저 노인이 가래 안에 실린 힘으로 혈도를 찍는 건 그리 이상할 게 없다. 다만 이상한 건 가래를 내뱉고 난 후 놀랍게도 공중에서 한 바퀴 돌릴 수 있다는 점에 있다.’

대두 노인이 낄낄대고 웃었다.

“모용복, 노부가 너에게 ‘상대가 쓴 방법을 상대에게 펼친다’는 수법을 펼치라고 하지는 않겠다. 다만 내 이 가래침의 내력을 말해낸다면 노부가 승복하도록 하겠다.”

모용복은 재빨리 머리를 굴려봤지만 아무래도 생각이 나지 않았다.

돌연 옆에 있던 왕어언이 맑고 부드러운 목소리로 말했다.

"단목端木 동주, 그 오두미신공五斗米神功인 귀거래혜歸去來兮를 연성하느라 쉽지 않으셨겠네요. 그걸 연마하느라 죽여버린 목숨도 적지 않았겠어요. 우리 공자께서는 당신이 쉽지 않게 수련했다는 점을 감안해 그 무공의 내력을 밝히려 하지 않으시는 거예요. 당신이 동도들의 시기를 받지 않게 하기 위해서 말이에요. 설마 우리 공자께서 그 무공을 이용해 당신과 대적하길 바라는 건 아니겠죠?"

모용복은 놀라고도 기뻤다. 오두미신공이란 이름은 자신도 처음 들어보건만 사촌 누이가 알고 있으리라고는 생각지도 못했기 때문이다. 오히려 그는 그게 맞는지 안 맞는지 궁금했다.

핏빛처럼 새빨간 얼굴을 지니고 있던 대두 노인은 돌연 핏빛이라고는 전혀 없는 얼굴로 변해버렸다. 그러다 다시 새빨갛게 변한 얼굴로 웃었다.

"꼬마 계집애가 헛소리를 하는구나. 네가 뭘 안다 그러느냐? 오두미신공은 수많은 목숨을 희생시켜야 연성이 가능한 악랄하기 짝이 없는 무공인데 설마 나 같은 사람이 그런 무공을 연마했겠느냐? 그래도 이 어르신 성을 알아맞힌 건 쉽지 않은 일이긴 하다."

왕어언은 그의 말을 듣고 자신이 제대로 맞혔지만 그가 인정하지 않을 뿐이라는 걸 알아차렸다.

"해남도海南島 오지산五指山 적염동赤焰洞 단목 동주를 강호의 그 누가 모르며 그 무엇을 이해 못하겠습니까? 단목 동주의 무공이 원래 오두미신공이 아니었다면 그럼 지화공地火功에서 파생되어 나온 신묘한 무공인가 보군요?"

지화공은 적염동 일파의 기본 무공이었다. 적염동 일파의 종주들은 모두 복성인 '단목'이었는데 이 대두 노인의 이름이 바로 단목원端木元이었다. 그는 왕어언이 자신의 신분 내력을 정확히 알면서도 일부러 오두미신공의 내력에 대해서는 덮어주는 것을 보고 그녀에게 호감이 느껴졌다. 더구나 적염동은 사실 강호에서 족보도 없는 무명의 일개 소파였지만 그녀의 입에서 '강호의 그 누가 모르며 그 무엇을 이해 못하겠느냐'라고 칭찬하는 말을 듣자 더욱 기분이 좋아 입이 헤벌쭉 벌어졌다.

"그렇지, 그거야! 그건 지화공에서 파생된 잔재주 중 하나일 뿐이지. 노부가 사전에 말했듯이 낭자가 우리 문파의 내력을 알아냈으니 더 이상 곤란하게 만들지 않겠다."

별안간 저 멀리에서 누군가 부르짖는 소리가 들렸다.

"고소모용씨는 과연 명불허전이로군!"

모용복이 손을 들어 답했다.

"식자들의 웃음거리일 뿐이오. 부끄럽기 짝이 없소."

바로 그때, 한 줄기 금빛과 은빛이 왼쪽 편에서 마치 번갯불이 땅바닥에 내리치듯 번쩍이며 극히 매서운 파공성이 들렸다. 모용복은 이를 소홀히 여길 수 없어 양손 소맷자락으로 바람을 일으켜 맞받아쳐갔다.

"펑!"

엄청난 소리가 울려퍼지고 금빛과 은빛이 거꾸로 말려 돌아나갔다. 그는 그제야 그게 하나는 금색이고 하나는 은색의 기다란 띠 두 가닥이라는 걸 똑똑히 볼 수 있었다.

띠 끝자락에는 노인 두 사람이 서 있었다. 금띠를 사용한 사람은 몸에 은포를 입고 있었고 은띠를 사용한 사람은 몸에 금포를 입고 있었는데 금색과 은색이 찬란하게 빛나 화려하기 이를 데 없었다. 이런 금은색의 장포는 일반 사람들이 절대 입을 수 없는 것들이었다. 이들은 마치 연극을 하는 사람들처럼 보였다. 은포를 입은 노인이 말했다.

"탄복했소, 정말 탄복했소. 우리 형제의 일초를 다시 한번 받아보시오!"

금빛이 번뜩이더니 금띠 하나가 왼쪽에서 구불거리며 날아왔고 은띠는 하늘을 향해 부르르 떨다가 다시 허공에서 떨어지며 모용복의 상반신을 덮쳐왔다.

모용복이 말했다.

"두 분 선배님…."

그의 말이 채 끝나기도 전에 갑자기 휙휙휙 소리와 함께 긴 칼 세 자루가 땅바닥에 붙어 휘감아오듯 밀려왔다. 세 사람이 지당도 무공을 펼치며 모용복의 하반신을 공격해 들어온 것이었다.

모용복은 위쪽과 앞쪽, 왼쪽 세 방향에서 동시에 공격을 받자 생각했다.

'상대는 삼십육동 동주, 칠십이도 도주로 불리는 자들이라 숫자가 많고 세력이 크다. 이런 혼전이 벌어진 상황에 저들한테 뜨거운 맛을 보여주지 않으면 어찌 끝내겠는가?'

긴 칼 세 자루가 바닥에 붙어 달려드는 것을 보고 곧바로 발길질로 세 번을 걷어찼다. 매 일각으로 적의 손목을 가격하자 백광이 번쩍거리며 칼 세 자루가 모두 하늘로 날아올라갔다. 모용복은 신형을 슬쩍 기울였다. 그리고 오른손을 횡으로 닥치는 대로 움켜쥐고 두전성이 무공을 펼쳐 금띠의 앞부분을 잡아젖혔다. 그러자 찌익 하는 소리와 함께 금띠와 은띠가 서로 뒤엉켜버렸다.

지당도를 펼치던 세 사람은 단도를 놓쳐버리자 뒤로 물러나지 않고 헛 하고 기합 소리를 내며 팔을 벌려 모용복의 두 다리를 감싸안으려 들었다. 모용복은 발끝을 치켜들어 폭풍 같은 기세로 연이어 세 사람의 가슴에 있는 혈도를 걷어차버렸다. 별안간 긴 팔과 다리를 가진 흑의인 하나가 무리를 넘어 앞으로 나서더니 부들부채를 펼쳐놓은 것 같은 커다란 손으로 모용복을 후려쳐왔다. 그자는 매우 침착하고 노련한 무공 실력을 지니고 있어 다른 사람들에 비해 무척 고강한 것으로 보였다.

'저자가 저 무리의 우두머리인가 보구나. 우선 저자를 제압해야 말하기가 편하겠다.'

그는 몸을 훌쩍 날려 바닥에 가로누운 세 사람을 뛰어넘고 오른손을 후려쳐 흑의인을 공격했다. 그자는 냉소를 머금으며 칼을 횡으로 들어 가슴팍을 가로막았다. 그가 들고 있는 서슬 퍼런 빛을 번뜩이는 것은 다름 아닌 칼등이 두껍고 날이 얇으며 칼끝이 예리하기 이를 데 없는 귀두도였는데 칼날이 바깥쪽을 향해 있었다. 모용복이 그 일장을 맹렬하게 후려쳐 내려갔다면 그대로 손목이 절단 나고 말았을 것이다. 그는 곧바로 초식을 거두지 않고 손이 칼날에서 약 2촌 거리쯤 이르렀을 때, 후려쳐 내려가던 방향을 급작스레 바꿔 칼날을 따라 문지르듯 내려갔다. 칼자루를 잡고 있던 흑의인의 손가락을 베어간 것이다.

진기로 가득 차 있는 그의 손날은 실로 귀두도에 버금갈 정도로 예리해서 그대로 베어간다면 그자의 손가락과 팔이 잘려나갈 상황이었다. 그 흑의인은 느닷없이 허를 찔리자 헉 하고 놀라며 황급히 손에서 칼을 놓고 일장으로 맞받아쳤다.

"펑!"

엄청난 굉음과 함께 두 사람의 일장이 정면으로 마주쳤다. 흑의인은 다시 윽 하는 비명을 지르며 몸을 흔들 하다 뒤로 1장 넘게 물러섰다. 모용복이 손바닥을 펼쳐 귀두도를 움켜쥐자 순간 코에 비린내가 풍겨오며 구역질이 느껴졌다. 그제야 그는 칼날에 사악하기 이를 데 없는 극독을 묻혀놨다는 사실을 알게 되었다.

그는 단 일초 만에 적의 병기를 빼앗긴 했지만 7, 8명 정도 되는 적이 각자 무기를 뻗어 흑의인의 앞을 가로막고 보호했다. 조금 전 그 흑의인과 일장을 맞부딪쳤을 때 그의 공력이 자신보다는 약간 못하기는 해도 뭔가 다른 기이한 구석이 있다고 짐작하고 있었다. 더구나 귀두도를 뺏을 때도 그의 허를 찔러 공격했기에 가능했을 뿐 정면으로 대결한다면 짧은 시간 내에 승리하기란 쉽지 않아 보였다.

이런 상황에서는 필히 기량을 과시해 위세를 세우고 나서 다시 빠져나갈 방법을 강구해야만 했다. 모용복은 갑자기 큰 소리로 함성을 지르며 귀두도를 휘둘러 사람들 숲으로 돌진해 들어갔다.

사람들이 부르짖는 소리가 들렸다.

"모두들 조심해라! 놈이 손에 든 것은 녹파향로도綠波香露刀다! 칼에 맞으면 안 된다!"

"이런, 오노대烏老大가 녹파향로도를 저 자식한테 뺏겼구나. 큰일났다!"

모용복이 칼을 휘두르며 앞으로 튀어나가자 화상과 도사, 추한 사내와 미부인 등 각양각색의 사람들이 놀라서 질겁을 한 표정으로 너도나도 뒷걸음질 치며 피했다. 필시 그 귀두도에 대단한 내력이 있는 것으로 보였다. 그런데 이렇게 고약한 냄새가 나는데 어찌 굳이 '향로도'라는 이름이 붙었는지 우습기 짝이 없었다. 모용복이 생각했다.

'내가 이 독도를 휘둘러 내뻗는다면 이 동주와 도주 십수 명쯤 쓰러뜨리는 건 어렵지 않다. 다만 아무 원한도 없는데 어찌 저 많은 인명을 살상할 수 있겠는가?'

그는 칼을 휘둘러 베고 있었지만 인명은 살상하지 않았다. 우연히 걸린 사람들 중 한 명에게는 혈도만 찍고, 두 명은 발길질로 쓰러뜨리기만 했을 뿐이다.

처음에는 그들이 경악을 금치 못했지만 그가 휘두르는 칼의 위력이 그리 대단하지 않은 걸 보고 곧 안정을 찾기 시작해 삽시간에 장검과 단극短戟, 연편과 강철 방패 등을 들고 사방에서 앞다투어 공격해 들어왔다. 곧이어 10여 명이 그를 가운데 두고 에워쌌고 그 밖으로 다시 300~400명 정도가 겹겹이 에워쌌다.

모용복은 다시 잠깐 싸움을 벌이다 곰곰이 생각해봤다.

'이런 식으로 싸우다가 어찌 끝나겠는가? 아무래도 실수를 쓰지 않을 수가 없겠다.'

그는 도법을 돌연 변화시켰다. 퍽퍽 하는 두 번의 소리와 함께 칼자루로 두 사람을 후려쳐 기절시켰다. 갑자기 등백천의 부르짖는 소리가 들렸다.

"이런 저속한 놈들 같으니! 우리 낭자는 놀라게 하지 마라!"

모용복이 힐끗 쳐다보니 상대편 두 사람이 몸을 훌쩍 날려 소나무 위에 숨어 있던 왕어언에게 공격을 가하고 있었다. 그때 등백천이 바람처럼 달려가 일장을 날려 저지했다.

모용복이 안도의 한숨을 내쉬는 순간, 또 다른 세 사람이 나무 위로 훌쩍 올라가는 모습이 보였다. 그는 그자들의 의도를 그제야 알아차렸다.

'놈들이 나와는 싸움이 안 되니까 사촌 누이를 사로잡아 협박을 할 생각이로구나. 비열하기 짝이 없는 놈들!'

하지만 수많은 사람에게 포위돼 있어 그쪽까지 손을 쓸 여력이 없었다. 여자 두 명이 왕어언의 손목을 움켜잡고 나무 위에서 뛰어내리는 게 보였다. 머리에 금환을 두른 긴 머리의 두타頭陀 하나가 손에 든 계도를 쑥 내밀어 왕어언의 목에 비껴들고 소리쳤다.

"모용복 이놈! 투항을 하지 않겠다면 네가 친애하는 이년을 베어버릴 것이다!"

모용복이 멍하니 있다 생각했다.

'사악하기 이를 데 없는 자들이로구나. 정말 사촌 누이를 해치면 어쩌지? 아니야. 우리 고소모용씨는 무림에 명망이 있는 가문인데 어찌 이런 자들한테 투항을 할 수 있단 말인가? 오늘 투항을 한다면 어찌 고개를 들고 다닐 수 있겠느냐는 말이다.'

속으로는 머뭇거렸지만 손은 조금도 늦추지 않고 왼손으로 획획 양장을 후려쳐 두 명의 적을 1장 넘게 날려버렸다.

그 두타가 다시 소리쳤다.

"정 투항을 하지 않겠다면 이 아름답기 이를 데 없는 년의 머리통을 베어버릴 것이다!"

이 말을 하며 연신 계도를 흔들어대자 칼끝에서 내뿜는 서슬 퍼런 광채가 번뜩였다.

34

표묘봉에 불어닥친 변란

별안간 바람 소리가 울려퍼지며 왜소한 체격의 청삼객 두 명이 불쑥 튀어나와 각각 연편을 하나씩 들고 동시에 공격해 들어왔다.

자세히 살펴보니 그 연편 두 개는 무기가 아니라 뜻밖에도 살아 있는 뱀 한 쌍이었다.

난데없이 산중턱에서 누군가 큰 소리로 외쳤다.

"아니 되오! 왕 낭자는 절대 해치지 마시오. 내가 투항을 하겠소!"

잿빛 그림자 하나가 바람처럼 날아오는데 그 발놀림이 민첩하기 이를 데 없었다. 바깥쪽을 에워싸고 서 있던 몇 명이 일제히 호통을 치며 막으려 했지만 그는 동에서 번쩍, 서에서 번쩍하며 그 무리들을 피해 앞쪽으로 달려들었다. 왕어언이 불빛 아래에서 살펴보니 그는 다름 아닌 단예였다.

단예가 다시 소리쳤다.

"투항하는 게 뭐 어렵다 그러시오? 왕 낭자를 위해서라면 나더러 천 번 아니라 만 번을 투항하라 해도 할 것이오."

단예는 두타의 면전까지 달려와 소리쳤다.

"이보시오! 다들 손을 내려놓으시오. 왕 낭자를 붙잡고 뭐 하는 짓이오?"

왕어언은 그의 무공이 있다 없다 하며 있을 때보다 없을 때가 더 많다는 사실을 알고 있었기에 이렇게 자신의 목숨을 돌보지 않고 구하러 온 데 대해 감격해하지 않을 수 없었다. 그녀는 떨리는 목소리로 말했다.

"다… 단 공자, 공자였어요?"

단예가 기뻐하며 소리쳤다.

"그렇소. 나요!"

그 두타가 욕을 퍼부어댔다.

"아니, 넌 웬놈이냐?"

단예가 말했다.

"처음 본 사람한테 어찌 이놈 저놈 막말을 하시는 게요?"

두타가 일권을 내밀며 단예의 턱을 후려쳤다. 단예는 왼쪽으로 곤두박질치면서 이마를 바위에 부딪혀 선혈을 줄줄 흘렸다.

두타는 그의 내달리는 경공을 보고 고강한 무공을 지닌 줄로만 알고 그를 때릴 수 없을 것이라 생각해 손을 들어 허초로 일권을 날리는 시늉만 했을 뿐이다. 그 일권을 날린 후 오른손 계도로 연달아 삼초를 펼치면 그제야 진정한 살수라 할 수 있었다. 그러나 뜻밖에도 왼 주먹으로 일초를 날리는 시늉만 했는데 쓰러져버리자 어리둥절해하지 않을 수 없었다. 이때 단예 몸의 내력으로 인한 반진反震 작용 때문에 그의 왼쪽 팔이 살짝 시큰거렸지만 그나마 주먹을 그리 세게 후려친 것이 아니라 반진력도 그리 강하지는 않았다. 두타는 모용복이 여전히 이리저리 오가며 싸우는 것을 보고 다시 큰 소리로 외쳤다.

"모용복은 들어라! 당장 손을 멈추고 투항하지 않는다면 정말 이 계집의 머리통을 베어버릴 것이다. 이 어르신은 한번 내뱉은 말에 대해선 약속을 지키는 사람이다! 투항하겠느냐? 안 하겠느냐?"

모용복은 난감하기 짝이 없었다. 그는 왕어언이 사악한 자의 손에 목숨을 잃는 걸 원치 않았지만 '고소모용'이라는 명성은 존귀하기 이를 데 없었기에 그 어떤 협박에도 굴할 수가 없었다. 저런 방문좌도 무리에게 투항을 한다면 이 소문이 무성하게 퍼져 강호의 웃음거리가 될 것이며 일단 투항을 하면 자신의 목숨마저 잃게 될 것이 틀림없었다. 그는 큰 소리로 부르짖었다.

"이 못된 두타야, 네가 이 공자 나리에게 패배를 인정하게 만드는 건 어림없는 얘기일 뿐이다. 그 낭자의 털끝 하나라도 건드리는 날에는 널 갈기갈기 찢어 죽이고 말 것이며 이 맹세는 기필코 지킬 것이다!"

이 말을 하고 왕어언을 향해 달려갔다. 그러나 무기를 든 20여 명이 왼쪽에서 찌르고 오른쪽에서 후려치며 앞에서 막고 뒤에서 공격하는데 어찌 단번에 이를 뚫을 수 있겠는가?

두타가 버럭 화를 내며 소리쳤다.

"이 계집을 기어코 죽이고 말 것이다! 네놈이 이 어르신을 어찌하는지 봐야겠다."

이 말을 하면서 계도를 들어 휙 하며 왕어언의 목을 향해 휘둘러갔다. 왕어언의 손목을 붙잡고 있던 여자 둘은 자신들한테 칼이 미칠까 두려워 재빨리 손을 놓고 훌쩍 뛰어 물러났다.

단예는 발버둥을 치며 바닥에서 몸을 일으켜 왼손으로 이마의 상처를 덮은 채 매우 낭패에 빠진 표정을 짓고 있었다. 그때 그 두타가 왕어언을 베어 죽이려고 칼을 휘두르는데 왕어언은 꼼짝도 하지 않고 서 있는 모습이 보였다. 그녀가 놀라서 넋이 나간 건지 아니면 누군가에게 혈도를 찍힌 건지는 모르지만 피할 생각을 하지 않는 것이었다. 단예는 너무나도 다급한 나머지 손가락을 질풍같이 쳐들었다. 너무도 급박한 상황이라 그런지 몰라도 진기가 자연스럽게 넘쳐흐르면서 육맥신검 무공이 펼쳐져 나갔다.

"피육! 피육!"

간결한 소리가 울려퍼지며 챙 하고 두타 손에 있던 계도에 강력한 힘이 가해져 계도가 바닥에 떨어져버렸다.

단예는 재빨리 앞으로 달려가 손을 뻗어 왕어언을 등에 업고 소리쳤다.

"달아나는 게 상책이오!"

두타가 바닥에서 계도를 집어들어 사납게 호통을 치며 단예를 베어갔다. 단예는 깜짝 놀라 오른손 손가락을 재빨리 내밀었다.

"피육!"

다시 상양검 일초가 뻗어나가 두타의 칼을 찌르자 계도가 한번 부르르 떨더니 다시 떨어져버렸다. 그는 능파미보를 전개해 밖을 향해 질풍같이 내달려갔다.

사람들 모두 큰 소리로 고함을 치며 그를 가로막았다. 그러나 단예는 왼쪽으로 비스듬히 갔다가 오른쪽으로 삐딱하게 요리조리 비켜가며 사람들 무리를 뚫고 나갔다. 모든 동주와 도주는 너도나도 무기와 권각을 써서 그를 후려쳤지만 몸이 얼마나 날쌨던지 그 어떤 초식으로도 적중시킬 수 없었다.

며칠 동안 단예의 마음속에는 오로지 왕어언뿐이었다. 심지어 꿈속에서조차 오로지 왕어언만 보였다. 그날 밤 객점에서도 범화, 파천석 등과 담소를 나누고 침소에 들었지만 머릿속에는 온통 왕어언 모습뿐인데 어찌 잠이 올 수 있겠는가? 그는 밤을 틈타 아무도 눈치채지 못하게 몰래 객점을 빠져나와 모용복과 왕어언 일행이 떠나간 방향을 따라 뒤쫓아가기 시작했다. 모용복은 정춘추와 한차례 격투를 벌이고 난 후 등백천과 함께 객점에서 머물며 수일간 요양을 했기에 단예는 힘 하나 안 들이고 따라잡을 수 있었다. 그는 객점의 또 다른 방에 숨어 방문 밖에 한 발짝도 나오지 않은 채 왕어언과 수 장 거리를 두는 것만으로도 속으로 큰 기쁨과 위안을 느꼈다. 그러다 모용복과 왕어언 등이 객점을 나서 길을 떠날 때가 되자 그는 다시 뒤에서 멀찌감치 떨어져 뒤쫓아갔다.

길을 가는 도중 그는 스스로 몇 번이나 되뇌었는지 모른다.

'한 마장만 더 쫓아가고 나서 절대 다시는 쫓아가지 말아야지. 단예야, 단예야! 탐닉에서 빠져나오지 못한다면 네가 그동안 읽은 시서가 모두 헛된 것이 돼버리고 만다. 벼랑가에 이르면 말고삐를 잡아당겨야 하며 깨달으면 극락이란 사실을 알아야 한다. 또한 지혜의 검을 휘둘러 감정의 끈을 베어버려야 한다. 그러지 않으면 일생을 헛되이 망치게 될 것이다. 불경에도 이런 말이 있다. "색色은 무상으로 보아라. 그럼 염리厭離[27]가 생기고 희탐喜貪이 사라지며 이는 곧 심해탈心解脫[28]인 것이다. 색은 무상이니 무상은 곧 괴로움이며 괴로움은 내가 아니다. 색을 싫어하게 되면 싫어하기 때문에 즐겁지 아니하고, 즐겁지 아니하기 때문에 해탈에 이르게 된다."'

그러나 왕어언을 '색'으로 생각해 '무상'으로 보고 '염리'가 생기도록 하고자 했지만 어찌 그게 가능하겠는가? 그는 발걸음도 가볍게 왕어언의 뒤를 멀리서 뒤따라가며 모용복이나 포부동 등에게는 절대 발각되지 않도록 했다. 그는 왕어언이 나무 위에 올라가고 모용복이 적을 맞이하는 상황을 멀리서 지켜보다가 그 두타가 왕어언을 죽이려 하자 자연히 몸을 드러내게 됐고, 즉시 모용복을 대신해 투항을 자처

했지만 상대가 투항을 받아들이지 않았던 것이다.

순식간에 단예는 왕어언을 업은 채 포위를 뚫고 나왔지만 누군가 쫓아올까 두려워 곧바로 수백 장을 내달린 후에야 발걸음을 멈추고 한숨을 내쉬며 그녀를 내려놨다. 왕어언은 새빨갛게 변한 얼굴로 말했다.

"아니, 아니! 단 공자! 제가 혈도를 찍혀서 서 있을 수가 없어요."

단예는 그녀의 어깨를 감싸안았다.

"알았소! 혈도 푸는 법을 알려주시오. 내가 풀어주겠소."

왕어언은 얼굴이 더욱 빨개지면서 수줍은 듯 말했다.

"아니요, 됐어요! 조금만 있으면 저절로 풀릴 거예요. 일부러 풀 필요 없어요."

그녀는 자신에게 찍힌 혈도를 풀려면 신봉혈神封穴 위에다 내력을 집중시킨 손바닥으로 누르거나 만지고 밀어서 치료하는 추궁과혈推宮過穴을 행해야 한다는 걸 알고 있었다. 하지만 그 신봉혈은 젖가슴 바로 옆에 있어 몹시 불편했던 것이다.

단예는 그런 이치를 모르고 말했다.

"이곳은 매우 위험해서 오래 머무를 수 없소. 아무래도 그대 혈도부터 풀어준 다음 빠져나갈 방법을 모색하는 것이 좋겠소."

왕어언은 새빨갛게 달아오른 얼굴로 외쳤다.

"안 돼요!"

그녀는 고개를 들어 모용복과 등백천 등이 여전히 사람 숲속에서 힘들게 싸우고 있는 모습을 보고 사촌 오라버니가 염려돼 다급하게 말했다.

"단 공자, 우리 사촌 오라버니가 포위돼 있어요. 일단 사촌 오라버니부터 구해야 해요!"

단예는 순간 몹시 괴로웠다. 그녀의 머릿속에 들어 있는 사람은 오로지 모용 공자뿐이란 걸 알고 돌연 체념에 빠져버린 것이다.

'이번 생의 내 연정은 좋은 결과를 얻을 수 없겠구나. 나 단예가 오늘 그녀의 원을 이뤄주고 모용복을 위해 죽어버리면 그뿐이다.'

이런 생각을 하고 말했다.

"좋소! 여기서 기다리시오, 내가 가서 구해오겠소."

왕어언이 다급하게 말렸다.

"아니, 안 돼요! 무공도 모르는데 어찌 사람을 구한다 그래요?"

단예가 미소를 띠며 말했다.

"조금 전에 내가 당신을 등에 업고 빠져나오지 않았소?"

왕어언은 그의 육맥신검이 신통할 때도 있지만 그렇지 않을 때도 있어 마음대로 통제할 수 없다는 걸 잘 알고 있었다.

"조금 전에는 운이 좋았어요. 제 안위가 염려돼서 육맥신검을 펼칠 수 있었던 거예요. 하지만 우리 사촌 오라버니에 대한 마음은 저와는 다를 테니 아마…."

단예가 말했다.

"염려 마시오. 그대 사촌 오라버니를 대하는 마음도 그대를 대할 때와 똑같소."

왕어언이 고개를 가로저었다.

"단 공자, 너무 위험해요. 안 돼요."

단예는 가슴을 내밀며 당당하게 말했다.

"왕 낭자, 그대가 나한테 모험을 하라고 하기만 하면 죽음을 불사할 것이오."

왕어언은 다시 얼굴에 홍조를 띠고 조용히 말했다.

"그렇게 저한테 잘해주시는 거 부담돼요."

단예가 크게 기뻐하며 말했다.

"어찌 부담이라 하시오? 그럴 것 없소, 부담 가지지 마시오."

그는 의기가 충천되는 듯 당장이라도 싸움에 뛰어들려 했다.

왕어언이 말했다.

"단 공자, 전 꼼짝도 할 수 없어요. 공자가 가면 돌봐줄 사람이 없는데 만일 적이 와서 해치기라도 하면…."

단예는 다시 몸을 돌려 돌아와 머리를 긁적거렸다.

"그게… 음, 그게…."

왕어언은 자신을 다시 업고 모용복이 있는 곳으로 가서 도와주자고 하려던 의도였지만 그 말을 하기가 너무 부끄러워 입에서 나오지를 않았다. 그녀는 단예가 자신의 의중을 깨닫기를 바랐지만 단예는 전혀 알아채지 못하고 머리를 긁적이고 발을 동동 구르며 어쩔 줄 몰라 했다.

귀에서는 고함 소리가 점점 커지고 무기들이 서로 부딪치는 소리까지 요란하게 울려퍼졌다. 모용복 등이 점점 더 치열하게 싸움을 벌이는 것으로 보였다. 왕어언은 적들이 무시무시한 자들이라는 걸 알기에 더욱 초조해졌다. 그녀는 부끄러움을 무릅쓰고 나지막이 말했다.

"단 공자, 수고스럽지만 다시 한번만 절 업고 같이 사촌 오라버니를 구하러 가요. 그럼, 그럼…."

단예는 그제야 깨달았다는 듯 발을 구르며 말했다.

"그거요. 바로 그거요! 이런 멍청이, 멍청이! 어찌 그 생각을 못했을까?"

그는 쭈그리고 앉아 다시 그녀를 등에 업었다.

단예가 처음 그녀를 업었을 때는 오로지 그녀를 위기에서 구출해내야겠다는 마음뿐이었던 터라 다른 생각을 전혀 하지 못했다. 그러나 지금 다시 그녀의 부드러운 몸을 등에 업고 두 손으로 다시 그녀의 두 다리를 걸어 쥐자 비록 겹겹이 입은 옷에 막혀 있긴 했지만 그래도 그녀의 매끈한 살갗이 느껴져 자기도 모르게 가슴이 떨렸다. 그는 곧바로 자책을 하며 생각했다.

'단예야, 단예야! 지금 때가 어느 땐데 그런 달콤한 상상을 하는 것이냐! 이런 금수만도 못한 놈! 이분은 맑고 순결하며 존귀하기 이를 데 없는 낭자인데 네가 마음속으로 불손한 생각을 티끌만큼이라도 품는다면 낭자를 모독하는 행위야! 넌 맞아야 해! 맞아도 싸다!'

이런 생각을 하다 손을 올려 자신의 얼굴을 두 번 세차게 후려치고는 발을 놀려 재빨리 앞으로 질주해갔다.

왕어언이 의아한 듯 물었다.

"단 공자, 뭐 하는 거예요?"

단예는 원래 진솔한 성격인 데다 왕어언을 선인처럼 경애하고 있어 감히 거짓을 말할 수 없었다.

"부끄럽기 짝이 없지만 내가 속으로 낭자에 대해 불경한 생각을 했소. 난 맞아야 하오! 맞아야 해!"

왕어언은 그의 의도를 알아차리고 부끄러운 마음에 귀까지 새빨갛게 물들어버렸다.

바로 그때 한 도사가 손에 장검을 쥐고 바람처럼 달려와 소리쳤다.

"이런 썩어빠질 놈! 네놈이 또 와서 소란을 피우려 드는구나."

그는 대뜸 독룡출동毒龍出洞 초식을 펼쳐내며 검을 뻗어 단예를 향해 찌르려 했다. 단예는 자연스럽게 능파미보를 펼쳐 슬쩍 피했다. 왕어언이 나지막이 말했다.

"저자의 두 번째 검은 왼쪽 측면에서 찔러올 거예요. 먼저 오른쪽으로 피한 다음 그의 천종혈을 일장으로 후려치세요."

과연 그 도사는 일검이 적중되지 않자 두 번째 검을 청철매화清澈梅花 초식으로 왼쪽에서 찔러들어왔다. 단예는 왕어언의 가르침대로 그 도사의 오른쪽으로 달려들어 일장을 날리며 퍽 소리와 함께 그의 천종혈을 후려쳤다. 그곳은 도사의 조문이 있는 곳이라 단예의 일장에 많은 힘이 실리지 않았음에도 그는 그 일장을 맞고 입에서 선혈을 내뿜으며 바닥에 고꾸라졌다.

도사가 고꾸라지기 무섭게 또 다른 사내 하나가 달려왔다. 모르는 무공이라고는 거의 없는 왕어언이 나지막하게 지시를 하고 단예가 다시 그녀가 알려준 방법대로 하자 그 사내 또한 간단히 해치워버릴 수 있었다. 단예는 어렵지 않게 상대를 제압하게 된 것은 물론, 왕어언이 자기 귓전에 대고 나지막이 속삭이는 데다 그 부드러운 몸을 등에 업은 채 은은한 향기마저 맡게 되자 비록 목숨 걸고 싸우는 위험한 지경에 있었지만 오히려 주변 풍광이 아름답게만 느껴졌다. 실로 평생 겪어본 적이 없는 가슴 떨리는 희열을 맛보게 된 것이다.

다시 두 사람을 더 쓰러뜨리자 모용복과의 거리는 2장에 불과했다. 별안간 바람 소리가 울려퍼지며 왜소한 체격의 청삼객 두 명이 불쑥 튀어나와 각각 연편을 하나씩 들고 동시에 공격해 들어왔다. 단예가 미끄러지듯 발을 내딛어 피했지만 돌연 연편 하나가 공중으로 쭉 뻗었다가 다시 반대로 튀어올라와 자신의 얼굴을 향해 덮쳐오는데 날렵하기 이를 데 없었다. 왕어언과 단예가 이를 똑바로 지켜보다 일제히 놀라서 비명을 질렀다.

"으악!"

자세히 살펴보니 그 연편 두 개는 무기가 아니라 뜻밖에도 살아 있는 뱀 한 쌍이 아닌가? 단예는 발걸음에 박차를 가해 두 사람을 지나쳐 달려가려 했지만 놀랍게도 청삼객 두 명의 보법은 무척이나 민첩해서 몇 번씩이나 앞을 막아 길을 나아가지 못하게 했다. 단예는 다급하게 왕어언에게 물었다.

"왕 낭자, 어찌하면 좋겠소?"

왕어언은 각가 각파의 무기와 권각에 관해 모르는 것이 거의 없었지만 이 살아 있는 뱀 두 마리가 몸을 날려 깨무는 수법은 결코 어느 가문 어느 문파의 무공이라고 할 수 없었다. 더구나 이 살아 있는 뱀 두 마리가 어느 방향에서 깨물어올지를 예측하려 해도 전혀 방법이 없었다. 청삼객 두 명이 높이 뛰어올랐다가 납작 엎드리는 자세는 무척이나 우둔하고 꼴사나워 보이기는 했지만 쾌속하기 이를 데 없었다. 그 두 사람은 강족羌族이었는데 경공을 배운 것 같지 않았음에도 마치 호랑이나 표범처럼 천성적으로 민첩한 것으로 보였다.

단예는 이를 피할 때마다 연이어 위기를 맞이할 수밖에 없었다. 왕어언이 속으로 생각했다.

'살아 있는 뱀의 초식은 예측이 불가능하다. 도적을 잡기 위해서는 두목을 잡으라 했으니 우선 저 독사 주인을 쓰러뜨려야만 한다.'

그러나 청삼객의 몸놀림과 보법은 서책에 있는 대로 구현하는 것이 아니었고 출수를 하고 걸음을 내딛는 수법 역시 무공을 전혀 모르는 사람처럼 평범해서 제멋대로 하는 것일 뿐 일정한 법칙이 없었다. 왕어언은 그들이 다음 발걸음이 어디를 향해 내딛고 다음 일초가 어디를 향해 나갈지를 짐작하려 했지만 실로 어렵기 짝이 없었다. 그녀는 단예에게 그자들의 기문혈期門穴을 후려치고 곡천혈曲泉穴을 찍으라고 주문했지만 이상하게도 단예의 손이 이를 때마다 귀신같이 빠른 속도로 피해버렸다. 그 기민함과 힘은 실로 타고난 것이라고밖에 말할 수 없었다.

왕어언은 적에 대한 대처 방법을 숙고하는 동시에 사촌 오라버니를 유심히 살폈다. 참혹한 비명 소리가 여기저기에서 끊임없이 들려오고 땅바닥에 나뒹구는 10여 명은 모두 모용복의 차력타력 수법에 당해 쓰러진 자들이었다.

오노대가 소리 높여 하명하자 모용복을 에워싸고 있던 무리 중 세 명이 물러가고 세 명이 대신 나섰는데 그 세 명은 하나같이 고강한 무공을 지닌 고수들이었다. 더구나 왜소한 체구의 사내 하나는 팔 힘이 놀라울 정도로 강해서 강추 두 자루를 휘두르면 획획 하고 강풍이 일어 그 위세가 용맹스럽기 이를 데 없었다. 모용복은 향로도로 그의 일초를 막아냈지만 손목에 저리는 듯한 진동이 느껴져 다시 그 강추가 날아와도 재빨리 피하며 감히 맞받아칠 생각을 하지 못했다.

돌연 왕어언이 모용복을 향해 큰 소리로 외쳤다.

"오라버니, 금등만잔金燈萬盞을 펼친 다음 피금당풍披襟當風으로 전환하세요."

모용복은 사촌 누이가 무학에 대한 견식이 고명하다는 사실을 익히 알고 있던 터라 다른 생각 하지 않고 곧바로 오른손으로 연달아 원을 세 번 그렸다. 도광이 번뜩이며 서릿발이 점점이 이어진 환영을 발산했다. 녹파향로도가 푸른빛을 띠고 있기 때문에 '금등만잔'이 아닌 '녹등만잔'이라고 해야 될 것으로 보였다.

사람들은 탄성을 지르며 뒤로 몇 걸음 물러났다. 모용복은 왼손 소맷자락을 떨치며 피금당풍 초식을 펼쳤다. 그때 마침 키 작은 사내는 개천벽지開天辟地 일초를 펼쳐 쌍추로 눈에 뵈는 게 없는 듯 맹렬하게 공격해오고 있었다.

"꽝!"

거대한 소리가 울려퍼지며 사람들 귓속에 웅웅거리는 잔향이 들렸다. 그 키 작은 사내가 왼쪽 추로 자신의 오른쪽 추를, 오른쪽 추로는 왼쪽 추를 가격한 것이다. 곧 사방으로 불꽃이 튀겼다. 그의 양팔 힘은 매섭고도 맹렬하기 이를 데 없었지만 양쪽 추가 서로 부딪치자 우두둑! 소리와 함께 두 팔의 뼈가 진동에 의해 부러지고 그 자리에서 기절해 바닥에 고꾸라져버렸다.

모용복은 이 기회를 틈타 양장을 후려쳐가며 포부동을 도와 두 강적을 물리쳤다.

단예가 있는 쪽에서도 변화가 일어났다. 왕어언은 모용복에 관심을 쏟아 두 가지 초식을 지시했지만 양쪽에 다 신경을 쓸 수가 없다 보니 단예 앞의 적 두 명에 대해서는 소홀할 수밖에 없었다. 단예는 그녀가 갑자기 자기 사촌 오라버니에게 지시하는 소리를 듣고 자기 등에 업혀 있음에도 마음은 모용복에게 가 있다고 느끼자 순간 가슴이 쓰려

오며 다리가 느려졌다. 순간 쉭쉭 하는 소리와 함께 독사 두 마리가 덮쳐오면서 동시에 그의 왼팔을 물어버렸다.

왕어언이 으악 하고 비명을 질렀다.

"단 공자! 아니, 이게…."

단예가 탄식을 했다.

"독사한테 물려 죽어도 죽는 건 매한가지요. 왕 낭자, 훗날 그대 손자에게 말…."

왕어언은 독사 두 마리가 몸에 파란색과 노란색이 섞인 반점이 선명하고 뱀 머리가 특별히 납작하고 세모꼴로 생긴 것을 보고 극독을 지닌 뱀들이라는 걸 알았다. 그녀는 순간 너무 놀라고 당황스러워 어쩔 줄을 몰랐다.

그러나 독사 두 마리는 별안간 몸이 빳빳해지면서 땅바닥에 떨어져 그대로 죽어버렸다. 뱀을 조종하던 두 청삼객의 얼굴이 흙빛으로 변하더니 강족 말로 뭐라고 몇 마디 중얼거리다 몸을 돌려 부리나케 도망쳤다. 그 두 사람은 예로부터 뱀을 키우고 숭배해왔는데 단예가 독사에게 물리고도 죽지 않을 뿐만 아니라 오히려 독사가 죽어버리는 모습을 보자 그를 사신蛇神이라고 여겨 더 이상 상대가 안 된다는 생각에 미친 듯이 내달려 어디론가 줄행랑을 친 것이다.

왕어언은 단예가 망고주합을 먹고 난 후 신비한 체질로 변했다는 사실을 모르고 연신 물었다.

"단 공자, 괜찮아요? 괜찮아요?"

단예는 풀이 죽어 있던 와중에 그녀가 부드럽고 관심 어린 목소리로 자신을 염려하며 물어보는 소리를 듣자 자기도 모르게 기쁨에 넘쳐 정신이 번쩍 들었다. 그녀가 다시 물었다.

"독사한테 물렸는데 괜찮아요?"

단예가 말했다.

"조금 아프긴 한데 문제는 없소. 괜찮소!"

그는 자신에게 관심만 가져준다면 매일같이 독사한테 물려도 아무 상관 없다고 생각했다. 그는 곧장 걸음을 옮겨 모용복 옆으로 내달려 갔다.

별안간 맑고 깨끗한 목소리가 공중에서 들려왔다.

"모용 공자, 그리고 동주와 도주 여러분! 여러분은 아무 원한도 없는 사이인데 어찌 이토록 싸우고 있는 것이오?"

모두 고개를 들어 목소리가 들리는 곳을 바라보니 검은 수염의 도인 하나가 나무 꼭대기 위에 서서 불진을 손에 쥐고 있었다. 그는 아래위로 출렁거리는 나뭇가지에 발을 붙이고 서서 그 움직임에 따라 몸을 출렁이는데 그 모습이 무척 품위가 있어 보였다. 등불에 비친 그의 모습은 쉰 정도 되어 보였다. 그가 미소 띤 얼굴로 말했다.

"모두들 빈도貧道의 체면을 봐서라도 잠시 싸움을 멈추고 천천히 시비를 가려보는 것이 어떻겠소?"

모용복은 그가 펼치는 경공을 보고 그자의 무공이 보통 뛰어난 것이 아닐 것이라 여겼다.

"귀하께서 나서서 이 분쟁을 해결해주신다면 그보다 더 좋을 순 없겠소. 재하는 싸움을 멈추겠소."

이 말을 하며 칼을 휘둘러 원을 한번 그리고는 칼을 든 채 제자리에

섰다. 오른손과 팔이 은근히 부어오른 듯 느껴졌다.

'저 강추를 쓰는 키 작은 사내가 보통이 아니구나. 진동 때문에 팔이 이토록 저리다니!'

오노대가 고개를 들어 물었다.

"귀하는 존성대명이 어찌 되시오?"

그 도인이 채 대답도 하기 전에 사람 숲속에서 누군가 말했다.

"오노대, 저 사람은… 아주… 뛰어난… 인물이오. 그, 그, 그는 바로 교蛟… 교… 교…."

연달아 세 번의 '교'라고 말하면서 시종 말을 잇지 못했다. 원래 말을 더듬는 자였던 데다 다급한 나머지 '교'라는 말 뒤에 붙는 말을 이을 수가 없었던 것이다.

오노대가 불현듯 생각나는 한 사람이 있어 큰 소리로 외쳤다.

"저자가 교왕蛟王… 교왕 불평도인不平道人이라는 것이오?"

말을 더듬던 그자는 목구멍에 걸려 나오지 않던 말을 대신 해주자 곤경에서 빠져나온 듯 너무 기뻐 다급하게 말했다.

"그… 그… 그렇소. 그, 그, 그는 교… 교… 교… 교…."

그는 이 '교' 자란 말이 나오자 또다시 말이 목에 걸리고 말았다.

오노대는 그가 말을 끝내려고 발버둥치는 걸 보다못해 나무 꼭대기에 있는 도인을 향해 공수를 하며 말했다.

"귀하께서 바로 사해에 명성을 떨친 불평도장道長이시오? 그 명성은 귀에 못이 박이도록 익히 들었소이다. 만나뵙게 되어 반갑소!"

그가 이런 말을 할 때 이미 나머지 사람들은 싸움을 멈춘 상태였다.

그 도인이 빙그레 미소를 지었다.

"천만의 말씀이시오! 강호에서는 빈도가 이미 황천길로 갔다고 알고 있어 오 선생께서도 아마 믿지 않으실 것이오. 안 그렇소?"

이 말을 하며 몸을 가볍게 훌쩍 날려 공중에서 사뿐히 내려왔다. 그의 두 발이 나뭇가지에서 떨어지면 자연히 지면을 향해 빠른 속도로 떨어져야 맞지만 그가 손에 든 불진을 세차게 흔들어 강풍을 일으키며 바닥을 향해 후려치자 반격력反激力이 생성되면서 그의 몸을 지탱시켜 서서히 내려올 수 있었다. 그 불진에서 발산하는 진기에 의한 반격력은 실로 무시무시했다.

오노대가 입을 열어 찬탄을 하며 말했다.

"빙허임풍憑虛臨風이로군! 대단한 경공이오!"

그의 칭찬이 끝나기가 무섭게 불평도인의 두 발은 이미 바닥을 짚고 있었다. 그는 빙긋 웃으며 말했다.

"쌍방이 충돌하게 된 데는 필시 오해가 있을 것이오. 빈도의 체면을 봐서라도 서로 친구가 되는 것이 어떠하겠소?"

그의 말투는 매우 온화했지만 위엄이 서려 있어 듣는 사람이 거절하기 어렵게 만들었다.

오노대가 말했다.

"불평 도장의 귀한 체면을 봐서라도 끝내지 않을 수가 없겠소."

불평도인이 은은하게 미소를 지으며 말했다.

"오 선생, 삼십육동 동주와 칠십이도 도주가 여기 모인 것이 천산의 그 사람 문제 때문이오?"

오노대는 순간 안색이 변했다가 다시 냉정을 찾았다.

"불평도장께서 무슨 말씀을 하시는지 재하는 알 수가 없군요. 우리 형제들이 사방팔방에 흩어져 있다 보니 만나기가 어려워 이곳에서 만나기로 약속을 했을 뿐 별다른 뜻은 없소. 한데 무슨 일인지는 몰라도 고소의 모용 공자가 우리를 찾아와 난감하게 만들었던 것이오.”

모용복이 말했다.

“재하가 이곳을 지날 때는 여러 고인들께서 여기 모이는지 몰라 실례를 범했던 것이니 이제라도 다시 한번 사죄드리겠소.”

그는 이 말을 한 후 사방에 읍을 하고 다시 말했다.

“불평도장께서 나타나 분쟁을 해결해주신 덕에 재하가 점점 커져만 가던 사태에서 벗어날 수 있게 됐으니 감사해 마지않소. 훗날 또 만나기로 하고 이만 물러가보겠소.”

그는 삼십육동, 칠십이도 방문좌도 무리가 이곳에서 모이는 데에는 필시 중대하고도 은밀한 사정이 있으리라 생각했다. 불평도인이 ‘천산의 그 사람’이라 거론하는데 오노대가 당장 말을 돌리는 것으로 보아 남이 듣는 걸 심히 꺼리는 것 같았다. 여기서 슬쩍 몸을 빼고 물러서지 않는다면 분별없는 행동이 될 뿐만 아니라 마치 남의 은밀한 비밀을 몰래 염탐하는 것으로 보일 것 같아 곧바로 포권으로 공수를 하며 몸을 돌려 떠나려 했던 것이다.

오노대가 공수를 하며 답례했다.

“모용 공자. 이 오노대가 오늘 당신 같은 영웅과 교분을 맺게 되어 실로 영광이오. 청산은 변하지 않고 녹수 또한 영원히 흐르는 법! 다음에 다시 또 만나도록 합시다.”

그 말의 의미는 그가 여기 더 이상 머무르지 않기를 바란다는 것이었다.

불평도인이 말했다.

"오노대. 당신은 모용 공자가 어떤 사람인지 아시오?"

오노대가 어리둥절해하며 말했다.

"북교봉, 남모용이라 하지 않소? 무림에서 명성이 자자한 고소모용씨를 누가 모른단 말이오? 오늘 보니 과연 명불허전이오."

불평도인이 껄껄 웃으며 말했다.

"그렇소, 저런 큰 인물과 친분을 맺을 기회를 놓친다면 그 얼마나 애석한 일이겠소? 평소 모용씨에게 도움을 청하는 것은 극히 어려운 일이오. 다행스럽게도 모용 공자가 오늘 이 자리에 와 있건만 당신들이 도와달라 청하지 않는 것은 보물산에 올라갔다가 빈손으로 내려오는 처사가 아니고 무엇이겠소?"

오노대가 머뭇거리며 말했다.

"그… 그건…."

불평도인이 껄껄대고 웃으며 말했다.

"의협심 넘치는 모용 공자의 명성은 천하에 널리 퍼져 있소. 당신들이 평생 표묘봉 영취궁 천산동모로부터 받은…."

'천산동모'라는 이름이 거론되자 사방의 군호 입에서 잇 하는 탄식이 터져 나왔다. 다들 격분하는 듯한 목소리였다. 두려움에 떠는 사람도 있고 분노하는 사람, 당혹스러워하는 사람, 침통해하는 사람 등 각양각색의 모습을 하고 있었다. 또한 뒤로 몇 걸음 물러서며 몸을 부들부들 떨면서 공포에 질린 사람들도 있었다.

모용복은 의아하게 생각했다.

'천산동모가 도대체 누구기에 저토록 두려워하는 것일까?'

이런 생각도 했다.

'오늘 본 불평도인과 오노대 등도 하나같이 뛰어난 자들이지만 그들의 내력에 대해서는 전혀 모르고 있었다. 그렇다면 천산동모란 사람은 더욱 대단한 인물일 것이다. 과연 천하는 넓고 내 견문에는 한계가 있구나. 고소모용이란 이름이 사해에 널리 퍼져 있다지만 이 명성을 지키는 건 실로 쉽지 않은 일이다.'

이런 생각에 이르자 마음속으로 더욱 두렵고 조심스럽게 느껴졌다.

왕어언이 곰곰이 생각하다 말했다.

"표묘봉 영취궁 천산동모? 그게 무슨 문파죠? 어떤 무공을 사용하나요?"

단예는 다른 사람들 말은 잘 들리지 않았지만 왕어언의 한 마디 한 마디는 아주 또렷하게 들렸다. 그는 무량산에서 겪은 일이 떠올랐다. 당시에 신농방이 누군가의 명을 받들어 무량궁을 어찌 뺏으려 했으며 무량검은 어쩌다 무량동으로 개명을 하게 됐는지, 또한 가슴 부위에 검은 독수리가 수놓아져 있는 청록색 두봉을 걸친 여자들이 자신을 '기생오라비'라고 칭하며 어찌 산 아래로 끌고 갔는지 생생하게 기억이 났다. 그 모든 것은 '천산동모'의 명이었다. 하지만 왕어언의 의문에 대해서는 대답할 수 없어 이렇게 말할 수밖에 없었다.

"대단하지! 아주 대단해! 하마터면 날 '기생 할배'로 변할 때까지 가둬서 지금 이 순간까지 빠져나오지 못할 뻔했소."

왕어언은 그가 앞뒤가 안 맞는 말을 자주 한다는 사실을 익히 알고 있었던 터라 빙긋 웃으며 신경도 쓰지 않았다.

불평도인이 말을 이었다.

"여러분이 천산동모로부터 갖은 모욕과 고통을 받으며 인생의 낙이 없는 삶을 산다는 말을 천하 호걸들이 듣고 모두들 주먹을 불끈 쥐지 않는 이가 없었소. 그런 여러분이 이번에 분기탱천해서 대항하려 하는데 미약한 힘이나마 보태려 하지 않을 사람이 누가 있단 말이오? 빈도처럼 이런 무능한 사람조차 검을 뽑아 들고 의거에 참여하길 원하는데 모용 공자처럼 기개 넘치고 의협심 강한 영웅이 어찌 수수방관하겠소?"

오노대가 씁쓸한 웃음을 지었다.

"도장께서 그런 소식을 어디서 들으셨는지 모르지만 그건 헛소문에 불과할 뿐이오. 동童 파파께서 우리를 좀 엄하게 단속하는 경향이 있긴 하지만 그건 다 우리를 위해서요. 우리 모두 그분의 은덕에 감격하고 있는데 어찌 '대항'이란 말을 할 수가 있겠소?"

불평도인이 껄껄대고 큰 소리로 웃었다.

"그렇다면 빈도가 괜한 참견을 했구려. 모용 공자, 우리 함께 천산으로 가서 동모한테 전합시다. 삼십육동, 칠십이도 친구들이 동모에 대한 충심으로 지금 어르신의 생신 축하를 모의하고 있다고 말이오."

이 말을 하고 신형을 슬쩍 움직이자 어느새 모용복 옆으로 와 있었다.

사람 숲속에서 누군가 깜짝 놀라 말했다.

"오노대, 저 사이비 도사가 가서 기밀을 누설하게 놔두면 큰일이오."

누군가 호통을 쳤다.

"모용복 저 녀석도 못 가게 막아야 하오!"

우렁찬 목소리의 또 한 사람이 소리쳤다.

"기왕 내친김에 확실히 해두는 게 좋겠소. 우리가 오늘 끝장을 냅시다!"

순간 날카로운 소리와 함께 병기 소리가 한바탕 울려퍼지며 각자 거두어들였던 무기들을 다시 뽑아 들었다.

불평도인이 껄껄대고 웃었다.

"살인멸구라도 할 작정이오? 그리 쉽진 않을 것이오."

이 말을 하고 대뜸 목소리를 높여 부르짖었다.

"부용선자芙蓉仙子, 검신 노형! 여기 삼십육동 동주와 칠십이도 도주가 동모에 모반을 꾀하는 음모를 꾸미다 나한테 발각되니 날 죽여 증거를 인멸하려 하고 있소! 당장 죽게 생겼으니 와서 좀 살려주시오! 어서! 나 불평도인이 오늘 제명에 못 죽고 서방극락에 가게 생겼소!"

그 목소리는 멀리멀리 전해져 사방에 있는 산골짜기에 울려퍼졌다.

불평도인의 말이 채 끝나기도 전에 서쪽 산봉우리 위에서 도도하면서도 냉랭한 말투의 목소리가 멀찌감치 들려왔다.

"불평도형, 도망칠 수 있으면 도망치고 안 되면 운명이라 여기고 받아들이시오! 동모 패거리는 상대하기 까다로워서 전갈 정도는 대신 전할 수 있지만 목숨을 구할 능력은 없소."

그 목소리는 최소한 서너 마장 밖에 있는 것으로 보였다.

그 말이 막 끝나자마자 북쪽 산봉우리 위에서 맑고 낭랑한 여자 목소리가 울려퍼졌다.

"불평도사, 그러기에 어찌 괜한 참견을 하고 그래요? 저들은 벌써 계획을 다 세워뒀기 때문에 이번에 난을 일으키면 동모도 큰코다칠 거예요. 내가 지금 천산에 가서 동모한테 어떻게 할지 물어봐야겠어요."

이 음성은 서쪽 산봉우리에 있는 남자보다 더욱 먼 거리에 있었다.

이 말을 들은 동주들과 도주들 얼굴은 하나같이 사색으로 변했지만 두 사람 모두 서너 마장 밖에 있어 쫓아가려 해도 쫓아갈 수가 없었다. 불평도인이 사전에 주도면밀한 준비로 먼 곳에 협력할 사람을 대비시켜놓은 것으로 보였다. 더구나 목소리만 봐도 두 사람 모두 내공이 심후해 쫓아간다 해도 어찌할 수는 없을 것 같았다.

오노대는 남녀 두 사람의 내력에 대해 잘 알고 있어 목소리를 높여 말했다.

"불평도장, 검신 탁兮 선생, 부용선자 세 분께서 우리가 곤궁에서 빠져나올 수 있도록 도움을 주시겠다니 실로 감격스럽기 짝이 없소. 세 분께서 이미 내막을 알고 계시니 아무리 숨겨야 소용없다는 걸 잘 알고 있소. 이리된 김에 다 함께 모여 대계를 논의함이 어떠하겠소?"

검신이 껄껄 웃으며 말했다.

"우리는 그냥 먼 곳에 서서 지켜보는 게 좋겠소. 그래야 무슨 변고라도 생기면 목숨이라도 건질 수 있을 것 아니오? 흙탕물에 뛰어들어 봐야 좋을 것 없지."

그 여자 목소리가 말했다.

"그래요. 불평도인, 우리 두 사람이 망을 봐줄게요. 안 그랬다가는 온몸에 난도질을 당해 죽어도 소식을 전할 사람조차 없을 테니 얼마나 억울하겠어요?"

오노대가 큰 소리로 외쳤다.

"두 분께서는 농담도 잘하시오. 사실 상대가 워낙 강하기도 하고 경궁지조驚弓之鳥라는 말처럼 작은 일에도 깜짝 놀라다 보니 만사에 조심하려던 것뿐이었소. 조금 전에 성의껏 말씀드리지 못한 건 부득불 남모를 고충이 있어서였으니 세 분께서 양해해주시기 바라오."

모용복과 등백천은 서로를 쳐다보며 같은 생각을 했다.

'저 오노대란 자는 결코 만만한 상대가 아니다. 저들은 세력이 막강한데 상대한테 저렇듯 저자세로 나온다는 건 비밀이 누설될까 두려워 그러는 것일 뿐이다. 저 불평도인과 검신, 부용선자라고 하는 자들이 입으로 도와주겠다고 하면서 실제로는 다른 의도가 있는 것 같다. 우리는 이런 흙탕물에 발을 담글 필요가 없을 것 같구나.'

두 사람은 고개를 끄덕였다. 등백천이 모용복을 향해 입꼬리를 삐죽 올리며 아무래도 여길 떠나는 게 좋겠다는 뜻을 내보였다. 모용복이 나서서 말했다.

"여러분께는 뛰어난 인물들이 많아 그 어떤 난제도 대처할 수 있을 것 같소. 하물며 불평도장 등 세 분 고수가 의리를 중시해 돕겠다고 하는데 천하에 그 누가 당해낼 수 있겠소? 재하가 옆에서 응원이나 하며 도울 수도 없는 상황이라 괜히 방해만 될 것이오. 허니 우린 이만 가보겠소!"

오노대가 말했다.

"잠깐! 비밀이 폭로된 이상 우리 수백 명의 생사와 관련이 있소. 이곳에 있는 삼십육동과 칠십이도 여러 형제들의 존망과 영욕이 모두 거기 달려 있는 것이오. 모용 공자, 우리가 당신을 못 믿어서가 아니라 이에는 크나큰 연관성이 있어 우리가 감히 위험을 감수할 수 없어 그러는 거요."

모용복이 말했다.

"우릴 보내주지 못하겠다는 뜻이오?"

오노대가 말했다.

"그래줘야겠소."

포부동이 말했다.

"동모童姥인지 동백童伯인지 몰라도 우리 고소모용씨는 학문이 얕고 견식이 좁아 오늘 그 이름을 난생처음 들었소이다. 그 때문에 그 사람과는 아무 관계도 없다고 할 수 있소. 그건 당신들 일이니 당신들이 알아서 처리하시오. 우리는 오늘 들은 얘기를 일언반구 입 밖에 내지 않겠다고 약속하겠소. 고소모용복이 어떤 사람인데 한번 내뱉은 말에 대해 책임을 지지 않겠소? 당신들이 정말 강제로 잡아두려 해도 그렇게는 안 될 것이오. 이 포부동 하나 잡아두는 건 그렇다 해도 모용 공자와 저 단 공자마저 잡아둘 수 있으리라 여기시오?"

오노대는 그의 말이 백번 옳다는 걸 알고 있었다. 더욱이 그 단 공자의 보법은 기괴하기 짝이 없어 등에 한 여자를 업고도 마치 땅을 짚지 않는 것처럼 사뿐사뿐 발걸음을 옮겨 가고 싶은 대로 가니 그 누구도 막을 수가 없을 것 같았다. 게다가 당장 내 코가 석자인 상황에 또 다른 강적을 만들기를 원치 않았고 고소모용씨에게 실수하고 싶지도 않았다. 불평도인을 슬쩍 바라보니 난감한 기색으로 뭔가 할 말이 있는 눈치였다.

불평도인이 말했다.

"오노대, 당신들이 도모하는 일을 성공시키려면 상대를 죽이지 않을 수 없소. 이번에 죽이지 못한다면 모든 것이 끝장이오. 한데 모용 공자 같은 저런 뛰어난 조력자를 눈앞에 두고 어찌 도움을 청하지 않는 것이오?"

오노대가 이를 꽉 깨물고 뭔가 결심을 한 듯 모용복 앞으로 걸어가 깊이 읍을 하고 말문을 열었다.

"모용 공자, 삼십육동과 칠십이도 형제들은 수십 년 동안 모진 고통을 받으면서 비인간적인 대접을 받으며 살아왔소. 이번에 우리 모두 목숨을 내걸고 그 노마두를 제거하고자 하니 부디 공자가 의협심을 발동해 곤경에 처한 우리를 구해주시기 바라오. 그렇게만 해준다면 그 크나큰 은덕에 대해선 영원히 잊지 않을 것이오!"

모용복이 말했다.

"수많은 고수가 운집해 있는데 재하 같은 사람이 무슨 쓸모가 있다 그러시…."

그는 이미 할 말을 생각해놓고 일언지하에 거절을 해서 이런 소용돌이 속에 휘말리고 싶지 않았지만 순간 마음이 흔들렸다.

'크나큰 은덕에 대해선 영원히 잊지 않을 것이라고? 여기 이 삼십육동과 칠십이도 중에는 고수들이 꽤 있지 않은가? 내가 훗날 대업을 도모하려면 적보다는 아군이 많아야만 한다. 오늘날 내가 저들에게 도움을 준다면 나한테 어려운 일이 있을 때 저들을 청할 수도 있지 않겠는가? 여기 있는 수많은 고수가 나에게는 실로 정예 병력이 될 수도 있는 것이다.'

여기까지 생각하고 당장 말을 바꿔 말했다.

"허나 옛말에도 '길을 가다 불공평한 일을 보면 칼을 뽑아 도와주라' 했으니 그건 우리 같은 무인들의 본분…."

오노대는 그의 이 말을 듣고 만면에 희색을 띤 채 맞장구를 쳤다.

"그렇소. 옳은 말이오!"

등백천이 모용복에게 연신 눈짓을 보내며 당장이라도 여길 떠나자는 표시를 했다. 그는 그자들이 선량한 자들로 보이지 않아 그들과 교분을 맺는다면 득보다 실이 많다고 생각하고 있었다. 그러나 모용복은 그에게 고개를 끄덕여 그의 의도를 알고 있다는 표시를 한 뒤 말을 이었다.

"재하는 고강한 무공을 지닌 여러분이 의리를 중시하는 모습에 탄복해 여러분과 친구가 되고자 하는 마음이 생겼소. 여러분께서 악을 징벌해 적을 없애려는 대사는 재하의 도움이 필요 없을 것이오. 하지만 여러분과 친구가 된 이상 앞으로 길흉화복을 함께하며 어려움이 생기면 서로 돕는 게 당연하니 이 모용복은 여러분들이 시키는 대로 하겠소!"

사람들 모두 우레와 같은 환호성과 함께 너도나도 손뼉을 치며 좋다고 소리 질렀다. 이들은 고소모용씨의 명성이 이미 무림에서 널리 알려졌기 때문에 조금 전 그가 출수하는 모습을 보며 과연 명불허전이라 여기고 있었다. 오노대가 그에게 도움을 요청할 때만 해도 그가 응낙할 것이라 생각지 못하고 비밀을 누설시키지 못하도록 굳은 맹세를 하게 만들 수만 있다면 그것으로 충분하다고 생각했다. 그런데 그가 단 한 마디로 응낙을 할지 어찌 알았겠는가? 더구나 그의 말투는 매우 겸손했고 '앞으로 길흉화복을 함께하며 어려움이 생기면 서로 돕는 게 당연한 것'이라는 말까지 해가며 생사지교를 맺자고 하니 놀라움과 기쁨이 교차하지 않을 수 없었다.

등백천 등 네 사람은 아연실색했다. 그들은 늘 모용복의 명령에 복종해왔다. 사사건건 상대와 반대되는 행동을 하기 좋아하는 포부동조차도 이 공자 나리에 대해서만은 절대 '아니로소이다. 아니로소이다!'라는 말을 한 적이 없었다. 이들은 속으로 똑같은 생각을 했다.

'공자 나리께서 돕겠다고 응낙한 건 뭔가 다른 의도가 있을 것이다. 내가 순간 이해하지 못할 뿐이다.'

왕어언은 사촌 오라버니가 그들과 손을 잡겠다고 응낙하자 적이 친구로 변했다는 것을 알고 단예에게 말했다.

"단 공자, 싸움은 끝났어요. 이제 절 내려놓으세요!"

단예가 어리둥절해하다 답했다.

"아, 알았소!"

그는 두 무릎을 살짝 구부려 그녀를 내려놓았다. 왕어언은 발그레한 얼굴로 나지막이 말했다.

"고마웠어요!"

단예가 한숨을 내쉬었다.

"아! 천지가 영원하다 해도 다할 날이 있을진대, 이루지 못한 사랑의 한은 그칠 날이 없으리!"

왕어언이 이 말을 듣고 물었다.

"뭐라 그랬어요? 시를 읊는 거예요?"

단예가 깜짝 놀라 환상에서 깨어났다. 아주 짧은 순간 동안 그의 머릿속에는 무수히 많은 생각이 스쳐 지나가고 있었다. 자신이 왕어언을 바닥에 내려놓고 나면 그녀는 모용복을 따라갈 것이고, 그럼 그 후로 서로 멀리 떨어져 다시는 볼 날이 없을 것이며, 자신은 강호를 떠돌며 수십 년 동안 울적하게 지내다 결국 한을 품고 생을 마칠 것이란 상상을 한 것이다. 이른바 '천지가 영원하다 해도 다할 날이 있을진대, 이루지 못한 사랑의 한은 그칠 날이 없으리!'라는 시구도 그 때문에 나온 것이다. 그는 왕어언이 질문하는 소리에 다급하게 말했다.

"아니오! 내… 내가 허튼 생각을 했소."

왕어언은 그가 읊은 두 구절의 시에 담긴 의미를 즉각 알아채고 얼굴이 벌겋게 달아올라 당장이라도 모용복 옆으로 가고 싶었지만 아직 혈도가 풀리지 않아 걸어갈 방법이 없었다.

불평도인이 말했다.

"오노대, 감축드리겠소. 모용 공자가 도움을 주겠다고 했으니 대사는 이미 성공한 것이나 다름없는 셈이오. 모용 공자의 신공이 무적인 점은 접어두고라도 그 수하의 단 상공 역시 무림에서 보기 드문 고인이오."

그는 단예가 왕어언을 등에 업고 있는 데다 그녀에게 공손하게 대하는 태도를 보고 그가 등백천 등과 같은 신분의 모용복 수하인 줄로만 알고 있었다.

모용복이 재빨리 해명했다.

"단 형은 대리단가의 명문자제이며 재하 역시 존경스럽게 대하고 있소. 단 형, 이리 와서 새로운 친구들과 인사를 나누는 것이 어떠하겠소?"

단예는 왕어언 옆에 서서 곁눈질로 훔쳐보며 은은한 향기를 음미하고 있었다. 감히 그녀의 얼굴을 똑바로 쳐다보지는 못했지만 그녀의 백옥 같은 조막손을 보는 것만으로도 만족했기에 더 이상 바랄 것이 없었다. 그 바람에 모용복이 부르는 소리조차 듣지 못했다.

모용복이 다시 외쳤다.

"단 형, 이리 와서 친구들과 인사 좀 나누시오."

그는 내심 강호의 영웅호걸들로부터 환심을 사겠다는 마음 하나로 전처럼 단예에게 오만한 태도를 취하지 않았다. 그러나 단예 눈에는 오로지 왕어언의 두 손만 보였다. 기다란 열 손가락이 어쩌면 저리도 매끄럽고 부드러운지 모르겠다고 느끼고 있는 와중에 남이 부르는 소리가 어찌 들리겠는가?

왕어언이 말했다.

"단 공자, 우리 사촌 오라버니가 불러요!"

단예는 그녀의 말에 즉각적으로 반응을 하며 재빨리 답했다.

"네… 네! 난 뭐 하러 부르는 거죠?"

"새로운 친구들과 인사를 나누러 오시래요."

단예는 그녀 곁을 떠나고 싶지 않았다.

"그대는 가지 않는 것이오?"

왕어언은 그 질문에 난감해했다.

"단 공자를 오라고 하는 거지 전 아니에요."

"그대가 안 가면 나도 가지 않겠소."

불평도인은 단예의 보법이 특이하다고 생각하긴 했지만 그가 그리 뛰어난 인물이라고 보진 않았다. 그가 왕어언과 나누는 대화를 듣고도 그가 사랑에 빠진 낭자 외에는 그 누구도 안중에 없다는 걸 몰랐던 터라 그저 자신을 무시해 인사를 나누러 오지 않는 것으로만 생각하고 불쾌함을 감추지 못했다.

왕어언은 사람들 시선이 단예와 자신에게 있는 것을 보고 심히 난

처해하며 사촌 오라버니의 오해를 살까 두려워 소리쳤다.

"사촌 오라버니, 제가 혈도를 찍혔어요. 이리 와서 저 좀 부축해주세요."

모용복은 사람들이 지켜보는 앞에서 여인과의 사적인 감정을 드러내고 싶지 않았다.

"등 대형, 왕 낭자 좀 돌봐주시오. 단 형, 이쪽으로 오는 것이 어떻겠소?"

왕어언이 말했다.

"단 공자, 사촌 오라버니가 오라고 하시니 가보세요."

단예는 그녀가 모용복에게 부축을 해달라고 하며 자신을 남처럼 대하는 것을 보고 순간 가슴이 아팠다. 그는 어찌할 바를 몰라 하며 모용복을 향해 걸어갔다.

모용복이 말했다.

"단 형, 내가 고인 몇 분을 소개해드리겠소. 이분께선 불평도장, 여기 이분께선 오 선생이시오."

단예가 말했다.

"네, 네!"

그는 속으로 생각했다.

'옆에 버젓이 내가 있었는데 왜 나더러 부축해달라고 하지 않고 사촌 오라버니를 불러 부축해달라고 한 걸까? 그것만 보면 그녀가 조금 전에 나한테 업힌 건 위급 상황에서 일시적으로 한 행동일 뿐이었다. 만일 사촌 오라버니가 업을 수 있었다면 그녀는 사촌 오라버니한테 업히지 절대 내가 그녀 몸에 손대는 것을 허락하지 않았을 것이다.'

그는 또 이런 생각도 했다.

'그녀가 사촌 오라버니한테 업혔다면 무척이나 기뻐했을 것이다. 심지어 등백천과 포부동 같은 사람들은 그녀 사촌 오라버니의 수하들이니 그녀 마음속에는 나보다 더 친근하다고 할 수 있겠지. 난? 난 그녀와 아무 연고도 없고 우연히 만났으니 얘기할 가치도 없는 생소한 사람일 뿐인데 그녀가 어찌 날 마음에 둘 수 있겠는가? 그녀를 몇 번 힐끗 처다보게 허락해주고 그녀의 맑은 눈동자로 이 미천한 몸을 몇 번 스쳐 지나가며 봐주는 것만으로도 이미 크나큰 복이라 할 수 있다. 그녀는 아직까지 날 그녀 집 정원에서 일하는 정원사로만 생각할 것이다. 내가 또 다른 생각을 한다면 눈앞에 있는 이 복조차 당장 사라져 버리고 말겠지. 에이, 그럼 그녀는 다시는 내가 부축하는 걸 원치 않을 것이다.'

불평도인과 오노대는 그가 생기 잃은 눈으로 허공만 바라보며 모용복이 소개하는 말조차 듣지 않는 데다 양미간을 잔뜩 찌푸린 채 근심으로 가득해 있는 모습을 보고 자신들과 인사를 나누고 싶지 않은 것으로 생각했다. 불평도인이 웃으며 말했다.

"만나서 반갑소!"

그는 손을 뻗어 단예의 오른손을 잡아끌었다. 오노대 역시 곧바로 그 뜻을 알아차리고 손을 내밀어 단예의 왼손을 꽉 움켜잡았다. 오노대의 무공은 원래 거친 점이 있어 불평도인과 달리 일단 출수를 하면 과격하기 이를 데 없었다. 비록 두 사람의 의도는 달랐지만 단예에게 쓴맛을 보여주려 한 점은 같았기 때문에 겉으로 아무런 기색도 내비치지 않고 매우 친절한 것처럼 행동했다.

두 사람이 단예의 손을 잡아끌자 네 개의 손바닥에 있는 노궁혈이 맞닿고 어복혈魚腹穴이 마주하면서 어제, 소부, 소충 각 혈도 안의 경맥이 구동되기 시작했다. 불평도인은 불현듯 체내의 진기가 외부로 신속하게 빠져나가는 느낌이 들어 깜짝 놀라 황급히 손을 떼어내려 했다. 그러나 이때 단예의 내력은 심후하기 이를 데 없었던 터라 불평도인의 손이 찰싹 달라붙어 떨어지지를 않았다. 이미 북명신공이 작용하며 상대의 내력을 빠른 속도로 흡입하고 있었던 것이다. 오노대는 단예의 손을 움켜쥐자마자 내경의 운용으로 독장을 펼쳐 단예의 온몸을 마비시키고 간지럽게 만들 생각이었다. 그가 살려달라고 애원하면 그때 해약을 내줄 생각을 하고 있었다. 그러나 뜻밖에도 단예는 망고주합을 복식한 후 백독의 침범이 불가능했기 때문에 오노대의 손바닥 독질은 그에게 전혀 손상을 입힐 수 없었고 오히려 진기 내력만 빠른 속도로 그에게 흡입되고 있었다. 오노대가 큰 소리로 외쳤다.

"이… 이보시오! 지… 지금 화공대법을 펼치는 거요?"

단예는 여전히 허공을 주시한 채 스스로를 원망하며 한숨만 내쉬고 있었다.

'그녀가 나한테 부축해달라는 말조차 하지 않는 마당에 내가 이 세상을 살면서 무슨 인생의 낙이 있을 수 있겠는가? 그냥 대리로 돌아가 지금부터라도 그녀를 보지 않는 게 낫겠다. 에이, 아니야! 차라리 천룡사로 출가하고 화상이 돼서 고영대사 밑으로 들어가는 게 좋겠다. 그럼 매일같이 부정한 몸을 바라보며 청어상青瘀想[29]을 하고 농혈상膿血想[30]을 할 테니 육근이 청정해져 일진불염一塵不染[31]의 경지에 이를 수 있을 것이다.'

모용복은 단예가 지닌 무공의 진상을 전혀 모르고 있다가 불평도인과 오노대가 일제히 곤궁에 빠진 것을 보고 안색이 변했다. 그는 단예가 반격을 가하고 있는 것이라 생각해 황급히 불평도인의 등짝을 움켜쥐고 잡아당겼다. 그러고는 진력을 질풍같이 쏟아냈다 곧바로 회수하며 북명신공의 흡입을 막아 그를 뜯어내며 소리쳤다.

"단 형, 사정 좀 봐주시오!"

단예가 깜짝 놀라 환상에서 깨어났다. 그는 곧 백부인 단정명으로부터 전수받은 심법으로 신공을 거두어들였다.

전력을 다해 바깥쪽으로 잡아당기고 있던 오노대는 갑자기 손바닥이 헐거워지며 상대의 흡착력에서 벗어나자 순간 휘청하고 뒤로 연이어 몇 걸음 물러선 후에야 멈춰섰다. 그는 자기도 모르게 귀까지 빨갛게 물들어 놀랍고도 화가 나 연이어 큰 소리로 부르짖었다.

"화공대법이야, 화공대법!"

불평도인은 견식이 비교적 넓은 편이라 단예가 자신의 내력을 흡수하는 수법이 강호에서 악명 높은 화공대법과는 많이 다르다고 느꼈다. 하지만 그게 맞는지 안 맞는지는 그가 화공대법에 직접 당해보지 않아 뭐라고 말할 수는 없었다.

단예는 자신의 북명신공이 이미 수차에 걸쳐 남들한테 화공대법으로 의심을 받은 적이 있었던 터라 싱긋 웃었다.

"성수노괴 정춘추는 비열하기 짝이 없는 자인데 내가 어찌 그 더러운 무공을 배울 수 있겠소? 정말 견식이 짧은 분이구려. 에이, 아! 아!"

그는 오노대에게 비웃는 말을 하려다 문득 자신을 남처럼 대하는 왕어언의 행동이 생각났다. 그녀에게 정신이 팔려 있는 와중에 '정말 견식이 짧다'는 말을 하며 자신이 오노대보다 만 배는 낫다고 생각을 하다 자기도 모르게 연이어 세 번의 한숨을 내쉰 것이다.

모용복이 말했다.

"여기 단 형은 대리단씨의 적계 후손인 명문 정파에 속해 있는 분이오. 일양지와 육맥신검 무공은 천하무쌍으로 대적할 사람이 없는데 어찌 성수파 정 노괴와 함께 논할 수가 있겠소?"

여기까지 얘기하다 보니 오른손 손바닥과 팔이 점점 부어오르는 느낌이 들었다. 그 키 작은 자의 쌍추와 대결을 벌여서 그런 것은 아닌 것으로 보였다. 그는 깜짝 놀라 손을 들어 손등 위에 어슴푸레하게 푸른빛이 감돌고 코에서는 비린내가 풍기는 것을 보고 깨달았다.

'아, 맞다. 녹파향로도에 묻은 독기가 살갗으로 침투한 것이로구나.'

그는 곧 칼을 가로로 비껴들고 칼등을 바깥쪽으로, 칼날을 자기 쪽으로 향하게 한 채 오노대에게 말했다.

"오 선생 이 무기를 돌려드리겠소. 실례가 많았소."

오노대가 손을 뻗어 받아들려 했지만 모용복이 칼을 놓으려 하지 않는 것을 보고 순간 어리둥절해하다 빙긋 웃었다.

"이 칼이 좀 기이한 데가 있지요. 실례가 많았소."

그는 품 안에서 작은 병 하나를 꺼내 뚜껑을 열었다. 그러고는 손바닥에 가루를 붓고 손을 뒤집어 모용복 손등에 덮었다. 약기운이 순식간에 피부 안으로 스며들자 모용복은 손바닥과 팔에 시원한 느낌이 들었다. 그는 해약이 효과를 발휘했다 느끼자 빙긋 웃으며 귀두도를 돌려줬다.

오노대가 칼을 받아들고는 단예를 향해 말했다.

"단 형께서는 우리와 친구가 되겠소? 적이 되겠소? 친구라면 흉금을 털어놓고 재하가 실상을 고할 수 있게 해야 할 것이며, 만일 적이라면 아무리 무공이 고강하다 해도 하는 수 없이 필사의 일전을 벌일 수밖에 없소."

이 말을 하며 곁눈질로 바라보는 오노대는 무척이나 위엄 어린 기색이었다.

정 때문에 힘든 단예에게 오노대와 같은 영웅적 기개가 있을 리 있겠는가? 그는 고개를 숙이고 체념한 듯한 표정으로 말했다.

"저 자신의 번뇌도 너무 많아 물리치지도, 풀어내지도 못하고 있는 마당에 쓸데없는 남의 일까지 신경 쓸 겨를이 어디 있겠소? 난 당신 친구도, 적도 아니오. 당신들 문제는 내가 도울 수도 없거니와 그렇다고 훼방을 놓을 마음도 없소. 에이. 난 천고에 길이 남을 만큼 상심한 사람이라 아득한 천지를 생각하며 홀로 애처롭게 눈물만 흘릴 것이오. '날 아는 이는 내 마음이 울적하다 하고, 날 모르는 이는 내가 뭔가를 찾는다 말하네.' 강호의 하찮은 이해득실을 저 단예가 어찌 마음에 두겠소?"

불평도인은 그가 미친 사람처럼 중얼거리듯 혼잣말을 하는 데다 한마디가 끝날 때마다 왕어언의 표정을 몰래 훔쳐보는 것을 보고 그의 말을 대충 짐작할 수 있었다. 그는 소리 높여 왕어언을 향해 말했다.

"왕 낭자, 낭자 사촌 오라버니인 모용 공자가 의협심을 발휘해 우리와 함께 의거에 동참하겠다고 약속했는데 낭자께서도 참여하시겠지요?"

왕어언이 답했다.

"네, 사촌 오라버니께서 여러분과 함께하신다면 저도 당연히 도장을 따라 끝까지 함께 가겠어요."

불평도인이 빙긋 웃었다.

"별말씀을! 겸손이 과하시오."

그는 고개를 돌려 다시 단예에게 말했다.

"모용 공자가 우리와 함께하고 왕 낭자 역시 우리와 함께하기로 하셨소. 단 공자, 공자도 참여를 하겠다면 우리 모두 고맙게 생각할 것이오. 다만 그럴 뜻이 없다면 그만 가보시는 게 어떻겠소?"

이 말을 하며 오른손을 들어 손님을 전송하겠다는 태도를 취했다.

오노대가 말했다.

"그건… 적절치 않은 것…."

그는 속으로 매우 못마땅하게 생각하고 있었다. 단예가 떠나면 기밀이 누설될까 두려워서였다. 그는 손으로 귀두도를 꽉 움켜쥐고 단예가 한 발짝이라도 움직이면 앞으로 나가 저지하겠다는 생각을 하고 있었다.

단예가 아주 천천히 주변을 한 바퀴 돌다 말했다.

"저보고 가보라 했는데 어딜 가라고 하시는 거요? 천지가 넓다 하나 이 단예의 안식처가 대체 어디란 말이오? 난… 난 돌아갈 곳이 없소."

불평도인이 미소를 지으며 말했다.

"그렇다면 단 공자도 우리와 함께합시다. 일이 벌어졌을 때 그저 수수방관하며 양쪽 다 돕지 않아도 무방하오."

오노대가 우려의 눈길로 그를 쳐다보자 불평도인이 그를 향해 눈짓을 보냈다.

"오노대, 일처리가 무척이나 세심하구려. 자자! 여기 계신 삼십육동 동주들과 칠십이도 도주들에 대해 빈도가 명성은 익히 들었지만 여태 껏 직접 만난 적이 없었소. 앞으로 우리 모두 공동의 적을 두게 됐으니 응당 모용 공자와 단 공자 그리고 빈도에게 소개를 시켜줘야 하지 않 겠소?"

오노대가 답했다.

"그야 당연하지요."

그는 곧 사람들 이름을 호명하며 하나하나 소개를 시켰다. 이들은 각자 한 지역을 제패하고 있긴 했지만 서로 모르는 사이였다. 오노대 가 모용복 등에게 소개를 시킬 때도 옆에서 이런 말을 하는 사람들이 왕왕 있었다.

"아, 이제 보니 저 사람이 ○○동 동주였구나."

또 조용히 이렇게 말하는 사람도 있었다.

"○○도 도주의 명성이 먼 곳까지 자자하던데 저렇게 생긴 줄은 몰 랐네."

모용복은 속으로 의아해했다.

'어찌 저토록 서로를 모를 수 있지? 다들 오늘 처음 본 사람들 같으 니 말이야.'

동주들과 도주들 가운데 조금 전 혼전 중 모용복에게 목숨을 잃은 네 명과 함께 온 수하들은 모용복을 마주할 때 분노와 증오심으로 가 득한 표정을 지었다.

모용복이 큰 소리로 말했다.

"재하의 실수로 귀 방의 몇몇 친구가 해를 입게 된 점에 대해서는 정말 송구하기 짝이 없소. 앞으로 최선을 다해 지난 과오를 보상토록 하겠소. 만일 누구든 양해를 못하겠다고 하는 사람이 있다면 지금은 공동의 적에 맞서야 할 상황이니 원한을 잠시 제쳐두고 대사부터 치른 후, 고소 연자오로 재하를 찾아와 끝장을 보도록 하시오."

오노대가 거들었다.

"지당하신 말씀이오. 모용 공자께서 아주 시원하게 말씀하셨소! 여기 있는 여러 형제들도 서로 원수가 전혀 없는 건 아니지만 대적을 앞에 둔 이상 각자 소소한 알력 따위는 던져버려야 하오. 누구든 좁은 안목 때문에 대사를 등한시하고 기회를 틈타 자기 동료의 사적인 원한을 갚으려 한다면 어찌해야 하겠소?"

무리 안의 수많은 사람이 앞다투어 말했다.

"그런 자야말로 집단이나 조직에 해를 끼치는 사악한 존재인 해군지마害群之馬라 할 수 있소. 그런 자는 우선적으로 깨끗이 몰아내야 하오."

"천산의 그 망할 노파를 물리치지 못한다면 우리 모두 목숨조차 부지하기 어려운 마당에 무슨 사적인 원한을 논할 수 있단 말이오?"

"엎어진 둥지에 어찌 성한 알이 있을 수 있겠소? 우리 전체가 궤멸되면 개인도 살아남지 못하는 법이오. 오노대, 모용 공자! 안심하셔도 좋소. 그런 아둔한 짓은 그 누구도 하지 않을 것이오."

모용복이 말했다.

"그렇다면 다행이오. 모두에게 다시 한번 사과드리겠소. 재하에게 어떤 일을 맡기실지 지시를 내려주시오."

불평도인이 말했다.

"오노대, 모두가 대사에 참여하기로 했으니 운명을 함께해야만 하오. 당신은 우리 모두의 우두머리이니 천산동모에 관한 문제를 우리에게 들려주시오. 그 망할 노파가 도대체 뭐가 그리 대단하며 또한 사람들을 놀라게 하는 능력이 무엇인지 말이오. 그걸 알아야 빈도 역시 미리 대비를 해서 아무것도 모르고 목숨을 잃는 상황만은 피해야 하지 않겠소?"

오노대가 말했다.

"좋소! 여기 계신 동주와 도주 여러분께서는 이번에 재하에게 임시로 대계를 맡아달라고 천거하셨소. 이 오노대는 재능도 없고 배운 바도 적어 중임을 맡을 처지가 못 되지만 다행히 모용 공자와 불평도인, 검신 탁 선생, 부용선자 등 여러 분들께서 의거에 함께 참여하겠다고 하셨으니 재하가 짐을 덜 수 있을 것 같소."

그는 단예에 대해서는 아직 분이 풀리지 않은 듯 단예의 이름은 거론하지 않았다.

사람들 중 누군가 입을 열었다.

"그런 의례적인 말은 그만둡시다!"

또 한 사람이 말했다.

"이런 젠장, 우린 모두 되는대로 칼을 휘두르는 무식한 사람들이오! 목숨이 경각에 달린 마당에 그런 빈말이 무슨 의미가 있겠소? 지금 우릴 희롱하는 것이오?"

오노대가 껄껄 웃었다.

"홍洪 형제는 첫마디부터 상스러운 욕을 해대는구려. 해마도海馬島 흠欽 도주는 동남쪽을 지키다 적이 염탐을 하면 즉시 신호를 보내주시고 자암동紫巖洞 곽霍 동주는 수고스럽지만 정서正西 쪽을 지켜주시오.

그리고…."

그는 잇달아 여덟 명의 고수에게 여덟 방위를 지키도록 했다. 그 여덟 명은 대답을 한 즉시 수하들을 이끌고 그 위치를 지키기 위해 달려갔다.

모용복이 생각했다.

'저 여덟 동주와 도주는 다들 흉악하고 오만하며 길들여지지 않은 매우 무시무시한 인물들인데 뜻밖에도 오늘 이렇게 오노대의 호령을 받들고 있지 않은가? 저 사람들 모두 두려움으로 가득 찬 표정을 하고 있는 것으로 보아 지금 도모하는 일이 예삿일이 아니며 상대는 보통 두려운 상대가 아닌 것이 확실하다. 내가 저들과 손을 잡겠다고 응하긴 했지만 이 일은 극히 까다로운 일일 것 같구나.'

오노대는 8로를 수비할 사람들이 멀리 떠날 때까지 기다렸다가 말했다.

"모두 바닥에 앉아주시오. 재하가 우리의 고충을 말씀드리겠소."

포부동이 돌연 끼어들었다.

"당신들은 살인 방화에 독을 쓰고 약탈하는 짓을 밥 먹듯이 하는 흉악하기 이를 데 없는 사람들인데 무슨 고충이 있다는 게요? 고충이란 단어가 노형 입에서 튀어나오다니 정말 어울리질 않소이다, 어울리질 않아!"

모용복이 말했다.

"포 삼형, 오 동주가 하는 말을 조용히 들읍시다. 말 끊지 말고 말이오."

포부동이 중얼거리며 말했다.

"이치에 맞지 않는 말을 듣고 참다못해 직언을 한 것뿐입니다."

말은 그렇게 했지만 모용복의 분부가 있었던 터라 더 이상 다른 말을 하지 않았다.

오노대가 쓸쓸한 웃음을 지었다.

"포 형 말씀이 틀리지 않소. 이 오노대가 그리 실력은 없지만 고집은 있는 놈이라 내가 남을 깔본 적은 있어도 남이 날 깔보는 건 절대 용서하지 못하오. 한데 누가 알았겠소? 에이!"

오노대가 긴 한숨을 내쉬자 돌연 옆에 있던 한 사람도 에이! 하고 길게 한숨을 내쉬는데 비통하고 처량하기 이를 데 없었다. 탄식이 나오는 곳을 쳐다보니 단예가 두 손으로 뒷짐을 지고 하늘에 떠 있는 달을 바라보며 소리를 길게 늘어뜨려 읊조리고 있었다.

"월출교혜月出皎兮, 교인요혜佼人僚兮, 서요규혜舒窈糾兮, 노심초혜勞心悄兮."

그가 읊은 것은 《시경》 중의 1장인 〈월출月出〉이라는 시편이었는데 '달빛이 밝게 비치고 미인은 아름답기 그지없건만 가슴속 번민을 풀 길이 없어 근심으로 가득해진다'라는 내용이었다. 주변의 대부분 사람들은 학식이라곤 없는 무인들인데 그가 시경에 나온 말을 운운하는지 어찌 알겠는가? 모두 그를 분노의 눈초리로 쳐다보며 오노대의 말을 끊은 데 대해 못마땅해할 뿐이었다.

왕어언만이 그 시의 본뜻을 알아차리고 혹시나 사촌 오라버니가 이상하게 볼까 두려워 모용복을 힐끗 쳐다봤다. 그러나 그는 온정신을 집중해 오노대를 응시하고 있어 단예가 읊은 시에 대해서는 관심을 두지 않은 것 같아 그제야 안심할 수 있었다.

오노대가 자세한 얘기를 털어놓기 시작했다.

"모용 공자와 불평도인 등 여러분께서는 이제 남이 아니니 말을 해도 조롱거리가 된다는 염려는 하지 않아도 될 것 같소. 우리 삼십육동 동주와 칠십이도 도주는 외지고 황량한 산에 기거하는 이도 있고, 섬 주변을 장악한 이도 있기 때문에 마치 유유자적하게 사는 것처럼 보이지만 사실 개개인이 모두 천산동모의 속박을 받으며 살고 있소. 솔직히 우리 모두 그녀의 노예요. 매년 한두 번씩 사람을 보내와 우리를 질책하고 심하게 욕을 퍼부어대니 정말 사람으로서 견딜 수가 없소. 우리가 천산동모가 퍼붓는 욕을 듣고 속으로 분노할 것으로 생각하시오? 그렇지 않소. 그녀가 파견한 사람이 욕을 심하게 하면 할수록 우린 더욱 기분이 좋소."

포부동이 참지 못하고 중간에 끼어들었다.

"의아하기 짝이 없구먼. 어찌 그리 비굴할 수 있단 말이오?"

오노대가 말했다.

"포 형께서 모르는 바가 있소. 동모가 파견한 사람이 아주 매섭게 한바탕 욕을 하고 가면 그 1년 동안은 난관을 지났다고 할 수 있기에 동굴이나 섬 안에서 며칠 동안 크게 연회를 벌여 무사하게 지난 데 대해 경축을 하곤 하오. 에이, 사람이 돼가지고 그런 모양으로 사는 건 실로 비굴하다 할 수 있지만 동모가 파견한 사자가 우리 손자는 물론 우리 18대 조상까지 거론하며 욕을 하지 않는다면 그 이후의 나날들은 편히 지낼 수가 없소. 동모가 사람을 보내 욕을 하지 않으면 곧바로 사람을 보내 매질을 하니 말이오. 운이 좋아서 30대 정도 곤장을 맞고 다리가 부러지지만 않는다면 연회를 열어 경축을 해야 할 정도지요."

포부동과 풍파악은 서로를 마주보며 웃음을 짓다가 억지로 꾹꾹 참고 나서야 웃음소리를 내지 않을 수 있었다. 곤장 수십 대를 맞고도 다행이라며 연회를 열어 경축을 한다니 그야말로 천고에 다시 없는 기이한 일이 아니던가? 그러나 오노대의 목소리는 처량하기 짝이 없었고 주변의 사람들 또한 이를 갈며 저주의 욕설을 퍼붓는 것으로 보아 거짓말은 아닌 것으로 짐작되었다.

단예의 마음은 오로지 왕어언 한 사람에게 집중돼 있었다. 그러나 왕어언을 바라보고 있자니 그녀가 오노대의 말을 주의 깊게 경청하지 않는가? 그는 그녀가 듣는 걸 보고 따라서 몇 마디를 듣다 참다못해 손뼉을 마주치며 외쳤다.

"어찌 그런 일이 있을 수 있소? 그 천산동모란 자가 신선이라도 된단 말이오? 아니면 요괴요? 그런 잔악무도한 행동을 하다니 사람을 너무 업신여기는 짓이 아니오?"

오노대가 말했다.

"단 공자가 극히 지당한 말씀을 하셨소. 그 동모는 우리를 억압하면서 마치 개돼지처럼 학대를 해왔소. 만일 사람을 보내 곤장으로 엉덩이를 때리지 않으면 구렁이 채찍을 사용해 등짝을 후려갈기거나 아니면 우리 등에다 못을 몇 개 박기도 했으니 말이오. 사마 도주! 구렁이 채찍에 맞은 상처를 여기 있는 친구들에게 보여주시오!"

장작처럼 깡마른 노인 하나가 말했다.

"부끄럽소! 부끄럽기 짝이 없소!"

이 말을 하며 웃통을 벗어젖혀 등에 가로로 세 줄, 세로로 세 줄, 종횡으로 교차된 여섯 줄의 선홍색 상흔을 드러냈다. 사람들은 그걸 보고 구역질을 금할 길 없었다. 그 노인이 매질을 당할 당시 받았을 고통이 어마어마했으리란 생각이 들었기 때문이다.

거무튀튀한 얼굴의 한 사내가 큰 소리로 끼어들며 말했다.

"그게 뭐 대단하다고? 내 등에 있는 부골정附骨釘을 보시오."

그가 옷을 풀어헤치자 커다란 쇠못 세 개가 등짝에 박혀 있었다. 못에 누런 녹이 끼어 있는 것으로 보아 시간이 꽤 오래됐으며 왠지는 모르지만 그 거무튀튀한 얼굴의 사내는 빼낼 생각을 하지 않은 것으로 보였다. 승려 하나가 쉰 목소리로 말했다.

"우于 동주가 당한 참변은 아마 소승에 미치지 못할 것이오!"

그는 손을 뻗어 승포를 열어젖혔다. 목 주변의 견갑골을 뚫고 지나간 가느다란 쇠사슬이 밑으로 내려가 다시 그의 완골腕骨을 관통한 모습을 볼 수 있었다. 손목을 가볍게 움직이기만 해도 견갑골을 끌어당기기 때문에 그에 따른 통증이 어느 정도인지는 상상만으로도 알 수 있었다.

단예가 화가 머리끝까지 나서 소리쳤다.

"미쳤구나, 미쳤어! 천하에 그런 극악무도한 인물이 또 어디 있단 말인가? 오노대, 이 단예도 돕기로 결심했소. 모두 다 같이 힘을 합쳐 무림을 위해 해악을 제거합시다!"

오노대가 말했다.

"단 공자께서 의협심을 발휘해 도움을 주시겠다니 실로 고맙기 이를 데 없소."

그는 고개를 돌려 모용복을 향해 말했다.

"여기 모여 있는 사람들은 과거 동모에게 억압과 상해를 입지 않은 사람이 하나도 없소. 우리가 만선대회라 했지만 그건 과시를 위해 지어진 이름일 뿐 백귀대회白鬼大會라 불러야 옳다고 할 수 있소. 우리는 지난 몇 년 동안 아마 아비지옥의 영혼들보다 더한 고통을 받았을 것이오. 지금까지는 모두들 그녀의 악랄한 수법이 두려워 어쩔 수 없이 울분을 억누른 채 아무 말 못하며 고통 속의 나날을 보냈지만 하늘이 도와주신 덕분인지 평생 만행을 저지르던 그 망할 노파에게도 불운의 시간이 도래하게 됐소."

모용복이 말했다.

"여러분이 천산동모에게 제압당해 반항조차 하기 어려웠던 것은 그 노파가 절정에 이른 무공의 고수라 손을 쓸 때마다 패배를 면할 수 없어서였소?"

오노대가 말했다.

"물론 그 노파의 무공은 무섭기 짝이 없지만 실력이 어느 정도인지는 그 누구도 아는 사람이 없소."

모용복이 말했다.

"그 깊이를 헤아릴 수조차 없단 말이오?"

오노대가 고개를 끄덕였다.

"헤아릴 수조차 없소!"

모용복이 물었다.

"그 노파에게 마침내 불운의 시간이 도래했다고 했는데 그건 무슨 말이오?"

오노대가 미간을 찌푸리며 정신이 번쩍 드는 듯 말했다.

"여러 형제들이 오늘 여기 모인 것은 바로 그 때문이오. 올해 5월 초

이튿날, 재하는 천풍동天風洞 안安 동주와 해마도 흠 도주 등 아홉 명과 함께 공양을 바칠 차례가 돌아와 진주 보배와 능라 주단, 산해 진미, 연지분 등의 물건들을 구해 천산 표묘봉에 올렸는데….”

포부동이 껄껄대고 웃으며 물었다.

“노파라면 할망구일 텐데 어찌 연지분을 쓴단 말이오?”

오노대가 말했다.

“그 망할 노파는 나이가 먹을 대로 먹었지만 그 수하의 시녀들과 노복들 수가 적지 않소. 그중 젊은 여자들이 연지분을 써야만 하오. 다만 산봉우리 위에 남자라고는 하나도 없는데 도대체 누구에게 보여주려고 분칠을 하는지는 잘 모르겠소.”

포부동이 껄껄대고 웃었다.

“당신한테 보여주려 했나 보구면.”

오노대가 정색을 했다.

“포 형은 농담도 잘하시오. 우리가 표묘봉에 올라갈 때는 누구나 검은 천으로 눈을 가리게 돼 있어 들을 수는 있어도 볼 수는 없소. 그 때문에 표묘봉 위에 누가 아름답고 추하며, 누가 늙고 누가 어린지는 그 누구도 알지 못하오.”

모용복이 말했다.

“그렇다면 천산동모가 도대체 어떻게 생겼는지 당신들도 본 적이 없단 말이오?”

오노대가 한숨을 내쉬었다.

“본 사람이 있긴 하지요. 허나 그녀를 본 사람은 참혹하게 당했소. 23년 전 일이오. 대담하기 짝이 없던 그 사람이 눈을 가린 검은 천을 몰래 걷어 그 망할 노파를 한번 바라봤소. 한데 검은 천으로 눈을 다시 덮기도 전에 그 망할 노파에게 두 눈을 찔리고 혓바닥과 두 팔을 잘려 버렸소."

모용복이 말했다.

"눈을 찔리는 거야 그렇다 쳐도 혀와 팔을 어찌 자른 것이오?"

오노대가 말했다.

"사람들에게 자신의 모습을 누설하지 못하게 하기 위해서였을 것이오. 혀를 자른 것은 말을 못하게 하기 위함이었을 테고, 팔을 자른 건 글로 쓰지 못하게 하기 위함이었을 것이오."

포부동이 혀를 내두르며 말했다.

"이런 망할 년! 정말 못됐구나! 무섭다, 무서워!"

오노대가 말했다.

"나와 안 동주, 흠 도주 등이 표묘봉에 올라갔을 때, 아홉 명 모두 얼마나 두려웠는지 모르오. 그 망할 노파가 3년 전에 준비하라고 분부했던 약물 중 몇 개를 구하지 못했기 때문이오. 300년 된 바다거북이 알이나 5척 길이의 녹각 등은 도저히 찾을 수가 없었소. 우리는 망할 노파가 준비하라고 분부한 대로 다 못했기 때문에 틀림없이 중벌을 받게 될 것이라 짐작했소. 한데 우리 아홉 명이 전전긍긍하며 물품들을 바치자 그 망할 노파가 사람을 보내 말을 전하는 것이었소. '구해온 물건을 모두 바쳤으면 후레자식 같은 아홉 명은 꽁무니를 보이지 말고 재빨리 봉우리 아래로 굴러내려가라!' 우린 마치 황제의 은덕을 입어 대사면을 받은 사람들처럼 기쁨에 넘쳐 곧바로 봉우리 아래로 내려오는데 다들 일각이라도 빨리 내려가고 싶어 했소. 물품이 제대로 갖춰

지지 않았다는 게 노파한테 발각돼 추궁받는 일을 피하기 위해서였소. 그게 발각되면 그 죄는 견딜 수 없을 만큼 큰 죄이기 때문이오. 우리 아홉 명이 표묘봉 밑에 내려와 눈을 가린 검은 천을 벗어보니 산봉우리 밑에 세 사람이 죽어 있었소. 그중 하나는 안 동주가 잘 아는 서하국 일품당의 고수인 구익도인九翼道人이란 사람이었소.”

불평도인은 깜짝 놀라 말했다.

“이제 보니 구익도인을 죽인 사람이 그 노파였군. 강호에 떠도는 말로는 고소모용씨 손에 죽었다던데 말이오.”

포부동이 말했다.

“개방귀 같은 헛소리, 헛소리요! 팔미 화상이고 구익도인이고 우린 본 적도 없는 자들인데 그자들에 대한 살해 혐의를 어찌 우리한테 뒤집어씌운단 말이오?”

그가 ‘개방귀 같은 헛소리!’라고 한 말은 ‘강호에 떠도는 말’을 지칭하는 것이었을 뿐 불평도인의 말 자체를 비웃는 것은 아니었지만 사람들 귀에는 심히 거슬렸다. 그러나 불평도인은 화를 내기는커녕 오히려 미소를 지었다.

“명성이 자자할수록 남들로부터 시기를 받기 마련이고 기대하는 바도 더 큰 법이오.”

포부동이 호통을 쳤다.

“개….”

그는 모용복을 힐끗 쳐다보고 다음 말을 잇지 못했다. 불평도인이 말했다.

“포 형께서는 어찌 다음 말을 다시 삼켜버리는 것이오?”

포부동이 생각을 바꿔 곧바로 버럭 화를 냈다.

"뭐요? 방귀를 삼킨다고 욕하는 게요?"

불평도인이 빙그레 웃었다.

"천만에! 포 형이 뭘 삼키든 상관없으니 마음껏 삼키시오."

포부동이 계속 그와 쟁론을 이어가려던 순간 모용복이 나섰다.

"세상사라는 것이 뜻밖의 영예를 얻는 일도 있고 완벽을 추구하려다 욕설을 들을 수도 있는 법이오. 포 삼형은 평소에도 심하거늘 어찌 또 변명을 늘어놓는 것이오? 구익도인은 경공이 매우 뛰어나며 뇌공당雷公撞으로 펼치는 무공에 있어서는 적수가 거의 없다고 들었소. 그는 재하와 다툼이라고는 전혀 없었고 설사 원한이 있었다 해도 재하가 뇌동어구천지상雷動於九天之上으로 유명한 구익도장을 이긴다 할 수는 없소."

불평도인이 미소를 지었다.

"모용 공자께서는 겸손이 지나치시오. 구익도인의 뇌동어구천지상 솜씨가 아무리 뛰어나다 해도 모용 공자가 그의 뇌동어구천지상 무공으로 되받아친다면 구익도인도 속수무책일 것이오."

오노대가 말했다.

"구익도인의 몸에는 상흔이 두 곳 있었는데 모두 검상이었소. 그 때문에 강호에서는 그가 고소모용 손에 죽었다고 전해졌지만 그건 모두 말도 안 되는 헛소리요. 재하가 직접 목격했는데 어찌 거짓일 리가 있겠소? 모용 공자가 그의 목숨을 취했다면 당연히 구익도인의 뇌공당으로 해쳐야 맞는 것 아니겠소?"

불평도인이 끼어들었다.

"검상 두 곳? 상흔이 두 곳에 있다는 거요? 그거 참 이상하군!"

오노대가 무릎을 탁 치며 말했다.

"불평도장께서는 과연 대단하시오. 단 한 번 듣고 실마리를 찾아내다니 말이오. 구익도인이 표묘봉 밑에서 죽으면서 몸에 검상 두 군데가 있다고 했는데 거기에는 뭔가 석연치 않은 구석이 있었소."

모용복이 생각했다.

'석연치 않은 구석이라니 뭐지? 불평도인은 그 안에 뭔가 실마리가 있다는 걸 알았는데 난 도저히 생각이 안 나는군.'

그는 순식간에 자기도 모르는 열등감에 휩싸여버리고 말았다.

오노대가 모용복을 시험해볼 생각에 물었다.

"모용 공자, 공자가 보기엔 뭔가 크게 잘못된 곳이 있는 것 같지 않소?"

모용복은 모르는 걸 억지로 안다고 하고 싶지 않아 어리둥절해하며 이렇게 말하려 했다.

'재하도 잘 모르겠소.'

바로 그때 왕어언이 나서서 말했다.

"구익도인의 검상 한 곳은 필시 오른쪽 다리의 풍시혈風市穴과 복토혈伏兎穴 사이에 있을 것이고 또 다른 검상은 등 한가운데에 있는 현추혈縣樞穴에 있을 거예요. 일검에 척추뼈가 베인 거지요. 제 말이 맞나 모르겠네요?"

오노대가 깜짝 놀라 말했다.

"그때 낭자도 표묘봉 밑에 계셨소? 어찌 우리 모두… 모두 낭자를… 보지 못한 거지?"

목소리가 떨리는 것으로 보아 심히 두려워하는 것 같았다. 그는 왕어언이 그때 그 자리에 있었다면 그 이후에 한 자신의 행동을 그녀에게 목격당했을 것이라 생각했다. 기밀이 누설되었다면 거사를 일으키기도 전에 이미 천산동모에게 발각됐을 거라 여긴 것이다.

또 다른 목소리가 사람 숲속에서 들려왔다.

"당신이 어찌 알… 알… 알… 내가 어찌 보지 못… 못… 못 봤…."

그 말을 하는 사람은 원래 말을 심하게 더듬는 사람으로 보였다. 그 와중에 마음이 급하다 보니 더욱더 무슨 말인지 알아들을 수가 없었다. 모용복은 그 사람이 말을 더듬거리며 어설프게 말하는 것을 보고 우스꽝스럽게 여겼지만 삼십육동 동주와 칠십이도 도주 중에는 뜻밖에도 그를 비웃는 사람이 단 한 명도 없어 그자의 무공이 뛰어나거나 일을 행함이 악랄하기 짝이 없어 남들이 극히 꺼리는 사람일 것이라 짐작했다. 그는 당장 포부동에게 연신 눈짓을 보내며 그자에게 실례되는 짓을 하지 말라는 표시를 했다.

왕어언이 담담한 어조로 말했다.

"서역의 천산은 아득히 먼 곳에 있는데 저 같은 사람이 어찌 가봤겠어요?"

오노대가 더욱 두려워하며 생각했다.

'직접 본 것도 아니고 남에게 전해들은 것이라면 이 일이 강호에 이미 널리 퍼져 있다는 말이 아닌가?'

그는 황급히 물었다.

"낭자께선 누구한테 전해들었소?"

왕어언이 말했다.

"제멋대로 추측한 것에 불과합니다. 구익도인은 뇌전문雷電門의 고수

263

라 남과 대결을 펼치게 되면 필시 경공을 시전하지요. 그는 왼손으로 철패鐵牌를 쓰고 42로의 촉도난패법蜀道難牌法으로 앞가슴과 등, 상반신, 좌측을 마치 철통처럼 단단하게 보호하기 때문에 상대가 손을 쓰기가 매우 어렵습니다. 유일한 약점은 우측에 있지요. 적이 검에 능한 고수여서 그에게 상해를 입히려면 반드시 그의 오른쪽 다리에 있는 풍시혈과 복토혈 사이에 손을 써야 합니다. 이 두 혈도 사이를 검으로 찌르면 구익도인은 스스로 패를 들어 가슴을 보호하고 동시에 뇌공당으로 춘뢰사동春雷乍動 일초를 펼쳐 적을 비스듬히 베어야만 하죠. 상대가 고수라면 당연히 기회를 틈타 그의 등을 노릴 겁니다. 제 짐작으로 그 일초는 백홍관일白虹貫日이나 백제참사세白帝斬蛇勢 같은 종류의 초식을 사용했을 것이며, 그 일초로 현추혈 위의 척추뼈를 베려 했을 겁니다. 구익도인의 무공이 매우 고강한 점을 감안한다면 검으로 해치기는 쉽지 않아요. 가장 좋은 방법은 판관필이나 점혈궐點穴厥 같은 종류의 짧은 무기를 이용해 제압하는 것이지만 이미 검을 썼다면 그 일초를 사용하는 것이 가장 효과가 좋다고 할 수 있죠."

오노대는 마치 큰 짐을 내려놓은 듯 길게 한숨을 몰아쉬었다. 그리고 한참 후에야 비로소 무지를 추켜세웠다.

"감탄스럽소! 감탄스러워! 고소모용 문하에 헛된 인물은 없는 것 같소. 이치에 딱 들어맞는 낭자의 분석은 마치 직접 목격한 것 같구려."

단예가 참지 못하고 끼어들었다.

"그 낭자의 성은 왕이오. 고… 고소모용씨가 아니란 말…."

왕어언이 중간에 끼어들어 싱긋 웃었다.

"고소모용과는 가까운 친척 간이니 고소모용가 사람이라 해도 무방해요."

단예는 눈앞이 캄캄해지고 몸이 휘청하더니 귀에서 웅웅대는 소리가 울려퍼지며 이 말만 들릴 따름이었다.

'고소모용가 사람이라 해도 무방해요.'

말을 더듬는 그 사람이 끼어들며 말했다.

"그랬었… 었… 었…."

오노대는 그가 '군'이란 말을 내뱉을 때까지 기다리지 않고 말했다.

"구익도인 몸에 난 상처는 과연 여기 왕 낭자의 추측대로였소. 오른쪽 다리의 풍시, 복토 두 혈도 사이를 일검에 맞았고 등의 현추혈 사이의 척추뼈가 절단됐소."

그는 여전히 안심이 되지 않아 다시 한 번 더 물었다.

"왕 낭자, 무학의 도리에 근거해 추측을 한 게 확실한 거요? 눈으로 직접 보고 들은 게 아니라?"

왕어언이 고개를 끄덕였다.

"네."

말 더듬는 사람이 다시 나서서 말했다.

"만일 당신이 오… 오노대를 주… 죽인다면 그럼 어, 어찌… 어찌…."

오노대는 그가 왕어언에게 자신을 어찌 죽여야 하느냐고 묻는 말을 듣고 노기가 일어 호통을 쳤다.

"그런 질문을 하는 의도가 무엇이오?"

그러나 곧바로 생각을 바꿨다.

'저 낭자가 젊은 나이에 무학에 근거해 구익도인의 사인을 추측해

냈다는 것은 실로 불가사의한 일이다. 그 당시 저 낭자는 표묘봉 밑에 숨어서 누군가 그 검초를 쓰는 광경을 직접 목격한 게 틀림없다. 그 문제는 연관성이 매우 깊으니 다시 한번 확실히 물어봐야겠다.'

이런 생각을 하고는 말했다.

"그렇군. 낭자에게 묻겠소. 만일 날 죽이려면 어찌해야겠소?"

왕어언은 빙긋 웃으며 모용복 귓전에 대고 나지막이 속삭였다.

"사촌 오라버니. 저자 무공의 약점은 바로 어깨 뒤의 천종혈과 팔꿈치 뒤의 청냉연혈淸冷淵穴에 있어요. 오라버니가 출수를 해서 그 두 곳을 공략하면 제압할 수 있어요."

그 수많은 고수 앞에서 천하의 모용복이 어찌 한 소녀의 지시에 따를 수 있겠는가? 그는 흥 하고 비웃음을 내뱉으며 큰 소리로 말했다.

"오 동주가 너한테 묻는 것이니 큰 소리로 대답해도 무방하다."

왕어언은 얼굴이 새빨갛게 달아올라 부끄러운 마음에 생각했다.

'오라버니께 호감을 사고 싶어 그랬던 건데 이게 남들 앞에서 잘난 척을 하고 사내대장부의 위풍을 덮는 것인지는 생각지 못했어요.'

이런 생각을 하다 말했다.

"사촌 오라버니, 고소모용씨는 천하 무학에 관해 모르는 것이 없으니 오라버니께서 오 동주한테 말씀해주세요."

모용복은 아는 척하고 싶지도 않고, 그녀의 덕을 보고 싶지도 않았다.

"오 동주처럼 고강한 무공 실력을 지니고 있는 사람을 해치는 것이 어찌 수월할 수 있겠느냐? 오 동주, 본질에서 벗어난 문제는 더 말할 필요 없소. 표묘봉 밑에서 보고 들은 바에 관해 계속 얘기해보시오."

오노대는 그날 표묘봉 밑에 또 다른 사람이 있었는지 알고 싶은 마음에 말했다.

"왕 낭자, 이 오모를 살상할 수 있는 방법을 모른다면 구익도인을 주멸한 검초에 대해서도 알 수가 없을 것이오. 그렇다면 조금 전 한 말은 모두 이 오 모를 희롱한 셈이 되는 것 아니겠소? 구익도인이 죽은 이유를 낭자가 어찌 알았는지 사실대로 말해주기 바라오. 이 문제는 보통 일이 아니니 허투루 말해선 아니 되오."

단예는 왕어언이 모용복 옆으로 걸어갔을 때 온정신을 집중해 그녀가 모용복에게 어찌하는지 살폈다. 또한 그녀가 모용복에게 어떻게 말하는지에 대해서도 주의를 기울였다. 그는 워낙 내공이 심후해 왕어언이 모용복에게 건넨 아주 작은 몇 마디 말을 똑똑히 들을 수 있었다. 그때, 오노대가 왕어언의 거짓말을 질책하는 말투로 하는 말을 듣게 되었다.

그녀를 천신처럼 떠받드는 의중지인意中之人[32]으로서 남이 그녀에게 모욕적인 발언을 하는 소리를 듣고 어찌 가만있을 수 있겠는가? 그는 말로 하기보다 당장 오른발을 옮겨 능파미보를 전개해 동에서 번쩍, 서에서 번쩍하며 순식간에 오노대의 등 뒤로 돌아갔다. 오노대가 깜짝 놀라 부르짖었다.

"뭐 하는 짓…."

단예가 오른손을 뻗어 그의 오른쪽 어깨 뒤에 있는 천종혈을 누르고 왼손으로 그의 왼쪽 옆구리 뒤에 있는 청냉연혈을 움켜쥐었다. 이 두 혈도는 바로 오노대의 조문이 있는 곳으로 그의 약점이었다.

단예는 약간 덜렁대는 성격이라 출수에 있어 특별한 기교라고는 없었지만 첫째, 그의 보법이 매우 정묘해서 삽시간에 오노대의 등 뒤에 이르렀고 둘째, 오노대가 손을 쓸 때 왕어언은 그의 무공 기법에 대해 정확히 파악하고 있었다. 오노대가 손을 들어 반격을 가하려 했지만 이미 조문 두 곳을 동시에 제압당해 상대가 조금이라도 힘을 주기라도 한다면 자신은 폐인이 될 수도 있는 상황이었다. 오노대는 단예의 내력이 비록 강하긴 하지만 마음대로 조종할 수 없어 그의 조문 두 곳을 움켜쥐고 있다 해도 그에게 조금도 해를 입힐 수 없다는 사실을 모르고 있었다. 그러니 조금 전 이미 단예의 수법에 쓴맛을 봤던 터에 어찌 감히 저항을 할 수 있겠는가? 그는 하는 수 없이 씁쓸한 웃음을 지었다.

"단 공자의 무공은 정말 신묘하군요. 이 오 모가 매우 탄복했소."

단예가 말했다.

"재하는 무공을 모르오. 이 모든 건 왕 낭자가 가르쳐준 것이오."

이 말과 함께 그를 풀어주고 천천히 되돌아왔다.

오노대가 놀라움과 두려움에 한동안 멍하니 있다가 말했다.

"이 오 모가 오늘에야 천하가 넓다는 것을 알게 됐소. 무공이 고강한 사람은 단지 천산동모 한 사람뿐만이 아니란 것을 말이오."

그는 단예의 뒷모습을 몇 번 바라보며 놀라움과 의아함을 감추지 못했다.

불평도인이 나섰다.

"오노대. 이렇듯 뛰어난 실력을 지닌 고인들이 도움을 주겠다고 하니 이거야말로 기뻐하고 축하할 일이오."

오노대가 고개를 끄덕였다.

"네, 네! 우리가 이길 수 있는 가능성이 훨씬 많아졌소."

불평도인이 말했다.

"구익도인 몸에 두 곳의 검상이 있었다면 그건 천산동모가 손을 쓴 게 아닐 것이오."

오노대가 말했다.

"그렇소! 당시 그의 몸에 난 두 곳의 검상을 보고 도장과 똑같은 생각을 했소. 천산동모는 멀리 나가는 걸 좋아하지 않는 사람이오. 더구나 보통 사람이 어찌 표묘봉 백 리 안에까지 들어가 행패를 부릴 수 있겠소? 그런 연유로 그 노파는 자신이 직접 무공을 펼칠 기회가 거의 드물다 할 수 있소. 따라서 표묘봉 백 리 안에서 사람을 죽이려 한다면 그 노파가 직접 손을 쓴다고 볼 수 있는 것이오. 우리는 평소에 그런 노파의 성격을 알고 일부러 고수 한두 명을 표묘봉 밑으로 유인해 살인을 하는 쾌감을 맛보게 해주기도 했지요. 그 노파가 살인을 할 때는 단 일초만으로도 목숨을 빼앗을 수 있는데 어찌 상대 몸에 연달아 이 초나 펼치겠소?"

모용복은 깜짝 놀라 생각했다.

'천산동모란 노파가 살인을 하면 두 번째 초식조차 쓸 필요가 없을 정도라니 세상에 그런 무공이 있을 수 있단 말인가?'

포부동 역시 속으로 같은 의혹을 품었다. 그러나 그는 모용복처럼 가슴에 품기만 하고 드러내지 않는 성격이 아니었다.

"오 동주, 천산동모가 사람을 죽이면서 두 번째 초식조차 쓸 필요가 없다고 했는데 무공 실력이 그저 그런 자를 상대할 때야 당연히 어렵지 않겠지만 진정한 고수를 만났을 때도 일초 안에 목숨을 빼앗을 수 있단 말이오? 그건 허풍이 아니오? 허풍! 절대 믿지 못하겠소!"

오노대가 말했다.

"포 형께서 믿지 못하신다면 재하도 달리 방법이 없소. 다만 여기 있는 우리는 천산동모의 핍박과 능욕을 기꺼이 감수하고 그 노파가 무슨 말을 하든 그 누구도 감히 토를 달지 못하고 살아왔는데 그 노파한테 초인적인 능력이 없었다면 여기 있는 삼십육동 동주와 칠십이도 도주가 어찌 가만히 두고 보고만 있었겠소? 몇 년 동안 어찌 순순히 복종하며 다른 마음을 품는 사람 하나 없었겠느냔 말이오?"

포부동이 고개를 끄덕였다.

"말을 들어보니 이상한 점이 있긴 하군. 여러 노형들이 기꺼이 노예가 되고자 하진 않았을 테니 말이오."

그는 오노대의 말에 일리가 있다고 느끼기는 했지만 여전히 자기 입장을 피력했다.

"아니로소이다, 아니로소이다! 다른 마음을 품지 않는다고 했지만 지금은 다른 마음을 품고 반란을 도모하고 있지 않소?"

오노대가 말했다.

"그 안에는 나름 이유가 있소. 당시에 난 구익도인의 몸에 난 상처 두 곳을 보자마자 속으로 의구심이 일어 다른 두 구의 시신도 살펴봤소. 그 두 구의 시신 역시 일초에 치명상을 입은 것이 아니라 마치 악전고투를 벌인 듯 곳곳에 상처투성이인 것을 발견할 수 있었소. 당장 안 동주와 흠 도주 등 여러 형제들과 상의한 결과 뭔가 이상하다고 느끼게 됐소. '구익도인을 비롯한 세 사람이 동모에게 죽은 것이 아니었나?' '동모가 손을 쓴 것이 아니라 영취궁의 동모 수하 여인들 짓이라면 어찌 감히 표묘봉 밑에서 살인을 하며 또한 일초에 사람을 죽이는 동모의 취미를 어찌 가로챌 수 있단 말인가?' 우리가 의혹으로 가득 찬 상태로 수 마장을 걸어나왔을 때 안 동주가 갑자기 이런 말을 했소. '호, 혹시 노부인께서… 병이… 병이 나….'"

모용복은 그가 지적한 사람이 바로 말을 더듬는 그자인 것을 보고 생각했다.

'이제 보니 저자가 안 동주였구나.'

오노대가 말을 이었다.

"당시 우리는 표묘봉에서 멀지 않은 곳에 있었소. 사실 만 리 밖이라고 해도 뒤에서 그 망할 노파를 거론할 때는 그 누구도 감히 불경한 의도를 가질 수 없기에 언제나 '노부인'이라는 칭호를 써야만 했지요. 안 형제가 '병이… 병이 나…'라는 말을 하자 나머지 사람들은 약속이나 한 듯이 말했소. '병이 났다고?'"

불평도인이 물었다.

"그 동모는 도대체 나이가 얼마나 됐소?"

왕어언이 나지막이 말했다.

"그리 젊지는 않을 거예요."

단예가 말했다.

"그렇소, 그 '로姥' 자를 사용했다는 건 당연히 젊지 않다는 것이오. 허나 그대는 할머니가 된다 해도 여전히 젊어 보일 것이오."

그는 왕어언이 오노대 말을 주의 깊게 경청하느라 자신이 한 말은 신경도 쓰지 않는 모습을 보고 겸연쩍은 마음에 생각했다.

'나도 저 오노대의 말에 신경 쓸 수밖에 없구나. 안 그랬다가 왕 낭자의 물음에 아무 대답도 못하면 좋은 기회를 날려버리는 꼴이 되지

않겠는가?'

오노대가 답했다.

"동모의 나이가 얼마나 되는지는 아무도 모르고 있소. 그 망할 노파의 치하에 귀속된 햇수가 적게는 10~20년, 많게는 30~40년 정도 되니 말이오. 무량동 동주 등 소수 몇 명만이 최근에서야 영취궁 치하에 귀속됐지만 어쨌든 그 누구도 동모의 얼굴을 보지 못했고, 그 누구도 감히 나이를 물어볼 수 없었소."

단예는 여기까지 듣다가 속으로 무량동 동주를 알 것 같아 사방을 둘러봤다. 과연 신쌍청이 저 멀리 있는 바위 옆에 기댄 채 머리를 숙이고 생각에 잠겨 있는데 매우 근심스러운 표정이었다.

오노대가 말을 이었다.

"모두들 떠오른 생각이 있었소. '사람은 누구나 죽는 법이니 동모의 능력이 아무리 대단하다 해도 끝내는 요괴로 둔갑할 정도로 수련을 하거나 금강불괴金剛不壞의 몸을 가질 수는 없는 것이다. 이번에 우리가 바친 물품들이 제대로 갖춰지지 않았음에도 그 망할 노파가 벌을 내리지 않은 것도 이상하고 구익도인 등이 표묘봉 밑에서 죽었는데 몸에 상처가 하나뿐이 아니란 것은 더더욱 의심스럽다.' 어찌 됐건 간에 이에는 중대한 변고가 있을 것이라 생각한 것이오. 그러나 모두들 서로의 얼굴을 쳐다보기만 할 뿐 누구도 먼저 입을 열지는 않았소. 이것이 우리가 속박에서 벗어나 새 삶을 찾을 수 있는 유일한 기회임을 알고는 있었지만 동모가 우리를 그토록 엄격하게 관리하는 마당에 누가 감히 이를 파헤쳐보자고 제안을 할 수 있겠소? 한참 후에 흠 형제가 말했소. '안 둘째 형의 추측에 일리는 있지만 이 문제는 너무 위험하니 아우 생각엔 각자 돌아가서 조용히 소식을 기다리는 것이 좋겠소. 확실한 소식이 있을 때까지 기다렸다가 다시 움직여도 늦지 않을 것이오.' 흠 형제의 이런 노련하고 신중한 방법은 무척 적절했소. 하지만… 하지만… 우린 더 이상 기다릴 수 없었소. 안 동주가 이렇게 또 말했소. '이 생사부… 생사부….' 그가 더 이상 말을 잇지 않아도 모두가 알 수 있었소. 그 망할 노파는 우리 생사부를 쥐고 있었기 때문에 누구도 반항을 할 수가 없었던 것이오. 만약 그 늙은이가 병들어 죽는다면 그 생사부는 2인자의 수중에 들어갈 것이고 그리된다면 우린 또다시 그 2인자의 노예가 되고 말 것이 아니겠소? 그럼 평생토록 영원히 몸을 빼낼 수 없다는 말밖에 더 되겠소? 만일 그자가 흉악무도하기가 그 망할 노파보다 더하기라도 하다면 우리가 장차 받게 될 능욕과 고통은 현재보다 더욱더 심할 것이 아니오? 이는 실로 활에 화살을 메기고 쏘지 않을 수밖에 없는 상황이나 마찬가지였소. 이렇게 앞날이 흉흉하기 이를 데 없다는 걸 뻔히 알기에 우리는 이를 파헤쳐보겠다는 생각을 하지 않을 수 없었소. 우리 무리 중 무공과 기지를 놓고 본다면 안 동주가 제일이라고 할 수 있었소. 그의 경공은 그 누구보다 뛰어났기 때문이오. 순간 아무 소리도 없이 고요한 가운데 여덟 사람의 시선은 모두 안 동주 얼굴을 향하게 됐소."

모용복과 왕어언, 단예, 등백천, 포부동을 비롯한 안 동주를 잘 모르는 사람들은 시선을 사람들 무리 쪽에 두고 이리저리 훑어가면서 말을 더듬거리지만 무공이 고강하다는 그 안 동주라는 사람이 도대체 어떻게 생긴 인물인지 보고자 했다. 사람들은 또 조금 전 오노대가 모용복과 불평도인 등을 향해 여러 동주와 도주를 소개할 때 안 동주는 그 안에 없었다는 사실을 상기했다.

오노대가 계속해서 말했다.

"안 동주는 조용한 것을 좋아하고 사람 사귀는 걸 싫어하는 성격이라 조금 전에 여러분께 소개를 시켜드리지 않았으니 기분 나쁘게 생각 마시오. 당시 거기 있던 사람들은 모두 안 동주가 나서서 진상을 파헤쳐주길 바라고 있었소. 그때 안 동주가 말했지요. '그렇다면 재하가 의리상 거절할 수 없겠소. 제가 가서 알아보겠소.'"

사람들 모두 안 동주가 그 당시 말을 할 때 그렇게 유창하게 말을 하진 않았을 것이라 생각했다. 오노대가 말을 더듬는 그의 말을 인용하면서 비웃음을 사는 상황을 피하기 위해 그렇게 말했을 것이며 그가 모용복과 불평도인에게 소개하지 않은 것도 그가 말을 더듬는 것 때문이라 짐작했던 것이다.

오노대가 다시 말을 이었다.

"우리는 표묘봉 밑에서 기다리며 하루가 1년처럼 느껴질 정도로 힘든 시간을 보냈소. 안 동주에게 예기치 못한 일이 일어날까 두려웠기 때문이오. 우리끼리 하는 얘기이니 거짓을 말하진 않겠소. 우리는 안 동주가 노파의 독수에 당할까 염려하기도 했지만 그보다 두려웠던 것은 노파가 분노해서 우리까지 힘들게 하지 않을까 하는 것이었소. 그러나 이왕 일이 벌어졌으니 끝까지 버티는 수밖에는 없었소. 어쨌든 노파가 엄벌을 내리려 한다면 모두 도망칠 수는 없으니 말이오. 세 시진이 흐른 뒤에 안 동주가 비로소 약속된 장소로 돌아왔소. 우리는 희색을 띤 그의 얼굴을 보고 일단 마음을 놓을 수 있었소. 그가 이리 말했소. '노부인은 병이 들어 산봉우리 위에 없소.' 알고 보니 그는 몰래 표묘봉으로 올라가 노파의 시녀들이 하는 얘기를 듣고 노파가 중병에 걸려 약을 구할 의원을 찾아 출타를 했다는 사실을 알게 된 것이오."

오노대가 여기까지 얘기하자 군중 속에서 환호성이 터져 나왔다. 천산동모가 병에 걸렸다는 소식은 그들 모두 이미 알고 있는 사실이었고 여기 모인 것도 그 문제를 상의하기 위해서였다. 그러나 오노대가 그 사실을 직접적으로 언급하자 갈채를 멈추지 못했던 것이다.

단예가 고개를 가로저었다.

"남이 병들었다는 얘기에 이토록 기뻐하다니 정말 타인의 불행을 즐기는 행태로군."

그의 이 말은 우레와 같은 환호성 속에 묻혀 아무도 신경 쓰지 않았다.

오노대가 말했다.

"다들 그 소식을 듣고 기뻐서 어쩔 줄을 몰라 했지만 그 망할 노파는 워낙 간계가 많은 사람이라 일부러 병을 가장해 우리를 시험할까 두렵기도 했소. 우리 아홉 사람은 이런저런 상의를 하다 다시 이틀이 지난 후에야 일제히 표묘봉 위로 올라가 염탐을 하게 됐소. 그때 이 오 모도 직접 그 소식을 듣게 됐는데 노파가 중병에 걸렸다는 말은 과연 거짓이 아니었소. 다만 생사부의 소재를 알아내지 못했을 뿐이오."

포부동이 불쑥 끼어들었다.

"이보시오, 오 노형! 그 생사부라는 게 도대체 뭔 물건이오?"

오노대가 탄식을 하며 말했다.

"그건 사연이 길어 단시간 내에 포 형께 설명드릴 수가 없소. 어찌 됐건 그 망할 노파가 생사부를 손에 쥐고 있는 한 언제든 우리를 죽음에 이르게 만들 수 있소."

포부동이 말했다.

"그게 무슨 무시무시한 법보法寶라도 되는 게요?"

오노대가 쓸쓸한 웃음을 지었다.

"그렇게 말할 수 있지요."

단예가 생각했다.

'그 신농방 방주와 염소수염 사공현 역시 천산동모의 생사부를 무척 두려워하며 절벽 아래로 자결하지 않았던가? 그것만 봐도 그 법보는 정말 무시무시한 물건일 것이다.'

오노대가 생사부에 대해 더 얘기하고 싶지 않은 듯 고개를 돌려 사람들을 향해 큰 소리로 외쳤다.

"그 망할 노파가 중병에 걸린 것은 틀림없는 사실이오. 우리가 고통 속에서 빠져나오기 위해서는 용기를 북돋아 필사적으로 싸울 수밖에는 없소. 허나 망할 노파가 현재 표묘봉 영취궁에 돌아갔는지는 우리도 알 길이 없소. 그 때문에 앞으로 우리가 어찌 행동할 것인지 다 함께 의논해야만 하오. 특히 불평 도장과 모용 공자, 왕 낭자… 단 공자 네 분께서는 고견이 있으시면 기탄없이 가르침을 내려주시기 바라겠소."

단예가 말했다.

"앞서 들기로는 천산동모가 포악하기 짝이 없어 여러분을 능욕했다고 하기에 재하도 이를 참을 수 없어 표묘봉에 올라가 그 노부인과 시비곡직을 따져야겠다고 결심했소. 다만 그 노부인이 병이 들었다면 그 위기를 틈타 해치는 것은 군자의 도리가 아니라 생각하오. 그 때문에 나한테 고견이 없긴 하지만 설사 고견이 있다 해도 말하지 않 겠소.”

35

홍안의 외모는 찰나의 순간이거늘

허죽은 여자아이를 안고 나무 꼭대기 위로 훌쩍 올라가 연신 중얼거렸다.

"위험했다, 아주 위험했어!"

다섯 명의 적은 멀리서 손가락질만 해댈 뿐 감히 가까이 접근할 생각을 하지 않았다.

안색이 급변한 오노대가 무슨 말을 하려는 순간 불평도인이 그를
향해 눈짓을 보내고는 빙긋 웃었다.

"단 공자는 군자시오. 남의 위기를 틈타 해치려 하지 않는 고인의 풍
모를 지녔으니 정말 탄복해 마지않소. 오 형, 우리가 표묘봉으로 진격
해 들어가는 데 있어 가장 중요한 점은 영취궁 안의 허실을 알아야 한
다는 것이오. 안 동주와 오 형 등 아홉 명이 직접 염탐을 했을 때, 노파
가 자리를 비운 이후 궁 안에는 고수가 몇이나 있었소? 또 배치 상태
는 어떠했소? 오 형이 대충은 들었을 테니 한번 말해보시고 다 같이
상의하는 것이 어떠하겠소?"

오노대가 말했다.

"말씀드리기 부끄럽지만 우리가 영취궁 안에 가서 살펴볼 때는 누
구도 감히 마음 놓고 탐문하지 못했소. 다들 최대한 은폐를 하며 누구
라도 부딪힐까 두려워했던 것이오. 다만 재하가 궁 뒤편의 화원 안에
서 어린 계집아이 하나와 마주쳤소. 그 계집아이는 시녀인 듯했지만
갑자기 고개를 드는 바람에 피할 새도 없이 내 얼굴과 마주치고 말았
고 재하는 비밀이 누설될까 두려워 그 아이한테 달려들어 당장 잡아
가야겠다 생각했소. 영취궁 안의 낭자들과 부인들은 망할 노파에게 무
공을 지도받아 하나같이 뛰어난 실력을 지니고 있었기에 그 아이 역

시 하찮은 계집아이지만 보통 실력이 아닐 것이라 짐작했기 때문이오. 난 앞으로 돌진하면서도 속으로는 내 행동으로 인해 십중팔구 죽은 목숨이 될 것임을 알고 있었던 것이오."

그의 목소리는 점점 떨렸다. 그 당시 상황이 험악하기 이를 데 없어 지금 다시 생각해도 두려움을 느끼는 것으로 보였다. 사람들은 그가 지금 아무 탈 없이 무사하게 있으니 그날 표묘봉 위에서 위기의 상황을 맞이했어도 결국에는 아무 일 없었을 것이라 여겼다. 다만 오노대가 감히 표묘봉 위에서 출수를 한다는 것은 비록 급박한 상황에서 궁지에 몰려 저지른 짓이라 해도 대담하기 짝이 없는 행동인 셈이었다.

그가 말을 이었다.

"난 그 계집아이에게 달려들며 온 힘을 다해 두 손으로 호조공을 펼쳐냈지만 그때 머릿속에 이런 생각이 스쳐 지나갔소. '이 일초로 이 계집아이를 잡지 못한다면 아이가 큰 소리로 고함을 쳐서 궁 안의 모든 사람이 몰려올 것이다. 그럼 난 수백 장 높이의 이 높은 봉우리 위에서 뛰어내려 시원하게 자결을 해야만 한다. 그래야 그 망할 노파 수하의 여장女將들 손에 넘어가 끝도 없이 이어질 고초에서 벗어날 수 있다.' 한데… 한데 내 왼손을 그 계집아이의 어깨 위에 올리고 오른손으로 그 아이의 팔을 움켜쥐었지만 뜻밖에도 아이가 저항도 하지 않고 몸을 휘청하며 그대로 맥없이 쓰러질 줄 누가 알았겠소? 그 계집아이는 온몸에 힘이 하나도 없고 무공 역시 전혀 모르는 것 같았소. 그때 난 기대 이상의 성과에 기뻐하며 멍한 상태로 두 다리가 맥없이 풀어져버리고 말았소. 여러분 모두 비웃을지 모르겠지만 너무 놀란 나머지 그 계집아이가 맥없이 쓰러질 때 이 쓸모없는 오노대도 같이 쓰러질 뻔했던 것이오."

그가 여기까지 얘기하자 사람들 틈에서 한바탕 웃음소리가 들려왔다. 다들 긴장이 풀어진 것 같았다. 사람들은 오노대가 자신의 소심함을 스스로 비웃었지만 실제로는 매우 용감했다는 걸 알고 있었다. 누가 감히 표묘봉 위에서 사람을 잡으려 출수를 하는 엄청난 짓을 저지를 수 있단 말인가?

오노대가 손짓을 하자 그의 수하 한 명이 검은색 포대 자루 하나를 들고 앞으로 걸어와 그 앞에 내려놨다. 오노대가 포대 자루 주둥이를 묶은 밧줄을 풀고 주둥이를 밑으로 뒤집어 털자 그 안에서 사람 하나가 모습을 드러냈다.

사람들은 모두 깜짝 놀랐다. 그 사람은 몸집이 매우 작은 여자아이였다.

오노대가 득의양양한 표정으로 말했다.

"이 계집아이가 바로 이 오 모가 표묘봉 위에서 잡아온 그 아이요."

사람들이 일제히 환호성을 질렀다.

"오노대, 정말 대단하시오!"

"그야말로 영웅호한이로구먼!"

"삼십육동, 칠십이도 모든 신선 중에 당신 오노대가 최고요!"

"으어어~~!"

사람들 환호성 속에서 기이한 울음소리가 섞여 들렸다. 그 여자아이가 두 손으로 얼굴을 감싸쥐고 울어대고 있는 것이었다.

오노대가 말했다.

"우리는 이 계집아이를 잡자마자 더 지체했다가 말이 새어나갈까 두려워 그 즉시 하산을 하게 됐소. 그러고는 이 아이한테 꼬치꼬치 따져 물었지만 안타깝게도 이 아이는 말 못하는 벙어리였소. 처음에는 이 아이가 귀머거리에 벙어리인 척하는 줄 알고 갖은 방법을 모두 시도해봤소. 등 뒤에서 불시에 고함을 쳐서 깜짝 놀라 펄쩍 뛰는지도 보고 이런저런 시험을 다 해봤지만 이 아이는 벙어리가 확실했소."

사람들은 으어어 하는 그 아이의 울음소리를 듣고 과연 벙어리 울음소리가 확실하다고 생각하게 되었다.

사람 숲속에서 누군가 물었다.

"오노대! 말을 못한다고 했는데 글도 쓸 줄 모르나요?"

오노대가 말했다.

"글도 쓰지 못하오. 우리가 고문을 해서 물에도 담가보고 불로 지져도 보고 밥도 굶기면서 온갖 방법을 다 동원해봤지만 그냥 버티는 게 아니라 정말 못하는 것 같았소."

단예가 참지 못해 나서서 말했다.

"그런 비열한 방법으로 어린 소낭자를 괴롭히는 게 부끄럽지도 않으시오?"

오노대가 말했다.

"우리가 천산동모에게 받은 수모는 이보다 열 배 더 처참했소. 당한 만큼 복수를 하는데 어찌 부끄러울 수 있단 말이오?"

단예가 말했다.

"복수를 하려면 응당 천산동모를 상대로 해야 옳거늘 동모 수하의 일개 여자아이를 상대로 해야 무슨 소용이란 말이오?"

오노대가 말했다.

"당연히 소용이 있소."

그는 목소리를 높여 말했다.

"형제 여러분, 우리가 오늘 합심해서 표묘봉에 반하는 것은 복을 함께 누리고 화를 함께 대처하자는 데 있소. 따라서 우리는 혈맹을 맺어 대사를 도모해야만 하오. 여러분 중 이를 원치 않는 사람이 있으시오?"

그는 연이어 두 번을 물었지만 이에 대답하는 사람은 없었다. 세 번째 질문을 하려 할 때 한 건장한 사내 하나가 몸을 돌려나와 아무 말 없이 서쪽을 향해 달려갔다.

오노대가 소리쳤다.

"검어도劍魚島 구區 도주! 어딜 가는 거요?"

그 사내는 대답도 하지 않고 더욱 빠른 걸음으로 내달려 순식간에 산모퉁이를 돌아나갔다. 모두들 소리쳤다.

"저 겁쟁이가 대사를 앞두자 꽁무니를 빼는 것이오. 어서 잡아옵시다."

순간 10여 명이 그를 뒤쫓아갔다. 모두들 경공이 뛰어난 자들이었지만 구 도주와의 거리가 워낙 멀어 따라잡을 수 있을지는 알 수 없었다.

별안간 긴 비명 소리가 산 뒤쪽에서 들려왔다. 사람들이 깜짝 놀라 파랗게 질린 얼굴로 서로를 마주봤고 뒤를 쫓던 10여 명 역시 걸음을 멈췄다. 획획 하는 바람 소리가 들리며 둥근 공처럼 생긴 물건이 산모퉁이 뒤에서 질풍같이 날아와 허공을 스쳐 사람 숲 안으로 떨어졌다.

오노대가 몸을 훌쩍 날려 그 앞으로 다가가 둥근 물건을 손에 들어 불빛 아래 비춰봤다. 피와 살로 범벅이 된 그 물건은 뜻밖에도 누군가의 수급이었다. 수급의 얼굴을 다시 보니 칼날처럼 날카롭고 긴 수염과 눈썹 그리고 부릅뜬 두 눈으로 보아 조금 전에 도망쳤던 구 도주가 틀림없었다. 오노대가 목소리를 떨며 말했다.

"구 도주….'

순간 그는 구 도주가 어찌 그 짧은 순간에 목숨을 잃었는지 알 수 없어 속으로 극한의 공포감이 몰려오기 시작했다.

'혹시 천산동모가 온 것인가?'

불평도인은 껄껄대고 웃으며 큰 소리로 말했다.

"검신의 신검은 과연 명불허전이오. 탁 형, 아주 제대로 지켜주셨소."

산봉우리 뒤에서 한 까랑까랑한 목소리가 들려왔다.

"대사를 앞두고 꽁무니를 빼는 자에게는 누구든 벌을 내려 기밀을 누설하지 못하게 해야 하오. 여러 동주와 도주께선 나무라지 마시오!"

사람들은 놀라서 어쩔 줄 몰라 하다 정신이 번쩍 들었다.

"검신께서 반역자를 제거해주신 덕분에 대사를 그르치지 않게 됐습니다."

모용복과 등백천 등이 생각했다.

'검신이란 호칭을 사용하다니 교만하기 이를 데 없구나. 검법이 아무리 고강하다 해도 어찌 자신을 '신神'이라 칭할 수 있단 말인가? 강호에서는 저런 인물에 대해 들어본 적이 없는데 검법이 얼마나 고명한지 모르겠군.'

오노대는 조금 전 속으로 괜한 의심을 한 데 대해 자책을 하며 큰 소리로 말했다.

"형제 여러분, 각자 도나 검을 들어 이 아이를 한 번씩 베시오. 이 아이는 나이가 어리고 벙어리이긴 해도 어찌 됐건 표묘봉 사람이니 다 같이 이 아이의 피를 칼끝에 머금게 만들어 지금 이 순간부터 표묘봉과 공존할 수 없다는 의지를 보여줍시다. 그럼 설사 다른 마음을 품거나 더 이상 겁을 먹고 물러서는 일은 없을 것이오."

그는 말을 마친 후 곧바로 손에 쥔 귀두도를 들어올렸다.

일부 무리가 일제히 소리 높여 외쳤다.

"옳소! 마땅히 그래야 하오! 다 같이 피를 섞어 맹세합시다! 지금 이 순간부터 전진만 있을 뿐 후퇴란 없소! 그 망할 노파와 끝까지 싸웁시다!"

단예가 소리쳤다.

"그럴 순 없소! 절대 그럴 수 없소! 모용 형, 이들의 폭행을 속히 제지해야만 하오!"

모용복이 고개를 가로저었다.

"단 형, 모든 이의 목숨이 이 행동에 달려 있소. 우린 외부인이니 섣불리 간섭할 수 없는 것이오."

단예가 격분한 나머지 큰 소리로 외쳤다.

"대장부가 불의를 보고 어찌 한쪽 눈만 감은 채 나 몰라라 할 수 있단 말이오? 왕 낭자, 그대가 날 욕한다 해도 난 저 소낭자를 구해야겠소. 다만⋯ 나 단예는 닭 한 마리 잡을 힘도 없어 소낭자의 목숨을 구하는 건 쉽지 않은 일이오. 이보시오, 이보시오! 등 형, 공야 형! 당신들은 어찌 가만 보고만 있는 것이오? 포 형, 풍 형! 내가 달려들어 사람을 구할 테니 당신들이 뒤이어 돕는 것이 어떻겠소?"

등백천 등은 오직 모용복의 지시에만 따라왔을 뿐이라 모용복이 끼어들려 하지 않는 걸 보고 단예를 향해 고개만 가로저을 뿐이었다. 다만 이들은 얼굴에 하나같이 겸연쩍은 기색을 내비치고 있었다.

오노대는 단예가 큰 소리로 고함을 치자 고강한 무공을 지닌 그가 무리하게 나서서 문제를 일으킨다면 대처가 쉽지 않겠다는 생각이 들었다. 일을 오래 끌면 문제가 생기기 마련이라 속히 결단을 내리는 것이 낫겠다 싶어 당장 귀두도를 들고 소리쳤다.

"나 오노대가 첫 번째로 나서겠소!"

그는 칼을 휘둘러 그 포대 자루 안에 있던 여자아이를 베려고 했다.

단예가 소리쳤다.

"큰일 났다!"

그는 손가락을 뻗어 중충검 일초를 펼쳐 오노대의 귀두도를 향해 찔러갔다. 그러나 그의 육맥신검은 마음먹은 대로 펼치고 거둘 수가 없었다. 어떨 때는 진기가 용솟음쳐서 위력이 무궁무진하지만 어떨 때는 내력을 조금도 끌어올릴 수가 없었기에 모든 것은 본인의 의지가 모두 투입되느냐 안 되느냐에 달려 있었다. 그가 비록 의리와 용기로 소낭자를 구하고자 했지만 어쨌든 왕어언을 대할 때만큼의 관심이 있었던 것은 아니었던 터라 당장 일검을 찔러내긴 했지만 진기가 손가락까지 올라오지 못해 이를 뻗어낼 수가 없었다.

오노대의 일초가 소낭자의 몸을 베려는 순간 돌연 바위 뒤쪽에서 검은 인영 하나가 튀어나오더니 왼손을 휘둘러 엄청난 힘으로 오노대를 밀어제쳤다. 검은 인영은 재빨리 오른손으로 땅바닥에 있던 포대 자루를 움켜쥐고 소낭자를 포대 자루에 넣어 등에 짊어진 채 서북쪽 산봉우리를 향해 질풍같이 내달려 올라갔다.

사람들은 일제히 함성을 지르며 그의 뒤를 쫓아갔다. 그러나 그자의 걸음은 믿을 수 없을 정도로 빨라 순식간에 산비탈 위의 밀림 속을 뚫고 들어가버렸다. 수많은 동주와 도주가 암기를 발사했지만 대부분 나무줄기를 맞지 않으면 나뭇가지를 맞고 튕겨나올 뿐이었다.

단예는 기뻐서 어쩔 줄을 몰랐다. 예리한 눈썰미를 지닌 그는 이미 검은 인영의 얼굴을 알아본 것이다. 얼마 전 총변선생 소성하의 기회에서 만난 적이 있는 그 복잡하기 이를 데 없는 진롱을 풀었던 그 사람이 틀림없었다. 아니나 다를까 모용복이 외치는 소리가 들렸다.

"저자는 소림사의 허죽 화상이오."

단예가 곧이어 소리쳤다.

"허죽 사형, 저 단예가 사형께 합장으로 예를 올리겠소! 소림사는 무림의 태산북두라 하더니 과연 명불허전이오!"

사람들은 그가 일장으로 오노대를 밀어제친 데다 발걸음이 무척이나 신속한 것을 보고 무공 실력이 뛰어나다고 생각했다. 더구나 모용복과 단예가 그를 소림사 화상이라고 말하는 소리를 듣고 소림사의 드높은 명성만으로도 속으로 겁을 집어먹어 감히 함부로 접근하지 못했다. 그러나 이 일은 보통 중대한 사안이 아니었다. 여자아이가 소림 화상 손에 들어갔으니 두 남녀를 죽여 입을 봉하지 않는다면 그들이 도모하는 계획이 누설돼 예기치 못한 재앙이 뒤따르게 될 것임이 틀림없었다. 사람들은 각자 몸을 휙휙 날리고 고함을 쳐대며 그의 뒤를 질풍같이 쫓아갔다.

그 소림승은 재빠른 걸음으로 산봉우리 위까지 올라갔다. 구름 속으로 높이 솟은 산봉우리 정상에는 흰 눈이 하얗게 뒤덮여 있어 정상까지 오르기 위해선 제아무리 경공의 고수라 할지라도 네댓새는 족히 걸릴 것으로 보였다. 불평도인이 소리쳤다.

"모두 당황할 필요 없소. 그 화상이 산봉우리 위로 올라간 이상 막다른 길에 들어선 셈이오. 하늘로 날아오르지 않는 한 염려할 것 없소. 다들 봉우리 아래 통로를 지키고 도망치지 못하게만 하면 될 것이오."

사람들은 이 말을 듣고 마음을 놓을 수 있었다. 오노대가 사람들을 나누어 산봉우리 사방의 모든 통로를 겹겹이 지키도록 했다. 다만 그 소림승이 밑으로 내려오면 통로를 지키는 이들이 당해내지 못할까 두려워 각 길목마다 세 곳의 초소를 배치했다. 첫 번째 초소에서 막지 못하면 중간 초소에서 막고, 중간 초소가 뚫리면 세 번째 초소에서 막도록 한 것이다. 그리고 10여 명의 고수들로 하여금 순찰을 돌며 협력할 수 있도록 배치했다. 이렇게 사람들을 나누어 배치한 뒤 오노대와 불평도인, 안 동주, 곽 동주, 흠 도주 등 수십 명은 산으로 올라가 수색을 하기 시작했다. 기필코 그 화상을 제거해 후환을 없애야겠다는 생각이었다.

모용복 등 무리들은 동쪽 길을 지키게 됐는데 겉으로는 그들에게 동쪽에 머물러 지키도록 했지만 실제로는 그들이 이 일에 참여하는 것을 원치 않는 듯한 눈치였다. 모용복은 속으로 오노대가 자신에게 의심을 품고 있다는 사실을 알고 싱긋 웃으며 등백천 등을 인솔해 동쪽 길을 지켰다. 단예 역시 그들을 따라 동쪽 길을 지켰다. 그는 남들이 싫어하든 말든 허죽의 영웅적 행동이 뛰어나다며 끊임없이 찬사를 보냈다.

포대 자루를 빼앗아간 사람은 바로 허죽이었다. 그는 작은 객점에서 모용복과 정춘추가 격투를 벌이는 모습을 지켜보며 혼비백산해서 어쩔 줄 몰라 하다 유탄지가 아자를 구해가고, 정춘추가 문밖으로 빠져나간 모용복을 쫓아 문밖으로 나가는 순간 재빨리 뒷문을 통해 빠져나올 수 있었다. 그는 혜방 등 사백과 사숙들을 찾아내 소식을 전해 듣기만 바랄 뿐이었다. 하지만 지리를 잘 몰랐고 정춘추와 모용복의 격전을 경험한 뒤부터 지레 겁을 먹어 작은 객점이나 객잔에 들어갈 엄두가 나지 않아 산야를 헤집고 다녀야만 했다.

그때 삼십육동 동주와 칠십이도 도주가 산골짜기 안에서 모임을 가지면서 각자 대동하고 온 제자와 수하들 수가 적지 않아 길을 가던 중 마주치지 않을 수 없었다. 그는 그자들을 강호 사람들로 알고 그들에게 혜방 등 사숙백들의 행적을 물어보려고 했으나 흉악한 외모가 정춘추와 한패 같다는 생각이 들어 감히 물어볼 수가 없었다. 거기에 그들이 암암리에 하는 얘기를 들어보니 누군가를 해치려고 작당하는 것 같자 의협심이 발동해 위기에 처한 사람을 구제해야겠다는 마음이 들었다. 소림 제자로서 책임을 회피할 순 없다고 느꼈던 것이다. 그는 그들 뒤를 쫓아가 마침내 그날 밤 정경을 일일이 목격하고 귀로 듣게 되었다. 그는 강호의 수많은 은원과 알력에 대해서는 전혀 아는 바가 없었기 때문에 오노대가 칼을 들어 저항할 힘이라고는 없는 벙어리 여자아이를 베려 하자 자기도 모르게 자비심이 발동했다. 그는 누가 옳고 그른지는 상관하지 않고 여자아이를 구해야겠다는 생각 하나만으로 당장 바위 뒤에서 튀어나가 포대 자루를 빼앗아 달아났던 것이다.

그는 산봉우리 위로 올라간 뒤 진기를 돋우고 곧장 내달려갔다. 달려가면 갈수록 숲이 우거지고 쫓아오는 자들의 고함 소리도 점점 줄어들었다. 그가 출수를 해서 사람을 구하겠다고 나선 것은 자비로운 마음에 근거한 것이었다. 보리심菩提心[33]을 발해 보살이 되고 부처가 되고자 마음먹고 있었기에 중생에게 어려움이 닥친 것을 보고 구해내지 않으면 안 되겠다고 여겼던 것이다. 다만 지금은 그들의 무공이 뛰어나고 수법이 악랄해서 그들 중 누구라도 출수를 하면 자신은 적수가 되지 않을 것 같았다. 그는 생각했다.

'외진 곳으로 도망쳐 숨는 수밖에는 없다. 저들이 아무리 찾아도 찾을 수 없는 곳으로 가야 이 아이와 내 목숨을 부지할 수 있을 것이다.'

이런 생각을 하던 참에 이른바 '배고플 때는 음식을 가리지 않고 도망칠 때는 길을 가리지 않는다'는 말이 있듯이 숲이 빽빽하게 우거진 곳을 보고 그대로 뚫고 들어갔던 것이다.

다행히 그는 소요파 노인이 72년간 수련한 내공을 전수받은 상태였기 때문에 내력이 충만해 있어 근 두 시진이나 내달렸지만 전혀 힘들지 않았다. 전력을 다해 내달리고 나면 단중혈에 모여 있던 소요파 내력이 전신 곳곳의 혈도에 천천히 흩어져 들어가 답답한 가슴이 줄어들고 정신이 맑아지면서 오히려 체력이 증강되었다. 다시 한참을 내달리자 하늘색이 하얗게 변하면서 발밑에 얇게 쌓인 눈이 밟혔는데 이미 산허리에 당도한 것으로 보였다. 이곳은 서북쪽의 고산 지역이라 고봉과 험산준령이 있어 1년 내내 쌓인 눈이 녹지 않는 한겨울처럼 추운 기후를 지닌 곳이었다. 허죽이 정신을 가다듬고 주변 상황을 살폈지만 가슴은 여전히 쿵쾅대며 마구 뛰고 있었다. 그는 혼잣말로 중얼거렸다.

"이제 어디로 도망가야 하지?"

갑자기 등 뒤에서 누군가의 목소리가 들려왔다.

"이런 겁쟁이! 도망갈 생각만 하다니 내가 다 수치스러워죽겠구나!"

허죽이 놀라서 펄쩍 뛰며 소리쳤다.

"아이쿠!"

그는 발걸음을 내딛어 다시 산봉우리를 향해 미친 듯이 뛰어올라갔다. 수 마장을 뛰어간 후에야 뒤를 돌아보고는 쫓아오는 사람이 보이지 않자 나지막이 혼잣말을 했다.

"이제 됐다. 쫓아오는 사람이 없어."

그 말을 내뱉자마자 등 뒤에서 다시 누군가의 목소리가 들려왔다.

"사내대장부가 그렇게 놀라다니! 이런 쓸모없는 쥐새끼 같은 놈! 버러지!"

목소리는 등 뒤 1, 2척 되는 손이 닿을 듯한 아주 가까운 곳에서 들려왔다.

허죽이 생각했다.

'큰일 났구나, 큰일 났어! 무공이 이토록 고강한 자라면 필시 독수를 피하기 어렵겠어.'

그는 발걸음을 옮겨 점점 더 빨리 달렸다. 그 목소리가 다시 말했다.

"그렇게 무서우면 영웅인 척하고 사람을 구하지 말았어야지. 어디까지 도망칠 생각이냐?"

허죽은 그 목소리가 귓전에서 울려퍼지자 두 다리에 맥이 풀려 하마터면 그 자리에 넘어질 뻔했다. 그는 한번 휘청하다 몸을 돌렸다. 그때는 이미 동이 터오면서 햇빛이 짙은 그늘 사이를 뚫고 들어오고 있었지만 사람의 그림자라고는 전혀 보이지 않았다. 허죽은 그자가 나무 뒤에 숨어 있다고 생각하고 공손하게 말했다.

"소승은 저들이 아주 어린 여자아이를 해치려 하는 걸 보고 주제도 모르고 구하려 했을 뿐 절대 영웅 심리로 그런 것은 아닙니다."

그 목소리가 차갑게 웃었다.

"주제를 모르고 나섰다가 쓴맛을 보는구나."

그 목소리가 여전히 등 뒤의 귓전에서 울려퍼지자 허죽은 더욱 깜짝 놀라 황급히 뒤돌아봤다. 등 뒤는 텅 비어 있고 사람이라고는 없었다. 그는 그자의 신법이 그토록 민첩하다면 무공이 자기보다 열 배가 아니라 그보다 훨씬 더 고강할 것이니 그런 자가 자신을 해친다면 목숨이 열 개라도 남아나지 않으리라 생각했다. 그러나 그의 말투를 들어보면 겁 많고 무능한 점을 질책할 뿐인지라 오노대 무리 사람은 아닌 것 같았다. 그는 정신을 가다듬고 말했다.

"소승이 무능하니 선배님께서 가르침을 내려주시기 바랍니다."

그 목소리가 냉랭하게 웃었다.

"넌 내 제자도 손제자도 아닌데 어찌 너에게 가르침을 내릴 수 있겠느냐?"

허죽이 말했다.

"네, 네! 소승이 망언을 했으니 선배님께서 용서해주십시오. 상대 숫자가 많아 소승은 적수가 되지 못합니다. 그래서 도망을 쳐야 합니다."

허죽은 이 몇 마디 말을 하고 진기를 돋우어 다시 산봉우리 위로 내달려갔다.

등 뒤의 목소리가 말했다.

"저 산봉우리는 막다른 길이야. 저들이 산봉우리 밑에서 지키고 있는데 어찌 빠져나가겠다는 것이냐?"

허죽이 멍하니 있다 걸음을 멈추었다.

"그… 그건 생각 못했습니다. 선배님께서 자비를 내리시어 올바른 길로 인도해주십시오."

그 목소리가 흐흐하고 차갑게 웃으며 말했다.

"지금으로선 오직 두 길뿐이다. 하나는 몸을 돌려 내려가 그 요마귀괴들을 죽여버리는 것이다."

"소승은 무능할뿐더러 사람을 죽이고 싶지도 않습니다."

"그럼 다른 한 길로 가야. 네가 몸을 훌쩍 날려 밑에 있는 만 장 깊이의 심곡으로 뛰어들어라! 그럼 온몸이 산산조각 나서 모든 것이 해결되고 열반에 들어 해탈에 이르게 될 것이다."

"그건…."

그는 고개를 돌려 바라봤다. 천지가 눈에 쌓여 있었지만 눈밭 위에는 자신이 걸어온 발자국 외에 다른 사람 발자국이라고는 전혀 없었다. 그는 곰곰이 생각해봤다.

'눈을 밟고도 흔적이 없다니 저자는 정말 무공 실력의 고강한 정도가 불가사의한 경지에 이르렀나 보다.'

그 목소리가 말했다.

"무슨 고민을 그리하느냐? 할 말이라도 있느냐?"

허죽이 말했다.

"이대로 뛰어내린다면 소승이 죽는 것은 물론 소승이 구해온 이 어린 소녀까지 함께 죽게 됩니다. 첫째, 사람을 구하려다 끝까지 구하지 못하는 결과를 낳게 되고 둘째, 소승의 불법 수련이 아직 일천하여 열반에 든다는 말은 꺼낼 수조차 없는 처지이니 필시 윤회에 들어 생사

유전生死流轉[34]의 고통을 다시 겪게 될 것입니다."

그 목소리가 물었다.

"넌 표묘봉과는 어떤 연원이 있더냐? 어찌 자신의 목숨을 돌보지 않고 무모하게 그 아이를 구한 것이냐?"

허죽이 빠른 걸음으로 산봉우리로 달려가며 말했다.

"표묘봉이고 영취궁이고 소승은 오늘 처음 듣습니다. 소승은 소림 제자로서 명을 받들어 하산했을 뿐 강호의 어떤 문파와도 관련이 없습니다."

그 목소리가 차갑게 웃었다.

"그렇다면 불의를 보고 참지 못하는 소화상이라 할 수 있구나."

"소화상은 맞지만 불의를 보면 참지 못한다고 볼 수는 없습니다. 소승은 견식이 부족해 본분에 맞지 않은 행동을 한 적이 많이 있습니다. 가슴속에는 무수히 많은 난제가 있어 어찌하면 좋을지 몰라 하고 있습니다."

"네 충만한 내력은 무척이나 뛰어나서 소림파 공력으로 보이지 않는데 그건 어찌 된 연고더냐?"

"그 문제는 말하자면 깁니다. 그게 바로 소승이 가슴에 묻어둔 커다란 난제입니다."

"말이 길면 얼마나 길다 그러느냐? 그런 식으로 대충 넘기는 건 용서 못한다. 어서 말해!"

그 말투에는 심히 위엄이 서려 있어 회피하기가 무척 어려웠다. 다만 소요파라는 명칭이 매우 은밀한 것이라 본 파 사람 이외에는 절대 말해서는 안 된다는 강광릉의 말이 떠올랐다. 더구나 자기 뒤에 있는 사람이 무공이 고강한 선배라는 것만 알지 얼굴조차 본 적이 없는데 어찌 그런 중대한 비밀을 있는 대로 고할 수 있겠는가?

"선배님, 양해해주십시오. 소승에게는 실로 크나큰 고충이 있어 말씀드릴 수 없습니다."

"좋다, 그렇다면 어서 날 내려놔라."

허죽은 깜짝 놀라 말했다.

"뭐, 뭐라고요?"

"어서 날 내려놓으라고! 뭐가 뭐라고요야? 말이 참 많구나!"

허죽은 그 목소리가 남자도 여자도 아닌 것이 무척 늙은 듯했지만 그가 '어서 날 내려놔라'라고 하는 말이 무슨 뜻인지 알 수가 없어 즉각 발걸음을 멈추고 몸을 돌렸다. 그러나 여전히 등 뒤에는 그 사람이 보이지 않았다. 두렵고도 당혹스러워하는 순간 그 목소리가 욕을 하며 말했다.

"이런 멍청한 화상아, 어서 날 내려놓으라고! 네가 등에 지고 있는 포대 자루 안에 있잖아? 내가 누군지 모르겠어?"

허죽은 더욱 놀라서 자기도 모르게 두 손을 놓고 말았다. 픽 하는 소리와 동시에 그 포대 자루가 바닥에 떨어졌고 포대 자루 안에서 아야 하는 소리와 함께 나이 든 목소리의 비명이 들려왔다. 그건 줄곧 귓전을 맴돌던 바로 그 목소리였다. 허죽 역시 아이쿠 하고 소리를 지르며 말했다.

"소낭자, 이제 보니 너였구나? 한데 목소리가 왜 그렇게 늙은 것이냐?"

그는 곧바로 포대 자루 입구를 열고 안에 든 사람을 부축해 꺼냈다. 그 사람은 신형이 왜소한 바로 그 여덟아홉 살 된 여자아이였다. 그러나 그녀의 두 눈은 형형하게 빛이 나고 생기가 넘쳐 허죽을 바라보는 눈빛 속에 사람을 압도하는 위엄이 서려 있었다. 허죽은 입이 떡 벌어져서 말이 나오지 않았다.

여자아이가 말했다.

"어른을 보고도 예를 행하지 않다니 버릇없는 녀석이로구나!"

그 목소리에는 노티가 철철 넘쳤고 표정은 더더욱 노색으로 가득했다. 허죽이 말했다.

"소… 소낭자….

여자아이가 호통을 쳤다.

"무슨 소낭자, 대낭자야? 난 네 할머니뻘 되는 사람이다!"

허죽이 빙긋 웃었다.

"우린 지금 위험에 처해 있으니 괜한 장난은 치지 마라. 자! 어서 포대 자루 안에 들어가. 내가 널 업고 산 위로 올라가마. 더 지체하다가는 적들이 쫓아올 거야!"

여자아이는 허죽을 아래위로 훑어보다가 갑자기 그의 왼손 손가락에 끼어져 있는 보석반지를 발견하고 대뜸 안색이 변하더니 물었다.

"아니, 이게 뭐지? 어디 좀 보자."

허죽은 그 반지를 끼고 싶은 마음이 없었지만 그 물건이 매우 중요하다는 걸 알고 잃어버릴까 두려워 감히 품에 넣어놓지 않았다. 그는 여자아이가 물어보자 웃으며 말했다.

"그건 장난감이 아니야."

여자아이는 손을 뻗어 그의 왼쪽 손목을 움켜잡고 반지를 살펴봤다. 그녀는 허죽의 손바닥 이쪽저쪽을 한참이나 살폈다. 허죽은 자신을 잡고 있는 그녀의 작은 손이 끊임없이 떨리는 게 느껴져 고개를 돌려 쳐다봤다. 그녀의 맑고 투명한 큰 눈에 눈물이 가득 고여 있는 게 보였다. 그렇게 다시 한참이 지난 후에야 그녀는 허죽의 손바닥을 놓았다.

여자아이가 물었다.

"그 칠보반지는 어디서 훔친 것이냐?"

그녀의 목소리는 도적을 심문하듯 매우 준엄했다. 허죽은 무척 불쾌한 마음에 말했다.

"계율을 엄수하는 출가인이 어찌 함부로 남의 물건을 훔치겠느냐? 이건 누군가 나에게 준 것인데 어찌 훔쳤다 말하느냐?"

여자아이가 말했다.

"허튼소리 마라! 넌 소림 제자라 했는데 그 사람이 어찌 이 반지를 너에게 주었겠느냐? 이실직고하지 않는다면 내가 네 힘줄을 뽑고 가죽을 벗겨 극한의 고초를 겪게 해줄 것이다."

허죽이 아연 실소하며 생각했다.

'내가 이 두 눈으로 직접 보지 못하고 목소리만 들었다면 이 꼬마 장난에 놀라 자빠졌을 거야.'

이런 생각을 하고는 말했다.

"소낭자…."

돌연 퍽 하는 소리와 함께 주먹으로 허리를 한 대 맞았지만 여자아이의 힘이 약해선지 그리 아프게 느껴지지는 않았다. 허죽이 말했다.

"어찌 사람을 치는 게냐? 나이도 어린 것이 정말 무례하기 짝이 없구나!"

여자아이가 물었다.

"네 이름이 뭐냐?"

허죽이 말했다.

"내 법명은 허죽이다."

여자아이가 말했다.

"네 법명이 허죽이면 음… 영靈, 현玄, 혜慧, 허虛니까 넌 소림파 37대 제자로군. 그럼 현자, 현비, 현고, 현난, 현통 같은 소화상들이 모두 네 사조들이더냐?"

허죽이 한발 물러서며 경악을 금치 못했다. 이 여덟아홉 살밖에 되지 않은 여자아이가 뜻밖에도 자기 사문의 항렬을 꿰차고 있는 데다 현자, 현비 등 사백조, 사숙조들을 '소화상'이라고 칭하지 않는가? 더구나 그 말투가 나이 어린 계집아이같이 보이지 않았다. 그는 돌연 떠오르는 생각이 있었다.

'세상에 죽은 사람의 영혼이 다른 사람의 시신을 빌려서 부활한다는 차시환혼借尸還魂이란 말이 있는데 혹시, 어떤 노선배의 영혼이 이 소낭자 몸에 붙은 게 아닐까?'

여자아이가 말했다.

"그러면 그렇다, 아니면 아니다 말을 해야지 어찌 아무 대답도 하지 않는 것이냐?"

허죽이 말했다.

"네 말이 틀림없다. 다만 우리 방장 대사를 소화상이라 칭하는 건 너무 지나친 언사가 아니냐?"

그 여자아이가 말했다.

"소화상이라고 부르는 게 뭐? 난 현자의 사부인 영문靈門대사와 동년배인데 현자를 소화상이라고 부른다고 안 될 게 뭐 있단 말이냐? 지나치긴 뭐가 지나치다 그래?"

허죽은 더욱 놀랐다. 현자 방장의 사부인 영문선사는 소림파의 34대 제자 중 걸출한 고승임을 허죽도 알고 있던 터였다. 그는 점점 더 그 여자아이가 차시환혼을 한 것으로 믿게 되어 말했다.

"그… 그럼 너는 누구냐?"

여자아이가 발끈하며 말했다.

"아까는 말끝마다 '선배님'이라고 칭하면서 아주 공손하고 예의 바르게 나오더니만 어찌 갑자기 너, 너 하면서 함부로 말을 하는 게냐? 네가 날 구해준 공로를 감안하지 않았다면 이 할머니가 네 더러운 목숨을 일장에 날려버렸을 게야."

허죽은 그녀가 스스로를 '할머니'라 칭하는 것을 보고 두려운 마음에 공손하게 말했다.

"할머니. 존성대명이 어찌 되시는지 알려주실 수 있으신지요?"

여자아이는 그제야 화를 풀고 기뻐했다.

"그래야 옳지. 먼저 대답해봐라. 네 그 칠보반지는 어디서 난 것이냐?"

허죽이 말했다.

"어떤 노선생께서 주신 겁니다. 전 받지 않겠다고 했습니다. 전 소림 제자라 받을 수 없었기 때문입니다. 허나 그 노선생 목숨이 위태로운 상황이라 제가 변명할 수가 없어…."

여자아이가 돌연 손을 뻗어 그의 손목을 움켜쥐고 떨리는 목소리로 말했다.

"지금 그 노선생 목숨이 위태롭다고 했느냐? 그분이 죽었어? 아니, 아니! 말해봐라. 그 노선생이 어떻게 생겼느냐?"

허죽이 말했다.

"수염 길이가 3척 정도 되고 관옥 같은 얼굴로 무척 준수하게 생겼습니다."

여자아이는 전신을 부르르 떨며 물었다.

"한데 어쩌다 목숨이 위태로운 지경에 이른 게냐? 그… 그 사람이 온몸에 지닌 무공은…."

비통해하던 그녀가 갑자기 분노하며 욕을 퍼부었다.

"이 더러운 화상아, 무애자의 몸에 지닌 무공이 산공散功[35]되지 않는 이상 어찌 죽을 수 있단 말이냐? 사람이 죽는 게 그리 쉬운 줄 아느냐?"

허죽은 고개를 끄덕였다.

"네!"

여자아이가 비록 나이는 어렸지만 사람을 두렵게 만드는 기세가 있어 허죽도 그의 말에 감히 이의를 제기할 수 없었다. 그저 이해가 되지 않을 뿐이었다.

'산공이란 게 뭐지? 사람이 죽는 건 지극히 쉽기만 한데 뭐가 어렵다는 거야?'

여자아이가 다시 물었다.

"무애자를 어디서 봤느냐?"

"지금 말씀하시는 분이 그 총변선생 소성하의 사부인 준수하게 생긴 노선생인가요?"

"물론이다. 흥! 넌 그 사람 이름도 모르면서 칠보반지를 너한테 줬다고 거짓말을 한단 말이냐? 정말 후안무치한 놈이로다! 간덩이가 부었구나!"

"할머니도 그 무애자 노선생을 아시나요?"

여자아이가 화를 내며 말했다.

"너한테 묻는 것이지 나한테 질문하라고는 안 했다. 어디서 무애자를 봤는지 묻지 않느냐? 어서 대답해!"

"한 산꼭대기 위에서였습니다. 제가 의도치 않게 진롱 기국을 풀었는데 그때 그 노선생을 만났습니다."

여자아이가 주먹을 내뻗어 당장이라도 때릴 듯한 자세를 취한 채 화를 내며 말했다.

"헛소리 마라! 그 진롱 기국은 수십 년 동안 뛰어난 재기를 지닌 천하의 수많은 인사를 쩔쩔매도록 만든 것이거늘 너같이 소처럼 아둔한 소화상이 어찌 그걸 풀었다는 말이냐? 끝까지 헛소리를 지껄인다면 절대 용서하지 않을 것이다."

"소승의 실력으로는 당연히 풀 수 없었지요. 다만 그때는 소승이 호랑이 등에 올라탄 격이었습니다. 총변선생이 소승에게 바둑돌을 두지 않으면 안 된다고 강요를 하셔서 소승도 하는 수 없이 눈을 감고 아무렇게나 두었던 겁니다. 한데 소승이 무심코 광대한 공활이 펼쳐진 기세棋勢 안에 스스로 백돌 하나를 놓아 흑에게 먹힌 다음부터 기세가 좋아지기 시작했습니다. 그 뒤부터는 한 고인의 지시에 따라 두다 결국 진롱을 풀게 된 겁니다. 사실은 모든 게 요행일 뿐이었지만 소승이 순간 아무렇게나 한 행동으로 인해 그 후의 죄업은 엄청나게 커지는 결과를 낳게 됐습니다. 에이. 정말 죄과로다. 아미타불!"

그는 이 말을 하면서 두 손으로 합장을 하고 연신 부처님 명호名號를 외쳤다.

여자아이는 반신반의하며 말했다.

"그게 사실이라면 어느 정도 일리가 있구나…."

그의 말이 채 끝나기도 전에 갑자기 산 밑에서 사람들 움직임 소리가 어슴푸레하게 들려왔다. 허죽이 소리쳤다.

"아이고!"

그는 포대 자루를 열어 여자아이를 안에 넣은 다음 등에 지고 산 위를 향해 미친 듯이 내달려갔다.

한참을 내달려가자 산 밑에서 들려오던 고함 소리가 다시 또 멀어졌다. 고개를 돌려보니 쌓인 눈 위에 자신의 발자국이 아주 또렷하게 찍혀 있었다. 그는 자기도 모르게 소리를 질렀다.

"큰일 났다!"

여자아이가 등에 진 포대 자루 안에서 물었다.

"뭐가 큰일 났다는 거냐?"

"눈밭 위에 내 발자국을 남겼으니 아무리 멀리 도망쳐도 결국에는 우릴 찾아내고 말 겁니다."

"나무 위로 올라가 날아가면 종적을 찾지 못할 텐데 애석하게도 네 무공 실력은 너무 보잘것없어서 그런 얄팍한 경공조차 할 줄 모르겠지. 소화상, 네 내력이 약하지 않은 것 같으니 한번 시험해봐라!"

"네, 한번 시험해보죠."

그가 몸을 훌쩍 날려 허공으로 높이 뛰어올랐다. 그런데 놀랍게도

303

나무 꼭대기보다 1장가량이나 더 높게 올라갔다. 그러나 떨어질 때 발을 뻗어 나뭇가지를 밟았다가 뚝 하는 소리와 함께 나뭇가지가 부러져 나뭇가지와 함께 떨어져버리고 말았다. 순간 하늘을 바라본 채 바닥에 떨어지다 보니 등에 진 포대 자루 위를 덮칠 기세로 내려가고 말았다. 허죽은 여자아이가 밑에 깔려 다칠까 두려워 공중에서 재빨리 공중제비를 한 바퀴 돌아 몸을 뒤집어 머리부터 떨어지게 만들었다. 쿵 하는 소리와 함께 이마가 바위에 부딪히며 머리통이 깨져 피가 줄줄 흘러내렸다. 허죽이 비명을 질렀다.

"아이고, 아야!"

그는 발버둥을 치며 몸을 일으켰지만 너무 창피한 나머지 이렇게 말했다.

"전 무공도 보잘것없고 아둔해서 그런지 잘 안 되는군요."

"네 몸이 상처를 입을망정 감히 날 깔아뭉개지 않았으니 이 할머니한테 공손하게 예를 다했다 할 수 있다. 이 할머니가 첫째, 널 이용해야 하고 둘째, 후배한테 상을 내리는 의미에서 비약술을 한 수 전수하겠다. 잘 들어라! 위로 날아오를 때는 두 무릎을 약간 굽힌 채 단전의 진기를 돋우어 진기가 상승할 때까지 기다렸다가 온몸의 근골에 힘을 빼고 옥침혈 사이에…."

여자아이는 곧바로 구구절절 설명을 해가며 그에게 공중에서 어떻게 방향을 전환시키고 어찌 종횡으로 솟아오르는지 가르쳤다.

"내가 가르쳐준 방법에 따라 다시 한번 뛰어올라가 보거라."

허죽이 말했다.

"네! 우선 저 혼자 뛰어올라가 보겠습니다. 다시 또 떨어져서 할머니를 부딪혀 아프게 만들 수는 없지요."

그러고는 포대 자루를 내려놨다.

여자아이가 화를 내며 말했다.

"이 할머니가 너한테 재주를 가르치면서 한 치의 오차라도 있을 것이라 생각하느냐? 시험해보긴 뭘 시험해봐? 한 번만 더 떨어지면 이 할머니가 당장 널 죽여버릴 것이다."

허죽은 두려운 마음에 몸서리를 치지 않을 수 없었다. 등 뒤에 차시환혼을 한 귀혼을 지고 있다는 생각이 들자 온몸의 솜털이 곤두서서 포대 자루를 멀리 던져버리고 싶었다. 그러나 감히 그렇게 할 수는 없었다. 그는 이를 악물고 여자아이가 전수해준 운기 요령에 따라 진기를 운용해 옥침혈을 염두에 두고 두 무릎을 살짝 구부렸다가 가볍게 위로 솟구쳐올랐다.

이번에 솟구쳐오를 때는 몸이 천천히 상승하는 것처럼 느껴져 허공에서 의지할 곳이 없었음에도 마음대로 방향을 전환할 수 있었다. 그는 크게 기뻐서 소리쳤다.

"됐다! 됐어!"

그러나 뜻밖에도 입을 벌리자마자 진기가 빠져나가 그대로 떨어져 버리고 말았다. 다행히 이번엔 꼿꼿이 선 상태로 떨어졌던 터라 두 다리가 바닥에 부딪혀 약간의 통증은 있었지만 넘어지지는 않았다.

여자아이가 욕을 퍼부었다.

"이런 아둔한 녀석! 입을 열고 말을 하려면 우선 내식을 조절해야 할 것 아니냐? 1단계도 제대로 배우지 않은 녀석이 5단계, 6단계를 펼칠 생각을 해?"

허죽이 말했다.

"네, 네! 소승의 잘못입니다."

그는 또다시 배운 대로 기를 돋우고 솟구쳐올라 가볍게 한 나뭇가지 위에 올라섰다. 이번에는 그 나뭇가지가 몇 번 휘청대기만 할 뿐 부러지지는 않았다.

허죽은 속으로 무척 기뻤지만 감히 입을 열 수 없었다. 다시 여자아이가 가르쳐준 방법에 따라 앞으로 훌쩍 뛰자 수평으로 1장 넘게 날아갔다. 두 번째 나무의 나뭇가지 위에 올라 몸을 튕기자 또 세 번째 나무 위로 날아갈 수 있었다. 내식을 순환시키자 몸이 가벼워지고 힘이 넘치는 느낌이 들면서 뛰면 뛸수록 멀리 갈 수 있었다. 나중에는 한번 뛰면 나무 두 그루를 건너뛰어 공중에서 바람을 타고 가듯 날 수 있게 되자 놀랍고도 기쁘지 않을 수 없었다. 설봉 위는 숲이 우거져 있어 나무 꼭대기의 우듬지를 밟으며 날아가니 바닥에는 아무 흔적도 남지 않았다. 그렇게 그는 한 식경 만에 밀림 깊숙이 들어올 수 있었다.

그 여자아이가 말했다.

"됐다. 내려가자!"

허죽이 답했다.

"네!"

그는 천천히 밑으로 내려간 다음 여자아이를 포대 자루 안에서 꺼냈다.

여자아이는 허죽이 만면에 희색을 띤 채 좀 더 하고 싶어 좀이 쑤셔 하는 모습을 보고 욕을 해댔다.

"이 못난 소화상아! 그런 알팍하고 사소한 무공 좀 배웠다고 그렇게 좋아한단 말이냐?"

"네, 네! 소승은 시야가 좁아 그렇습니다. 할머니! 할머니께서 가르쳐주신 무공이 아주 쓸모 있는 것 같습니…."

여자아이가 말을 자르며 말했다.

"네가 의외로 단 한 번의 가르침에 그 무공을 터득했다는 건 이 할머니의 통찰력이 아직 죽지 않았다고 볼 수 있다. 소화상 몸에 있는 내공은 소림 일파의 것이 아닌 것 같던데? 그 무공은 도대체 누구한테 배운 것이더냐? 어찌 그 어린 나이에 내공이 그토록 심후한 거지?"

허죽은 가슴이 먹먹해지며 자기도 모르게 눈시울을 붉혔다.

"무애자 노선생께서 돌아가시기 전에 그 어르신… 그 어르신께서 70여 년 동안 수련하신 내공을 강제로 소승의 체내에 주입하셨습니다. 북명신공을 역으로 운용하신다고 하면서요. 소승은 감히 소림파를 배반하고 다른 문파에 들어갈 수가 없었지만 그 당시 무애자 노선생께서 변명을 하거나 반박의 여지를 주지 않고 소승의 내공을 없애버렸습니다. 비록 소승이 가지고 있던 내공은 보잘것없어 논할 가치도 없지만 그래도… 그래도 소승이 연마한 무공도 각고의 노력을 통해 얻은 것이었죠. 무애자 노선생께서 무공을 전수해주신 것이 소승에게는 화인지 복인지, 이를 받아들여야 할지 말아야 할지 몰랐습니다. 에이. 어찌 됐건 소승이 나중에 소림사로 돌아가면 어찌 됐건, 어찌 됐건…."

그는 '어찌 됐건'이란 말을 연이어 몇 번을 계속하다 어찌 말을 끝맺어야 할지 몰랐다.

여자아이가 멍한 표정으로 말을 못하고 포대 자루를 바위 위에 깐

35. 홍안의 외모는 찰나의 순간이거늘

다음 턱을 괴고 앉아 곰곰이 생각하다 나지막이 말했다.

"그렇다면 무애자가 소요파 장문인 자리를 너한테 물려줬다는 얘기로구나."

"이제 보니, 할머니도 소요파란 이름을 아시는군요."

그는 소요파란 이름을 감히 거론할 수 없었다. 강광릉 말로는 본 파 사람이 아닌데 소요파란 세 글자를 듣는다면 절대 세상에 살려둘 수 없다고 하지 않았던가? 지금은 그 여자아이가 먼저 말했기 때문에 그제야 감히 그 말을 입에 담을 수 있었다. 더구나 그는 그 여자아이가 사람이 아닌 귀신이니 누군가 죽이려 해도 죽일 수 없을 것이라 생각했다.

여자아이가 버럭 화를 냈다.

"내가 어찌 소요파를 모를 수 있겠느냐? 이 할머니가 소요파를 알았을 당시 무애자는 알지도 못했는데."

허죽이 말했다.

"네, 네!"

대답은 했지만 속으로는 이렇게 생각했다.

'당신은 수백 년 된 늙은 귀신일 테니 당연히 무애자 노선생보다 더 늙었겠지.'

여자아이가 마른 나뭇가지 하나를 주워 들고 바닥에 쌓인 눈 위에 그림을 그리기 시작했다. 그녀가 그린 것은 모두 기다란 직선이었다. 얼마 지나지 않아 종횡으로 열아홉 줄의 바둑판을 완성했다. 허죽이 깜짝 놀랐다.

'이 할머니도 나한테 억지로 바둑을 두라고 할 모양이로구나. 큰일

났다!'

그녀는 바둑판을 다 그린 후 바둑판 위에 돌을 깔기 시작했다. 속이 빈 원을 그린 것이 백돌, 속을 채운 것은 흑돌로 삼아 바둑판 위를 촘촘하게 채워 깔아냈다. 바둑판의 반 정도를 채웠을 때쯤, 허죽은 그게 자신이 풀었던 진롱이라는 사실을 알게 되었다.

'당신도 이 진롱을 알고 있었군.'

그리고 이런 생각을 했다.

'혹시 과거에 이 진롱을 풀려다가 너무 고심을 하는 바람에 화가 치밀어올라 죽은 건가?'

이런 생각이 들자 다시 등골이 오싹해지는 느낌이 들었다.

여자아이는 진롱을 모두 깔아놓고 말했다.

"네가 이 진롱을 풀었다고 했는데 첫 번째 돌을 어디다 뒀는지 좀 보자."

허죽이 말했다.

"네!"

그는 당장 첫 번째 돌로 자기 집 한 곳을 막아 상대에게 자기 백돌 일부를 잡아먹히게 만들어 국면을 호전시킨 다음 단연경이 그날 전음으로 지시한 대로 흑돌을 반격했다. 여자아이는 이마에서 땀을 줄줄 흘리며 중얼거렸다.

"하늘의 뜻이로다, 하늘의 뜻이야! 천하에 그 누가 '자신부터 죽이고 적을 공격하는' 이런 괴상한 방법을 생각해낼 수 있겠는가?"

허죽이 이 진롱을 모두 풀 때까지 기다리던 여자아이가 다시 한참을 숙고하다가 말했다.

"이제 보니 소화상이 전혀 터무니없는 소리를 한 게 아니었어. 정말 악독하기 짝이 없는 수야. 무애자가 어쩌다 너한테 칠보반지를 줬는지 일체의 경과를 상세히 말해보도록 해라. 숨기는 게 조금이라도 있으면 가만두지 않겠다!"

"네!"

그는 처음에 사부님이 무슨 일로 그에게 하산을 시켰고, 어찌 진롱을 풀었으며, 어찌 무애자에게 반지와 내공을 전수받고, 어찌 정춘추가 소성하와 현난을 암살했으며, 자신은 어찌 혜방과 여러 화상들 뒤를 쫓아가게 됐는지 일일이 설명해주었다.

여자아이는 아무 말도 하지 않고 그의 말이 끝나기를 기다렸다 말했다.

"그렇다면 무애자는 네 사부인데 넌 어째서 사부님이라 칭하지 않고 '무애자 노선생'이라 하는 것이냐?"

허죽이 당혹스러운 기색을 한 채 답했다.

"소승은 소림사 승려라 다른 문파에 의탁할 수 없습니다."

여자아이가 말했다.

"소요파 장문인이 되지 않겠다고 결심했다는 것이냐?"

허죽이 연신 고개를 끄덕였다.

"절대 원치 않습니다."

여자아이가 말했다.

"그거야 쉽지. 그 칠보반지를 나한테 넘기면 된다. 내가 너를 대신해 소요파 장문인이 되는 게 어떠하냐?"

허죽이 크게 기뻐했다.

"소승이 바라던 바입니다."

그는 손가락에서 칠보반지를 빼 그녀에게 건네주었다.

여자아이는 기쁜 것 같기도 하고 슬픈 것 같기도 한 왠지 모를 불안한 표정을 지으며 반지를 건네받아 손가락에 끼었다. 그러나 그녀의 손가락은 너무 가늘어서 중지와 무명지에 끼웠지만 번번이 빠져버렸다. 그러다 무지에 억지로 끼워넣고 한참을 살펴보더니 물었다.

"무애자가 너한테 그림을 한 폭 주면서 대리 무량산에 가서 사람을 찾아 소요파의 상승무공을 배우라 했다고 했지? 그럼 그 그림은 어디 있느냐?"

허죽이 품속에서 그림을 꺼냈다. 여자아이는 두루마리를 펼쳐 그림 속의 궁장 미녀를 보더니 별안간 얼굴색이 변하면서 욕을 퍼붓기 시작했다.

"그… 그 사람이 이 천한 년한테 무공을 전수받으라 했다고? 그 사람이 죽는 와중에도 이 천한 년을 잊지 못했다는 말이로구나. 게다가 이렇게 예쁘게 그려놔?"

그녀는 순식간에 분노와 질투심으로 가득 찬 얼굴로 그림을 땅바닥에 던져버린 다음 발로 마구 밟아버렸다.

허죽이 소리쳤다.

"아이고!"

그는 재빨리 손을 뻗어 그림을 주웠다. 그러자 여자아이가 화를 내며 말했다.

"아까우냐?"

"이렇게 멋진 그림을 망가뜨리니 당연히 아깝지요."

"그 천한 년이 누구인지 무애자 그 도적놈이 너한테 말하지 않았더냐?"

허죽이 고개를 가로저었다.

"아니요."

이렇게 대답하고 생각했다.

'어찌 무애자 노선생이 도적놈으로 바뀐 거지?'

"홍! 그 도적놈이 허황된 망상에 빠져 있었어. 그 천한 년이 수십 년이나 흐른 지금까지 저 모습일 줄 알았나 보지? 더구나 그 당시에 저렇게 예뻤다고?"

그녀는 말을 하면 할수록 화가 치밀어오르는지 손을 뻗어 그림을 빼앗아 찢어버리려고 했다. 허죽은 재빨리 손을 움츠려 그림을 품속에 집어넣었다. 여자아이는 몸이 작고 힘이 없어 그림을 빼앗지 못하자 숨을 가쁘게 몰아쉬며 끊임없이 욕을 해댔다.

"양심도 없는 도적놈! 뻔뻔스럽기 짝이 없는 더럽고 천한 년!"

허죽은 도대체 영문을 알 수 없어 멍하니 서서 생각했다.

'저 여자아이에 붙은 늙은 귀신은 필시 그림 속의 미녀를 알고 있으며 두 사람이 서로 원수지간인 관계라 그림을 통해 보고 있지만 솟구쳐오르는 노기를 참지 못해 저러는 것일 것이다.'

여자아이가 악독하기 이를 데 없는 저주를 퍼붓고 있을 때 허죽의 배에서 돌연 꼬르륵하는 소리가 울려퍼졌다. 그는 온종일 부산스럽게 움직이며 미친 듯이 내달리고 뛴 데다 입에 쌀 한 톨 대지 못했기에 무척이나 허기가 진 상태였다.

여자아이가 말했다.

"배고프냐?"

"네. 눈으로 뒤덮인 산꼭대기 위라 먹을 만한 게 없겠네요."

"없긴 왜 없어? 이렇게 눈이 쌓인 봉우리 위에 가장 많은 건 자고새야. 꽃사슴이나 영양도 있지. 내가 평지를 빨리 달리는 경공을 가르쳐주고 날짐승들을 잡는 방법도 알려주겠…."

허죽은 그의 말이 채 끝나기도 전에 재빨리 손사래를 쳤다.

"출가인이 어찌 살생을 하겠습니까? 차라리 굶어 죽을지언정 육식은 절대 하지 않습니다!"

"이런 날강도 같은 화상아, 그럼 평생 동안 육식을 한 적이 없더란 말이냐?"

허죽은 그날 작은 객점에서 남장을 한 어린 소낭자의 장난에 속아 고기 한 점과 닭곰탕 반 그릇을 먹었던 기억을 떠올리며 잔뜩 찌푸린 얼굴로 말했다.

"소승이 누군가에게 속아넘어가 한번 먹은 적은 있지만 그건 무의식중에 실수로 먹었을 뿐이라 부처님께서도 용서해주실 겁니다. 다만 제가 직접 살생을 하는 건 절대 있을 수 없는 일입니다."

"네가 닭이나 사슴을 죽이지 않겠다면서 사람을 죽이려 하니 그건 더욱 악랄한 죄라 할 수 있다."

허죽이 이상한 듯 물었다.

"소승이 언제 사람을 죽이려 했습니까? 아미타불, 죄과로다. 죄과로다!"

"그래도 염불을 욀단 말이냐? 정말 우습기 짝이 없구나. 네가 자고새를 잡아 나한테 먹이지 않는다면 난 두 시진 뒤에 죽어버리게 될 것이다. 그럼 너한테 죽임을 당하는 꼴이 아니냐?"

허죽이 머리를 긁적였다.

"이 산봉우리 위에는 버섯이나 죽순 같은 게 있을 테니 제가 가서 따오도록 하겠습니다."

여자아이는 안색을 찌푸리다 해를 가리키며 말했다.

"해가 중천에 뜰 때까지 신선한 피를 마시지 못하면 난 죽고 만다!"

허죽은 두려움이 밀려왔다.

"멀쩡한 사람이 왜 피를 마셔야 한단 말입니까?"

그는 속으로 모발이 곤두서며 자기도 모르게 흡혈귀를 떠올렸다.

"난 기괴한 병에 걸려서 매일 정오에 신선한 피를 마시지 못하면 전신에 진기가 끓어올라 산 채로 불타 죽어버리게 된다. 또한 죽을 때는 광기가 발작하기 때문에 너한테 이로울 것이 전혀 없을 것이다."

허죽은 고개를 사정없이 가로저었다.

"어찌 됐건 간에 소승은 불문 제자로서 청규계율淸規戒律을 엄수해야 하며 저 스스로 살생을 금해야 함은 물론, 할머니께서 살생을 하려 해도 최선을 다해 막아야만 합니다."

여자아이는 그를 뚫어지게 쳐다봤다. 놀라면서도 두려운 표정이었지만 그 의지가 굳건해서 굴복할 것으로 보이지는 않았다. 그녀는 흐흐하고 냉소를 머금었다.

"네가 불문 제자를 자칭하며 청규계율을 엄수한다고 하는데 도대체 어떤 계율을 말하는 것이냐?"

"불문의 계율은 근본계根本戒와 대승계大乘戒로 나뉘어 있습니다."

여자아이가 차갑게 웃었다.

"별게 다 종류가 있구나. 뭐가 근본계고 뭐가 대승계인 것이냐?"

"근본계는 비교적 쉬워서 네 단계로 구분이 되는데 첫 번째가 오계五戒이고 그다음이 육계六戒, 또 그다음이 십계十戒이며 마지막이 구족계具足戒라고도 하는 250계입니다. 오계는 재가자在家者나 출가자가 지켜야 할 규범으로 첫째 살생하지 말라, 둘째 도둑질하지 말라, 셋째 음행을 하지 말라, 넷째 거짓말을 하지 말라, 다섯째 술을 마시지 말라입니다. 출가한 비구들은 팔계八戒와 십계 및 250계를 반드시 지켜야만 하며 오계에 비해 세밀하고 엄격합니다. 어찌 됐건 살생을 하지 않는 것이 불문의 첫 번째 계율입니다."

여자아이가 말했다.

"내가 듣기론 불문의 고승이 정과를 이루기 위해선 반드시 대승계를 지켜야 하며 이를 십인十忍이라 칭한다고 했다. 맞느냐?"

허죽이 속으로 오싹해져서 말했다.

"맞습니다. 대승계는 자신을 버리고 남을 구하는 것을 중시합니다. 여러 부처님을 공양하고 중생을 제도하기 위해서는 자신의 목숨마저도 버릴 수 있어야 한다는 말이지만 그 열 가지를 반드시 수행하라는 건 아닙니다."

여자아이가 물었다.

"그럼 십인이라는 건 뭐냐?"

허죽은 무공 실력에 있어서는 평범했지만 불경은 제대로 숙지하고 있었다.

"첫째는 독수리에게 살점을 떼어주고, 둘째는 굶주린 호랑이에게 몸을 던지고, 셋째는 머리를 잘라 하늘에 감사하고, 넷째는 뼈를 분질러 골수를 빼내고, 다섯째는 몸을 도려내 1천 개의 등불을 켜고, 여섯째는 눈을 뽑아 보시를 하고, 일곱째는 살갗을 벗겨 경서를 쓰고, 여덟째는 가슴을 찔러 의지를 다지고, 아홉째는 몸을 불살라 부처님께 공양하고, 열째는 피를 내서 땅에 뿌리는 것입니다.”

그가 한 마디 할 때마다 여자아이는 한 번씩 웃었다. 그의 말이 끝나자 여자아이가 물었다.

“독수리에게 살점을 떼어준다는 게 무슨 말이지?”

“그건 부처님인 석가모니께서 살아계실 때 일입니다. 석가모니께서 굶주린 독수리가 비둘기를 쫓아가는 것을 보시고 이를 보다못해 비둘기를 품에 숨겼습니다. 그러자 굶주린 독수리가 말했지요. ‘당신이 비둘기를 구해주면 날 굶어 죽게 만드는 것이니 내 목숨을 해치는 것이 아니오?’ 그러자 부처님께서 자신의 피와 살점을 잘라 굶주린 독수리가 배불리 먹게 해주셨다고 합니다.”

“굶주린 호랑이에게 몸을 던진다는 얘기도 비슷하겠지?”

“그렇습니다.”

“봐라! 불가의 청규계율은 그토록 학식이 깊고 심오한데 어찌 ‘살생을 하지 말라’는 말로 단언할 수 있겠느냐? 네가 날짐승을 잡아와 나한테 먹여주지 않는다면 석가모니 일화로 배운 것처럼 자신의 피와 살을 나한테 먹고 마시게 해줘야만 하는 것 아니냐? 그러지 않는다면 불문 제자가 아니지.”

그는 허죽의 왼손 소맷자락을 높이 잡아끌어 그의 팔뚝이 드러나게 만들고 웃었다.

“내가 너의 이 팔을 먹는다면 하루는 너끈히 버틸 수 있을 것이다.”

허죽이 힐끗 보니 그녀가 허연 이를 드러내놓고 있는데 마치 자기 팔을 당장이라도 물어뜯을 것 같은 표정이었다. 이런 여덟아홉 살 정도 나이의 여자아이는 몸집도 작고 힘이 없어 두려워할 일이 전혀 없었지만 허죽은 그 여자아이를 차시환혼 한 여자 귀신으로 생각하고 있었기에 그의 표정이 무섭기 이를 데 없었다. 그는 자기도 모르게 간담이 서늘해져 큰 소리로 비명을 질러댔다. 그러고는 그녀의 손을 떨쳐버리고 산봉우리 위쪽을 향해 재빨리 내달려갔다.

허죽이 두려움에 내지른 비명 소리가 산골짜기에 크게 울려퍼졌다. 그때 산중턱에서 누군가 길게 부르짖는 소리가 들려왔다.

"저기 있다. 모두 저쪽으로 쫓아가자!"

목소리가 까랑까랑하고 우렁찬 것으로 보아 불평도인의 목소리로 보였다.

허죽이 생각했다.

'아이고, 큰일 났구나! 내가 비명을 지르는 바람에 내 행적이 발각됐어. 이제 어쩌면 좋지?'

그는 다시 돌아가 그 여자아이를 업을 생각을 했지만 너무나도 무서웠다. 그렇다고 모른 체하고 그냥 내버려둔 채 자기 혼자 도망을 가자니 차마 그럴 수는 없다는 생각이 들었다. 산비탈 위에 선 채 결정을 못하고 주저하며 산중턱 쪽을 바라보니 네다섯 개 정도 되는 검은 점이 위쪽으로 빠르게 올라오고 있었다. 비록 거리가 꽤 멀긴 했지만 결국에는 따라잡힐 것이고 여자아이가 그들 수중에 들어가게 된다면 살아남기 힘들 것이다. 그는 몇 걸음 내려가다 소리쳤다.

"이보시오, 날 깨물어 먹지 않겠다고 약속하면 내가 업고 도망가주
겠습니다."

여자아이가 깔깔대고 웃었다.

"이리 오거라, 할 말이 있다. 올라오는 다섯 명 중 첫 번째는 불평도
인, 두 번째는 오노대, 세 번째는 안安가, 다른 둘 중 하나는 나羅가, 하
나는 이利가다. 내가 기술 몇 수를 가르쳐줄 테니 우선 불평도인부터
쓰러뜨려라."

여자아이가 잠시 멈추었다가 미소를 지었다.

"그자를 때려눕히기만 해서 사람을 해치지 못하게 해라. 그럼 목숨
을 해치는 것이 아니니 결코 살생이라 할 수 없으며 파계를 하는 것도
아닌 셈이다."

"사람을 구하기 위해 흉악한 자를 때려눕히는 건 당연히 해야 할 일
입니다. 하지만 불평도인과 오노대는 무공이 매우 고강한데 제가 어찌
그들을 때려눕힐 수 있겠습니까? 할머니 실력이 아무리 좋아도 이 짧
은 시간에 배울 수는 없지요."

"이런 멍청한 놈! 멍청이! 무애자는 소성하와 정춘추 두 사람의 사
부다. 소성하와 정춘추 두 사람 무공이 어떠한지는 너도 직접 봤지 않
느냐? 제자들이 그 정도인데 사부는 어느 정도인지 짐작이 갈 것 아니
겠느냐? 그 사람이 70여 년 동안 부지런히 수련해서 쌓은 공력을 모
두 너에게 전수해줬는데 불평도인이나 오노대 같은 무리들이 어찌 너
에 비할 수 있겠느냐? 네가 멍청하기 짝이 없어서 운용을 못할 뿐이
지. 일단 그 포대 자루를 가져와서 오른손으로 이렇게 잡고 자루 주둥
이를 열어라. 그리고 진기를 왼팔에 돋우고 왼손으로 적의 뒤쪽 허리

를 후려쳐서…."

허죽은 그녀가 하라는 대로 따라 해보니 생각보다 쉬웠다. 그러나 그런 몇 수만으로 그 쟁쟁한 무림 고수들을 어찌 때려눕힐 수 있다는 건지 알 수가 없었다.

여자아이가 말했다.

"계속해서 왼손 식지로 적의 이 부위를 찍어야 한다. 아니, 아니! 반드시 운기를 해야만 하고 찍는 부위에 한 치의 오차가 있어서는 안 된다. 적을 맞이할 때는 필히 냉정을 찾아야 한다. 만일 조금이라도 착오가 있다면 적을 때려눕히기는커녕 자기 목숨마저 상대 손에 넘어가게 될 것이야."

허죽은 그녀의 지시에 따라 심혈을 기울여 기억하려 했지만 그 몇 가지 수법들을 단번에 터득할 수는 없었다. 비록 대여섯 가지 초식이었지만 각 초식마다 신법과 보법, 장법, 초법 등이 무척이나 특이해서 두 발로 어찌 서 있으며, 상반신은 또 어찌 비트는지 복잡하기 이를 데 없었다. 더구나 매 일초를 내뻗을 때마다 내력을 손바닥 위에 돋우어야만 힘이 초식에 얹힐 수 있었다. 허죽이 반나절을 연마했지만 정확하게 구사할 정도로 연마할 수는 없었다. 그는 이해력은 뛰어나지 않았지만 기억력은 매우 좋았다. 그러나 그 여자아이가 가르쳐준 요결에 대해서는 매 한 마디를 모두 기억해내도 모든 초식을 단번에 착오 없이 구사하는 건 절대 불가능했다.

여자아이는 연이어 몇 번이나 교정을 해주다 욕을 퍼부었다.

"이런 멍청이, 무애자가 무공의 전인傳人으로 널 택하다니 정말 눈이 삐어도 단단히 삐었나 보다. 너더러 그 천한 년한테 가서 무공을 배우

라고 했다고? 그 천한 년은 잘생긴 놈만 찾고 사람을 대할 때 정도 의
리도 없는데 네가 준수하고 참한 젊은이라면 또 모를까 하필이면 너
처럼 추한 몰골의 소화상이라니 정말 무애자가 무슨 근거로 뽑았는지
모르겠다.”

“무애자 노선생도 그렇게 말씀하셨습니다. 속으로는 풍류가 넘치고
준수하게 생긴 젊은이를 찾아 전인으로 삼으려 했다고 말입니다. 애석
하게도… 그 소요파 규율은 정말 기괴하기 짝이 없군요. 이제… 이제
소요파 장문인을 할머니가 맡으셨으니….”

그는 그다음 말을 다 하지 못하고 속으로 생각했다.

‘늙은 귀신이 붙은 소낭자 당신도 그리 미모가 뛰어나다고 할 수는
없소.’

허죽은 말을 하면서 두 번을 더 연습했다. 처음에는 왼손 출수가 너
무 빨랐고, 두 번째는 손가락으로 방위를 잘못 찍었다. 무척이나 끈질
긴 성격을 지닌 그가 다시 연습을 하려는 순간 갑자기 발소리가 들려
왔다. 불평도인이 마치 나는 듯이 산비탈 길을 올라와 빙긋 웃으며 말
했다.

“소화상, 아주 빨리도 도망치는구나.”

그는 두 발을 바닥에 찍으며 덮쳐왔다.

허죽은 그의 기세가 매우 흉맹한 것을 보고 몸을 돌려 달아나려 했
다. 여자아이가 호통을 쳤다.

“내가 가르쳐준 대로 펼치되 착오가 있어서는 안 된다!”

허죽은 숙고할 겨를도 없이 포대 자루 주둥이를 벌리고 왼팔에 진
기를 돋우어 불평도인을 향해 후려쳐갔다.

불평도인이 욕을 퍼부었다.

"소화상, 네가 감히 이 도사 어르신께 손을 쓰겠다는 것이냐?"

이 말을 하면서 손을 들어 맞받아쳤다. 허죽은 쌍장이 교차할 때까지 기다리지 않고 다리를 뻗어 걸어버렸다. 그러자 기이하게도 그가 건 발에 제대로 걸린 불평도인이 앞으로 휘청거리는 것이 아닌가? 허죽은 곧바로 왼손을 한 바퀴 돌리고 기를 돋우어 그의 뒤쪽 허리를 향해 후려쳤다. 이번에는 더욱 기이한 일이 벌어졌다. 삼십육동 동주와 칠십이도 도주조차 안중에 두지 않던 불평도인이 뜻밖에도 그의 일장을 맞고 신형을 흔들 하더니 포대 자루 안으로 기어들어가는 것이 아닌가? 허죽은 크게 기뻐하며 이어서 식지로 그의 의사혈意舍穴을 찍었다. 그 의사혈은 등짝의 척수 양쪽에 있는 비유혈脾兪穴 옆에 있는 곳이었지만 허죽은 점혈 무공을 할 줄 몰라 황망 중에 출지를 했다가 위치가 약간 빗나가 의사혈 위에 있는 양강혈陽綱穴을 찍어버리고 말았다.

불평도인은 큰 소리로 비명을 지르며 포대 자루 안에서 빠져나와 뒤쪽으로 몇 번 공중제비를 돌다가 산 밑으로 굴러내려갔다.

여자아이가 연이어 외쳤다.

"애석하구나, 애석해!"

그러다 다시 허죽을 욕했다.

"이런 멍청이! 의사혈을 찍어서 꼼짝 못하게 하라고 했지 누가 너더러 양강혈을 찍으라 했더냐?"

허죽은 깜짝 놀라면서도 기쁜 마음에 말했다.

"정말 쓸 만한 요결입니다. 애석하게도 소승이 아둔해 잘못 찍기는 했지만 그자가 놀라도록 만들었으니 이 또한 즐겁지 아니합니까?"

그때 오노대가 재빨리 올라오는 모습이 보이자 허죽은 포대 자루를 들고 앞으로 나아가 말했다.

"당신도 시험해봅시다!"

오노대는 불평도인이 단 일초 만에 패해 산비탈 밑으로 굴러떨어진 것을 보고 너무도 두려워 경계심을 늦추지 않았다. 그는 녹파향로도를 들고 몸을 비틀어 옆으로 다가오며 운요무산雲繞巫山 일초를 펼쳤다. 허죽의 허리춤을 베려 한 것이다.

허죽이 재빨리 피하며 부르짖었다.

"아이쿠, 큰일 났다! 이자가 칼을 쓰니 난 상대할 수가 없어."

여자아이가 소리쳤다.

"이리 와서 날 안고 나무 꼭대기 위로 솟구쳐 올라가거라!"

오노대가 이미 연이어 삼도를 베었지만 다행히 그는 두려움을 느끼고 있던 터라 너무 가까이 다가갈 수 없어 삼도 모두 허초에 그치고 말았다. 허죽은 그 틈을 타서 황급히 도망치려 했지만 정세는 이미 위급하기 짝이 없었다. 그는 여자아이가 부르짖는 소리를 듣고 속으로 기뻐했다.

'나무 위로 도망가는 요결은 내가 제대로 배웠지.'

허죽이 여자아이를 안으려 내달리는 순간 오노대가 이미 질풍 같은 속도로 연달아 칼을 내뻗어 그를 베어오고 있었다. 허죽이 소리쳤다.

"아이고, 야단났다!"

황급히 진기를 돋우어 훌쩍 뛰자 몸이 하늘을 향해 곧장 솟구쳐올라 마치 하늘 끝까지 날아오르듯 날아가 커다란 소나무 꼭대기 위에 사뿐히 내려앉았다.

높이가 3장 가까이나 되는 소나무 위를 허죽이 자유자재로 올라가자 오노대는 깜짝 놀라지 않을 수 없었다. 그의 무공 실력은 매우 정묘하고 고강했지만 경공에 있어서는 극히 평범해서 그렇게 높은 소나무에는 절대 오를 수 없었다. 다만 그가 눈여겨보고 있던 것은 허죽이 아니라 그 여자아이였다. 그는 큰 소리로 호통을 쳤다.

"이 망할 놈의 화상아! 그 나무 꼭대기에 평생 머물고 영원히 내려오지 마라!"

이 말을 하면서 여자아이를 향해 내달려가 손을 뻗어 그녀의 뒷목을 움켜잡았다. 그는 여자아이를 잡아가 사람들에게 한 칼씩 베도록 해서 그녀의 피를 마셔 피로써 맹세를 하게 만들고 그 누구도 다른 마음을 먹지 않게 할 생각이었다.

허죽은 여자아이가 다시 잡히자 마음이 급해졌다.

'나더러 자기를 안고 나무에 오르라고 했는데 나 혼자 나무 꼭대기로 도망을 치고 말았구나. 이 경공은 저 여자아이가 전수해준 건데 이 어찌 배은망덕한 일이 아닐 수 있겠는가?'

곧바로 나무 꼭대기에서 다시 밑으로 훌쩍 내려왔다. 그는 손에 포대 자루를 들고 있었던 터라 훌쩍 뛰어내리면서 포대 자루 주둥이가 마침 아래쪽을 향하자 그 김에 포대 자루를 오노대의 머리에 뒤집어 씌우고 왼손 식지로 그의 등짝을 찍어갔다. 이번 일지 역시 의사혈을 찍지 못하고 1촌가량 밑으로 치우치는 바람에 그의 위창혈胃倉六을 찍고 말았다.

오노대는 머리 꼭대기에 바람이 일면서 눈에 아무것도 보이지 않자 깜짝 놀란 나머지 칼을 마구 휘둘러댔지만 허공만 가르다 허죽의 일지에 위창혈을 찍히고 말았다. 혈도를 찍혔다고 힘이 빠지지는 않았지만 두 팔이 마비가 되면서 챙 소리를 내며 녹파향로도를 바닥에 떨어뜨리고 왼손으로 잡고 있던 여자아이의 목덜미마저 놓쳐버렸다. 그는 재빨리 머리에 덮인 포대 자루를 벗겨내려고 몸을 뒤집어 바닥에서 구르기 시작했다.

허죽은 여자아이를 안고 다시 나무 꼭대기 위로 훌쩍 올라가 연신 중얼거렸다.

"위험했다, 아주 위험했어!"

여자아이는 창백해진 얼굴로 욕을 퍼부었다.

"이런 쓸모없는 놈아! 이 어르신이 무공을 가르쳤는데 두 번 다 실수를 한단 말이냐?"

허죽은 부끄럽기 짝이 없었다.

"네, 네! 혈도를 잘못 찍었습니다."

"봐라, 놈들이 또 왔다."

허죽이 밑을 바라다보니 불평도인과 오노대가 이미 산중턱으로 다시 돌아왔다. 또 다른 세 사람은 멀리서 손가락질만 해댈 뿐 감히 가까이 접근할 생각을 하지 않았다.

돌연 작은 키의 뚱뚱한 자가 큰 소리로 외치며 쏜살같이 달려왔다. 그는 소나무에서 수 장 밖까지 내달려오다 바닥에 몸을 굴렸다. 그때 그의 몸은 둥근 광채로 뒤덮여 있었는데 알고 보니 짧은 도끼 두 자루를 휘둘러 몸을 보호하며 나무 아래까지 달려오고 있었다. 곧이어 퍽 하는 소리와 함께 쌍도끼가 나무뿌리를 찍어대고 있었다. 그자는 힘이 대단한 데다 도끼 또한 매우 날카로워서 열몇 번만 내리찍으면 그 커다란 소나무가 베어져 쓰러질 것으로 보였다.

허죽이 다급한 마음에 소리쳤다.

"이제 어쩌면 좋지요?"

여자아이가 냉랭하게 말했다.

"네 사부가 너한테 비결을 알려주면서 그 그림 속의 천한 년한테 가서 무공을 전수받으라고 하지 않았더냐? 그년한테 부탁해봐라! 그 천한 년이 너한테 무공을 가르치면 넌 저 밑으로 내려가 저 개돼지 다섯 마리 정도는 가볍게 때려눕힐 수 있을 게야!"

허죽이 다급하게 말했다.

"아유, 아!"

그는 생각했다.

'지금 이 상황에 아직까지 그 그림 속의 여자와 경쟁의식을 느끼고 있다니….'

퍽 하는 소리와 함께 그 땅딸보가 쌍도끼로 다시 소나무를 두 번 연속 찍자 나뭇가지가 계속 흔들리면서 솔잎이 비처럼 후두두 떨어졌다.

여자아이가 말했다.

"단전에 있는 진기를 일단 어깨의 거골혈巨骨穴로 돋우었다가 다시 팔꿈치의 천정혈로 보낸 다음, 손목의 양지혈로 보내고 양활陽谿, 양곡, 양지 세 혈도 안에서 연이어 세 바퀴를 회전시킨 뒤 무명지의 관충혈로 내보내라!"

그녀는 이 말을 하면서 한편으로는 손가락을 뻗어 허죽의 몸에 있는 혈도를 짚었다. 경혈 이름만 들려줘봐야 허죽이 알아듣지 못하고 어쩔 줄 몰라 할 것이 틀림없다고 생각해 위치를 직접 지적해준 것이다.

허죽은 무애자에게 내공을 전수받고 난 후 진기가 체내에서 이리저리 옮겨다니고 있었기에 자신이 보내고 싶은 곳은 어디든 지체 없이 보낼 수 있었다. 여자아이의 설명을 듣고 그 말에 따라 운기를 했다. 그때 다시 퍽 하는 소리와 함께 소나무가 흔들거렸다.

"운기를 했습니다!"

"솔방울 하나를 따서 저 땅딸보의 머리든 가슴이든 겨냥해 무명지로 진기를 돋우어 힘껏 튕겨 보내라!"

"네!"

그는 솔방울 하나를 따서 무명지에 올려놓았다.

여자아이가 소리쳤다.

"튕겨!"

허죽은 오른손 무지를 풀어 무명지 위에 있던 솔방울을 튕겨 보냈다. 획 하는 소리와 함께 솔방울이 맹렬하게 발사돼 나가는데 그 위력은 이루 말할 수 없을 정도였다. 다만 그는 여태껏 암기를 다루는 수법을 배워본 적이 없었던 터라 조준에 정확성이 없어 솔방울이 퍽 소리를 내며 땅속 깊이 박혀버리고 종적조차 찾을 수 없었다. 솔방울이 박힌 곳은 땅딸보가 있는 곳에서 최소한 3척이나 떨어진 곳이어서 힘은 강력했지만 전혀 효과가 없었다. 땅딸보는 놀라서 펄쩍 뛰며 잠시 어리둥절해하다가 다시 도끼를 들어 소나무를 패기 시작했다.

여자아이가 말했다.

"이런 멍청한 화상 같으니! 다시 한번 튕겨봐!"

허죽은 부끄럽기 짝이 없어 그의 말에 따라 다시 진기를 운용해 솔방울 하나를 튕겨 보냈다. 이번에는 정확히 맞혀야겠다는 생각으로 힘껏 튕겼지만 손목이 떨리는 바람에 땅딸보 몸에서 더 멀어진 5척 밖을 맞히고 말았다.

여자아이가 고개를 가로저으며 탄식했다.

"저 왼쪽에 있는 소나무는 여기서 너무 멀어 네가 날 안고 건너뛰지 못할 것이다. 지금은 상황이 급박하니 너 혼자 도망치거라."

허죽이 말했다.

"무슨 말씀입니까? 제가 어찌 목숨을 위해 의리를 저버리는 놈이 될 수 있단 말입니까? 어찌 됐건 최선을 다해 할머니를 구하겠습니다. 정 안 되면 할머니와 함께 죽으면 그뿐입니다."

여자아이가 말했다.

"이런 아둔한 화상아! 난 너와 아무 연고도 없는 사이인데 어찌 나와 함께 죽겠다고 나서는 것이냐? 흥! 저놈들이 우리 둘을 죽이는 게 그리 쉽지만은 않을 것이다. 어서 솔방울 열두 개를 따서 한 손에 여섯 개씩 잡아 이렇게 운기를 해라."

그녀는 이 말을 하면서 운기하는 방법을 가르쳐주었다.

허죽은 이를 기억하려 애썼지만 그 방법대로 펼쳐내기도 전에 소나무가 격렬하게 흔들렸다. 곧이어 우지끈, 뚝 하는 소리가 울려퍼지며 나무가 쓰러지기 시작했다. 불평도인과 오노대 그리고 그 땅딸보와 나머지 두 사람이 환호성을 지르며 일제히 달려왔다.

여자아이가 호통을 쳤다.

"솔방울을 던져!"

그때 허죽의 손바닥 안에는 진기가 솟구쳐올랐다. 곧 두 손을 휘두르자 열두 개의 솔방울이 동시에 날아가며 퍼퍼퍼퍽 하고 몇 번의 소리가 울려퍼졌고 그중 네 명이 고꾸라져버렸다. 솔방울에 맞지 않은 땅딸보가 소리쳤다.

"아이구, 엄마야!"

그는 쌍도끼를 내던지고 재빨리 산비탈 밑으로 굴러 내려갔다. 허죽이 던진 열두 개의 솔방울은 극히 신속하고 강맹하게 날아갔기 때문에 던지는 순간 내리꽂혀 나머지 네 명은 도저히 피할 수가 없었다.

허죽은 솔방울을 던진 후 여자아이가 떨어져 다칠까 두려워 그녀의 허리를 안고 땅바닥에 사뿐히 내려앉았다. 그는 눈밭 위 곳곳이 검붉은 색으로 뒤덮여 있고 네 명의 몸에서 선혈이 흐르는 걸 보고 멍하니 바라볼 수밖에 없었다.

여자아이가 환호성을 지르다 그의 품 안에서 발버둥치며 내려와 불평도인 몸 위를 덮치더니 그의 이마에 난 상처에 입을 가져다 대고는 선혈을 미친 듯이 빨기 시작했다. 허죽이 깜짝 놀라 소리쳤다.

"뭐 하는 겁니까?"

그녀의 등짝을 움켜쥐고 들어올리자 여자아이가 말했다.

"네가 이미 이자를 때려죽였으니 이자의 피를 빨아 병을 고치는데 안 될 게 뭐 있느냐?"

허죽은 입 주변이 피로 범벅에다 말을 할 때 입을 벌리며 섬뜩하게 웃는 그녀의 모습을 보자 두려움을 감출 수 없어 그녀를 천천히 내려놓고 떨리는 목소리로 말했다.

"내… 내가 그자를 때려죽였단 말입니까?"

여자아이가 말했다.

"그럼 거짓말인 줄 알았느냐?"

그녀는 이 말을 하면서 몸을 구부려 다시 피를 빨기 시작했다.

허죽은 불평도인의 이마에 계란 크기의 커다란 구멍이 난 것을 보고 속으로 깜짝 놀랐다.

'아이고! 내가 솔방울을 그의 머리에다 집어넣었구나! 그 솔방울은 가볍고 부드럽기만 한데 어떻게 머리통을 뚫고 들어갈 수가 있지?'

나머지 세 사람을 바라보자 한 사람은 가슴에 솔방울 두 개가 박혀 있고, 또 한 사람은 후두와 콧등에 하나씩 명중됐는데 모두 숨을 거둔 상태였다. 오로지 오노대만이 복부에 하나를 맞고 계속 숨을 헐떡거리며 신음 소리를 내고 있었지만 아직 목숨이 끊어진 상태는 아니었다.

허죽은 오노대 앞으로 걸어와 절을 하며 말했다.

"오 선생, 소승이 실수로 당신을 해쳤습니다. 고의는 아니었지만 그 죄과가 중하니 정말 송구합니다."

오노대가 헐떡거리며 욕을 해댔다.

"이런 망할 놈의 화상아! 지, 지금 장난하는 것이냐? 어서⋯ 어서, 단칼에 날 죽여라! 빌어먹을!"

허죽이 말했다.

"소승이 어찌 감히 선배님께 장난을 치겠습니까? 허나, 허나⋯."

그는 돌연 자신이 출수해서 동시에 세 사람을 죽였다는 생각이 떠올랐다. 오노대 역시 목숨을 부지하기 힘든 상황이니 실로 불문의 살생을 하지 말라는 첫 번째 대계를 어긴 셈이라 속으로 놀라움과 두려움이 교차해 몸이 부르르 떨리며 눈에서 눈물이 흘러내렸다.

그 여자아이는 선혈을 배불리 흡입하자 천천히 몸을 일으켰다. 허죽이 허둥지둥 오노대의 상처를 싸매주고 있는 동안 오노대는 꼼짝도 하지 못한 채 끊임없이 악독한 저주를 퍼부어댔다. 허죽은 계속해서 사과만 할 뿐이었다.

"맞습니다. 맞습니다! 소승이 잘못했습니다. 천 번 만 번 송구할 따름입니다. 허나 우리 부모님을 욕하시는데 전 부모 없는 고아라 부모가 누군지도 모릅니다. 그러니 우리 부모님을 욕해야 아무 소용 없습니다. 우리 부모가 누군지 모르기 때문에 당연히 우리 할머니가 누군지도 모르며 우리 18대 조상님이 누군지도 모릅니다. 오 선생, 복부에 통증이 올 테니 화가 나는 게 당연합니다. 그 때문에 전 절대 선생 탓을 안 할 겁니다. 전 아무렇게나 던졌을 뿐 그 솔방울이 그렇게 무시무시한 무기가 될 줄은 생각지도 못했습니다. 에이! 그 솔방울들도 정말 괴상하군요. 필시 특이한 품종일 겁니다. 보통 솔방울하고는 완전히 달라요."

오노대가 욕을 퍼부었다.

"이런 젠장맞을! 솔방울이 다 똑같지 뭐가 다르다는 게냐? 넌 죽어서 칼산에 오르고 기름 솥에 들어갈 것이다. 18층 아비지옥에 갈 더러운 땡중이란 말이다! 네가… 콜록콜록, 내공이 고강해서 날 때려죽인다 해도 이 오노대의 기예가 너보다 못하니 죽어도 원망은 안 할 것이다. 한데 어찌 그… 콜록콜록, 그런 비아냥거리는 말을 해댈 수가 있단 말이냐? 뭐? 솔방울이 괴상하다고? 네가 아무리 최고의 내공을 가지고 있다고 해도 그렇게까지 독하고… 심하게 나올 필요는 없지 않느…."

그는 더 이상 말을 잇지 못하고 끊임없이 기침을 해댔다.

여자아이가 웃으며 말했다.

"오늘 정말 소화상 네 녀석은 거저먹은 줄 알아라. 이 할머니의 그 신공은 본래 부전지비란 걸 알아야 한다. 허나 네가 진실성이 있고 이 할머니를 위해 기꺼이 목숨을 바치려 한 것이 확실해 내가 무공을 전수하는 규칙에 부합된 거야. 더구나 위급한 상황이라 이 할머니도 너한테 도움을 청해 출수를 하도록 만들 수밖에 없었던 게다."

오노대는 벙어리 여자아이가 돌연 입을 열어 말을 하는 것을 듣고 두 눈을 동그랗게 뜬 채 놀라서 말이 안 나온다는 표정을 지었다. 그는 그제야 앞서 누군가 허죽에게 말하는 소리가 들렸던 사실을 떠올렸다. 그때는 위급한 상황이라 신경 쓸 겨를이 없었지만 그 목소리가 놀랍게도 이 여자아이에게서 나온 것이라고는 생각지도 못했던 것이다. 이제 자기 눈으로 직접 보고 듣자 너무도 놀라 어리둥절해하고 있다가 한참 후에 비로소 물었다.

"너… 넌 누구냐? 원래 벙어리였는데 어떻게 말을 하는 거지?"

여자아이가 냉소를 머금었다.

"네까짓 놈이 내가 누군지 물어볼 자격이 있더냐?"

그녀는 품 안에서 도자기 병 하나를 꺼내 노란색 알약 두 알을 집어 허죽에게 건넸다.

"저놈에게 먹여라!"

허죽이 답했다.

"네!"

그는 속으로 이 약이 상처를 치료하는 약이면 물론 좋겠지만 설사 독약이라 해도 어차피 오노대가 목숨을 부지하기 힘들고 조만간 죽을 것으로 보여 고통을 줄일 수도 있겠다고 생각해 오노대 입가로 가져갔다.

오노대는 갑자기 극히 강렬한 매운 향을 맡자 재채기를 몇 번 해대다가 놀라고도 기쁜 마음에 말했다.

"이건 구전… 구전웅사환九轉熊蛇丸이냐?"

여자아이가 고개를 끄덕였다.

"그렇다. 아주 박식하구나. 역시 삼십육동 중의 걸출한 인사로다. 그 구전웅사환은 외상을 치료하는 금창약이다. 영혼을 돌려놓고 목숨을 유지시킬 수가 있지."

오노대가 말했다.

"어찌 내 목숨을 구해주는 것이냐?"

그는 좋은 기회를 잃을까 두려워 여자아이가 대답할 때까지 기다리지 않고 알약 두 알을 배 속으로 삼켜버렸다. 여자아이가 말했다.

"첫째, 네가 나한테 큰 도움을 주었기 때문에 너한테 은혜를 갚아야 했고 둘째, 앞으로 널 써먹을 수가 있기 때문이다."

오노대가 더욱 알 수 없다는 듯 말했다.

"내가 언제 네게 도움을 줬다는 것이냐? 나 오가는 네 목숨을 취할 생각이었을 뿐 너에 대해 좋은 마음을 품은 적이 없다."

여자아이가 차갑게 웃었다.

"아주 떳떳하게 말하는구나. 그래도 사내다운 구석이 있어…"

그녀는 고개를 들어 하늘을 쳐다보다 해가 이미 중천에 떠오른 것을 보고 허죽을 향해 말했다.

"소화상, 난 무공 연마를 해야 하니 넌 옆에서 호위를 해라. 만일 누구든 와서 방해를 하면 내가 가르친 수법대로 진기를 돋우어 모래든

돌멩이든 움켜쥐고 집어던지면 될 것이다."

허죽이 고개를 가로저었다.

"그러다 또 사람을 때려죽이면 어찌합니까? 저… 전 못합니다!"

여자아이가 비탈길로 걸어가 아래를 내려다보다 말했다.

"당분간 올 사람이 없으니 못하겠으면 안 하면 그뿐이다."

그녀는 곧 무릎을 꿇고 앉아 오른손 식지로 하늘을 가리키고 왼손 식지로는 땅을 가리키며 입으로 헛 하고 기합을 넣었다. 콧구멍에서 두 줄기 희뿌연 기운이 뿜어져 나왔다.

오노대가 깜짝 놀랐다.

"그… 그건 천장지구불로장춘공…."

허죽이 말했다.

"오 선생, 그 알약을 먹고 상세가 좋아졌나요?"

오노대가 욕을 퍼부었다.

"이 더러운 땡중, 빌어먹을 화상아! 내 상세가 좋아지든 말든 너하고 무슨 상관이냐? 요망한 땡중이 능청맞게 비위를 맞추려 드는구나."

하지만 복부에 있는 상처 부위의 통증이 약간 가라앉는 느낌이 들었다. 구전웅사환은 영취궁의 금창 영약이며 죽어가는 사람을 회생시키는 효험이 있다는 걸 익히 알고 있던 터라 확실치는 않아도 목숨만은 건질 수 있을 것이라 생각했다. 또한 그 여자아이가 뜻밖에 그런 신공을 연마할 수 있다는 데 대해 속으로 놀랍고도 의아해 어쩔 줄을 몰랐다. 그는 천장지구불로장춘공이 영취궁의 지고무상한 무공이며 최상승내공의 기초가 있어야 수련이 가능하다는 말을 들은 적이 있었다. 그 여자아이가 비록 영취궁에서 나오긴 했지만 여덟아홉 살에 불과한 나이에 어찌 그런 경지에 올라 있단 말인가? 그는 그녀가 연마하는 것이 또 다른 무공인데 자신이 잘못 알고 있는 것은 아닌지 의문을 품게 되었다.

여자아이의 코에서 뿜어져 나오는 허연 기운이 그녀의 머리 주변을 감싼 채 흩어지지 않고 맴돌다 시간이 갈수록 짙어져 허연 안개로 변한 뒤 그녀의 얼굴을 모두 가려버렸다. 곧이어 그녀의 전신에 있는 뼈마디에서 마치 콩을 볶는 듯 오도독, 오도독 하는 소리가 울려퍼졌다. 허죽과 오노대는 이유를 알 수 없어 서로의 얼굴만 쳐다볼 뿐이었다. 한참 후에 콩 볶는 소리가 점차 줄어들면서 허연 안개 역시 점점 엷어져갔다. 여자아이가 콧구멍으로 허연 안개를 끊임없이 들이마시는 모습이 보였다. 허연 안개를 모두 들이마시자 여자아이는 두 눈을 뜨고 천천히 몸을 일으켰다.

허죽과 오노대는 눈이 침침한 듯 동시에 눈을 비벼댔다. 여자아이의 얼굴 표정이 뭔가 많이 다르게 느껴졌지만 도대체 뭐가 달라졌는지 말로 표현할 수가 없었다. 여자아이는 오노대를 뻔히 쳐다보며 말했다.

"역시 네가 박학다식하구나. 내 천장지구불로장춘공을 알아보다니 말이야."

오노대가 말했다.

"너… 넌 누구냐? 동모의 제자냐?"

여자아이가 말했다.

"흥! 정말 간덩이가 부은 놈이로구나."

그녀는 그의 질문에 답을 하지 않고 허죽을 향해 말했다.

"왼손으로 날 안고 오른손으로 오노대의 뒤쪽 허리를 움켜쥔 다음 내가 가르쳐준 방법대로 운기를 해서 나무 위로 뛰어올라가라. 그리고 다시 봉우리 꼭대기를 향해 수백 장을 더 올라가도록 해라."

허죽이 말했다.

"소승에게 그런 공력은 없을 겁니다."

그는 여자아이 말대로 그녀를 안고 오른손으로 오노대의 뒤쪽 허리를 움켜쥔 채 그를 들려고 했다. 그러나 드는 것도 힘이 드는데 어찌 나무 꼭대기까지 뛰어오를 수가 있겠는가? 여자아이가 욕을 하며 말했다.

"진기는 왜 돋우지 않는 것이냐?"

허죽이 겸연쩍은 웃음을 지었다.

"네, 네! 순간 허둥지둥하다 보니 깜빡 잊었습니다."

곧바로 진기를 돋우자 기이하게도 오노대의 몸이 가벼워지고 여자아이 역시 전혀 무게가 나가지 않는 듯 느껴졌다. 곧이어 몸을 위쪽으로 한번 날리자 그 즉시 높은 나무 위로 올라갈 수 있었다. 이어서 여자아이가 가르쳐준 방법에 따라 한 발짝 내딛자 이쪽 나무에서 1장 밖에 있던 또 다른 나무 위로 넘어가는데 마치 평지를 걸어가는 듯했다. 그는 첫걸음에 다른 나무 꼭대기 위로 넘어가는 게 너무 쉽게 이루어지다 보니 깜짝 놀라 펄쩍 뛰고 말았다. 너무 놀라는 바람에 진기가 단전으로 다시 되돌아가 발밑이 무거워지면서 곧장 밑으로 떨어져버리고 말았지만 어쨌든 여자아이와 오노대를 놓쳐서 떨어뜨리지는 않았다. 그는 바닥에 내려선 다음 곧바로 다시 훌쩍 뛰어올라갔다. 여자아이가 질책을 하며 욕을 할까 두려워 아무 말도 하지 않고 봉우리 위를 향해 질주해갔다.

처음에는 진기를 돋우는 데 익숙하지 않아 발을 내딛을 때 약간 둔한 감이 있었지만 나중에는 체내의 진기가 자연스럽게 돌면서 마치 평소에 호흡을 하듯 순조로워서 생각을 하지 않아도 자연스럽게 전신을 돌아다닐 정도에 이르렀다. 그는 달릴수록 빨라져 산을 오르는 것이 마치 산 밑으로 내려가듯 해서 발을 거두어들일 수 없을 정도였다. 그러자 그 여자아이가 말했다.

"처음 북명진기를 연마할 때 너무 과하게 사용하면 안 된다. 목숨을 부지하려면 발을 거두어라."

허죽이 말했다.

"네!"

다시 위쪽을 향해 수 장을 내달리다 그제야 기세를 늦추고 나무 밑으로 뛰어내렸다.

오노대는 깜짝 놀라면서도 한편으로는 탄복해하며 심지어 부러워하기까지 했다. 그는 여자아이를 향해 말했다.

"이… 이 북명진기를 오늘 가르쳐줬는데 이토록 대단하단 말이냐? 표묘봉 영취궁 무공은 정말 바다보다 더 깊구나. 너같이 하찮은 일개 어린아이가 이미… 콜록콜록… 이렇게 대단한 경지에 오를 수 있다니…."

여자아이는 눈을 돌려 사방을 살폈다. 멀리 바라봐도 빽빽하게 들어선 수목들뿐이었다. 그녀는 차갑게 웃었다.

"사흘 안에는 그 너절한 패거리들이 이곳까지 찾아오진 못하겠지?"

오노대가 참담한 표정으로 말했다.

"우리는 이미 일패도지一敗塗地한 것 아니냐? 여기 이 소화상이 몸에 북명진기를 지니고 전력으로 널 보호하는 이상 우리 무리가 널 찾아낸다 해도 더 이상 어찌하지 못할 것이다."

여자아이가 냉소를 머금으며 더 이상 아무 말도 하지 않고 한 커다란 나무의 나무줄기 위에 기대 눈을 감고 잠을 청했다.

허죽은 한바탕 내달려온 뒤라 더욱 허기가 느껴졌다. 여자아이를 바라보고 다시 오노대를 쳐다보며 말했다.

"먹을 것 좀 찾으러 가야겠는데 당신이 불손한 마음을 품고 우리 어린 친구를 해할까 두려워 안심이 되질 않습니다. 아무래도 당신을 데려가야겠습니다."

이 말을 하며 손을 뻗어 그의 뒤쪽 허리를 움켜쥐었다.

여자아이가 눈을 뜨고는 말했다.

"이런 멍청이. 내가 점혈 수법을 가르쳐주지 않았더냐? 설마 지금 저놈이 꼼짝도 못하고 누워 있는데도 정확히 찍지 못한다는 말이냐?"

허죽이 말했다.

"제가 잘못 찍어서 움직일 수 있을까 두려워 그렇습니다."

여자아이가 말했다.

"저놈의 생사부가 내 수중에 있는데 어찌 경거망동을 하겠느냐?"

'생사부'라는 세 글자를 듣자마자 오노대는 헉 하는 소리를 내며 깜짝 놀라 떨리는 목소리로 말했다.

"아니, 넌…."

여자아이가 말했다.

"조금 전에 내가 준 알약을 몇 알 먹었지?"

오노대가 말했다.

"두 알!"

여자아이가 말했다.

"영취궁의 구전웅사환은 효험이 신통하기 이를 데 없는데 어찌 두 알을 썼겠느냐? 더구나 너 같은 개돼지보다 못한 놈이 어디 내 영단을 두 알이나 먹을 자격이 있더냐?"

오노대가 이마에서 식은땀을 줄줄 흘리며 떨리는 목소리로 말했다.

"나머지 한 알… 한 알은…."

여자아이가 말했다.

"네 천지혈天地穴이 어떠하냐?"

오노대가 두 손을 부들부들 떨며 재빨리 옷을 벗었다. 왼쪽 가슴 젖꼭지 옆의 천지혈 위에 피처럼 검붉은 반점이 하나 보였다. 그는 큰 소리로 아이고 하고 부르짖다 하마터면 기절할 뻔했다.

"너, 넌… 넌 도대체 누구냐? 어, 어… 어찌 내 생사부 위치를 아는 거지? 나한테 단근부골환斷筋腐骨丸을 먹인 것이냐?"

여자아이가 빙긋 웃었다.

"너한테 아직 시킬 일이 남아 지금 당장은 약효가 퍼지지 않게 했으니 그리 놀랄 것 없다."

오노대는 당장이라도 튀어나올 것처럼 눈을 똥그랗게 뜬 채 전신을 바들바들 떨며 입으로 으으 하는 소리만 낼 뿐 더 이상 아무 말도 내뱉지 못했다.

허죽은 오노대의 얼굴에 두려운 기색이 드러난 모습을 수차에 걸쳐 봤지만 이토록 심하게 공포에 떠는 모습은 처음 본 터라 무심결에 물

338

어봤다.

"단근부골환이 뭐죠? 독약 같은 건가요?"

오노대는 얼굴 근육에 경련이 일더니 다시 으으 하는 신음 소리를 내다 갑자기 허죽을 가리키며 욕을 했다.

"이런 더러운 땡중! 역병 같은 화상아! 네 18대 조상 사내놈들은 모조리 후레자식이고 계집들은 모조리 창기娼妓다! 넌 앞으로 자손이 끊어지고 아들을 낳아도 고자를 낳고 딸을 낳으면 팔이 세 개에 다리가 네 개 달려 나올 것이다."

그는 점점 기괴한 욕을 해대면서 사방에 침을 튀겼다. 분노가 정말 극에 달한 것으로 보였다. 마구 욕을 하다가 나중에는 상처 부위를 건드려 심하게 통증이 느껴진 듯하자 그제야 멈췄다. 허죽이 한숨을 내쉬었다.

"전 화상이라 당연히 자손이 끊어질 테고 자손이 끊어진 마당에 어찌 고자고 세팔이가 나올 수 있겠습니까?"

오노대가 계속해서 욕을 퍼부었다.

"이 역병 같은 땡중아! 네놈이 그리 평온하게 자손이 끊어질 것 같으냐? 그리 쉽지는 않을 것이다! 넌 장차 아들 열여덟 명과 딸 열여덟 명을 낳아서 모두 다 단근부골환을 먹어 네 얼굴 앞에서 99일 동안 울부짖으며 죽지도 살지도 못할 것이다. 그리고 마지막에는 너 자신도 단근부골환을 먹어 그게 어떤 맛인지 느끼게 될 것이다."

허죽이 깜짝 놀라 물었다.

"그 단근부골환이 그렇게 무섭고 악독한 독입니까?"

오노대가 말했다.

"네 전신의 힘줄을 모두 끊어봐라. 그럼 입을 벌릴 수도, 혓바닥을 움직일 수도 없을 것이다. 그다음… 그다음…."

그는 자신이 이미 천하제일의 악독한 독약을 먹었다는 생각이 들자 더 이상 말을 잇지 못했다. 가슴이 온통 얼음처럼 얼어붙어버려 머리를 소나무에 부딪쳐 죽고만 싶을 뿐이었다.

여자아이가 미소를 지었다.

"네가 순순히 내 말만 듣는다면 약효가 퍼지지는 않게 해줄 것이다. 그럼 그 알약의 독성은 10년이 지나도 발작하지 않는다. 한데 어찌 그리 두려워하는 것이냐? 소화상, 어서 저 녀석의 혈도를 찍어라! 녀석이 발광을 해서 나무에 부딪쳐 자결할까 두렵구나."

허죽이 고개를 끄덕이며 말했다.

"맞습니다!"

그는 오노대 등 뒤로 걸어가 왼손을 뻗어 그의 등짝 위에 있는 의사혈을 짚어 자세히 탐색을 한 다음 위치가 확실한지 확인한 뒤에 그제야 일지를 뻗어 겨냥한 후 혈도를 찍었다. 오노대가 신음 소리와 함께 그 자리에 기절해버렸다. 이때 허죽은 체내의 북명진기를 돋우고 펼치는 데 있어 이미 초보적인 비결을 터득한 상태였던 터라 그의 일지는 사실 더 이상 혈도를 알고 찍을 필요가 없었다. 상대의 몸 어떤 부위를 찌른다 해도 중상을 입힐 수가 있는 정도였으니 말이다. 허죽은 그가 기절하는 것을 보고 곧바로 다시 손발을 바쁘게 놀려 그의 인중을 누르고 가슴을 안마했다. 그제야 그는 정신을 차렸다. 오노대는 이미 극도로 허약해져 있어 간신히 숨만 쉴 수 있을 뿐인데 더 이상 욕할 기운이 어디 있겠는가?

허죽은 그가 다시 깨어나는 것을 보고 나서야 먹을 것을 찾으러 나섰다. 숲속에는 사불상과 영양, 자고새, 산토끼 같은 짐승들이 적지 않게 있었지만 그가 어찌 살생을 할 수 있겠는가? 한참을 찾아다녔지만 먹을 만한 걸 찾지 못해 하는 수 없이 소나무 위로 뛰어올라가 솔방울을 따서 소나무 씨를 까내 그걸로 배를 채웠다. 소나무 씨는 향도 좋고 달콤하긴 하지만 알맹이가 너무 가늘고 작아서 단숨에 200~300알을 먹었는데도 배가 부르지 않았다. 가까스로 허기를 면하자 까놓은 소나무 씨를 두 주머니에 가득 집어넣고 여자아이와 오노대에게 먹이기 위해 가져갔다.

여자아이가 말했다.

"고생했구나. 하지만 석 달 동안 난 채소를 먹을 수가 없다. 가서 오노대의 혈도를 풀어줘라."

그러고는 곧 당장 해혈법解穴法을 전수했다. 허죽이 말했다.

"맞습니다. 오노대 역시 매우 허기가 질 겁니다."

그는 여자아이가 가르쳐준 대로 오노대의 혈도를 풀어주고 소나무 씨 한 알을 집어 건네면서 말했다.

"오 선생, 소나무 씨 좀 드십시오."

오노대는 그를 무서운 눈초리로 한번 째려보고는 소나무 씨를 받아 먹었다. 그렇게 몇 알을 먹다 욕을 했다.

"이 죽일 놈의 땡중아!"

그는 다시 몇 알을 먹다 다시 욕을 했다.

"이 역병 같은 화상!"

허죽은 화를 내지도 않고 생각했다.

'내가 거의 죽을 정도로 상처를 입혔으니 화를 내는 것도 무리가 아니지.'

여자아이가 말했다.

"소나무 씨나 먹고 어서 자라. 시끄럽게 굴지 말고!"

오노대가 말했다.

"네!"

그는 감히 그녀를 바라보지 못하고 재빨리 소나무 씨를 먹고 바닥에 누워 잠을 청했다. 허죽은 한 커다란 나무 옆으로 걸어가 나무뿌리 위에 앉아 나무에 기댄 채 휴식을 취하며 생각했다.

'저 늙은 여귀신과 너무 가까이 앉아 있으면 안 된다.'

그는 연일 피로에 지친 상태였던 터라 얼마 지나지 않아 곧 깊은 잠에 빠져들었다.

다음 날 새벽, 잠에서 깨어나보니 하늘빛이 음침하고 먹구름이 낮게 깔려 있었다. 여자아이가 말했다.

"오노대, 가서 꽃사슴이나 영양 같은 거 한 마리만 잡아와라. 사시巳時 전까지 잡아오되 반드시 살아 있어야 한다."

오노대가 말했다.

"네!"

그는 발버둥을 치며 몸을 일으킨 다음 마른 나뭇가지 하나를 집어들어 지팡이로 삼더니 바닥에 대고 비틀거리며 걸어갔다. 허죽은 그를 부축해줄 생각이었지만 그가 사냥으로 살생을 하러 간다는 생각에 연신 불경만 외어댔다.

"아미타불, 자비로우신 부처님!"

그러고는 말했다.

"사슴, 양, 토끼, 꿩 등 모든 중생은 속히 먼 곳으로 피하도록 해라. 오 선생한테 잡히지 말고!"

그 여자아이는 입꼬리를 삐죽 올리며 냉소를 머금은 채 그에게 신경도 쓰지 않았다.

허죽이 불경을 외는 데 정신이 팔려 있는 동안 오노대는 중상을 입은 몸임에도 무슨 방법을 썼는지는 모르지만 사시가 되기도 전에 아주 작은 꽃사슴 한 마리를 끌고 돌아왔다. 허죽은 다시 계속해서 불경을 외었다.

오노대가 말했다.

"소화상, 어서 불을 피워라! 사슴 고기를 구워 먹게!"

허죽이 말했다.

"죄과로다, 죄과로다! 소승은 결코 죄악을 저지르는 선생을 도울 수 없습니다."

오노대가 손을 쭉 뻗어 장화 속에서 번뜩이는 비수 한 자루를 꺼내 사슴을 죽이려 했다. 그러자 여자아이가 말했다.

"멈춰라!"

오노대가 말했다.

"네!"

그는 대답을 하며 비수를 내려놨다. 허죽이 크게 기뻐하며 말했다.

"맞습니다, 맞아요! 소낭자, 인자한 마음을 지니셨으니 훗날 필히 보답을 받을 겁니다."

여자아이는 차갑게 한번 웃더니 거들떠보지도 않고 눈을 감은 채 심신을 가다듬었다. 사슴이 끊임없이 꾸룩꾸룩 하며 울어대자 허죽은 몇 번이나 사슴을 풀어주고 싶었지만 감히 그럴 수는 없었다.

나뭇가지 그림자가 점점 짧아지는 모습이 보였다. 이때는 하늘빛이 음침해서 나무 그림자도 극히 옅어 거의 알아볼 수가 없을 정도였다. 여자아이가 말했다.

"오시午時로구나."

그녀는 사슴을 끌어안고 사슴 머리를 위로 쳐들더니 입으로 사슴의 목을 깨물었다. 사슴이 아파서 비명을 지르며 계속 발버둥쳤지만 그 여자아이는 목을 단단히 깨물고 입안에서 꿀꺽꿀꺽 소리를 내며 사슴 피를 쭉쭉 빨아 마셨다. 허죽이 깜짝 놀라 소리쳤다.

"아니, 이건 너무 잔인하지 않습니까?"

그 여자아이는 전혀 아랑곳하지 않고 온 힘을 다해 피를 빨아 마셨다. 사슴은 움직임이 점점 미약해지더니 마침내 한바탕 경련을 일으키다 곧바로 죽어버렸다.

여자아이는 사슴 피를 배불리 마시고 난 뒤 배가 불룩하게 솟아오르자 그제야 죽은 사슴을 버리고 가부좌를 틀고 앉았다. 그러고는 한 손으로는 하늘을, 한 손으로는 땅을 가리키고 다시 그 천장지구불로장춘공을 연마하기 시작해 콧구멍으로 허연 연기를 뿜어내며 머리 주변을 휘감아 돌게 만들었다. 한참 후에 여자아이는 연기를 거두고 일어나 말했다.

"오노대, 가서 사슴 고기를 구워라."

허죽은 속으로 혐오감이 느껴졌다.

"소낭자, 지금 오노대는 당신 명령을 들으며 진심을 다해 보좌하고 있으니 더 이상 출수를 가하지 마십시오. 소승은 이만 물러가겠습니다."

여자아이가 말했다.

"못 간다!"

허죽이 말했다.

"소승은 급히 우리 사숙과 사백님들을 찾으러 가야 합니다. 그분들을 찾지 못하면 소림사로 돌아가 복명을 하고 또 다른 지시를 받아야 하기 때문에 시간을 지체할 수 없습니다."

여자아이가 차갑게 말했다.

"내 말을 안 듣고 네 멋대로 떠나겠다는 게로구나. 그러하냐?"

허죽이 말했다.

"소승이 이미 방법을 마련해놨습니다. 승포 안에 마른 풀과 나뭇잎들을 채운 다음 커다란 보따리를 만들어 등에 지고 달려 일부러 산 밑에 있는 사람들에게 발각되도록 만들면 그들은 보따리 안에 든 게 소낭자인 줄 알고 내 뒤를 쫓아올 겁니다. 소승이 그들을 멀리 유인하는 사이 소낭자와 오노대가 그 틈을 타서 하산하면 표묘봉으로 돌아갈 수 있을 것입니다."

여자아이가 말했다.

"그 방법이 괜찮기는 하구나. 그래도 날 위해 방법을 생각해놓다니…. 하지만 난 도망칠 생각이 없다."

허죽이 말했다.

"그것도 좋지요! 여기 숨어 계십시오. 여기 이 대설산 위는 숲이 우거지고 눈도 많이 쌓여 있어 저들이 소낭자를 찾지 못할 것이며 길어야 열흘 정도면 모두 흩어질 것입니다."

여자아이가 말했다.

"앞으로 열흘 정도만 더 지나면 난 열여덟아홉 살 시절의 공력을 회복할 텐데 어찌 저들을 그냥 가게 놔두겠느냐?"

허죽이 의아한 듯 말했다.

"네?"

여자아이가 말했다.

"자세히 봐라. 지금 내 모습이 이틀 전과 뭐가 다른지 말이다."

허죽이 정신을 가다듬고 바라보자 그녀의 모습이 몇 살 더 먹은 것처럼 보였다. 더 이상 여덟아홉 살 어린아이가 아닌 열한두 살 정도 되는 아이로 보인 것이다. 그는 중얼거리며 말했다.

"이틀 사이에 두세 살은 더 먹은 것처럼 보입니다. 하… 하지만 몸은 자라지 않았네요."

여자아이가 무척 기뻐하며 말했다.

"흐흐, 눈썰미는 좋구나. 내가 두세 살 더 자란 걸 알아보다니 말이야. 멍청이 화상아, 천산동모의 몸은 영원한 여동女童이라 결코 자라지 않는다."

허죽과 오노대가 모두 깜짝 놀라 일제히 소리쳤다.

"천산동모? 당신이 천산동모란 말입니까?"

여자아이는 당당하게 말했다.

"그럼 내가 누구인 줄 알았더냐? 이 할머니는 여자아이의 몸을 지녔다. 너희는 눈이 삐었단 말이냐? 그걸 못 알아봐?"

오노대가 눈을 똥그랗게 뜨고 한참을 바라보다 입을 부르르 떨며 뭔가 말하려다 시종 말을 하지 못했다. 그러다 한참 후에 갑자기 눈밭 위로 털썩 엎드려 흐느꼈다.

"제… 제가 진작 알았어야 했는데… 전 정말 천하제일 얼간이입니다. 전 당신께서 영취궁의 일개 시녀 계집인 줄 알았습니다. 당신께서… 천산동모일 줄 누가 알았겠습니까?"

여자아이가 허죽을 향해 말했다.

"넌 내가 누구인 줄 알았느냐?"

허죽이 말했다.

"전 차시환혼을 한 늙은 여귀신으로 알았습니다!"

여자아이가 안색을 바꾸고 호통을 쳤다.

"허튼소리! 차시환혼을 한 여귀신이라니 웬말이냐?"

허죽이 말했다.

"겉모습은 어린 여자아이지만 생각이나 목소리는 나이 든 노파이고 할머니를 자칭하니 늙은 여인의 원혼이 여자아이 몸에 붙은 게 아니라면 어찌 그럴 수 있겠느냐고 생각했던 겁니다."

여자아이가 흐흐하고 웃었다.

"소화상이 기상천외한 생각을 했구나!"

그녀는 오노대 쪽으로 고개를 돌려 말했다.

"그날 내가 네 수중에 들어갔을 때 내 목숨을 취하지 않아 지금 후회스러울 것이다. 아니냐?"

오노대가 몸을 일으켜 앉았다.

"맞습니다! 제가 표묘봉에 세 번이나 올라갔습니다. 다만 눈을 가리고 있어 당신 모습을 보지 못했을 뿐입니다. 이 오노대가 보는 눈이 없어 당신을, 그저 벙어리 여자아이로 알았던 겁니다."

여자아이가 말했다.

"내 목소리를 들어본 사람은 너뿐만 아니라 삼십육동, 칠십이도 요마귀괴 중에도 적지 않다. 이 할머니가 너희한테 사로잡혔는데 내가 벙어리 행세를 하지 않았다면 너희가 내 목소리를 알아채고 말았을 것이야."

오노대가 연신 탄식을 하다 물었다.

"동모께선 신통한 무공을 지녀 사람을 죽일 때 제2초도 필요치 않은 수준인데 저한테 사로잡힐 때는 어찌 저항하지 않으셨던 겁니까?"

여자아이가 큰 소리로 웃었다.

"네가 출수를 해서 날 도운 데 대해 고맙다고 했지 않더냐? 그날 나와 대결을 벌이기 위해 강적 하나가 오기로 되어 있었는데 이 할머니가 몸이 성치 않아 대적할 길이 없었다. 마침 네가 포대 자루에 담아 날 봉우리 밑으로 데려온 덕에 이 할머니가 재앙을 피할 수 있었다. 허니 너한테 어찌 고마워하지 않을 수 있겠느냐?"

여기까지 얘기하고 돌연 흉악한 눈빛을 드러내며 매섭게 말했다.

"허나 넌 날 잡아온 이후 내가 벙어리 행세를 한다며 갖가지 무례한 방법으로 이 할머니를 대했으니 실로 그 죄가 극악무도하다. 그것만 아니라면 네 목숨을 살려줬을 것이다."

오노대가 벌떡 몸을 일으켜 두 무릎을 꿇었다.

"할머니, 모르는 것은 죄가 아니라 했습니다. 이 오노대가 그때 어르신께서 제가 온 마음으로 경외시하는 동모란 사실을 알았다면 아무리 간덩이가 부었다 해도 절대 죄를 지으려 하지 않았을 것입니다."

천산동모가 차갑게 웃었다.

"경외시했다는 건 두려운 것이지 존경했다고 볼 수는 없다. 네가 삼십육동, 칠십이도 요마들을 집결시켜 내게 반하려 결심한 건 어찌 설명할 테냐?"

오노대가 연신 절을 하며 이마를 바위에 부딪쳤다. 절을 열몇 번쯤 하자 이마에서 선혈이 줄줄 흘러내렸다.

허죽이 생각했다.

'이 소낭자가 바로 천산동모였구나. 동모, 동모… 난 성이 동童인 노파인 줄로만 알았는데 그 동이란 글자가 동씨를 뜻하는 게 아니라 어린아이를 뜻하는 동童 자인 줄 어찌 알았겠는가? 이 사람은 고강한 무공을 지닌 데다 교활하기 짝이 없어 사람들이 호랑이처럼 두려워하는데 요 며칠 내가 그런 사람을 돕겠다고 나섰으니 속으로 주제를 모르는 놈이라고 비웃었을 것 아닌가? 허허. 허죽아, 허죽아! 넌 정말 멍청하기 이를 데 없는 화상이구나!'

그는 오노대가 끊임없이 절하는 걸 보다 아무 말도 하지 않고 몸을 돌려 걸어갔다.

천산동모가 호통을 쳤다.

"어디 가는 게냐? 멈춰라!"

허죽이 몸을 돌려 합장을 했다.

"지난 사흘 동안 소승은 멍청한 짓을 숱하게 많이 했습니다. 이만 물러가보겠습니다!"

"멍청한 짓이라니?"

"여시주께서는 신묘한 무공을 지니고 있어 천하에 위세를 떨치고 있건만 소승의 부족한 견식 때문에 위대한 인물을 알아보지 못하고 그런 분을 오히려 구하겠다고 나섰습니다. 여시주께서 그런 저를 비웃지 않은 것만 해도 소승이 깊은 감사를 드립니다. 생각할수록 부끄러워 정말 몸 둘 바를 모르겠습니다."

동모가 허죽 옆으로 걸어와서는 고개를 돌려 오노대에게 말했다.

"이 소화상에게 할 말이 있으니 넌 잠시 비켜 있어라."

오노대가 말했다.

"네, 네!"

그는 몸을 일으켜 다리를 쩔뚝거리며 동북쪽으로 걸어가 소나무 숲 뒤쪽으로 피했다.

동모가 허죽을 향해 말했다.

"소화상, 지난 사흘 동안 네가 내 목숨을 구한 것이지 결코 멍청한 짓을 한 것이 아니다. 나 천산동모는 평생 누군가에게 고맙다는 인사를 한 적이 없다. 다만 네가 내 목숨을 구했으니 훗날 이 할머니가 기필코 보답을 할 것이다."

허죽이 손사래를 쳤다.

"여시주같이 고강한 무공을 지니신 분을 어찌 구할 수 있겠습니까? 절 놀리시는 거겠지요."

동모의 안색이 굳어졌다.

"내 입에서 네가 내 목숨을 구했다는 말이 나온 이상 넌 내 목숨을 구한 것이다. 이 할머니는 할머니 말에 반박하는 걸 좋아하지 않는다. 이 할머니가 연마한 내공은 천장지구불로장춘공이라고 하는 것이다. 이 무공은 그 위력이 엄청나서 연성을 하면 불로장생이 가능하지만 아주 중대한 결점이 있다. 바로 30년마다 반로환동返老還童[36]을 한 차례

씩 해야 한다는 것이야."

허죽이 말했다.

"반로환동? 그건 좋은 거 아닌가요?"

동모가 한숨을 내쉬었다.

"넌 충직하고 성실한 데다가 내 목숨을 구한 은인이다. 더구나 우리 소요파와 연원이 매우 깊으니 너에게 이런 말을 해도 상관없을 것 같구나. 난 여섯 살 때부터 무공을 연마하기 시작해 서른여섯 살에 반로환동을 하게 되었다. 그때는 서른 날이 소요됐지만 예순여섯 살에 반로환동을 할 때는 60일이 걸렸지. 올해 아흔여섯 살이 돼서 다시 반로환동을 하게 됐는데 이번에는 90일이 지나야 공력을 회복할 수 있다."

허죽은 눈을 똥그랗게 뜨고 의아한 듯 말했다.

"네? 여, 여시주가 올해 아흔여섯 살이라고요?"

동모가 말했다.

"난 네 사부인 무애자의 사저다. 무애자가 죽지 않았다면 올해 아흔세 살이고 내가 세 살이 더 많으니 아흔여섯 살 아니더냐?"

허죽은 눈을 부릅뜨고 그녀의 몸과 얼굴을 자세히 살펴봤다. 그러나 아무리 뜯어봐도 아흔여섯 살 된 노파로는 보이지 않았다.

동모가 말했다.

"천장지구불로장춘공은 원래 신묘하기 이를 데 없는 내공이지만 내가 수련을 너무 일찍 했다. 여섯 살 때 수련을 시작해 수년 후 이 내공의 위력이 나타나기 시작했지만 내 몸은 그때부터 자라지를 않아 영원히 여덟아홉 살 모습으로 남아 있게 된 것이다. 만일 내가 열일고여덟 살 때 수련을 시작했다면 반로환동을 할 때 열일고여덟 살로 돌아갔을 테고 그럼 그 신묘함은 극에 달했을 것이다!"

허죽이 고개를 끄덕였다.

"그랬었군요."

그는 사부님으로부터 그런 말을 들은 적이 있었다. 세상 사람들 중 일부는 체구가 거대하기 이를 데 없어 일고여덟 살 때 이미 성인만큼 크기도 하고 어떤 사람들은 난쟁이로 태어나 늙을 때까지 3척이 채 되지 않는다고 말이다. 사부님 말씀에 따르면 그것은 선천적으로 삼초三焦[37]가 균형을 잃었기 때문이며 만일 상승내공의 조기 수련으로 인한 것이라면 치유가 가능할 수도 있다고 하지 않았던가?

"그럼 그 내공은 수소음삼초경맥手少陽三焦經脈을 연마한 것인가요?"

동모가 깜짝 놀라 고개를 끄덕였다.

"그렇다. 소림파의 하찮은 일개 소화상이 그런 견식이 있을 줄은 몰랐구나. 무림에서 소림파는 천하 무학의 최고봉이라 하더니 과연 일리가 있구나."

"소승이 과거 사부님으로부터 수소음삼초경에 관한 이치를 들은 적이 있습니다. 소승이 아는 바는 얄팍하기 이를 데 없어 그저 넘겨짚었을 뿐입니다."

이렇게 말하고 다시 물었다.

"올해 반로환동이 된다고 했는데 그럼 어찌 되는 겁니까?"

"반로환동이 된 이후에는 공력이 모두 소실된다. 하루를 수련하면 일곱 살 때 공력을 회복하고 이틀째는 여덟 살 때로 회복하며 사흘째는 아홉 살 때로 회복한다. 하루에 1년인 셈이지. 매일 오시가 되면 반드시 생혈을 마셔야 연공할 수가 있다. 나에게는 평생 대적수들이 있다 보니 내 공력에 대한 내막을 속속들이 알고 있어 내가 반로환동 할 날짜를 계산해 그 틈에 와서 날 해치려 하고 있다. 그렇다고 이 할머니가 약한 모습을 보여 표묘봉 밑으로 내려가 숨을 수는 없었다. 해서 수하 시녀들에게 각종 방어책을 마련토록 분부하고 이 할머니는 내공 수련에 힘써왔던 것이다. 허나 그 적수가 도착도 하기 전에 오노대 무리가 봉우리 위로 올라올 줄 누가 알았겠느냐? 수하들은 나의 대적수를 방어하는 데만 몰두하고 있었다. 안 그랬다면 안 동주와 오노대같이 어설픈 실력을 가진 놈들이 어찌 버젓이 봉우리 위로 올라올 수 있었겠느냐? 그때 난 사흘째 수련을 하던 중 저 오노대란 놈한테 붙잡히게 됐으니 아홉 살 여동의 공력밖에 없는 몸으로 어찌 저항할 수 있었겠느냐? 난 하는 수 없이 벙어리 행세를 하다 놈의 포대 자루에 들어가 산을 내려가게 된 것이다. 그 후 며칠 동안 난 생피를 마시지 못해 시종 아홉 살 여동으로 남아 있을 수밖에 없었다. 반로환동을 하는 것은 뱀이 허물을 벗는 것과 비슷해서 한 번 허물을 벗으면 한 번씩 자라지만 반을 벗은 다음 누군가에게 붙잡힌다면 엄청난 위험에 처하게 된다. 다행히 처음 내공을 연마한 몇 년간은 공력이 깊지 않아 며칠 생피를 마시지 않아도 죽음에 이르지는 않는다. 만약 며칠 더 지체돼 생피를 마시지 못하고 무공 연마도 하지 못했다면 체내에서 진기가 파열돼 일순간 황천길로 가고 말았을 것이다. 네가 내 목숨을 구했다고 말한 것은 그 때문이었어.”

허죽이 말했다.

“지금은 이미 열한 살 때 공력으로 회복했으니 아흔여섯 살 때 공력을 회복하려면 85일이 더 남은 거 아닙니까? 그럼 아직도 꽃사슴이나 영양, 토끼를 여든다섯 마리나 더 죽여야 한다는 말이군요?"

동모가 빙긋 웃었다.

"하나를 가르치면 열을 아니 정말 총명하기 이를 데 없는 녀석이로 구나. 그 85일 동안 도처에 위험이 도사리고 있다. 내 공력이 아직 완전히 회복되지 않은 상황이라 해도 불평도인이나 오노대 같은 하찮은 요마들 정도야 물론 간단히 처리할 수 있지만 만일 내 대적수가 그 소식을 듣고 달려와 날 힘들게 한다면 이 할머니 혼자 힘만 가지고는 상대할 수 없으니 네가 보호해주지 않으면 안 되는 것이다."

"소승은 무공 실력이 보잘것없습니다. 선배님조차 대적하지 못하는 강적이라면 소승은 더욱더 대적할 힘이 없습니다. 소승이 보기엔 그냥 먼 곳에 피해 있다가 공력이 모두 회복돼서 적을 두려워할 필요가 없는 85일이 오기만 기다리시는 게 좋겠습니다."

"네 무공 실력이 저급하긴 하지만 무애자가 수련한 내력이 네 체내에 모조리 주입되어 있으니 그 운용법만 안다면 나와 함께 그 대적수를 상대할 수 있을 것이다. 이러자! 거래를 하는 것이다. 내가 정교하고 오묘한 무공을 전수해줄 테니 넌 그 무공으로 날 보호하고 적에 맞서 싸워라. 그거야말로 누이 좋고 매부 좋은 일 아니겠느냐?"

그녀는 허죽이 채 대답도 하기 전에 말했다.

"넌 대부호의 자제에 비유할 수 있다. 조상님들께 거액의 재물을 전수받아 자본이 풍부하기 때문에 더 이상 재화를 저축할 필요 없이 그저 돈 쓰는 요령만 배우면 되는 것이다. 돈을 쓰기는 쉽지만 모으는 건 어렵다. 넌 한 달을 연마하면 어느 정도 익힐 수 있고 두 달을 연마한 후에는 가까스로 내 대적수와 겨룰 수 있을 것이다. 우선 이 구결을 기억해두어라. 첫 번째는 바로 법천순자연法天順自然으로….”

허죽이 연신 손사래를 쳤다.

“선배님, 소승은 소림 제자입니다. 선배님의 무공이 비록 신묘하기 이를 데 없다 하나 소승은 절대 배울 수 없으니 그 죄를 나무라지 마십시오.”

동모가 벌컥 화를 냈다.

“네 소림파 무공은 무애자한테 이미 깨끗이 제거돼버렸거늘 무슨 소림 제자를 운운하는 것이냐?”

“소림사로 돌아가 처음부터 다시 연마하는 수밖에 없겠지요.”

동모는 더욱 화가 치밀어올랐다.

“내가 방문좌도인 것이 달갑지 않아 내 무공을 배울 필요 없다는 게로구나. 그러하냐?”

“석가모니의 제자는 자비를 가슴에 품고 중생을 널리 제도하겠다는 의지가 있어야 하기에 가장 먼저 중시해야 할 것이 탐욕을 버리고 마음을 밝혀 본성을 찾는 일입니다. 무공이란 것이 고명한 경지에 이르도록 연마한다면 선정에 도움이 되긴 하겠지만 불가의 8천 4백 가지 법문을 무학으로부터 얻을 필요는 없는 것입니다. 저희 사부님께서 말씀하시길 무공 연마에 지나치게 몰두하게 되면 법집法執[38]에 이르러 해탈에 장애가 되기에 옳지 않은 것이라 하셨습니다.”

동모는 눈을 내리깔고 그를 쳐다봤다. 고승의 기상을 지닌 듯한 이 고지식한 소화상을 어찌 대처해야 할지 생각하다 순간 묘책이 떠오른 듯 소리쳤다.

“오노대, 가서 꽃사슴 두 마리를 잡아와 당장 죽여라!”

하지만 오노대가 멀찌감치 피해 있었던 데다 아직 공력이 부족했던 탓에 그녀 목소리는 먼 곳에 이를 수 없었다. 세 번을 소리친 끝에 오노대가 그 말을 듣고 답했다. 허죽이 깜짝 놀라 말했다.

"왜 또 꽃사슴을 죽이려 하는 겁니까? 오늘은 이미 생피를 마시지 않았습니까?"

동모가 낄낄대고 웃었다.

"네가 살생을 강요해놓고 어찌 묻는 것이냐?"

허죽은 더욱 의아한 생각이 들었다.

"제… 제가 언제 살생을 강요했단 말입니까?"

"강적을 저지하는 데 네가 돕지 않겠다면 난 사람들에게 고통을 당하다 죽음에 이르게 될 것이다. 허니 내가 번뇌를 할지 안 할지 생각해봐라."

허죽이 고개를 끄덕였다.

"그 말씀도 옳지요. 원증회는 인생의 칠고七苦 중 하나이니 할머니께서 해탈을 구하려 하신다면 진瞋과 치痴, 즉 분노와 어리석음을 버려야만 합니다."

"흐흐. 네가 날 교화시키려 드느냐? 때는 이미 늦었다. 내 이 분노를 풀 곳이 없으니 양이나 사슴을 잡고 더 많은 짐승을 죽여 화풀이를 할 수밖에 없구나."

허죽이 합장을 하고 말했다.

"자비로우신 부처님! 죄과로다, 죄과로다! 선배님, 그 사슴이나 양들은 가엾기 그지없는 중생이니 부디 그들의 목숨을 살려주십시오!"

동모가 냉랭하게 웃었다.

"내 목숨도 보전하지 못하는 마당에 누굴 가엾게 여긴다는 말이냐?"

그녀는 목소리를 높여 외쳤다.

"오노대, 어서 가서 꽃사슴을 잡아와라!"

오노대가 저 멀리서 답했다.

허죽은 어쩔 줄을 몰라 갈팡질팡했다. 지금 당장 떠난다면 얼마나 많은 양과 사슴이 동모 손에 무고하게 희생될지 모를 일이었다. 그래 놓고 자기 때문에 죽었다고 말하는 것도 무리는 아니었다. 다만 여기 남아 그녀에게 무공을 배우는 건 더더욱 원치 않았다.

오노대는 사슴을 잡는 실력이 고명하기 이를 데 없어 얼마 되지 않아 꽃사슴의 녹각을 움켜쥐고 동모 앞으로 끌고 왔다. 동모가 차갑게 말했다.

"오늘 사슴 피는 마셨다. 이 더러운 사슴을 단칼에 베어 계곡 안에 던져버려라."

허죽이 황급히 만류했다.

"잠깐!"

"내 당부대로 한다면 이 사슴은 해치지 않을 것이다. 만일 이대로 떠난다면 난 매일같이 닥치는 대로 잡아 죽일 것이다. 사슴이 얼마나 죽을지는 모두 네 생각에 달려 있다. 대보살께서는 중생을 널리 구제하기 위해 '내가 지옥에 가지 않으면 누가 가겠느냐?' 하고 말씀하셨다. 네가 이 노인네와 며칠만 같이 있어준다고 지옥에 들어가는 고통을 겪는 것도 아닌데 사슴들이 떼죽음을 당하도록 놔둔다면 어찌 불문 제자로서 자비심을 가졌다 할 수 있겠느냐?"

허죽은 속으로 깜짝 놀랐다.

"선배님의 교훈은 지극히 옳습니다. 부디 그 사슴은 놓아주십시오. 허죽이 분부대로 하겠습니다!"

동모는 너무도 기쁜 마음에 오노대를 향해 말했다.

"그 사슴을 풀어줘라! 그리고 멀찌감치 가 있어라!"

동모는 오노대를 멀리 보내놓은 다음 허죽에게 구결을 전수하며 체내의 진기 운용법을 가르쳐주었다. 그녀는 무애자와 동문 사남매지간으로 같은 스승 밑에서 기예를 전수받았던 터라 무공 요결이 완벽하게 똑같았다. 허죽은 그녀가 가르쳐준 대로 수련을 하자 매우 쉬운 것은 물론 진전 속도 역시 매우 빠르게 느껴졌다.

다음 날 동모는 다시 천장지구불로장춘공을 연마하면서 사슴 목을 물어 피를 마신 뒤 사슴 목에 난 상처에 금창약을 발라놓고 오노대를 향해 말했다.

"여기 소사부께서 살생을 좋아하지 않으니 앞으로는 너도 육식을 하지 말고 소나무 씨만 먹어라. 만일 사슴 고기나 영양 고기를 먹으면 흐흥! 내가 널 죽여 꽃사슴과 영양의 복수를 해줄 것이다."

오노대가 입으로는 답했지만 속으로는 줄곧 허죽의 19대, 20대 조상에게까지 저주를 퍼부어댔다. 이런 독한 욕은 며칠 전에 이미 했던 것들이었지만 지금 또 욕을 새로 만들어내기는 어려운 처지였다. 더구나 지금은 동모가 허죽에게 지극정성으로 잘 대해주고 있는 데다 단근부골환의 참혹한 고통을 생각하니 허죽에게 약간의 불손한 언사조차 감히 할 수 없었다.

그렇게 며칠이 흐르고 허죽은 더 이상 동모가 양과 사슴을 해치지 않고 오노대마저 동모의 말에 따라 채식을 하자 속으로 무척이나 기뻤다.

'나한테 한 약속을 이토록 엄수하는데 내가 어찌 전심전력을 다하지 않을 수 있겠는가?'

그는 매일같이 수련에 힘쓰며 감히 한 치의 게으름도 피우지 않았다. 동모의 용모는 나날이 변화해 5, 6일 만에 열한두 살짜리 여동에서 열예닐곱 살 소녀로 변했다. 다만 몸은 예전 그대로 여전히 왜소한 상태였다. 그날 오후 동모는 무공 연마를 끝내고 허죽과 오노대를 향해 말했다.

"우리가 이곳에서 머문 지도 꽤 됐다. 내 생각엔 조만간 그 요마 무리들이 찾으러 올 것이다. 소화상, 네가 날 업고 저 봉우리 꼭대기로 올라가되 오른손으로는 오노대를 들어야 한다. 또한 눈밭에 흔적을 남겨서는 안 된다."

허죽이 답했다.

"네!"

그는 손을 뻗어 동모를 안으려 했지만 그녀가 아름다운 용모에 매혹적인 눈빛을 지닌 미모의 낭자로 변한 모습을 보고 깜짝 놀라 손을 움츠리며 우물거렸다.

"소승이 감히 함부로 실례를 할 순 없습니다."

동모가 의아한 듯 물었다.

"무슨 실례를 한다는 것이냐?"

"선배님은 더 이상 소낭자가 아니라 이미 대낭자가 됐습니다. 남녀가 유별한 법입니다. 출가인은 더더욱 그렇습니다."

동모가 낄낄대고 웃으며 생기가 도는 고운 얼굴에 붉게 물든 두 뺨을 한 채 교태를 부리다 주변을 둘러봤다.

"소화상이 허튼소리를 하는구나. 이 할머니는 아흔여섯 살 먹은 늙은이인데 날 업는 게 무슨 상관 있다는 것이냐?"

그가 이 말을 하며 그의 등에 업히려 하자 허죽이 깜짝 놀라 말했다.

"안 됩니다. 안 됩니다!"

그가 거부 의사를 밝히며 재빠른 걸음으로 달리기 시작하자 동모는 경공을 펼쳐 그 뒤를 쫓아갔다.

그때 허죽의 북명진기는 이미 3~4성 수준까지 연마를 한 상태였지만 동모는 고작 열일곱 살의 공력으로밖에 회복되지 않아 경공 실력이 크게 못 미쳤다. 그 때문에 몇 걸음 쫓아가지 못하고 허죽을 저 멀리 놓쳐버렸다. 동모가 소리쳤다.

"어서 돌아와라!"

허죽이 발걸음을 멈추었다.

"제가 선배님 손을 당겨 소나무 꼭대기로 올리겠습니다!"

동모가 벌컥 화를 냈다.

"정말 고지식하기 이를 데 없구나. 융통성이라고는 전혀 없는 놈이야. 평생 상승무공을 배우기는 어렵겠다! 어렵겠어!"

허죽이 깜짝 놀라 생각했다.

'금강경에 이르길 "무릇 형상이 있는 것은 모두가 허망한 것이다"라고 했으니 그녀가 소낭자이건 대낭자이건 모두가 허망한 형상에 불과할 뿐이지 않은가?'

그는 중얼거리듯 말했다.

"여래께서 말씀하시길 사람의 몸이 크다는 것은 큰 몸이 아니며 큰 몸이라 이름을 붙였기 때문이다.' 여래 말씀에 따르면 대낭자라 말하는 것은 대낭자가 아니며 대낭자라 이름을 붙였기 때문인 것인데…."

그는 이런 말을 중얼거리며 되돌아왔다.

갑자기 눈앞이 침침해지더니 한 흰색 인영이 동모 앞을 가로막았다. 그자는 있는 듯 없는 듯했고 가버린 듯 다시 돌아온 듯했다. 온몸에 흰옷을 입은 채 흰 눈으로 뒤덮인 곳에 서 있는 탓에 희미하게 보일 뿐 똑똑히 보이지 않았다.

〈8권에서 계속〉

35. 홍안의 외모는 찰나의 순간이거늘

미주

▶ **모든 주석은 옮긴이 주이다.**

1 아첨하는 무공.

2 허풍 떠는 무공.

3 낯짝을 두껍게 만드는 무공.

4 쌍방이 서로 마주하여 돌 한 점을 번갈아가며 따낼 수 있는 형태를 뜻하는 말.

5 똑같은 모양을 되풀이하게 됨으로써 어느 한쪽이 양보하지 않는 한 영원히 승부를 낼 수 없는 형태.

6 한쪽은 패하면 큰 손실을 입고 상대편은 패해도 별 상관이 없는, 한쪽에 일방적으로 유리한 패.

7 점진적인 과정을 거치지 않고 단번에 깨달음을 일컫는 불교 용어로, 점진적인 깨달음을 가리키는 점오와 대비된다.

8 방편을 닦아 증득하는 법문.

9 일정 시간 뒤에 나타나는 효과.

10 공력으로 음을 내서 특정인에게 전달하는 무공.

11 불가에서 사람의 육체를 이르는 말로, 더러운 것들을 가득 담고 있는 가죽 주머니라는 뜻이다.

12 육바라밀이라고도 하며 불교에서 열반에 이르기 위해 보살이 수행해야 할 보시, 지계, 인욕, 정진, 선정, 지혜 등의 여섯 가지 덕목이다.

13 문장이 4자와 6자를 기본으로 한 대구로 이루어져 수사적으로 미감을 주는 문체.

14 사부의 사매나 사저.

15 출가한 비구가 지켜야 할 계율로, 분파에 따라 계의 수는 다르지만 보통 250계다.

16 10악의 하나로 진실치 못한 허망한 말, 거짓말을 의미한다.

17 타인에 대한 원망이나 증오심을 다스리는 계율.

18 고대 인도에서 일어난 논리학으로, 사물의 참과 거짓 및 옳고 그름을 살피고 논증하는 학문.

19 질병을 일으키는 원인이 되는 바람.

20 중의학에서 외부 감각에 열이 나는 질병을 통틀어 이르는 말.

21 중의학에서 습과 열이 겹쳐서 생긴 여러 가지 병증을 이르는 말.

22 불교에서 계율을 지키는 것을 이르는 말.

23 대대로 전해지는 비결.

24 고대 변경에서 적의 침입을 알리기 위해 태우던 이리의 배설물. 태울 때 연기가 유독 많이 나 멀리서도 볼 수 있다고 하여 이리 배설물을 이용했다.

25 더운 공기가 위로 상승하는 원리를 이용하여 제작된, 윗부분이 막힌 종이 등롱. 제갈공명이 발명했다고 하여 붙여진 이름으로, 천등天灯 또는 기천등祈天灯이라고도 한다.

26 소나무의 송진이 엉겨 붙은 부분인 관솔에 붙인 불.

27 속세를 싫어하여 떠남.

28 선정으로 탐욕을 소멸시켜 그 속박에서 벗어난 마음 상태.

29 보살의 구상관九想觀 중 하나로 피가 멎어 거무스름하게 엉겨 붙고 시체의 색깔이

푸르죽죽하게 변한 모습을 생각하는 관상.

30 피고름을 생각하는 관상.

31 티끌만큼의 물욕에도 물들어 더럽혀져 있지 않음.

32 마음속으로 사모하는 사람.

33 위로는 보리를 구하고, 아래로는 중생을 교화하려는 마음. 즉, 깨달음을 얻어 부처
    가 되고자 하는 마음.

34 윤회의 의미와 동일하며 하나의 존재에서 다른 존재로 재생한다는 믿음.

35 무공을 수련한 사람의 내공이 흩어져 사라져버리는 것.

36 노인이 다시 어린아이의 모습으로 돌아가는 것.

37 육부의 하나로 목구멍에서부터 전음, 후음까지의 부위. 상초, 중초, 하초로 나뉜다.

38 모든 존재에 그 자체의 본질로서 불변하는 실체적인 것이 있다고 생각하는 것.